Copyright © 2018. The Hardest Fall by Ella Maise.
Direitos autorais de tradução © 2021 Editora Charme.

Todos os direitos reservados.
Nenhuma parte desta publicação pode ser reproduzida, distribuída ou transmitida sob qualquer forma ou por qualquer meio, incluindo fotocópias, gravação ou outros métodos mecânicos ou eletrônicos, sem a permissão prévia por escrito da editora, exceto no caso de breves citações consubstanciadas em resenhas críticas e outros usos não comerciais permitido pela lei de direitos autorais.

Este livro é um trabalho de ficção.
Todos os nomes, personagens, locais e incidentes são produtos da imaginação da autora. Qualquer semelhança com pessoas reais, coisas, vivas ou mortas, locais ou eventos é mera coincidência.

1ª Impressão 2021

Produção Editorial - Editora Charme
Design da capa - Ella Maise
Foto dos modelos - Perrywinkle Photography
Adaptação da capa e Produção Gráfica - Verônica Góes
Tradução - Alline Salles
Revisão - Equipe Charme

Esta obra foi negociada por Bookcase Literary Agency.

FICHA CATALOGRÁFICA ELABORADA POR
Bibliotecária: Priscila Gomes Cruz CRB-8/8207

M231a Maise, Ella

Atração em jogo/ Ella Maise; Tradução: Alline Salles; Revisão: Equipe Charme; Adaptação da capa e produção gráfica: Verônica Góes
Campinas, SP: Editora Charme, 2021.
436 p. il.

Título original: The Hardest Fall
ISBN: 978-65-5933-032-4

1. Ficção norte-americana | 2. Romance Estrangeiro -
I. Maise, Ella. II. Salles, Alline. III. Equipe Charme. IV. Góes, Verônica. VII. Título.

CDD - 813

---

www.editoracharme.com.br

TRADUÇÃO - ALLINE SALLES

ATRAÇÃO EM JOGO

Editora Charme

AUTORA BESTSELLER INTERNATIONAL
ELLA MAISE

NOTA DA AUTORA

A licença criativa foi utilizada a fim de melhorar a história.

Este livro é para nós, os meio tímidos e, ao mesmo tempo, meio estranhos (da melhor forma possível).
Espero que você tenha um Dylan na sua vida.

CAPÍTULO UM
DYLAN

Da primeira vez que Zoe Clarke me viu, minha mão estava segurando meu pau.

Infelizmente, eu não estava me masturbando. Se tivesse sido esse o caso, ela poderia ter achado sensual — com ênfase em *poderia*, já que não é toda garota que fica excitada com isso; e ainda teria sido bizarro ser flagrado me masturbando em um banheiro de uma festa.

Queria poder te contar alguma coisa que você adoraria ouvir, algo emocionante, tipo, foi amor à primeira vista em vez de um flagra inesperado e esquisito do meu pau em uma festa aleatória de faculdade. Ou que foi uma cena romântica, tipo, trombamos um no outro enquanto íamos apressados para a aula no campus, seus livros voaram das suas mãos, então me ajoelhei para ajudá-la e, quando nossas cabeças bateram uma na outra, nos olhamos nos olhos e o resto foi história.

Acho que você entende o que quero dizer, algum tipo de cena surreal de filme, mas... porra, não foi assim. Sei que parece fofo, e derreteria o coração das pessoas toda vez que contássemos sobre nosso encontro bonitinho, mas, repetindo, não mesmo. Pelo contrário, como eu disse no início, a primeira vez em que meus olhos viram Zoe Clarke e os dela viram o meu pau, eu estava em um banheiro, no meio da mijada, enquanto conversava com meu amigo.

— E por que você queria me ver mijando mesmo? — perguntei a JP, tentando, sem sucesso, entender por que eu tinha um espectador.

O canto do seu lábio se ergueu e seu olhar baixou enquanto eu abria o zíper da calça.

— Já vejo bastante no vestiário, cara... nunca perco a oportunidade. Eu estava te contando sobre Isaac, e foi você que não conseguiu segurar até eu terminar a história.

Olhei-o de canto de olho conforme ele me ignorou e continuou.

— Cara, você deveria ter visto. O jeito que o técnico brigou com ele depois de vocês terem ido embora... Não sei se ele vai voltar a treinar. Inferno, nem sei se *eu* quero voltar, e não fiz nada. — Ele pausou por um ou dois segundos. — Quer apostar cinquenta nisso? Acha que ele vai aparecer?

Olhei para JP, que estava apoiado na parede, de olhos fechados, o rosto erguido para o teto, parecendo totalmente inofensivo e relaxado. Via de regra, JP nunca era inofensivo — nem no campo nem, principalmente, em uma festa.

Eu pensava que nenhum dos jogadores queria estar lá, pelo menos não os que estavam em sã consciência, pela forma como o técnico estivera nos treinando em campo ultimamente. Mas, se você amasse bastante o jogo, aguentava qualquer coisa que fosse jogada para chegar onde esperava um dia. Basicamente, evolua ou vá para casa. Sempre no modo bruto.

— Não vou apostar. Se ele quiser mesmo, estará lá.

Assim que as palavras saíram da minha boca, ouvimos alguém entrar no banheiro e bater a porta. Por um breve instante, a música ensurdecedora e os gritos da festa no andar de baixo invadiram tudo. Claro que alguém surgindo no meio da conversa não era nada alarmante, já que seria burrice esperar qualquer tipo de privacidade em uma festa universitária. Mas, quando olhei por cima do ombro, vi quem não tinha paciência o suficiente para aguardar alguns minutos, e que era uma garota abraçando a porta, então olhei de novo para confirmar.

— Calma. Calma. Isto não é nada. Calminha. *Nunca* mais vou fazer novos amigos. Você consegue, só abra os olhos e se vire, droga.

A morena ainda estava de costas para nós, com a cabeça apoiada na porta ao murmurar para si mesma.

Congelados no lugar, JP e eu nos olhamos; ele deu de ombros, e eu vi seus lábios se esticarem em um sorriso lento e arrogante. Parecia que ele tinha acabado de ganhar um brinquedo brilhante e novo. Erguendo o queixo para mim com seu sorrisinho característico, ele se afastou da parede e foi até a pobre garota.

— Você consegue fazer tudo o que quiser, linda — ele disse, assustando-a pra valer.

Assim que JP falou, ela parou de murmurar, virou para nos encarar e começou a imitar muito bem um cervo diante de faróis.

— Eu...

— Você... — JP retrucou, quando nada mais saiu da boca dela.

Quando eu estava pronto para me guardar de volta na calça, os olhos dela pularam entre JP e mim algumas vezes, como se, de repente, ela tivesse aterrissado na lua e não soubesse exatamente como foi parar ali. Então seus olhos baixaram para minha mão — que ainda estava bem em volta do meu pau. Seu olhar voou de volta para o meu rosto, depois voltou para a minha mão.

Pude ver que ela estava contendo um sorriso, porque seus lábios tremeram.

— Merda! Oh... isso é... um pênis... seu pênis. Merda.

Mal dava para ouvir a voz dela acima da música abafada conforme ela repetiu seu joguinho de encarar mais algumas vezes e a cor, gradativamente, foi drenada do seu rosto já pálido.

— Se você me der licença... — pedi, divertido pelo jeito que seus olhos estavam ficando maiores.

— Eu não... — ela começou, então fechou a boca ao encontrar o meu olhar. — Seu pênis... não quis dizer... seu pênis? Acabei de ver seu pênis. Estou olhando diretamente para ele, e está bem na...

Encontrei o olhar divertido de JP e olhei de novo para a garota.

— Não me diga que é a primeira vez que vê um.

Me virei para poder fechar o zíper e impedir que a garota tivesse uma crise completa.

Houve um gemido alto atrás de mim, depois um barulho grave que parecia muito com alguém batendo repetidamente a testa na porta; isso me fez sorrir.

— Nunca te vi por aqui. Presumo que seja caloura. Você é fascinante, calourinha. É minha vez agora? — JP perguntou ao silêncio. — Se o pau do meu amigo fez você balbuciar desse jeito, quero ver sua reação quando vir o meu. Preciso dizer: o meu é muito mais bonito do que o dele... maior também... e, se quiser provar...

O gemido ficou mais alto e pareceu mais um resmungo.

— Nem termine essa frase!

Dei risada.

Devo dizer que JP não era o cara mais gentil do planeta, mas, aparentemente, isso não significava merda nenhuma para as universitárias. Ele era um daqueles caras que atraía garotas, independente do que fizesse ou dissesse. Comparado a ele, eu era o oposto — tentava ao máximo não ser distraído por garotas. Ele dizia uma merda louca e, ainda assim, elas acreditavam em cada palavra. Ele poderia dizer "pule" e elas perguntariam *em qual cama?*. O fato de ele ser um puta de um *running back*[1] também o ajudava a transar regularmente.

Não me entenda mal. Eu tinha minha parcela de garotas que adorariam minha atenção, mas, bem cedo — lá pelo jardim de infância —, descobri que sou o tipo de cara de uma mulher só. De maneira interessante, esse parece ser outro motivo para as garotas parecerem brotar ao meu lado. Acredite em mim, não estou sendo convencido nem pretensioso, só parece que a vida é assim quando se é um jogador de futebol americano que tem chance de se tornar profissional. Não tem nada a ver com a minha aparência. Francamente, Chris, nosso *quarterback*, é o mais bonito do time, não eu.

Jogadores de futebol americano — nós somos, praticamente, chamariz de universitárias.

---

[1] Posição de futebol americano, cuja função é correr com a bola. (N.E.)

Abri a torneira para lavar as mãos e olhei para a garota a fim de ver sua reação. Ela ainda estava de costas para nós, mas, pelo menos, não estava mais batendo a cabeça. Se JP fosse colocar seu pau à mostra, eu ia sair dali. Mostrar paus para garotas com meus colegas de time era meu limite da amizade.

Abrindo um sorrisinho rápido para mim e dando uma piscadinha, JP uniu as mãos às costas e se abaixou até a orelha dela.

— Buuu!

A garota se encolheu, virou-se para encará-lo e deu uns passos para trás, quando percebeu que ele estava muito mais perto do que estava há alguns segundos.

— Obrigada pela proposta, mas não quero ver nenhum pau — ela declarou, então começou a se afastar dele conforme meu amigo perseguia sua nova presa.

— Ohh, mas você gostaria bastante do meu.

Quando não consegui encontrar nada para secar as mãos, eu as passei na minha calça jeans, enquanto observava a interação bizarra deles até as costas dela trombarem no meu peito e ela soltar um gritinho.

— Essa é a minha deixa.

Olhei para baixo e vi que sua cabeça estava inclinada para trás e para cima. Ela estava me observando intensamente. Mesmo tão de perto, era difícil identificar qual era a cor dos seus olhos, talvez verde com pontinhos cinzentos em volta das pupilas.

Percebendo que eu estava encarando seus olhos e vendo, com facilidade, como ela estava em pânico, franzi o cenho, dei um passo para trás e olhei para JP.

— Vai com calma com ela, cara. Vamos, vamos sair daqui.

Antes que eu pudesse me afastar, a garota me encarou, pegou meu braço e segurou firme.

— Não... você não pode ir embora — ela disse, surpreendendo tanto JP quanto eu. — Estou aqui por você.

Ergui as sobrancelhas e olhei de maneira confusa para JP. Ele só deu de ombros. Ainda estava com aquele sorriso *Estou muito intrigado* enquanto verificava bem abertamente a bunda dela.

— Quero dizer, não estou aqui por você — a garota explicou, e meu olhar voltou para ela. — Mas *entrei* aqui por você. — Ela semicerrou os olhos, enrugando o nariz. — Entende o que quero dizer? Provavelmente, não. Segui você até aqui, porque preciso muito te perguntar uma coisa. — Sua voz ficou mais alta com o pânico, porém ela continuou. — Quando digo que o segui até aqui, não estou querendo dizer que estou te perseguindo ou algo assim, porque isso seria loucura. Nem conheço você, certo? — Ela soltou uma risada nervosa, deu uns tapinhas bizarros no meu braço, e depois pareceu perceber que estava realmente encostando em mim. Tirou a mão e as uniu atrás de si ao dar um passo para longe. — Não que eu perseguiria você se o conhecesse, mas esse não é o ponto agora. Eu só... preciso muito, muito te perguntar uma coisa antes que me faça de boba, e pensei em qual jeito melhor de fazer isso do que quando ele estiver sozinho... e pensei que estaria sozinho aqui, e...

Eu não estava entendendo nada que ela estava dizendo, mas, antes que pudesse responder, JP se intrometeu:

— Então está me mandando embora, hein? E eu aqui pensando que tínhamos algo especial.

Ela o olhou por cima do ombro.

— Desculpe. Não vi que você o seguiu até aqui, e não sabia que este era o banheiro, de qualquer forma. Se tivesse te visto, teria esperado lá fora. Mas é gentileza sua sair. — Os olhos dela encontraram os meus e voltaram para JP. — Só vai demorar um minuto, de verdade, aí você pode voltar e tê-lo inteiro para você.

Meu amigo arqueou uma sobrancelha para ela, mas ficou quieto.

Ela olhou para mim, e o que quer que tenha visto na minha expressão a fez se encolher.

— Desculpe, isso foi ruim, não foi? Não que ser gay seja ruim nem nada disso. Eu não deveria ter presumido nada. Meu amigo é gay, e sei o quanto é difícil quando as pessoas dizem as maiores idiotices e o quanto ele...

JP deu risada e balançou a cabeça.

— É melhor parar enquanto pode, garota. Minha proposta ainda está de pé se quiser vir me procurar depois de ter terminado com meu garoto aqui.

Depois disso, ele abriu a porta e me deixou sozinho com ela. Cruzando meus braços à frente do peito, relaxei contra a pia.

Ela se virou de volta para mim, respirou fundo e sorriu, nervosa.

— Isso foi ruim, não foi?

— A coisa toda ou só a última parte? — Não consegui me conter e sorri para ela. Já tinha acontecido de algumas garotas fazerem loucuras para chamar minha atenção e conseguirem ir para a minha cama, mas achava que não era isso que estava acontecendo ali.

Com uma careta, ela balançou a cabeça, baixando os olhos para o chão.

— Só presumi que este fosse seu quarto e que você estaria sozinho e, então, quando entrei, você estava com seu... hummm... e ele estava aqui com você... — Ela encontrou meu olhar, então rapidamente desviou. — E seu... negócio estava para fora, então tudo foi para o inferno a partir daí.

É, ela não era do tipo que perseguia jogadores de futebol.

Outra risada nervosa e ela estava se afastando de mim em direção à porta.

— Então, desculpe? E... obrigada?

Meu sorriso ficou maior.

— Pelo quê?

Ela esfregou as mãos na calça jeans, balançou a cabeça e simplesmente pareceu miserável ao olhar para qualquer lugar, menos para mim.

— Neste momento? Para ser sincera, realmente não sei. Obrigada por conversar comigo? Por não me expulsar? Por me deixar ver seu pênis? — Seus olhos se fecharam e ela balançou a cabeça, deu uns dois passos para trás e ergueu as mãos, com a palma para a frente, parando quando suas costas encostaram na porta. — Não quis dizer isso... Não estava tentando ver seu pênis nem nada parecido. Falei para você que eu nem sabia que este era o banheiro. Quero dizer, presumo que não tenha sido seu melhor momento, então por que eu iria querer ver — sua mão apontou para minha virilha — seu... aquilo... mas pareceu que ele é do tipo "grande exibido" em vez de "um que cresce quando precisa", então isso deve ser... bom para você? Parabéns? Não que quisesse que uma estranha te parabenizasse por algo assim, mas você é um jogador de futebol americano, então talvez goste de elogios?

Por alguns segundos, o silêncio se alongou entre nós e fiquei incapaz de esconder meu sorriso. Agora que meu pau não estava para fora e que JP não estava conosco para dar em cima dela, analisei seus traços: cabelo castanho liso que emoldurava seu rosto e chegava abaixo dos ombros, pele branca, olhos grandes que tinham uma cor entre cinza e verde — eu ainda não tinha decidido —, lábio inferior um pouco mais carnudo, bochechas rosadas pelo que presumi ser vergonha. E então havia outras coisas, como seus peitos médios tentando, ao máximo, rasgar sua blusinha justa — eu tinha olhos, afinal de contas —, seu corpo de ampulheta, e pernas lindas pra caralho — nem tão magricelas, nem tão grossas, simplesmente perfeitas para o meu gosto.

Me certifiquei de olhar nos seus olhos e em mais nada conforme passei a mão no meu cabelo curto. Considerando aonde minha mente estava indo, não pensei que seria inteligente passar mais tempo com ela no banheiro.

— Você me lembra da minha irmã — eu disse, totalmente do nada, chocando nós dois. — É meio tímida, não é?

Ela me lembrava mesmo de Amelia. Quando estava nervosa, ela também falava eternamente, se enrolava bastante. Embora ela soubesse que não fazia muito sentido, não conseguia parar. Ser tímida era a única resposta que fazia sentido.

Ela deu risada e pareceu trombar com a porta.

— Você me enxergar como sua irmã não cai bem para mim, principalmente se soubesse o que eu estava tentando perguntar... não que devesse me enxergar como alguém que iria querer ou que poderia... só deixe pra lá. O que o fez pensar que sou tímida? Espere. Espere. — Ela ergueu a mão. — Retiro essa também. Nem responda.

Outro silêncio bizarro roubou nossas palavras conforme a encarei e ela encarou meu peito até alguém empurrar a porta e fazer com que ela perdesse o equilíbrio.

Uma cabeça apareceu pela porta parcialmente aberta.

— Ah, foi mal, cara! Não sabia que tinha gente. — Ele abriu mais um pouco a porta para olhar para dentro. — Vamos entrar depois que vocês dois terminarem. — Após fazer uns joinhas, ele lentamente desapareceu.

Assim que a porta fechou, minha morena — risque isso, *a* morena respirou fundo e concentrou seu olhar em mim. Pareceu estar mais calma, porém, com base no jeito que estava puxando a blusinha — que tinha *Sorria para mim* escrito em letras grandes e maiúsculas —, eu não teria apostado dinheiro nisso. Curioso pra caralho, esperei que ela continuasse.

— Sabe de uma coisa? Já fiz uma confusão, então, neste momento, perguntar isto não vai... não, *não pode* piorar as coisas.

Já intrigado por ela, gesticulei com a mão para ela continuar.

— Sou todo ouvidos.

Enquanto tentava ao máximo esconder meu sorriso, ela respirou fundo.

— Preciso beijar você — ela confessou rapidamente. Fechando os olhos, resmungou. — Não foi o melhor jeito de te informar. Deixe-me tentar de novo.

Ergui a sobrancelha.

— Você precisa me beijar.

— Preciso, tenho... quero dizer, é tudo a mesma coisa, certo?

Assenti rapidamente.

— Quero dizer, não quero beijar você, não de verdade. Não escolhi você.

— Você não me escolheu.

— Não escolhi, não. Não que você não seja bonito... definitivamente é, de um jeito bruto, o que é bom para mim. Beijaria você se tivesse que beijar, mas você não foi minha primeira escolha.

— Está fazendo maravilhas com o meu ego. Prossiga.

— Certo, estou achando que esse não foi *mesmo* o melhor jeito de falar sobre isso. Deixe-me recomeçar e ver como vai. Minha colega de quarto, Lindsay, meio que me arrastou/obrigou a vir aqui esta noite, à festa, quero dizer. Ela acha que não estou vivendo totalmente a "experiência universitária". Viemos, conheci as amigos dela... é meu primeiro ano, e estou conhecendo pessoas novas, então isso é bom, certo? — Sem esperar que eu respondesse, ela respirou fundo e continuou. — Não, não é bom. As amigas dela perceberam que não sou nada aventureira porque não costumo falar muito quando estou em um grupo grande e prefiro, simplesmente, ficar quieta. Gosto de analisar as coisas primeiro, observar, sabe? Não gosto muito de ser o centro das atenções. Enfim, você não se importa com isso, então blá blá blá, mais falação, mais esquisitice da minha parte.

Ela fechou os olhos e balançou a cabeça. Só fiquei parado ali, observando-a, ouvindo-a, esperando que terminasse sua história. Não conseguia realmente me mexer nem se quisesse; ela era... era muito... *cativante* — essa era a palavra que eu estava procurando. Estava por todo lugar e, ainda assim, era cativante pra caramba, uma lufada de ar fresco, por algum motivo.

— Então elas apostaram... meio que me desafiaram que eu não conseguia beijar um cara aleatório. Falei que claro que conseguia, para que parassem de falar de mim, porque o que poderiam fazer? Exceto seguir com essa ideia? Estamos no jardim de infância? Afff. E, certo, tudo bem, fiquei meio ofendida, mas elas meio que tinham razão. Não sou aventureira nem espontânea. Também não sou de beijar caras aleatórios. Nunca fiz isso, mas imaginei que fosse bem fácil. Enfim, elas disseram que eu não teria coragem de beijar o cara que *elas* queriam que eu beijasse, porque, aparentemente, isso também é moda na faculdade... desafiar, apostar, beijar pessoas aleatórias...

— Eita — eu disse antes que ela pudesse continuar, e ela ergueu os olhos para mim. Foi minha frustrada tentativa de garantir que ela respirasse antes que desmaiasse. — Parece que há bastante coisa que eu não sabia sobre a faculdade, e nem sou mais calouro. Também nunca beijei uma garota aleatória... nem sabia que isso era uma exigência.

Na verdade, eu já tinha beijado, mas ela não precisava saber disso. Às vezes, eu era beijado por garotas aleatórias, principalmente, após um bom jogo, quando a adrenalina de todo mundo está alta, mas nunca tive vontade de beijar uma garota aleatória só por beijar. Talvez eu apenas não tenha visto a garota aleatória certa, porque, naquele momento, eu estava com vontade.

— Viu? — ela reagiu, relaxando um pouco mais o corpo. — Foi isso que eu disse. Enfim, estamos chegando à parte dolorosa, então vou acelerar. Minha colega de quarto, Lindsay, segurou um pobrezinho que estava passando com os amigos e me disse para beijá-lo, então eu beijei, só um selinho rápido... Nada de mais, certo? Nem encostei no cara, só me inclinei para cima e pressionei os lábios nos dele. Foi bem sem clima, na verdade, e, como eu tinha bebido um pouco de cerveja... — Ela ergueu três dedos, supostamente indicando o número de cervejas que havia bebido, então colocou o cabelo atrás da orelha direita. Analisei seus lábios... Toda essa conversa sobre beijo, e ela tinha aqueles lindos lábios rosados brilhantes... — Nem senti nada — ela continuou. — Nada de frio na barriga. Nada. O cara nem ficou muito chateado, já que tentou um segundo beijo mais demorado.

Aposto que não ficou, pensei. *Aposto que o desgraçado sortudo não ficou nem um pouco chateado.*

Ela começou a falar ainda mais rápido, quase impossibilitando que eu seguisse seu raciocínio.

— Mas, então, a amiga de Lindsay, Molly, apontou aleatoriamente para você. Você estava conversando com uns caras do outro lado da sala, e ela me desafiou a beijar *você*. O que tem de tão especial sobre você, não faço ideia.

Abri a boca, mas ela ergueu a mão e continuou sem pausa.

— Então, tive que dizer que conseguiria, porque não sou boa com desafios e apostas. Fico meio competitiva. Como me safei com somente um selinho no último cara, elas me desafiaram a ir com tudo com você. De novo, não sei se você é meio famoso ou algo parecido, mas acho que há algo em você que o torna bastante especial para elas insistirem tanto. Talvez você seja o tipo delas; não faço a mínima ideia. Pedi para elas me darem uns minutos e segui você até aqui para poder pedir sua permissão antes de te atacar na frente de todo mundo ou, pelo menos, tentar atacar você na frente de todo mundo, para, basicamente, chupar seu rosto. Agora, depois do que vi... só para ter certeza... você não é gay, é? Porque, se foi por isso que elas insistiram tanto... é cruel.

Quando ela continuou olhando para mim com expectativa, me endireitei e esfreguei a nuca.

— Provavelmente, isso vai parecer mentira para você, mas... — *Como dizer isso?* — Por mais que eu quisesse te ajudar com seu desafio, tenho namorada. — Só tínhamos saído uma vez, mas, mesmo assim... — Ela está atrasada, mas, provavelmente, está lá fora agora, e acho que eu deveria...

— Ah. Oh. Oh, claro. Certo.

Vi seus olhos dançarem por toda parte, seu olhar tocando em mim apenas uma ou duas vezes, só por um segundo. Então, ela procurou a maçaneta sem olhar, abriu a porta e saiu.

— Sinto muito mesmo, sabe? — ela começou com a voz meio alta na tentativa de ser ouvida acima do tumulto do lado de fora. Seus olhos baixaram para minha calça, depois voltaram para os meus olhos. — Por isso... e tudo o mais. Esta noite inteira tem sido estranha... estranha e idiota. Vou embora e... — Outro passo para longe. — É. Desculpe — ela repetiu com os olhos focados no meu ombro em vez dos meus olhos enquanto continuava se afastando.

Foi então que percebi que seus olhos estavam marejando. Ter uma irmã te ensina uma ou duas coisas sobre esse assunto, e eu sabia que aquela garota estava prestes a chorar.

— Espere. Ei, espere! — gritei, andando rapidamente para persegui-la antes de ela sumir.

Ela olhou para trás, para mim, por cima do ombro sem parar.

— Qual é o seu nome? — gritei mais alto.

Ela me deu um sorrisinho, algo entre triste e horrorizada, exatamente enquanto eu via a primeira lágrima escorrer. Então ela sumiu, desaparecendo na multidão antes de eu conseguir alcançá-la.

Por que eu queria saber o nome dela? Por que meus olhos a procuravam de vez em quando ao longo de toda a noite? Naquela época, eu não sabia por quê.

CAPÍTULO DOIS
ZOE
Um ano depois

Da segunda vez que Dylan Reed me viu, eu estava tentando sumir do mapa. Se não fizéssemos contato visual, se eu não conseguisse *vê-lo*, ele também não conseguiria me ver, certo?

Bem... aparentemente, não é assim que funciona.

Um ano antes, quando me fiz completamente de boba, nem sabia o nome do cara, e isso facilitara me esquecer de tudo. Se ele fosse apenas um cara sem nome que eu tivesse encontrado aleatoriamente em uma festa universitária — admito, um bem, bem, sexy —, teria ficado tudo bem, mas não, ele não era. Claro que não — as coisas nunca eram tão fáceis para mim. O cara que as calouras malvadas escolheram para eu beijar era um dos famosinhos do time de futebol americano, a grande estrela receptora que, aparentemente, era um dos poucos jogadores que se esperavam entrar na NFL, e *isso* o tornava bastante popular no campus. Claro, era um campus grande, mas não grande o suficiente para eu evitá-lo para sempre.

Após um longo dia cheio de aulas, eu estava a caminho do meu apartamento quando o vi — bem, eu *os* vi, no caso. Ele estava com três amigos, e eu sabia que pelo menos um deles era um colega de time: o *quarterback*, Christopher Wilson. Não fazia ideia de quem eram os outros dois. Mas Christopher Wilson... ele era o fodão do campus, como a maioria dos *quarterbacks* parecia ser. Eu sabia de tudo isso, e talvez um pouco mais sobre ele. Não que eu quisesse mesmo saber, mas sabia de algumas coisas. Mesmo assim, naquele momento, minha mente nem registrou que estava olhando para Chris. A pessoa andando ao lado dele atraiu toda a minha atenção.

Dylan Reed, em todo o seu 1,90m.

Rindo de alguma coisa que seus amigos estavam dizendo, talvez ele estivesse a uns doze ou quinze metros de mim, vindo diretamente na minha direção.

Parei de andar; simplesmente congelei para observá-lo. Uma garota trombou em mim, pediu desculpa, e nem consegui responder. Em pé, paralisada, no meio do campus, meu estômago subiu até a garganta, e senti o sangue ser drenado do meu rosto.

Não.

Não queria que ele me visse bem ali. Eu estava sem maquiagem e tinha dormido apenas três horas à noite. Meu cabelo estava preso em uma trança bem, bem bagunçada que nem realmente contava como trança mais, porque parecia mais que eu tinha brigado com um corvo bravo e perdido, e minhas roupas... Nem conseguia me lembrar do que estava vestindo, e não obrigaria a olhar para baixo e ver. Era mais provável que eu não estivesse vestindo nada espetacular, de qualquer forma. Inferno, não queria mesmo que ele me visse de novo, ponto final.

Nove metros.

Ao encará-lo, perdi segundos preciosos que poderia ter usado para fugir — sabia disso, porque tinha conseguido fazê-lo com sucesso antes. Naquele dia, no entanto, fiquei muito atordoada para fazer qualquer coisa além de observá-lo se aproximar. Talvez fosse a falta de sono que tivesse me congelado no lugar, ou talvez fosse o jeito que ele andava, o jeito que seus ombros se mexiam e...

Pare com isso!

Ele ainda não tinha me visto, estava olhando para baixo, ouvindo seus amigos.

Sete metros.

Pensei que, talvez, se eu simplesmente ficasse ali onde estava, fechasse os olhos e não fizesse movimentos bruscos, ele daria a volta em mim e acabaria em alguns segundos — mais uma das minhas ideias brilhantes.

Ou, melhor ainda, talvez ele nem me reconhecesse. Para ser sincera, essa era uma possibilidade bem grande. Afinal, quem saberia quantas garotas se jogavam aos pés dele diariamente? Muito provavelmente, ele tinha se esquecido daquela garota estranha do banheiro na festa universitária — mais conhecida como "eu" — já no dia seguinte.

Seis metros.

Ele estava usando uma Henley cinza de manga comprida que mostrava o quanto seus braços eram grandes, e quero dizer *grandes* — essa era uma das coisas de que eu me lembrava especificamente daquela noite, o que poderia ter tido algo a ver com o fato de que fiquei babando nos seus braços lindos e fortes, mas esse não é o ponto. Aqueles mesmos braços estavam conectados a ombros ainda maiores. Ele tinha cabelo castanho curtinho, que não ficava bem em todo mundo, mas em Dylan Reed... nele, fazia maravilhas. Ele tinha traços fortes e masculinos. Não conseguia ver seus olhos, mas sabia que eram azuis — para ser mais específica, azul-escuros iguais ao oceano. Um ano antes, eu tinha olhado para eles por muitos segundos. Seu maxilar era marcado, os ossos da maçã do rosto, fortes, lábios tão carnudos que não dava para parar de imaginar como seria encostar seus próprios neles.

Quatro metros e meio.

Seu nariz deve ter sido quebrado em algum momento, porque me lembro de pensar que era algo que o tornava diferente. Não dava para ver de longe, mas, como eu disse, fiquei bem perto dele, tinha olhado nos seus olhos por apenas um ou dois segundos, depois me concentrado em qualquer lugar, *exceto* nos seus olhos. Aquele nariz levemente torto adicionava ainda mais personalidade à sua aparência já bem perfeita.

Imaginava que fosse bem fácil ter o nariz quebrado sendo um jogador de futebol americano, talvez ainda mais do que uma vez. Ele não era bonitinho; eu não teria usado, especificamente, essa palavra. Também não poderia chamá-lo de bonito tradicionalmente, mas, com certeza, ele era atraente. Tinha carisma, confiança. Parecia forte, grande, e talvez um pouco bruto também, porém, mais do que qualquer coisa, ele parecia sólido. Sim, esse era um jeito que se poderia descrever Dylan Reed. Nem estou falando no sentido físico, apesar de ele também ser sólido nesse quesito. Não era um cara que poderia ser esquecido com facilidade.

Ele ergueu a cabeça e fez contato visual comigo. O sorrisão que ele estava dando, lentamente, se derreteu do seu rosto.

Morri.

Simplesmente abarrotada de ideias brilhantes naquele dia, arfei baixinho, me virei, e meio que comecei uma caminhada rápida enquanto me xingava — não era meu melhor momento, como você pode imaginar. Meus olhos estavam grudados no chão, e meu estômago subiu na garganta pela segunda vez.

Acalme-se, rainha do drama!

— Ei! Você! Espere um pouco! Ei!

Não. Não. Não vou fazer isso.

Só para o caso de ele estar berrando para mim — e eu tinha quase certeza de que estava —, fechei os olhos o máximo que conseguia — como se isso fosse me ajudar a ficar invisível — e acelerei os passos, que foi como dei de cara com... pessoas. Pessoas, no plural. Claro. O que se esperava com a minha sorte?

Não caí de bunda, e isso foi minha única salvação. Quando o grupo com que eu... hummm... tinha me deparado olhou para mim com olhos enormes, engoli minhas desculpas apressadas.

— O que você fez? — um deles sussurrou antes de olhar para o chão.

Pensando que, talvez, eles estivessem exagerando um pouco com o ato todo de *o mundo acabou de acabar*, segui seu olhar e vi que não eram apenas meus livros que estavam espalhados pelo chão, também havia uma maquete de arquitetura caída de lado no meio da bagunça que minhas coisas fizeram. Não era uma simples cartolina também — ah, não. Parecia mais feita de madeira, e era enorme... enorme o suficiente para não ter jeito de apenas uma pessoa carregá-la sozinha... por isso, havia o grupo de quatro pessoas.

Totalmente esquecida do porquê me meti nessa confusão em primeiro lugar, me ajoelhei e estiquei o braço para a maquete estruturada.

— Sinto muito. De verdade, será que consigo...

— Não encoste! — gritou o mesmo cara que tinha falado um segundo antes, conforme deu um tapa na minha mão... realmente deu um tapa nela.

Surpresa, recuei minha mão contra o peito. Ele não tinha me machucado nem nada parecido, mas eu nem conseguia me lembrar da última vez em que minha mãe tinha dado um tapa na minha mão por tentar roubar comida da mesa.

Conforme os outros caras se abaixaram para ajudar o amigo — enquanto resmungavam, devo adicionar —, olhei rapidamente em volta para ver que tínhamos um público. Que legal. Simplesmente *perfeito*; sempre achei que um rosto vermelho fizesse maravilhas para a minha pele. O ponto positivo era que Dylan Reed não estava em nenhum lugar, e não pude evitar que um alívio me inundasse.

— Droga! Você quebrou a porta.

— Sinto muito mesmo — repeti, um pouco mais baixo desta vez, mas os caras continuaram me olhando bravos.

Pelo que pude ver, não houve um dano real — além da porta, claro. Quando escolheram me ignorar, tentei me concentrar nas minhas anotações e nos meus livros espalhados pelo chão. Felizmente, eu tinha deixado minha câmera no laboratório naquele dia, do contrário, não sabia se teria sido tão sortuda quanto a maquete.

— Espero mesmo que não tenha... — Vi os caras se levantando, segurando a maquete delicadamente entre os quatro. Não consegui terminar minha frase, já que recebi um último olhar mortal antes de eles darem a volta em mim para saírem apressados.

Ainda de joelhos, suspirei. Que ótimo final para minha porcaria de dia.

— Aqui, não se esqueça deste — disse alguém à minha direita.

Congelei de novo, e meu coração acelerou.

Lentamente, meus olhos seguiram a mão grande que estava segurando, de cabeça para baixo, um dos meus livros de História da Arte, então eles continuaram seguindo pelo braço comprido até aqueles ombros espetaculares, finalmente chegando ao olhar divertido de Dylan Reed.

Toda a conversação dos alunos que passavam ficou enevoada. Fechei os olhos, derrotada, e baixei a cabeça. Passei por tanta coisa tentando fugir...

— Oi — ele falou, bem simples, fácil e suave.

Enquanto meu coração estava fazendo um negócio estranho no peito, tentei me levantar do chão, mas me desequilibrei. Dylan segurou meu cotovelo e me endireitou antes de eu cair.

— Obrigada — murmurei, desviando o olhar do seu rosto conforme ele soltou meu braço e deu um passo para trás, o que gostei bastante. Pigarreei, como se fizesse alguma diferença. — Oi.

Deus, estava com tanta vergonha. Não apenas perguntei a ele se poderia beijá-lo como uma adolescente, sendo que ele tinha uma namorada o esperando do lado de fora, porque eu não conseguia recusar um desafio, mas também tinha visto seu pênis... apesar de não ser tão ruim ver um pênis. Muito pelo contrário, na verdade. Gostava de olhar para um bom pênis; que garota não gosta? Mas, além de tudo isso, agora ele tinha me visto destruir uma maquete de arquitetura.

Quantas vezes eu ia me fazer de boba na frente desse cara?

— Oi — ele repetiu, estendendo meu livro de novo.

Murmurei um obrigada, peguei-o e, enfim, ergui a cabeça e vi um sorriso contagiante nos seus lábios. Transformava totalmente o rosto dele. Aquelas linhas marcadas e fortes se suavizavam e, se ele já parecia incrível, quando sorria daquele jeito... me fazia querer ser o motivo do sorriso, o que só o tornava ainda mais irresistível. Meus lábios se ergueram em resposta, e pude sentir minhas bochechas se aquecerem sob o olhar penetrante dele.

— Ãh, oi.

— Você não me disse seu nome — ele falou, o sorriso ainda bem forte.

Me obriguei a desviar o olhar dos seus olhos curiosos.

— Oh! — Me virando lentamente, decidi que o melhor era agir como se eu não soubesse do que ele estava falando e, simplesmente, começasse a andar de novo.

— Você se lembra de mim, certo?

Senti que era uma boa hora para começar aquela caminhada poderosa, queimar umas calorias, fugir das pessoas. Mas minha fuga não seria tão fácil — ele me seguiu, andando de costas, mantendo o ritmo, me analisando.

— Ano passado? No fim do primeiro semestre, uma festa de fraternidade, não lembro qual.

Olhei rapidamente para ele de um jeito temeroso, então desviei o olhar o mais rápido possível, quando percebi que ele estava me analisando intensamente.

— Sabe, eu estava no banheiro, aí você entrou e me perguntou se...

— Ahhh, agora me lembro. — *Sua mentirosa.* — É. Sim, claro. Oi. — Minha voz saiu falhada. Dei risada, de forma meio estranha. — Foram tantas festas naquele ano, não consegui me lembrar de primeira. — Mentalmente, revirei os olhos para mim mesma. Tinha ido a três festas, *talvez*... e era um grande talvez. — Como vai?

— Vou bem... ótimo, na verdade, agora que finalmente vi você de novo.

Ele está me zoando?

Acelerei meu passo. Mas ele estava bem ali comigo.

— Sou Dylan — ele revelou, quando percebeu que eu não ia falar mais nada. — Naquela noite, tentei te alcançar, mas você desapareceu. Estava bem ali, depois sumiu.

Dei outra olhada para ele. Teria acelerado meu passo de novo, mas pensei que seria ainda mais vergonhoso e bem bizarro se eu simplesmente começasse a, literalmente, correr, e era capaz de ele conseguir acompanhar sem bem pingar de suor, de qualquer forma.

Emiti um som de risada misturado com sufocamento.

— Essa sou eu — eu disse com uma alegria fingida. — Estou lá, depois não estou mais. Existo, mas não existo de verdade.

Bizarra. Bizarra. Bizarra.

— E eu sei seu nome... todo mundo sabe seu nome. — Parei de falar para poder respirar apenas por um segundo. — Estava meio envergonhada, como pode imaginar... bastante envergonhada, na verdade.

Se eu não vomitasse nele nos próximos minutos, sabia que estaria segura.

— Se não estou com vergonha por você ter visto...

Olhei em pânico para ele.

— Você também não tem por que ficar com vergonha daquela noite — ele continuou rapidamente, então sorriu. — Não estou com vergonha, só no caso de você estar se perguntando isso.

O pênis dele... Tive o privilégio de ver o pênis dele, o pênis que ainda conseguia visualizar se fechasse os olhos — não que ficasse sentada imaginando pênis nem nada parecido... Se eu quisesse ver um, poderia, facilmente, pedir ao meu namorado para mostrá-lo para mim, apesar de eu ainda não ter feito isso.

Seu tom me fez olhá-lo. Ele tinha que tocar nesse assunto? Por que sequer estava conversando comigo? Para me fazer sentir ainda pior? E onde estavam os amigos dele? Chris?

Dei a ele o que eu esperava que fosse algo próximo a um sorriso em vez de uma careta e me mantive em silêncio.

— Vai me dizer seu nome, certo, Flash?

Observei-o olhar em volta, depois concentrar seu olhar de novo em mim.

— Quero dizer, está cheio de gente, e você provou que é rápida, admito, mas sou muito bom na corrida e, desta vez, agora que sei o que procurar, vou te alcançar, sem problema.

Oi, Dylan, conheça a humilhação em carne e osso.

— Flash? — perguntei, confusa.

Ele sorriu.

— Em um segundo você está lá, no outro não está mais? — Ele estava repetindo minhas palavras.

Pigarreando, ignorei o salto mortal do meu coração. Eu tinha um apelido. Ele tinha me dado um apelido.

— É Zoe.

Lá estava aquele sorriso de novo.

Ele testou meu nome nos seus lábios. Fascinada, observei-o fazê-lo.

— Zoe. Hummm. Certo, então, Zoe.

Um sorriso.

Ótimo.

— Estou meio atrasada para... em um lugar, então...

Ninguém nunca morreu por contar algumas mentirinhas.

— Ainda é um pouco tímida, hein? — ele disse baixinho, seu sorriso menor agora, mais íntimo.

Mudei minha trança estilo ninho de passarinho do ombro esquerdo para o direito, pensando que não seria a pior coisa do mundo ter uma cortina entre nós.

— Temo que seja uma coisa permanente.

Como se ele soubesse que eu estava tentando me esconder detrás do meu cabelo, deu risada.

— Você venceu esta, então. Preciso voltar ao treino, de qualquer forma... não posso me atrasar, senão o técnico vai me comer.

Travei olhares com ele e, simples assim, me esqueci do porquê estava tentando fugir. Será que eu realmente estava meio decepcionada que ele iria embora? Como sou idiota.

Desvie o olhar, Zoe. Não olhe para esses olhos.

Ele ergueu a mão para esfregar sua nuca e quebrou nosso contato visual.

— É. Está certo, então. Foi legal encontrar você, Zoe. Talvez possamos nos encontrar de novo algum dia?

Sorri para ele, de forma meio miserável, mas fiquei de boca fechada. Não gostava de mentir para ninguém — nem para um estranho — se não precisava.

Tudo aquilo, toda a nossa interação, foi uma tortura para mim, do início ao fim. Tenho certeza de que você se sentiria do mesmo jeito se estivesse observando acontecer.

Então, Dylan parou de andar ao meu lado e eu continuei. Foi o fim da linha para nós, onde nossos caminhos se separaram. Fechei os olhos e respirei fundo, pois estava precisando, para clarear minha mente. Eu estava passando pela pequena cafeteria, que cheirava a pizza ruim de cafeteria e cafeína. Meu coração ainda estava tropeçando em si mesmo. Pense em uma vergonha. Por que eu não conseguia não ser tão... *dolorosamente* tímida?

— Zoe?

Gemi alto, e o grupo de alunos andando ao meu lado me olhou estranho. Parei e me virei, um pouquinho curiosa para ouvir o que ele ia dizer.

Ele estava a uns três metros de distância, simplesmente parado no meio do caminho lotado. Vida universitária — todo mundo estava tentando chegar a algum lugar. Como *ele* não trombava em alguém e todo mundo somente parecia dar a volta nele? Seu sorriso cresceu lentamente quando ele teve minha atenção.

— E aquele beijo?

Franzindo o cenho, perguntei:

— O que tem ele?

— O que acha de darmos aquele beijo agora?

Meus olhos saltaram um pouquinho e minha boca se abriu, ou talvez eu tenha sufocado; não tenho certeza dos detalhes. Mas eu não estava bonita, isso posso te dizer.

Notei olhos em mim, ouvi murmúrios baixos, e meu rosto começou a corar de novo. Abraçando mais meus livros, como se eles pudessem me proteger ou me impedir de ir na direção dele, meio que gritei de volta para ele.

— Desculpe, eu... eu... tenho namorado.

— Acha que seria bom? — Ele deu um passo na minha direção.

Desgraçado arrogante.

— Falei que tenho namorado!

E eu tinha; realmente tinha namorado. Seu nome era Zack. Zoe e Zack — ele pensava que era destino. Eu, nem tanto. Ele não era o amor da minha vida nem nada disso, mas, é, tínhamos saído algumas vezes, e eu tinha praticamente certeza de que ele não curtiria saber que eu beijei um cara aleatório no meio do campus.

— Bom para você! — alguém gritou.

Ouvi risadinhas da multidão, e corei mais um pouco.

Deus! Olá? Por favor, faça alguma coisa. Me puna. Me puna agora mesmo.

— Ah... entendi. — Agora Dylan não estava gritando tanto. Ele enfiou as mãos nos bolsos, balançando-se no lugar, e precisei me obrigar a não baixar os olhos para o que eu já sabia que era um pacote de tamanho considerável. — Não temos o melhor *timing* do mundo, hein, Flash?

O que eu poderia dizer? Assenti e forcei um sorrisinho. Era decepção que eu estava vendo nos olhos dele? E era um frio na barriga que eu estava sentindo?

Ele começou a andar de costas, seus passos leves e tranquilos, seus olhos ainda em mim.

— Vejo você por aí, Zoe. A terceira vez é a de sorte, então, talvez, da próxima vez, a gente faça acontecer.

Eu não apostaria nisso, pensei, mas não falei em voz alta. Apenas ergui a mão e acenei discretamente.

Ele abriu aquele sorriso — aquele grande, despreocupado, oh-muito-lindo —, me cumprimentou rapidamente e, então, virou-se para sair dando uma corridinha. É, tinha sido inteligente da minha parte escolher não correr — com certeza, ele teria me alcançado rapidamente.

Da primeira vez que eu tinha seguido um caminho diferente do dele, eu o fizera com lágrimas escorrendo pelo rosto devido à humilhação e à vergonha. Desta vez... desta vez, eu era apenas sorrisos.

CAPÍTULO TRÊS
DYLAN
Um ano depois

Eram dez da noite de uma sexta-feira, e eu estava acabado, como ficava quase todos os dias. Adorava ficar assim, vivia por isso.

Eu tinha acordado às seis da manhã, como fazia quase todos os dias para conseguir me exercitar pela primeira vez no dia, antes de um café da manhã rápido e uma reunião com o time. Direto da reunião, corri para chegar à minha primeira aula. Por volta de meio-dia e meia, geralmente tinha uma hora para almoçar e simplesmente ser um universitário normal em vez de atleta. Após o almoço, dependendo do dia, eu tinha outra aula ou ia direto para minha segunda atividade física na sala de musculação. Depois disso, tinha três horas de treino, que às vezes se estendia por mais uma hora ou mais. Após meia hora de intervalo, que incluiu uma vitamina e um sanduíche, fui para a biblioteca tentar terminar um trabalho para o dia seguinte. Na ida para lá, o dia cheio começando a me cansar, tinha enviado mensagem para minha namorada, Victoria, para ver qual era o plano para a noite. Quando vi, haviam se passado três horas, e eu ainda não tinha recebido resposta dela.

Eu morava em uma fraternidade a apenas alguns minutos do campus com quatro dos meus colegas de time: Kyle, Maxwell, Benji e Rip. Se eles não tivessem resolvido de última hora dar uma festa de aniversário para Maxwell, eu poderia ter passado minha noite em paz no meu quarto com Vicky, talvez assistindo a um filme na Netflix e transando. Após um longo dia me preparando para a temporada, geralmente, era toda a energia que restava em mim. Mas, sabendo que isso não era possível, decidi ir ao quarto de Vicky no dormitório para ver se conseguiríamos evitar a festa juntos e ficar relaxados, embora eu soubesse que ela ficaria irritada comigo.

Diferente de mim, ela sempre tinha um monte de energia e tempo para festas, mas eu também sabia como convencê-la a ficar em casa. Por mais que ela adorasse beber e dançar, ela adorava mais ainda o que eu podia fazer com seu corpo.

Estávamos namorando há cinco meses. Dois meses desse total tínhamos ficado separados, falando por vídeo e trocando mensagens sem parar durante as férias de verão, e tudo parecia estar indo bem. Ela não se importava que eu passava a maior parte do meu tempo no campo ou na academia, porque seu tempo estava preenchido por aulas, reuniões da fraternidade e um estágio. Ela me apoiava, era carinhosa e, bem, para dizer a verdade, ela tinha sido totalmente não planejada.

Meu plano original sempre foi que eu não iria namorar durante meu último ano.

Focar no jogo.

Desenvolver minhas habilidades.

Ser o melhor no campo.

Conseguir tempo para estudar.

Eram apenas algumas das coisas na minha lista de prioridades, e uma namorada não era uma delas. Meu prato já estava cheio — na verdade, estava mais do que cheio; estava transbordando. Simplesmente não estava com tempo sobrando no dia a dia para lidar com esse tipo de comprometimento. Em certo momento, apesar da minha agenda ocupada, Vicky tinha conseguido se infiltrar na minha vida e, para minha total surpresa, eu gostava de tê-la ali. Vê-la depois de um dia longo e exaustivo não era a coisa mais difícil e, até onde eu sabia, ela gostava ainda mais de ficar comigo.

No passado, quando me atrasei para um dos nossos encontros porque o treino se estendeu ou quando não pude ir a uma festa porque tive que sentar a bunda na cadeira e estudar, ela nunca reclamou. Me deixava calmo (nem sempre) e me equilibrava (de novo, nem sempre), e eu tentava dar a ela o que quer que havia restado em mim no fim do dia. Para ser justo, isso pode não parecer muito, mas ela sempre me dizia que era mais do que suficiente, que eu a fazia feliz e que não conseguia imaginar estar com outra pessoa. Eu acreditava nela — por que não acreditaria? Definitivamente, ela não se importava em ter um namorado que poderia estar entre os vinte melhores, e eu estaria mentindo se dissesse que não gostava de ver seu rosto se iluminar com empolgação e alegria quando a mídia falava de mim. Eu não estava exatamente planejando perguntar se ela queria ir comigo, caso eu realmente conseguisse ser convocado no fim do ano, mas ela tinha dado bastante a entender, algumas vezes, que estava disponível para viajar para qualquer lugar após a graduação. Então, eu pensava que, talvez, se as coisas continuassem como estavam, não seria a pior coisa do mundo perguntar a ela.

Após conversar com a colega de quarto de Vicky e saber que, na verdade, ela tinha ido para a festa — esperando me encontrar lá, presumi —, finalmente, fui embora do campus, tentando me preparar, mentalmente, para a bagunça que estava me esperando em casa.

Surpreendentemente, a casa não parecia tão lotada quanto eu temera. Em vez de convidar a faculdade inteira, só estava o time todo reunido em nossa casa de três andares. Era o time, as namoradas dos jogadores que tinham uma e, só para equilibrar tudo, algumas líderes de torcida. Então, ainda estava uma loucura, mas em uma escala menor. Teria apostado que o único motivo pelo qual eles estavam mantendo-a relativamente pequena era o medo de o técnico saber dela.

Encontrei JP tentando seduzir uma garota na cozinha.

— Viu Vicky por aí? — perguntei, assim que cheguei bem perto.

— Ainda não. Tenho certeza de que ela está por aí em algum lugar. Onde você estava, cara? Perdeu o torneio Furioso. — Antes de eu conseguir escapar, ele bateu a mão nas minhas costas. — Conheça Leila antes de você sumir. Ela é a garota dos meus sonhos. Garota dos meus sonhos, conheça meu parceiro.

Balancei a cabeça e vi a garota rir dentro do seu copo vermelho.

— Olá, Dylan.

JP a puxou à sua frente e rodeou sua clavícula com o braço. Inclinou-se e roçou o nariz no pescoço dela.

— Deixe-me provar. Aí você pode me contar tudo sobre o que está planejando fazer comigo.

Distraidamente, me entregou o copo de plástico dela e começou a atacar seus lábios com entusiasmo.

Deixando-os em paz, verifiquei a sala de estar, me enfiando entre os casais se amassando no corredor, então desci para o porão, onde as coisas estavam acontecendo um pouco mais rápido e, finalmente, saí para o quintal. Ela não estava em nenhum lugar, então lhe enviei outra mensagem conforme fui até Chris e alguns dos outros caras antes de voltar para dentro da casa.

— Chris? Viu Vicky por aí? Era para ela estar aqui, mas não a estou encontrando.

— Acabei de chegar. Já viu lá dentro?

Suspirei.

— Já, não está lá. Não vi você no treino hoje... está tudo bem? — perguntei, quando os outros caras começaram a discutir sobre o próximo jogo.

— Está, eu estava na musculação. Saí antes de vocês terminarem. — Ele viu minha expressão e continuou: — Não pergunte. Te conto sobre isso depois.

Chris era um dos meus melhores amigos.

— Técnico? — Eu estava imaginando que fosse outra briga.

Chris era filho de Mark Wilson, um dos maiores *quarterbacks* de todos os tempos e nosso técnico. Eles brigavam... *o tempo todo*. Você pensaria que ter o pai como técnico facilitaria as coisas para ele, mas não. Chris dava tão duro quanto o resto de nós, senão mais. Passávamos muito tempo treinando juntos, aperfeiçoando nosso jogo.

Ele suspirou.

— É. Vamos conversar depois, ok? Foi um dia longo, então vou para casa. Não quero que ele fique no meu pé. Te vejo amanhã.

Antes que eu pudesse perguntar mais alguma coisa, ele se despediu do nosso grupinho e foi embora.

Verifiquei meu celular de novo: nada de Vicky. Pensando que talvez ela não estivesse recebendo minhas mensagens, tentei ligar algumas vezes, mas ela não atendeu.

Comecei a ficar preocupado, então pedi licença e, devagar, subi. Meu quarto era o último do corredor no segundo andar, e porque a festa tinha sido planejada de última hora, eu não o tinha trancado antes de sair naquela manhã. Conforme passei pela primeira porta ao lado das escadas, meus passos falharam. O segundo e o terceiro andar sempre eram proibidos quando os caras davam festas. Se eu não conhecesse Kyle — nosso melhor *tight end*[2] — pelo tempo que conhecia, teria entrado e expulsado todo mundo. Mas esse era Kyle.

Se fosse levar em conta os sons vindo da sua porta, era mais do que provável de que havia uma orgia acontecendo ali, e, definitivamente, ele era a estrela daquele show. O que não caía bem para o meu quarto. Um olhar nos inúmeros corpos nus me ensinaria a trancá-lo da próxima vez. Hesitando em frente à minha porta, prestei atenção para ouvir sons suspeitos. Quando não consegui ouvir nada, abri a porta e fiquei aliviado ao descobrir que eles ainda não tinham chegado tão longe.

A má notícia era que Vicky também não estava lá. Liguei para ela de novo; sem resposta.

Tentei sua colega de quarto, e ela atendeu no segundo toque.

— Dylan?

— Jessie, Vicky não está na minha casa. Ela voltou para aí?

— Não. Falei para você que ela disse que iria te encontrar na sua casa.

Me sentei na beirada da cama e massageei a têmpora. Só porque a música não estava estourando não significava que as pessoas não estavam sendo barulhentas para compensar.

---

2   Posição ofensiva do futebol americano, cuja função principal é bloquear para o *running back* e o *quarterback*. (N.E.)

— Ela não está aqui. Ela sabia que eu estava planejando estudar na biblioteca depois do treino, então por que viria para cá me procurar?

— Não sei o que quer que eu diga, Dylan. Tivemos uma reunião da fraternidade às oito e, quando acabou, ela se trocou e falou que estava indo para sua casa. É tudo que sei. Provavelmente, o celular dela está no silencioso. Tente de novo.

Me levantei e comecei a andar de um lado para outro nos confins do meu quarto pequeno.

— Olha, já tentei dez vezes e ela não está atendendo. Não é do feitio dela ignorar minhas mensagens, na verdade, nenhuma mensagem. Você sabe melhor do que eu que o celular dela sempre está grudado na mão. Estou começando a ficar preocupado.

O longo suspiro de Jessie chegou aos meus ouvidos. Podia imaginá-la revirando os olhos do outro lado da linha, o que era, basicamente, padrão dela, quando ela interagia com pessoas por mais de um minuto.

— Quer que eu ligue para uma das garotas e veja se ela apareceu por lá?

— Gostaria, sim, Jessie.

Sem dizer mais nada, ela desligou na minha cara. Embora o banho estivesse me chamando, eu ainda estava tão preocupado que resolvi vasculhar a casa de novo e, talvez, perguntar a mais alguns caras se eles a tinham visto. Se ela tivesse ido à festa, alguém deve tê-la visto; se não, eu já estava pronto para sair e procurá-la.

Conforme estava passando pelo quarto de Kyle, vi que a orgia estava mais quieta, os gemidos e grunhidos, mais silenciosos agora. Tentei abrir a porta, que cedeu.

Como eu não fazia ideia de quem estava lá com ele, mantive os olhos no chão ao perguntar:

— Ei, Kyle, você viu Vicky lá embaixo hoje? A colega de quarto dela disse que ela veio para cá.

Apesar de eu ter ouvido Kyle murmurar para alguém alguns segundos antes de eu abrir a porta, o silêncio repentino que veio com minha pergunta me fez olhar para cima.

A última coisa de que me lembro era de Vicky... no meio da cama... entre um par de paus — de Maxwell e de Kyle, para ser específico — de quatro. Tenho certeza de que você consegue imaginar o que eu estava olhando.

Me lembro de Vicky gritando para nós pararmos. Também me lembro, vagamente, de Maxwell tentando me dar explicações. Devo ter apagado alguns minutos, porque, a próxima coisa de que me lembro é JP e Benjamin — nosso *right guard*[3] — me arrancando de cima de Kyle.

Respirando com dificuldade, fiz meu máximo para jogá-los para longe, mas eles não se mexeram.

— Está tudo bem. Está tudo bem e acabou. Acalme-se! — JP gritou na minha cara conforme segurava minha cabeça e tentava captar meu olhar.

Benji, uma montanha de homem e outro dos meus melhores amigos, estava segurando meus braços às minhas costas conforme tentava nos tirar do quarto. Mesmo se eu tivesse conseguido tirar JP do caminho, não havia como me soltar de Benji. JP ainda estava empurrando meus ombros para me impedir de ir atrás de Kyle.

— Vamos só tomar um ar, ok, Dylan? Fique calmo, cara. Não vale a pena arriscar seu futuro. Fique de boa.

Antes que eles conseguissem me colocar para fora, olhei pelo quarto. Maxwell estava segurando seu nariz sangrando, mas estava bem, pelo que pude ver. Em algum momento, ele deve ter colocado o pau de volta na calça depois de tirar da boca de Victoria, mas os botões do jeans ainda estavam abertos, e ele permanecia sem camisa. Kyle... Kyle estava nu e se contorcendo no chão, o quarto agora preenchido com um tipo diferente de gemido.

Victoria, minha namorada amorosa... ainda estava ajoelhada na cama, com os olhos enormes e assustados, respirando superficialmente, conforme apertava uma camisa ao corpo para se cobrir. Número doze —

---

3 Jogador da linha ofensiva do futebol americano, cuja função é proteger o quarterback e abrir caminho para os running backs passarem. (N.E.)

ela estava segurando *meu* número... *minha* camisa. Estava deixando que a fodessem enquanto usava o meu número.

Nossos olhos se encontraram, e vi seus lábios formarem meu nome. Quando ela fez um movimento para descer da cama, parei de tentar chegar a Kyle e de lutar com meus amigos, que, finalmente, me soltaram. Saí do quarto e da casa sem olhar para trás.

— Técnico, sei o que vai dizer, e não é necessário. Estou bem.

— Entre e sente-se.

Fiz o que ele pediu.

— Corta essa. Pelo que estou vendo no campo, você não está nada perto de estar bem, que dirá no seu estado atual. Dei uma semana a você e nada mudou. Está fora do ritmo. Agora, vai fazer o que falo para você fazer e parar de agir como se a boceta dela fosse a última do mundo. Olhe em volta, pelo amor de Deus... Você tem muitas reservas esperando no banco, se é isso que quer.

Minhas mãos se cerraram em punhos conforme me levantei da cadeira.

— Acha que se trata dela? Acha que é por isso que estou com dificuldade para me concentrar? Não é ela que está afetando meu jogo. Não me importo com isso, mas como pode esperar que eu dê tudo de mim no jogo quando não confio nos meus colegas de time? Era para eles me apoiarem, tanto dentro do campo quanto fora. Como quer...

O técnico se levantou, me silenciando com um olhar simples, porém mortal, e veio ficar em pé diante de mim.

— Certo, Dylan, vamos jogar do seu jeito. Me diga o que quer que eu faça. Já conversei com o time inteiro. Você estava lá... sabe que não aprovo. Digo a vocês, o tempo todo, que, se quiserem chegar aos grandes campeonatos, não podem deixar que haja distrações na vida. Você brigou com Kyle bem no meio da sala de musculação e socou a cara dele... de novo... e não repreendi você. Não posso deixar que meus garotos fiquem brigando no meio de todo mundo. O que mais gostaria que eu fizesse? Quer que os corte do time só porque dormiram com sua namorada oferecida?

Tentei esconder a raiva, mas não deu certo. Cansado de tudo, me sentei de novo e apoiei os antebraços nos joelhos. No fim do dia, por mais que as palavras dele estivessem atingindo um ponto fraco, ele tinha razão — não havia mais nada que eu pudesse fazer. Nem Kyle nem Maxwell pareciam estar com dificuldade no campo. Sim, eles me evitavam, mas isso não parecia estar afetando o jogo deles. Talvez fosse eu que não fosse mente aberta o suficiente. De qualquer modo, não valia a pena desistir da final por nenhum deles — inclusive por Victoria. Queria ouvir meu nome ser anunciado no dia. Senti que estive trabalhando para esse objetivo a minha vida toda. À noite, na cama, após um longo dia de musculação, treino e reuniões, além das aulas, quando fechei os olhos, conseguia enxergar, conseguia sentir no meu cerne. Sabia que era bom o bastante, sabia que, se fosse às grandes competições, trabalharia ainda mais duro. Daria o tempo, o suor, o trabalho. Era hora de seguir em frente. Ouvi o técnico suspirar e me concentrei nele.

— Você é agressivo no campo, está exigindo demais de si mesmo, e não está sincronizado com Chris, como geralmente é. Nem queira saber quantos passes incompletos contei hoje. Está zoado, Dylan. Você sabe disso, eu sei disso, o time inteiro sabe disso. Acha que pode se dar ao luxo de ser imprudente nesta temporada? É com seu futuro que está brincando, garoto, e pelo quê? Uma garota da qual você nem vai se lembrar daqui a um mês, quanto mais daqui a um ano?

A cada palavra que saiu da sua boca, pude sentir meus ombros ficarem cada vez mais tensos. Futebol era minha vida. Eu era um jogador bom pra caramba, o melhor *wide receiver*[4] que tinha. Treinei muito para ganhar essa fama.

— Acha que é só diversão e jogos na NFL? Acha que eles vão dar a mínima para você fazendo birra por causa dos seus colegas de equipe? A

---

[4] Posição ofensiva do futebol americano, cuja função é pegar passes do *quarterback*. (N.E.)

NFL é outro nível. Se não consegue resolver suas diferenças com alguns colegas de time, esquecer das suas diferenças e jogar como um time naquele campo da faculdade, deveria esquecer a NFL. Você é bom. Nós dois sabemos que você vai chegar lá, mas nem todo mundo tem o que precisa para ficar lá. Não vai importar para quem você joga se tudo que fizer for sentar no banco porque não consegue se dar bem com seus colegas de equipe por qualquer motivo que seja. A menos que esteja naquele campo, dando tudo que tem...

— Senhor, com todo...

— Cale a boca, Dylan. Cale a boca e me escute. Acabou. Este é seu último ano. Entende isso? Ou você consegue ou não consegue. Estão de olho em você. Sabe que também não é só a mídia. Estão de olho em você desde seu segundo ano aqui, e não se esqueça de que foi você que escolheu terminar a faculdade antes de ir para a liga de gente grande. A temporada começa na semana que vem. Você tem uma chance, mas sabe que todo jogo conta. Não estrague tudo, não por uma idiotice dessa.

— Senhor, não tenho intenção de estragar nada. Estou trabalhando nisso. Juro que, da próxima vez que me vir no campo, vai...

Ele se endireitou da mesa e voltou a se sentar atrás dela.

— Da próxima vez que o vir no campo, é melhor você estar recomposto. Se não estiver, vou presumir que está se coçando para se sentar no banco. — Tirando uma pequena chave do bolso de trás dos seus jeans, ele abriu a gaveta de cima, pegou outra chave e a jogou para mim.

Ergui a mão e a peguei antes que batesse na minha cara.

— Sei que você arranja uns empregos de meio período às vezes, quando consegue encontrar tempo, principalmente fora da temporada. Estou presumindo que envie tudo que restar, depois das suas despesas, para sua família e que fará a mesma coisa este ano, certo?

Segurei mais firme a chave, sentindo as beiradas espetando minha pele, e assenti silenciosamente antes que ele continuasse.

— Então não consegue pagar um lugar só seu. É tarde demais para se inscrever para o dormitório do campus, e não posso ter um dos meus melhores jogadores dormindo no chão das casas dos seus colegas de equipe. — Recostando-se na cadeira, ele me olhou de forma demorada. — Tenho um apartamento bem ao lado do campus. Eu tinha... está vazio agora. Você vai ficar lá. Preciso que volte a pensar no jogo. Precisamos de você nesta temporada.

E eu precisava do futebol na minha vida. Não lidaria bem se ele decidisse que me colocar no banco era uma ideia melhor.

— Estarei recomposto para o jogo.

— É isso que quero ouvir. Terminamos. Agora se levante e dê o fora da minha sala. Vou enviar o endereço para você por mensagem no fim do dia.

Abri a mão e olhei para a chave. Eu não estava procurando uma moradia grátis — inferno, detestava o fato de estar sequer considerando, mas eu estava sem opções, já que todo mundo que eu conhecia tinha conseguido moradia há meses. Eu ainda poderia dormir com um colega de equipe ou de classe, mas não sabia se afetaria meu jogo ou minhas aulas. Precisava de um último ano de faculdade sem festas e sem namorada, se iria tornar realidade meus sonhos e os sonhos da minha família. Com a decisão já tomada, me levantei para sair.

— Obrigado, técnico — murmurei, alto o suficiente apenas para ele conseguir me ouvir.

— Dylan.

Com a mão na maçaneta da porta, parei e olhei de volta para ele por cima do ombro.

— Não quero que Chris saiba sobre este apartamento ou sobre meu envolvimento com você o conseguindo. Às vezes, quando é tarde demais para voltar para casa, fico lá, e a mãe dele nem sabe sobre o apartamento. Quero que continue assim. Entendeu? Vou ficar lá de vez em quando, então se certifique de que eu também não veja nenhum dos seus colegas de equipe por lá. Já vejo bastante suas caras feias para valer uma eternidade.

Então, meu técnico seria meu colega de casa no meu último ano, nada de mais. Para falar a verdade, quanto mais eu pensava nisso conforme saía do prédio para ir para minha aula das duas e meia, mais eu gostava da ideia. Seria apenas mais um motivo para me concentrar no que era importante e ficar longe de todo o resto.

CAPÍTULO QUATRO
ZOE

Já que fui muito burra para deixar minha toalha no quarto, tive que sair do banheiro sem nada além do meu celular na mão, e foi quando ouvi o rangido característico da abertura da porta do apartamento. A imprevisibilidade disso me pegou desprevenida, e congelei no meio do caminho. Achei que pudesse ser Mark, então pensei nessa ideia por um ou dois segundos, mas também poderia não ser. Se eu não tivesse, magicamente, pulado alguns dias enquanto eu estava no banho cantarolando, ainda era segunda-feira, o que significava que não era quinta-feira, a noite em que ele aparecia ou ligava. Além do mais, ele não fazia ideia de que eu ainda morava lá, e não em outro apartamento com Kayla. Dito isso, até onde eu sabia, só Mark e eu tínhamos as chaves daquele apartamento. Então não deveria — *não poderia* ser mais ninguém. Não era como se ele quisesse voltar e entregar as chaves do apartamento que alugou para mim. Afinal de contas, eu era seu segredinho.

Conforme fiquei ali, prendendo a respiração, totalmente nua e, repentinamente, enrijecida por, no mínimo, cinco segundos — esperando Deus sabe o quê —, as batidas do meu coração ficaram mais pesadas. Minha boca estava tão seca quanto uma lixa e, quando terminei minha contagem mental até dez, comecei a entrar totalmente em pânico. Se fosse Mark, ele já teria chamado. Pensei em gritar um cumprimento, mas todos os filmes de terror aos quais me obriguei a assistir com meu pai me vieram à mente, e resolvi que não queria ser morta por um palhaço naquele dia.

Não era minha hora, nem meu dia e, com certeza, minha primeira escolha não era um assassino.

Especificamente, não queria ser morta por um palhaço enquanto estava completamente nua com água escorrendo do meu cabelo e do meu corpo molhados. Ouvi passos e só então percebi que, quem quer que tivesse invadido, não tinha se mexido nos primeiros segundos. Quando ele finalmente começou a andar, seus passos eram do tipo lentos... conhece esses passos, certo? Nos filmes de terror a que assistia, tinha aprendido uma lição importante: se alguém está se mexendo com passos lentos e deliberados, você se vira e corre. Corra, meu amigo, corra como se tivesse cachorros de guarda mordendo seus tornozelos, porque quer saber de uma coisa? Aqueles desgraçados bizarros de passos lentos sempre matam as garotas gritantes.

Era uma pena, para mim, porque eu não tinha para onde correr. O apartamento de dois quartos era no formato de L, e eu estava parada bem no canto oposto ao meu futuro assassino.

Já mencionei que nunca mais assisti a filmes de terror? Ou a nenhum tipo de filme que me deixe acordada à noite?

Conforme comecei a me afastar em silêncio, olhei para o meu celular e me xinguei por ouvir o Spotify e acabar com a bateria. Então vi o quanto minhas mãos estavam tremendo e comecei a entrar mais ainda em pânico. Segurando na parede para um apoio muito necessário, consegui voltar silenciosamente para o banheiro, pegar uma toalha de mão grande e enrolar em mim, o que só deu para me cobrir até certo ponto. Metade da minha bunda e outras partes estavam simplesmente... lá, porém aquela toalhinha parecia dar um nível extra de proteção.

Ouvi mais alguns passos vindos da sala de estar, depois um barulho alto seguido de um palavrão sussurrado. Com dificuldade de engolir, e funcionando de forma generalizada, coloquei ambas as mãos na boca para abafar um grito e apenas me agachei atrás da porta. Se pudesse me diminuir o máximo possível, ficaria invisível e em segurança, e, em alguns minutos, tudo terminaria. Quero dizer, por que um ladrão entraria no banheiro onde não havia nada para roubar? A menos que viesse ver por que as luzes estavam acesas... aí eu estava ferrada de qualquer jeito.

Outro barulho alto e, desta vez, eu gritei. Minha respiração estava irregular e mais alta do que eu gostaria. Já que meus joelhos estavam prestes a me deixar na mão, apoiei a mão na parede e me levantei delicadamente, só para sentir minhas pernas balançarem igual a uma gelatina.

Ao notar um rolo de macarrão apoiado na parede debaixo da pia — nem me pergunte o que isso estava fazendo no banheiro —, eu o segurei e fechei os olhos, só no caso de precisar dele.

Provavelmente, eu ia morrer em um banheiro em Los Angeles — na verdade, não havia *provavelmente* nessa frase, porque ou morreria de ataque do coração ou pelas mãos de um estranho, o que quer que acontecesse primeiro. Infelizmente, nenhuma das opções parecia tão atraente para mim.

Eu não fazia ideia se haviam se passado meros minutos ou uma hora, mas não conseguia ouvir mais nada. Quando tive certeza de que não havia nada, comecei a pensar nas minhas opções — não que tivesse muitas.

Mesmo assim, ou eu iria criar coragem e sair do banheiro ou ficaria ali dentro indefinidamente. Então me lembrei de que todo o meu equipamento de filmagem estava na sala de estar: lentes que peguei emprestadas do meu professor, a amada câmera Sony que meu pai me dera, meu laptop, e até equipamentos ainda mais caros, que eu não teria condições de comprar de novo em breve. Ainda tremendo e com calafrios, resolvi sair e, pelo menos, dar uma olhada do canto. Com certeza, se ainda houvesse alguém na casa — apesar de eu torcer muito para que *não houvesse* —, eu tentaria fugir correndo ou simplesmente cairia morta no chão, porque tinha a sensação de que meu coração não conseguiria suportar muito mais tempo.

Eu estava com tanto medo que me esqueci de respirar. Obrigando meu corpo a seguir em frente, engoli em seco e abri a porta para poder, lentamente, olhar do canto da parede.

Definitivamente, *havia* alguém na casa. Não estava exatamente um breu, graças às luzes da rua iluminando suavemente a sala de estar, mas, além disso, nenhuma das luzes do apartamento estava acesa. Não havia muitos móveis na sala, só um sofá grande e confortável, uma poltrona grande o suficiente para acomodar duas pessoas com folga e uma mesa de centro. Ver esse estranho esquisito se ajoelhar bem atrás do sofá e procurar alguma coisa em uma mala grande no chão fez meu sangue congelar.

Ele estava roubando meu equipamento.

Com o rolo de macarrão ainda seguramente nas mãos, me afastei do canto e me apoiei na parede. A porta do apartamento estava fechada. Eu estava presa. Mesmo que corresse até ela, ele me ouviria e me alcançaria antes de eu conseguir chegar. Com o tamanho dele, eu não queria que isso acontecesse. Minha única chance — minha única opção, na verdade — era bater na cabeça dele com o rolo de macarrão enquanto ele ainda estava de costas para mim, pegar a chave que eu tinha oitenta por cento de certeza de que deixara na ilha da cozinha e, *aí*, correr até a porta — depois de pegar a bolsa com meus equipamentos, claro. Considerando minha falta de roupa, chegar até a srta. Hilda, que morava no fim do corredor, era minha melhor chance. Ela sempre estava em casa, então não fiquei preocupada em não encontrar ninguém, mas será que era possível chegar lá?

Quando percebi que havia lágrimas geladas escorrendo por minhas bochechas pelo medo e pela ansiedade da coisa toda, respirei de forma rápida e profunda, mas silenciosa, e disse a mim mesma que conseguiria fazer isso. Repeti várias vezes na minha mente.

Antes que pudesse desistir, fui para a sala com o rolo de macarrão na mão erguida.

Ou vai ou racha.

Inspirei o ar e comecei a andar na ponta dos pés com minhas pernas fracas e trêmulas em direção à figura escura ainda de costas para mim.

Quando estava a apenas alguns passos de distância, comecei a tremer do pior jeito, então escolhi correr os próximos passos e ergui o rolo ainda mais alto, a fim de infligir o máximo de dor. Soltei o que parecia ser um grito de guerra aos meus ouvidos, mas foi mais como um grito agudo conforme bati nas costas dele. Tinha mirado na cabeça, então… talvez não tenha dado tão certo para mim. Provavelmente, não fui uma guerreira Viking em uma das minhas vidas passadas.

— Que porra... — meu assassino grunhiu.

No tempo que levei para erguer a maldita coisa de novo, ele já tinha se virado e segurado meus pulsos de forma apertada e dolorosa, o que fez o rolo de macarrão escorregar dos meus dedos conforme comecei a gritar.

Minha respiração falhou e choraminguei, porque não conseguia inspirar ar suficiente para os meus pulmões. Não conseguia entender exatamente o que estava acontecendo, mas lutei contra seu aperto como a guerreira Viking que eu não era até minhas pernas cederem.

— Merda — o homem gritou, apertando os dedos nos meus pulsos quando comecei a escorregar da sua mão e me ajoelhar. Eu estava dando meu máximo para me soltar dele.

Nada funcionava.

Minha visão ficou embaçada. Não tinha ar.

Ele estava falando, e *pensei* que o que eu estava ouvindo era sua voz, mas era difícil pra caramba ouvir alguma coisa através da pressão latejante crescente na minha cabeça, sem contar meu pobre e rebelde coração, que estava exausto.

— Ei! Respire. Por favor, respire. Respire, droga! — meu assassino bravo gritou, e me encolhi.

Mãos quentes seguraram minhas bochechas, e ele basicamente me ensinou a respirar de novo conforme eu estava sentada desabada no chão.

De olhos fechados.

O coração batendo descontrolado.

— Você está indo bem. Só respire. Isso, exatamente assim. Calma. Inspire, agora expire. Inspire e expire. Que bom. Você está indo bem.

— Quem é você? — perguntei, ofegante, quando consegui, mas então me lembrei de que, se ele me contasse quem ele era, teria que me matar. Primeira regra do mundo sombrio dos criminosos: se vir meu rosto, você morre. — Não, não, não me conte. Retiro o que eu disse. — Não pensava realmente que um ladrão iria parar tudo para me ajudar a respirar e me acalmar... mas não iria arriscar. — Você pode levar o que quiser, mas, por favor, não me machuque.

— De que porra está falando? Vou te perguntar a mesma coisa... quem é você? — ele indagou impacientemente. — Espere aí. — As mãos dele deixaram meu rosto e o senti se afastar de mim.

Sequei as lágrimas dos meus olhos bem a tempo de ver as luzes se acenderem.

Quando ele veio ficar diante de mim de novo, simplesmente me descontrolei. Fiquei aterrorizada e chocada ao mesmo tempo, e também bastante nua na minha toalha minúscula. Sem saber se eu estava alucinando devido à falta de ar, apenas continuei olhando para ele do meu lugar no chão.

— Você... mas... que porra está acontecendo aqui? — gaguejei, talvez um pouco mais alto do que um sussurro.

A estrela do time de futebol, o *wide receiver*, o próprio Dylan Reed, olhou para mim com um cenho profundamente franzido enquanto me estendia sua mão direita.

Indignada, olhei para a mão dele por longos segundos antes de olhar de volta para seu rosto.

— Que porra está acontecendo aqui? — repeti no mesmo tom, porque não parecia me lembrar de mais nenhuma palavra que seria útil para a situação. Esse era o único vocabulário que eu conseguia estruturar.

Usando uma mão para segurar minha toalha e a outra para me levantar do chão, tentei me erguer por conta própria. Ele deve ter ficado com pena da minha tentativa falha, porque segurou meu braço e me puxou para cima.

— Eu conheço... — ele murmurou quando eu, finalmente, fiquei de pé com minhas próprias pernas, como uma pessoa normal, apesar de meio trêmula, mas estava de pé.

Consegui ver o reconhecimento acontecer, e não sabia se era bom ou bem ruim.

— Eu conheço você, certo? — ele perguntou.

Antes de eu tentar formular mais palavras, sua boca se transformou e ele estava me oferecendo um grande sorriso, um sorriso que eu acabara achando bem atraente um ano antes.

— Aí está você — ele disse, finalmente quebrando o silêncio bizarro.

Sem saber o que isso significava, pigarreei.

— Ãh, sim...?

Me movimentando bem devagar, puxei minha mão e não conseguia falar absolutamente nada.

Seu sorriso só aumentou e, em vez de me soltar, me apertou um pouco mais, então soltou.

— Pensei que te veria de novo, em algum momento... pensei que teria outra chance.

Quais as chances?

Tentei fazer meus lábios formarem palavras, queria perguntar o que ele queria dizer, mas foi aí que minha toalha minúscula imbecil resolveu simplesmente se desenrolar e cair no chão. O tempo parou, minha respiração se esvaiu de mim, e congelei pela enésima vez naquele dia. Se *houvesse* um momento para o chão se abrir e me engolir, era esse. Não consegui fazer nada além de ficar ali parada com minha mão na dele enquanto nos olhávamos por longos e agonizantes segundos, nós dois indecisos no que fazer em seguida. Tentei implorar com os olhos para ele para não olhar para baixo, mas não sei se ele entendia o que eu estava dizendo.

Ele fez a escolha dele, e seus olhos começaram a baixar.

Acho que ele viu meus peitos. Na verdade, ele *com certeza* viu meus peitos, e a adrenalina ainda estava tão alta que entrei em pânico.

Antes do seu olhar conseguir descer até o chão para completar a trilha, minha mão apertou a dele — *Por que ele ainda está segurando minha mão mesmo?* — e joguei meu corpo nele, me espalhando, obrigando-o a dar um passo para trás a fim de se equilibrar. Foi uma saída péssima, mas me escondia da sua vista, que era tudo que eu queria. A parte de trás das suas coxas bateu no sofá de couro e ele envolveu um braço na minha cintura a fim de nos manter de pé.

— Não! — gritei na cara dele. — O que está fazendo?

Já conseguia sentir a queimação nas minhas bochechas — e, quando digo que esquentou, não estou falando do tipo fofo *Oh, olhe para mim, sou naturalmente corada*, mas mais para o tipo *Estou personificando um tomate neste momento.*

Era a terceira vez que eu ficava cara a cara com ele, e toda vez, eu me envergonhava além do que poderia ser razoavelmente chamado de fofo. Claro que, nos últimos anos, eu tinha me tornado menos tímida, indo de dolorosamente tímida para apenas tímida, então não me importava muito com o que tinha acontecido na primeira noite em que o vi, mas... ele me ver nua era simplesmente a cereja do bolo de tudo, e era demais.

Ele pigarreou e olhou para mim.

— Oi.

Oi? Não era essa resposta que eu estava procurando.

— Essa não era a recepção que eu estava esperando, principalmente porque eu não estava esperando nenhuma recepção.

Pigarreei também, porque ele tinha feito isso e era algo que se fazia. Tentei manter os olhos nos dele, embora estivesse praticamente tremendo com a necessidade de correr.

— Bem, eu não estava esperando receber ninguém — consegui dizer depois de um tempo. Engoli em seco e baixei a voz. — Por favor, não olhe para mim.

Seu braço direito se apertou na minha cintura nua conforme ele nos colocou eretos, então eu não estava mais deitada sobre ele. Não se engane, eu ainda estava espalhada no seu corpo, e não estava pensando em me soltar em breve. Com meu pobre coração martelando, nossos olhos se encontraram por um breve segundo.

Um lado da sua boca se ergueu.

— Para ser totalmente sincero com você, não sei se consigo fazer isso.

Gostaria que eu fosse o tipo de garota que lhe daria um discreto sorriso, talvez um tapa leve no peito, e então simplesmente me viraria e me afastaria, talvez até lhe desse uma piscadinha sedutora por cima do ombro antes de entrar no meu quarto, conforme ele observava minha bunda nua balançar para ele e agir como se eu estivesse totalmente bem ficando nua diante de estranhos. Não preciso dizer que eu não era esse tipo de garota — nunca fui. Então, em vez disso, franzi o cenho para ele.

— Está me zoando? — perguntei em um sussurro, quando não consegui pensar em mais nada para dizer. Precisava de, no mínimo, uma semana para processar o que tinha acontecido nos últimos dez minutos.

Ele abriu um sorrisinho.

— Desculpe, não quis que parecesse que... só quis dizer que não sei se consigo tirar os olhos do seu rosto... Esqueça, você não entenderia. Não vou olhar para baixo.

Não consegui olhar de volta para ele, então olhei para seus lábios quando eles se moveram.

— Juro.

A mão dele, que estava espalmada na minha lombar, lentamente subiu alguns centímetros e, sem querer, eu arqueei para ele. Minha pele estava toda arrepiada, e as gotas de água caindo do meu cabelo molhado nos meus ombros e nas costas não estavam ajudando nessa questão. Ele estava quente, e eu estava congelando.

— Vou precisar dessa toalha — eu disse, desviando o olhar conforme tentava ignorar o fato de que eu estava começando a sentir meus mamilos enrijecerem. Não era porque eu conseguia sentir seu abdome se contrair contra mim ou porque aquele braço à minha volta estava causando efeito em mim também, mas porque estava ficando frio. Será que ele também podia sentir?

— Pode se abaixar comigo para eu poder pegá-la? Ou pode olhar para trás para...

Dylan tirou a mão das minhas costas, e a repentina perda do calor da sua pele na minha fez um pequeno calafrio percorrer meu corpo. Ele inclinou a cabeça para cima em direção ao teto e apertou a beirada do sofá de couro. Mantendo os olhos nele, naqueles braços fortes, lentamente, soltei sua camiseta, me afastei e tive que abrir e fechar as mãos algumas vezes para me livrar da pinicação dos dedos. Ainda mantendo os olhos nele para garantir que não estivesse olhando, rapidamente me abaixei e peguei a toalha do chão. Em vez de enrolá-la de novo em mim, onde não iria cobrir praticamente nada, resolvi segurá-la na horizontal para cobrir mais regiões. Daquele jeito, pelo menos, em vez de dançar no limite de mostrar a ele minhas partes íntimas, apenas minha parte de trás estaria livre, e eu estava contando com o fato de não ter mais hóspedes surpresa.

Agora que ele estava olhando para o teto, e não para mim, aproveitei para analisá-lo por inteiro. *Meu Senhor, Dylan Reed está parado diante de mim.* Vi o jeans, a camiseta úmida que se ajustava nele um pouco perfeitamente demais, os ombros largos. Seus braços pareciam maiores do que eu me lembrava, e fiquei paralisada olhando um pouco mais essa parte do seu corpo. Não eram finos antes, mas mesmo assim. Ele era totalmente musculoso, nada ao extremo, apenas tonificado, uma perfeição. Até seus antebraços pareciam musculosos e perfeitos com uma leve camada de pelos.

— Sua camiseta está molhada — soltei, sem saber o que mais dizer.

Ele olhou para si e passou uma mão no peito.

— Tudo bem.

Então focou em mim.

Dei um passo para trás.

— Está planejando me contar o que está fazendo aqui? — questionei, quando comecei a me afastar e colocar uma distância bastante necessária entre nós.

Seus olhos encontraram os meus e, sem querer, bati as costas na parede.

— Está prestes a fugir de novo?

Aquilo era um sorriso que ele estava tentando conter? Eu não conseguia encontrar uma única coisa engraçada na situação. Ele ficou me olhando como se estivesse tentando pensar na resposta à minha pergunta. Baixei os olhos para sua garganta e continuei recuando... batendo no tripé que havia arrumado mais cedo.

Ótimo, Zoe. Não poderia ter agido mais como uma idiota nem se tentasse.

Ou eu tentava pegar o tripé para impedir que caísse no chão ou segurava minha toalha como se nada pudesse nos separar. Escolhi a segunda opção e simplesmente deixei o tripé cair no chão, me encolhendo quando o som ecoou pela sala. Graças a Deus, minha câmera não estava mais presa nele.

Quando meus pés se enroscaram e me desequilibrei por um segundo, ele fez menção de vir na minha direção.

— Não! — berrei, e confesso que foi um pouco mais alto do que precisava. — Não... ah, não precisa se mexer. Só me conte o que está fazendo aqui.

— O que *você* está fazendo aqui? — ele perguntou em vez de me dar uma resposta. Seu olhar baixou para o tripé no chão, então encontrou meu olhar questionador de novo.

Como? Sua pergunta me fez parar minha caminhada de costas.

— Você poderia, talvez, oh, não sei... pensar em uma resposta em vez de mais perguntas? Eu moro aqui. É você que está no lugar errado, não eu, amigo.

Outro sorriso fácil.

— Acho que não.

— Você acha que não. Acha o quê, exatamente?

— Acho que não estou no apartamento errado.

— Na verdade, eu *realmente* acho que está.

Ele cruzou os braços e simplesmente ficou ali... totalmente vestido, diferente de mim.

— Acho que não. — Ele enfiou a mão no bolso e tirou uma chave, balançando-a no ar.

Ele tinha uma chave.

Droga, Zoe, use seu cérebro! De que outro jeito ele teria conseguido entrar?

— Olha, ãh... — Olhei para trás, por cima do ombro... Eu estava a apenas dez, doze passos do canto que me levaria para o meu quarto. Se conseguisse simplesmente vestir umas roupas e parar com o tremor descontrolado, tinha praticamente certeza de que minha mente começaria a funcionar de novo. — Só me dê um minuto para me vestir e voltar aqui para podermos...

Ele assentiu.

— Não vou a lugar nenhum.

Em vez de dizer *sim, amigo, você vai*, olhei para ele de forma desesperada, mal me impedindo de bufar, e desapareci pelo corredor.

Nem dois minutos se passaram, e eu estava de volta na sala de estar, totalmente vestida desta vez. Eu tinha demorado exatamente trinta segundos para me vestir, e o outro minuto e meio tinha sido tentando me fazer parecer... melhor. Meu coração dava esse pulo estranho ao vê-lo. Adrenalina... Eu tinha certeza de era a adrenalina percorrendo meu corpo que fazia meu estômago se encolher e minhas mãos ficarem geladas. Ele estava parado exatamente no mesmo lugar onde eu o deixara; a única diferença era que, em vez de olhar diretamente nos meus olhos, ele estava olhando para baixo, para seus sapatos, e conversando no telefone.

— Sim, eu entendo, Técnico. Vou, sim. Sim. De novo, obrigado.

Técnico... claro. No que eu estava pensando?

Eu teria adorado ligar e conversar com ele eu mesma, mas se ele estivesse com a esposa, eu sabia que não atenderia minha ligação, então por que me incomodar?

Me inclinei e peguei meu tripé caído. Após me certificar de que não tinha quebrado, eu o coloquei mais perto da parede, onde não poderia tropeçar nele de novo, então fui em direção ao sofá, aquele que me levaria para mais longe de Dylan Reed. Antes de a minha bunda vestida encostar nas almofadas, ele saiu do celular, e estávamos sozinhos de novo.

— Então... pelo andar da carruagem, acho que nenhum de nós está no lugar errado — eu disse, falando para as costas dele. Embora eu estivesse surpresa, já conseguia prever o que estava havendo.

Ele se virou para me encarar, e seus olhos fizeram uma varredura de cima a baixo.

— Parece que não.

Senti que estava prestes a me encolher sob seu olhar, então peguei a almofada mais próxima e a abracei. A forma como ele me olhava... fiquei tentada a olhar para baixo e ver o que ele achava de tão interessante, mas já sabia que estava usando minha legging preta e uma camiseta velha com as palavras *Pizzama Party* em letras pequenas — nada interessante.

— Então... — O que era para eu falar? — Você está aqui para pegar alguma coisa para o Mark? — Poderia ser uma possibilidade.

Ele perdeu o sorrisinho nos lábios.

— Não.

Era disso que eu tinha medo.

— Você não está só passando aqui, por acaso?

— Acho que sou seu novo colega de casa — ele anunciou, chegando ao ponto.

E, simplesmente assim, comecei a me sentir enjoada de novo. Estivera me segurando à esperança de que, o que quer que ele estivesse fazendo aqui, fosse temporário, mas *colega de casa* não parecia temporário.

— O técnico não falou que eu vinha? — ele perguntou, me tirando do meu pequeno surto.

Tentei meu máximo para agir como se estivesse tudo bem. Aquele não era meu apartamento, afinal. Era Mark que pagava o aluguel, não eu.

— Não. Acho que ele também não mencionou que *eu* estava aqui.

— Não. — Ele suspirou e passou a mão pelo cabelo, chamando minha atenção para isso. Ainda estava curto, praticamente do mesmo comprimento que estava na última vez em que o vira, então, pelo menos, isso não tinha mudado. Meio que gostava do seu cabelo curto. Dando a volta no sofá, ele escolheu se sentar à minha frente e jogou o celular na mesa de centro cara de mármore. Me encolhi com o som. — Ele disse que não sabia se você estaria aqui, mas que não seria um problema, já que você mal fica no apartamento. Não se preocupe, também não ficarei muito por aqui, com a temporada de futebol começando e tudo mais que está acontecendo. Não vou te incomodar.

Suspirei e massageei minha têmpora.

— Desculpe acabar com seus sonhos, mas estou sempre aqui.

Ele sorriu, não um daqueles grandes e fáceis que faziam coisas com meu coração, só uma promessa de sorriso.

— Você não está acabando com os meus sonhos.

Sem saber o que dizer — ou estava mais para sem saber *como* dizer —, brinquei com a almofada no meu colo em vez de encontrar seus olhos. Havia alguma coisa enervante no jeito que ele continuava encontrando o meu olhar.

— Ele contou para você quem eu sou? — Ele não contaria, claro que não. Eu sabia disso, mas mesmo assim...

— Falou que você é filha de um amigo da família. — Houve uma pausa, então olhei para cima. — Não é?

Quis rir.

— Sou, sim. Amiga da família. Então, qual é a sua?

Um pouco de rigidez invadiu seus olhos, e ele se recostou.

— Minha situação de moradia mudou nesses últimos dias e, aparentemente, preciso de um lugar para ficar. O técnico insistiu que não teria problema ficar aqui. Se for ficar desconfortável comigo por aqui... se tiver problema, Zoe...

A velocidade com que olhei para cima quase me fez me chicotear. Seus olhos estavam intensos em mim. *Ele se lembra do meu nome?* Claro que se lembraria de quem eu era — como poderia se esquecer daquela caloura-estranha-que-se-fez-de-boba? —, mas se lembrava do meu nome? Tinha passado um ano inteiro desde a última vez que não consegui me esconder dele, e um ano era bastante tempo para se lembrar do nome de uma estranha.

— Você se lembra do meu nome? — perguntei, genuinamente surpresa.

O sorriso apareceu de novo e seus traços suavizaram visivelmente, agora sinceros, brincalhões e convidativos. Me esqueci até do que tinha perguntado.

— Como eu disse na época, tive a sensação de que veria você de novo. Pensei que teríamos outra chance. Não pensei que demoraria um ano para ter essa chance... mas aqui estamos.

Lá estava aquela palavra de novo.

Desisti da almofada, puxei as pernas para cima e as dobrei debaixo de mim, desviando os olhos. Onde estava meu celular quando eu precisava me esconder atrás dele? Em vez disso, me sentei mais ereta e, suavemente, segurei o braço do sofá com uma mão.

— O que quer dizer com outra chance?

— Sabe o que quero dizer.

— Na verdade, tenho quase certeza de que não sei.

— O beijo. — Ele inclinou a cabeça para o lado, e uma das suas sobrancelhas fez um arco que o fez parecer realmente atraente. — Da última vez que nos vimos, dissemos que, talvez, faríamos acontecer da próxima vez. Está lembrada?

Estava, sim. No fim, eu realmente sabia do que ele estava falando.

— Sabe, do jeito que me lembro, foi você que disse isso, e tenho praticamente certeza de que eu estava tentando sair de lá o mais rápido possível.

— E por quê? — ele perguntou sem perder um segundo.

Soltei o braço do sofá e esfreguei as mãos nas coxas. Tínhamos que conversar sobre isso de novo?

— E por quê?

— Por que você sempre tenta se afastar de mim o mais rápido possível?

— Poderia ser porque não te conheço?

— Você me contou que iria me beijar quando nos conhecemos — ele relembrou.

Mantive os olhos na área geral do seu rosto.

— Primeiro, nunca *nos conhecemos* de verdade — enfatizei — naquele dia. Não falei meu nome para você, você não me falou o seu. Então, não nos conhecemos de verdade, e contei, na época, que minhas amigas... na verdade, não muito *amigas*, minha colega de quarto e as amigas *dela* me desafiaram a beijar você. Te contei isso, e só para você saber, elas já sabiam que você estava namorando alguém, aparentemente por um bom tempo, então me desafiaram a te beijar diante de todo mundo só para eu me fazer de boba e encarar sua fúria. Pensaram que seria divertido, pensaram que eu iria me descontrolar. Não gostavam da sua namorada e queriam ver a cara dela.

Menos palavras, Zoe. Use menos palavras, por favor.

Ele pareceu processar o que eu tinha acabado de desabafar e abriu a boca para responder, mas, antes de qualquer palavra sair, me levantei rápido na esperança de terminar a conversa.

— Sabe de uma coisa? Nada disso importa, já que aconteceu há dois anos. Eu tinha me esquecido disso até você mencionar. — Parei de falar. Ele estava me encarando, percebendo minha mentira. Fechando os olhos, esfreguei o alto do nariz. — Certo, estou mentindo. Não me esqueci disso, mas gostaria de esquecer, já que não foi um dos meus melhores momentos, se não tiver problema para você. Agora que seremos colegas de casa, acho que será melhor assim. Se for ficar aqui, é melhor eu te mostrar seu quarto.

Sem olhar na cara dele, passei por ele e fui em direção ao corredor que levava ao quarto extra em que ele ficaria, bem em frente ao meu — dois passos de distância do meu quarto, se quer que eu seja absolutamente exata.

Meu novo colega de casa.

Quando a vida te dá um *wide receiver* do nada, o que é para você fazer com ele? Tentar, ao máximo, não olhar por muito tempo, talvez? Pensei que essa seria uma boa regra.

Ouvi passos, então soube que ele estava me seguindo. Abri a porta e esperei que ele entrasse, o tempo inteiro me certificando de não olhá-lo no olho. Como falei, eu ainda precisava de tempo — sozinha. Precisava de tempo para me acalmar e processar tudo.

Não havia muitos móveis no quarto. Exatamente como o meu, tinha uma cama de solteiro bem confortável, um pequeno guarda-roupa, uma mesa de cabeceira, uma janela que dava para a rua... e era basicamente isso, apenas as necessidades básicas, o que ainda era melhor do que a maioria dos apartamentos de estudantes.

Ele passou por mim e jogou uma mala bem ao lado da cama, a mesma mala que pensei que ele estivesse usando para guardar meu equipamento. Eu o vi analisar tudo rapidamente e, então, assentir.

— Não tem mesa, hein?

— Mesa?

— Sabe, para estudar?

— Vocês estudam mesmo? Quero dizer, vocês, atletas... sempre me perguntei isso. Pensei que fizessem outros alunos fazerem isso por vocês.

Idiota, idiota, idiota que eu sou.

Me encarando, ele ergueu as sobrancelhas, e desta vez não havia sorriso brincalhão se formando nos seus lábios.

— Não pensei que você fosse alguém que visse as pessoas como estereótipos.

Suas palavras se assentaram, e senti outro rubor nas minhas bochechas. Ele tinha razão — na verdade, eu detestava pessoas que viam outras como estereótipos, pessoas que julgavam antes de, realmente, conhecer alguém. Eu já estava sendo uma babaca de novo. Talvez fosse algo nele que me deixava inquieta? Isso me fez falar essas coisas? Era mais fácil colocar a culpa nele em vez de admitir que eu estava agindo como uma idiota.

Soltando a maçaneta da porta, balancei a cabeça e a ergui de novo.

— Sinto muito. Você tem razão. Não sei por que falei isso. Não conheço você. Conheço algumas pessoas que jogam e, só porque elas morreriam para não abrir o livro ou fazer anotações, não significa que você também seja assim. Desculpe. — Me estiquei para minha porta e rompi nosso breve contato visual, me concentrando mais na orelha dele e na janela atrás dele... em qualquer lugar, menos nos seus olhos. — Este é o meu quarto. — Apontei por cima do ombro. — Vou deixar você se acomodar e, talvez, te veja mais tarde. — Abri a porta e, antes de desaparecer lá dentro, me virei. — Oh, quanto à mesa... Também não tenho uma no meu quarto, então comprei uma na internet no ano passado. Está na sala. Não sei se você viu com tudo que aconteceu, mas meu equipamento de filmagem estava em cima dela. É bem pequena, mas funciona. De qualquer forma, eu raramente a uso, fico mais na mesa de centro. Vou tirar minhas coisas de cima dela para você poder usá-la a hora que quiser.

Sem esperar resposta, fechei a porta.

Sozinha — *finalmente*.

Após apoiar a testa na porta por alguns segundos, bati a cabeça baixinho nela e não me importei se ele conseguia ouvir.

CAPÍTULO CINCO
DYLAN

Duas horas se passaram desde que eu tinha me acomodado no meu quarto e Zoe havia desaparecido no dela. Até então, eu tinha sido atacado com um rolo de macarrão, não menos do que isso. Eu tinha sido analisado (admito, não voluntariamente) e estereotipado, tudo pela mesma garota — a mesma garota que tinha me intrigado tanto das duas vezes em que nos trombamos. Ainda estava intrigado, talvez agora ainda mais, e sabia que não deveria estar. Tinha confundido algumas garotas pensando que fosse ela várias vezes, o que significava que meus olhos a estiveram procurando desde quando nos vimos pela última vez, e eu nem estava totalmente consciente disso. A mesma garota que era minha nova colega de casa.

A vida era complicada pra caralho às vezes.

Batendo três vezes levemente na porta dela, relaxei contra o batente e aguardei.

Zoe abriu a porta — só um pouco — e sua cabeça apareceu na abertura.

— Sim?

— Pensei que seria melhor conversarmos.

— Sobre?

— Sobre tudo isto. Se vamos morar juntos, é melhor nos conhecermos. No mínimo, eu deveria saber mais sobre você do que apenas seu primeiro nome... talvez seu sobrenome, para começar?

— Para que precisa do meu sobrenome? — Ela olhou para trás por cima do ombro. — São onze e meia, está ficando meio tarde... talvez possamos fazer isso amanhã.

Aposto que ela tinha adorado simplesmente me evitar. Infelizmente, para ela, eu não iria a lugar nenhum.

— Você vai dormir?

Segurando a porta, ela mordeu o lábio inferior. Pela primeira vez desde que atendeu à porta, ela olhou para mim conforme respondeu de má vontade.

— Ainda não.

Tirando minhas mãos dos bolsos, me endireitei.

— Vamos. Vou fazer algumas perguntas, você me faz outras, então nós dois podemos dormir e descansar um pouco melhor por causa da nossa nova situação.

Já me afastando, adicionei por cima do ombro:

— Sem contar que vou ficar mais tranquilo de que você não vai tentar me atacar com um rolo de macarrão enquanto durmo.

Ouvindo-a murmurar alguma coisa baixinho, deixei que ela me seguisse no seu próprio ritmo. Quando olhei de novo por cima do ombro, ela estava puxando a bainha da camiseta, olhando para os pés.

— Clarke — ela murmurou, seu olhar ainda fixo no chão de madeira conforme parou no meio da sala de estar. Desta vez, ela falou alto o suficiente para eu ouvir.

Me virei.

— O que disse?

— Meu sobrenome... é Clarke.

— Viu? Não foi tão ruim, foi? — Abri um sorriso rápido, que ela escolheu ignorar. — O meu é Reed.

— Eu sei. Todo mundo sabe seu nome.

— Oh! Me lembro de contar a você na segunda vez que nos vimos. Você é fã de futebol? Foi a algum dos nossos jogos? — Já que ela e a família eram próximos do técnico... próximos o suficiente para eles compartilharem um apartamento, aparentemente... pensei que, talvez, ela tivesse ido aos jogos com eles.

— Não muito.

Seu olhar encontrou o meu brevemente, então se desviou pela sala conforme ela tentava se decidir para onde ir.

Tive que ser rápido antes que ela desse a volta no sofá e visse o objeto da minha primeira pergunta oficial "conhecendo minha colega de casa".

— Minha primeira pergunta é... — Me abaixei para pegar o achado inesperado e me virei para encarar Zoe. — Devo me preparar para encontrar mais coisas assim como este objeto inocente na sala? Ou este é o único? — Sua boca lentamente se abriu e, apesar de eu estar tentando muito soar o mais sério que conseguia, o horror na sua expressão foi demais. Me descontrolei e dei risada. — Deveria ver sua cara, Zoe Clarke.

Seu olhar estava fixo no vibrador cor-de-rosa que eu segurava com a ponta dos dedos, que parecia ter todos os recursos adicionais e supérfluos.

— Ah, meu Deus — ela conseguiu dizer, sem fôlego. — Que foda.

— É, acredito que seja para isso que normalmente seja usado. — Eu já estava me divertindo mais do que esperava na minha primeira noite com ela. — Então, vou arriscar um palpite e dizer que você se esqueceu de que o deixou entre as almofadas do sofá e que aqui não é o seu esconderijo de sempre.

— Não é meu — ela disse, rouca, vindo na minha direção com passos rápidos. O rosado familiar tinha tomado suas bochechas de novo. Entreguei a ela o produto vergonhoso antes que ela pudesse começar um cabo de guerra e a vi tirá-lo, cuidadosamente, da minha mão com dois dedos.

Meu sorriso aumentou.

— Não há nada para se envergonhar. Masturbar-se é saudável.

O leve rubor nas bochechas dela parecia aumentar mais a cada segundo. Após me dar um olhar mortal, ela se afastou sem olhar para trás.

Ri sozinho. Não a culparia se ela se trancasse no quarto e não voltasse. Parecia plausível, no momento, já que era meio que nosso jeito — ela corar e imediatamente fugir. Não importava que eu não soubesse de nada além do seu nome. Quando ela saiu do quarto — o que eu não esperava que fizesse —, não havia vibradores à vista, mas aquele rubor cor-de-rosa ainda estava tingindo sua pele pálida, fazendo o verde brilhante dos seus olhos se destacar.

— Não é meu — ela repetiu, ao se sentar e colocar as mãos debaixo das coxas. — Estudo Arte focada em fotografia. Tiro fotos para fazer uma grana extra. É meu trabalho, e aquele era um dos cinco vibradores dos quais tive que tirar fotos para uma garota que tem um blog. Não faço ideia de como consegui me esquecer dele. — Devo tê-la olhado de um jeito que revelava o que eu estava pensando... *que era mentira*... porque seus olhos se estreitaram para mim. — Não me olhe assim. Olhe em volta... Não há cortinas neste lugar, então, se fosse meu, eu teria que... *usá-lo* bem onde você está sentado. Não sou exibicionista. Não iria fazer isso na frente de uma janela aberta... não que seja da sua conta se ou onde faço isso... — Ela suspirou e esfregou os olhos. — Vou só ficar quieta agora para poder me perguntar o que quiser para se sentir seguro na sua cama esta noite. Aí, quando acabar, vou correr de volta para o meu quarto para poder gritar no travesseiro e fingir que esta noite nunca aconteceu.

De frente para as janelas, estava o grande sofá marrom onde eu encontrara o vibrador em questão depois de ele ter me cutucado na coxa. Havia outro sofá de dois lugares de uma cor mostarda escura à direita, onde ela estava sentada, desconfiada e praticamente pronta para fugir. Tomei meu tempo para me sentar na ponta do sofá marrom.

— Não quero que faça isso — eu disse baixinho. Quando ela reuniu coragem para olhar para cima, abri um sorrisinho. — Quero dizer, não quero que volte correndo para o quarto. Falei sério quando disse que queria que nos conhecêssemos.

Seus olhos se conectaram com os meus por apenas um segundo, então ela estava olhando alguma coisa atrás de mim. Era muito tímida, mas isso só a tornava mais atraente e interessante aos meus olhos.

Pigarreei.

— Certo, isto é bom. Sabe, já comecei a aprender coisas sobre você. Seu nome é Zoe Clarke, e não é exibicionista... anotado. Vou dormir mais tranquilo sabendo que estou seguro de flagrar você fazendo Deus sabe o quê. É estudante de Arte e gosta de fotografia. Ganha seu próprio dinheiro... pontos para você nessa. Isto não é tão ruim, é?

— Talvez não seja para você.

— Vou ignorar isso, porque agora é sua vez. Me pergunte o que quiser.

Ela respirou fundo e colocou as mãos debaixo das coxas de novo.

— Não tenho perguntas no momento.

— Vamos. Poderia ser algo tão simples quanto meu filme preferido.

Ela me lançou um olhar desesperado, e sua expressão dizia tudo que precisava ser dito. Mas eu não ia desistir — ainda não.

— Então, qual é o seu filme preferido?

Me recostei no assento e fiquei confortável.

— Ah, não consigo responder isso. Tenho muitos para escolher um só. Minha vez.

Ela ergueu as sobrancelhas e seus lábios se abriram, desacreditada.

— Você acabou de me falar para perguntar...

Eu a cortei antes que pudesse terminar a frase.

— Não, vai ter que esperar sua vez. Não roube. Você ainda tem aquele seu namorado?

Sua resposta veio como um grito.

— O quê?

— Você sabe, o namorado que nos impediu de beijar naquela última vez. Ainda o tem?

Suas sobrancelhas se uniram e ela virou seu corpo na minha direção, finalmente puxando as mãos de debaixo das coxas. Era exatamente o que eu queria que ela fizesse — se esquecesse de ser tímida e simplesmente fosse ela mesma perto de mim. Se iríamos morar juntos por quanto tempo fosse, isso facilitaria as coisas para nós dois. Fazê-la realmente olhar nos meus olhos quando estivéssemos conversando também seria um bônus legal. Se era necessário deixá-la brava para atingir meu objetivo, eu não tinha problema com isso.

— Acho que isso não é uma coisa de que precise saber para dormir tranquilamente na sua cama.

— Na verdade, acho que é. Sei que decidimos que você não é exibicionista, mas eu ainda poderia entrar no seu quarto para pedir uma xícara de açúcar e acabar flagrando vocês dois, e isso me traumatizar pelo resto da vida. Se souber que ele está por aqui, vou me certificar de não bater para pedir açúcar.

Seus lábios estavam se curvando quando ela me respondeu.

— Não se preocupe, você não vai flagrar ninguém. Seus sentimentos delicados estão seguros. Mark não quer que eu receba amigos, então você também não vai ver ninguém por aqui.

Isso me animou, então me inclinei para a frente e concentrei toda a minha atenção nela.

— Mark?

Desviando o olhar, ela pegou uma almofada colorida e começou a apertá-la.

— Seu técnico... Mark. Ele não é meu técnico, então posso chamá-lo pelo nome.

— Claro que pode. Então não respondeu realmente minha pergunta... você tem namorado ou não?

— Não.

Eu estava tentando decidir se isso era bom ou ruim para mim e estava intensamente inclinado a pensar que era ruim, quando ela grunhiu e suspirou.

— Certo, menti. Vamos dizer que tenho namorado e que é complicado.

— Mentiu? — Será que agora estava dizendo a verdade? Eu não sabia, mas, se estivesse, meu palpite era de que ela não era boa em guardar segredos e que eu acabaria sabendo de tudo sobre seu relacionamento complicado de todo jeito. — Tudo bem, na verdade. Vai facilitar as coisas. — Me inclinei para trás de novo. — Não tenho namorada no momento, mas consigo me comportar.

Ela me olhou de um jeito questionador, olhos semicerrados, cabeça levemente inclinada para o lado.

— Entendi... sei que é mentira. Talvez você tivesse razão e isto de nos conhecermos não é uma má ideia.

— Eu sou o mentiroso? — perguntei, apontando para mim mesmo com as sobrancelhas unidas. — Acredito que tenha sido você a admitir que estava mentindo... duas vezes, até agora. O que a faz pensar que estou mentindo para você? E sobre o quê?

Copiando meu movimento, ela se inclinou para a frente no seu assento.

— Porque sei que realmente tem namorada e, antes de me acusar de perseguição, não estou te perseguindo... não te perseguia. Vi seu Snap nos stories do campus. Depois que vi o jeito que você a estava beijando, diria que ela é a definição de namorada, mas acho que, com tantas garotas se jogando em você, não se incomoda em rotular alguém como sua namorada e se prender a apenas uma pessoa. Por que ficar com uma, quando pode provar muitas mais, certo?

— Não uso mídias sociais.

— Então acho que foi a conta dela.

— Hum. — Ela ainda estava me olhando, esperando, muito certa de que havia me encurralado. — É assim que você é com todo mundo ou sou só eu que trago esse seu lado à tona? Primeiro, o comentário da mesa, e agora isto... tem alguma coisa contra atletas?

Sua expressão hesitou.

— O quê?

Esfreguei meu pescoço e suspirei. Eu que tinha insistido em fazer um perguntas e respostas improvisado, mas não tinha pensado que ela começaria com todas as difíceis.

— É verdade, eu tinha namorada há uma semana, ou talvez faça mais tempo... Não acompanhei os dias, mas não importa. Eu a peguei transando com dois dos meus colegas de casa, então esse foi, basicamente, o fim do nosso relacionamento, e também é por isso que preciso de um novo lugar para ficar. Aliás, nem todos os atletas fazem o que fazem só para poderem ter sua cota de garotas. Não funciona assim. Não pode colocar todo mundo na mesma caixa. Alguns de nós escolhem ficar longe de distrações a todo custo, e alguns de nós gostam da atenção. Não pode decidir em qual categoria eu estou antes de fazer um esforço para me conhecer. Não sou mentiroso, e tenho bastante dificuldade em lidar com quem é. Ser um atleta não me faz menos importante do que um cara pelo qual você se apaixonaria. — *Por que eu tinha que falar desse jeito? Caralho...* Ninguém iria se apaixonar. — De novo, estou um pouco decepcionado. Não imaginei que fosse julgar tanto. Me enganei.

Talvez este momento de se conhecer não tivesse sido uma das minhas melhores ideias. Talvez eu devesse ter ficado de cabeça baixa e apenas coexistido.

Me levantei.

— Isto não foi uma boa ideia. Boa noite, Zoe...

— Não — ela soltou, pulando de pé. — Não. Por favor, não vá. Desculpe, Dylan. Você está certo. Não sou assim. Estou sendo uma vaca julgadora, e não sou assim, acredite em mim. Não faço ideia do que me deu esta noite. Acho que, depois do que aconteceu mais cedo, pensando que estava prestes a ser morta por um palhaço, e então o choque de perceber que você era o invasor... enfim, o motivo não importa, de qualquer forma. Às vezes, quando estou nervosa, falo demais e é só um caso ruim de escolha de palavras. — Ela gesticulou para si mesma. — Viu, ainda estou falando, não estou? É melhor eu parar, sei que deveria, mesmo assim, consigo me ouvir falando, mas sabe de uma coisa? Você tem razão... se vamos dividir um apartamento, deveríamos, pelo menos, saber algumas coisas um do outro. — Ela ficou em pé diante de mim, na ponta dos pés, para chegar aos meus ombros, e me empurrou de volta para o sofá.

Então saiu andando em direção à cozinha, de onde dava para ver a sala.

— Vou fazer um café para nós e vamos conversar até você ter certeza de que está em um lugar seguro e não morando com uma vaca louca que vai te atacar enquanto dorme. — Olhou para mim por cima do ombro. — Mas, tenho que admitir, você me assustou pra caramba chegando sem avisar e todo quieto, então só estou dizendo que não deveria me culpar pelo rolo de macarrão. Foi tudo culpa sua.

Atrás da ilha que separava a pequena cozinha da sala, ela parou de falar. Quando só fiquei encarando-a em vez de falar alguma coisa, ela colocou o cabelo atrás da orelha e esperou, ansiosa.

Relaxei no sofá e joguei o braço no encosto para poder observá-la.

— Não posso tomar café tão tarde porque amanhã tenho treino cedo, mas vou beber leite se você for também.

— Só leite?

Assenti.

— Certo. Viu? Nem vou zombar de você por beber leite, apesar de que, pelo seu tamanho, posso ver que não está mais na adolescência. Inferno, sabe de uma coisa? Vou até beber leite com você.

Inesperadamente, ela arrancou uma risada de mim, e ganhei um sorriso dela. Simples assim, percebi que ela iria se destacar, não importava onde estivesse, e fui burro de confundi-la com outras pessoas. Alguns segundos se passaram conforme sorrimos um para o outro.

— Certo... leite. — Ela ergueu um dedo e verificou a geladeira, sua cabeça desaparecendo totalmente. Mexeu em algumas coisas e se inclinou mais até eu só conseguir ver sua bunda.

— Tudo bem se não tiver. Não preciso beber nada para conversar com você.

— Achei! — ela gritou ao sair com uma caixa de leite erguida. — Só me deixe ver a data de validade. E... tudo certo.

Após encher dois copos, ela me ofereceu um e voltou a se sentar. Colocando seu copo no braço do sofá, ela cruzou as pernas e deu um gole no leite com um sorrisinho tímido no rosto. Só fiquei olhando.

— Desculpe, não tenho nenhum daqueles leites chiques... leite de soja, leite de amêndoa, leite de aveia ou qualquer outro tipo novo que eu não conheça. Ganho uma grana extra, mas não é tanto. — Ela assentiu para o meu copo intocado. — Tudo bem se não estiver acostumado com leite de vaca ou algo assim. Não precisa beber.

Me recostei e bebi metade do copo.

— O que a faz dizer isso? — perguntei o mais calmo possível.

— Só presumi, já que você é jogador de futebol americano, que deve beber coisas mais saudáveis, como suco verde ou outros leites chiques... — Ela respirou fundo e soprou, inchando as bochechas, o tempo todo mantendo os olhos em algum lugar para além do meu ombro. — Estou fazendo de novo, não estou?

Sorri para ela e tomei outro gole do leite.

Ela resmungou e cobriu o rosto com a mão.

— Acho que você deveria falar por um tempo. Estou agindo como uma completa idiota. Então, por favor, pergunte o que quiser... por favor.

Bebi o resto do leite e coloquei o copo na mesa de centro diante de mim. Ela segurou o próprio copo entre as mãos e deu um pequeno gole. Observei-a discretamente lamber o lábio superior para garantir que não ficasse com bigode de leite.

— Vamos começar do básico... quantos irmãos? — perguntei, decidindo não refletir sobre o fato de que ela era a primeira pessoa a me fazer sorrir desde aquela noite.

— Ah, irmãos, hein? Nenhum. E você?

Meu sorriso aumentou e relaxei.

— Tenho dois monstrinhos. Amelia é a do meio. Ela acabou de fazer quinze anos neste verão e é a princesa da família, a filhinha do papai, tão tímida e doce quanto pode ser. — Vi Zoe inclinar a cabeça e dar mais alguns goles no leite. — Então temos Mason. Ele tem sete anos, e é o principal monstro, o garoto mais curioso que você pode conhecer. Se acha que você fala demais, espere até conhecê-lo.

Não que haveria uma ocasião em que ela conheceria meu irmão, mas... nunca se sabe.

— Ele tem sete anos? É uma grande diferença de idade.

— Ele foi o bebê surpresa. Mas não consigo imaginar não tê-lo por perto. Foi estranho quando meu pai se sentou para falar comigo e me contou que eu teria outro irmãozinho e, para ser totalmente sincero, é meio vergonhoso, para um adolescente de catorze anos, saber que seus pais ainda estão fazendo isso, mas eles mandaram bem com ele. Agora nem sei como sobrevivíamos sem aquele garoto. Ele é o melhor.

Sorri e vi seus lábios se erguerem lentamente, conforme seu olhar focava nos meus lábios. Não queria estragar nosso momento, principalmente, quando ela não estava agindo como se quisesse se encolher em si mesma, mas eu precisava saber, e esta era a melhor hora para perguntar.

— Naquela primeira noite...

Ela resmungou e baixou a cabeça no sofá.

— Você vai me matar.

Dei risada.

— Não, escute... só uma pergunta. Preciso saber.

Não consegui identificar a expressão dela, mas dava para ver que a última coisa que ela queria era falar qualquer coisa sobre isso. Continuei, de qualquer forma.

— Você chorou? Pensei ter visto você chorar quando estava tentando fugir, mas não tive certeza. — Quando ela não ergueu a cabeça, continuei. — Meio que te procurei naquela noite, sabe? Quero dizer, estava saindo com uma garota na época e era algo novo... mas, mesmo assim, depois que você saiu correndo, acho que eu só queria me certificar de que você estivesse bem. Acredite em mim, não se tratava de você. Qualquer um dos outros caras teria aceitado sua proposta, mas...

— Oh, por favor, *por favor*, vamos só esquecer o que aconteceu, certo? Sim, meio que comecei a chorar no fim, porque fiquei com vergonha e faço isso às vezes, mas não se tratava de você. Eu choro o tempo todo. Certo, talvez não chore o tempo *todo*, mas não preciso de muito para derramar algumas lágrimas. É só me mostrar um vídeo em que o cachorro reencontra o dono, e já era. Vou desabar em você. Além do mais, não era que eu estava chorando porque você não quis que uma estranha te beijasse no meio de uma maldita festa. Só fiquei com vergonha. Se não percebeu, sou extremamente tímida. Acontece. Chorei hoje quando você me assustou pra caramba e pensei que fosse morrer. — Ela ergueu um ombro. — Para ser sincera, não foi porque me rejeitou. Fiquei brava com minha colega de quarto, por me colocar naquela situação, e brava comigo mesma por cair nessa. Fiquei bem... no geral.

Foi divertido observá-la se enrolar.

— Defina no geral.

Ela se jogou no seu assento.

— Oh, cara. Bem... pode ser que eu tenha ido para o outro lado quando via você no campus depois disso... o que não foi frequente, apenas algumas vezes, mas fazia isso mesmo assim. Como eu disse, foi só porque fiquei com vergonha. Agora, você está bem aqui e não tenho para onde correr, então não farei isso desta vez. — Ela acabou com o leite e se inclinou para a frente a fim de colocar o copo na mesa entre nós, sem saber que estava me dando uma rápida vista da parte de cima dos seus peitos. Desviei o olhar, porque ela estava fora do limite. Qualquer uma estava fora dos limites, mas Zoe Clarke estava ainda mais. Eu iria manter minha decisão de ficar livre de distração no meu último ano.

Era o pior momento para encontrá-la.

— Vou te salvar e voltar às perguntas mais fáceis — informei baixinho. Ela expirou e agradeceu sem emitir som. — Filme preferido?

— Não serei vaga como você, mas... realmente, há muitos filmes a que gosto de assistir. *Controle Absoluto*, com Shia LaBeouf... nem consigo contar quantas vezes o vi. *Velocidade Máxima...* Amo Keanu Reeves, tanto na tela quanto na vida real. Qual mais... *Transformers*, *O Senhor dos Anéis*, *Meninas Malvadas*, *2012* e *O Amor Não Tira Férias*, porque é com Jude Law, Cameron Diaz e Kate Winslet... só para dizer alguns que me vieram à mente.

Abri a boca, pronto para fazer minha próxima pergunta, mas ela ergueu a mão, me fazendo parar.

— Oh! Também, basicamente, amo todos os filmes de animação.

— Um pouco de tudo, hein? Que bom. Também sou assim. Não curto tanto filmes românticos, mas, se você quiser ver um filme de ação, não vou dizer não.

— Anotado.

Por que tive a sensação de que eu não seria o primeiro da lista para ver filme com ela?

— Minha vez. O que seus pais fazem? — ela perguntou, interrompendo meus pensamentos. — Acho que seu pai era... atleta profissional? Talvez?

— Humm — murmurei, beliscando o lábio inferior entre dois dedos. — Até onde sei, meu pai nunca jogou futebol, pelo menos não enquanto ele estava no Ensino Médio, então isso tira as chances dele de ser um atleta, como você imaginou. Na verdade, ele é encanador, e minha mãe é professora de jardim de infância.

— Uau — ela disse ao expirar após alguns segundos de silêncio bizarro. — Uau, sou idiota mesmo, hein?

— Não falaria desse jeito.

Ela deu risada, e tive que apertar mais o encosto do sofá.

— Eu falaria. Então você não é riquinho? Não que ser rico seja ruim nem nada, só presumi, sabe, porque... quem saberia... obviamente, não eu.

Aquele rosado suave começou a se espalhar por suas bochechas de novo e, desta vez, fui eu quem começou a rir.

— Não, não sou rico. Minha família também não é rica, mas não somos pobres. Como você, tento ganhar uma grana extra quando tenho tempo. Além disso, tenho bolsa de atleta, então isso ajuda.

Ela colocou o cabelo atrás da orelha e olhou para seu colo.

— O que seus pais fazem? — continuei, para podermos voltar a como estávamos há alguns minutos antes de ela se esconder em si mesma.

— Meu pai é jornalista investigativo. Costumava escrever para o *The New York Times*, mas, depois que se casou com minha mãe, eles se mudaram para Phoenix. Ele escreve para um jornal local agora. Minha mãe... — Ela pigarreou e desviou os olhos. — Minha mãe faleceu alguns meses antes de eu vir para a faculdade. Além de tudo que veio com sua doença, tivemos outros problemas também. Não éramos a mãe e a filha mais próximas do mundo, mas ela ainda era minha mãe. Então, chorar com a menor provocação quando eu era caloura pode ter tido algo a ver com isso também. Cidade nova, pessoas novas, e, quando se adiciona todo o resto, não foi uma combinação boa para mim.

Isso apagou o sorriso do meu rosto e me endireitei, me mexendo no sofá.

— Sinto muito por sua perda, Flash.

Após um breve olhar na minha direção, ela me deu um sorrisinho e assentiu.

— Ela teve câncer de mama. Descobrimos tarde demais.

— No último ano do Ensino Médio, perdemos meu avô — comecei, após um breve período de silêncio. — Tínhamos uma família bem unida, bastante escandalosa às vezes e intrometida, basicamente, sempre. Ele morava no fim do nosso quarteirão, então sempre esteve em nossa vida, um babá idoso. Eu costumava correr para a casa dele todo fim de tarde para brincar de bola com ele enquanto me contava histórias de quando era mais jovem... só coisas aleatórias e não importantes. — Desviando o olhar de Zoe, eu sorri. — Juro para você que eu ia lá todos os dias. Assim que o relógio marcava cinco horas, eu estava na casa do meu avô, e, toda vez que ele abria a porta, suas primeiras palavras eram *Você de novo, garoto? O que um homem tem que fazer para ter um pouco de paz e silêncio por aqui?* — Só de imaginar seu sorriso fácil, dei risada sozinho. — E, então, ele pegava a bola de futebol antes sequer de eu conseguir abrir a boca. Não conte a ninguém, mas acho que eu era o preferido dele. Ele adorava que eu ficasse tanto por perto. O efeito da sua presença na minha vida... — Balancei a cabeça e ergui os olhos para Zoe, que estava ouvindo, encantada, com os olhos tristes e compreensivos ao mesmo tempo. — Você perdeu sua mãe... sei que é diferente, mais difícil, e sei que nada que eu disser vai deixar mais fácil, mas entendo o quanto é difícil lidar com o luto. Parece muito idiota e egoísta, já que eles nem podem... Eu daria tudo para tê-lo por perto para ele ver aonde estou chegando, ou simplesmente ficar junto e conversar, sabe?

Forcei meu olhar a voltar para Zoe e a flagrei rapidamente secando uma única lágrima que estava escorrendo por seu rosto.

— É, eu sei. — Ela inclinou a cabeça para o lado. — Estamos nos aprofundando bastante. Você está falando sério em nos conhecermos, né?

Para ser totalmente sincero... eu não estava. Claro que queria fazer algumas perguntas, talvez sentir o que esperar dela, mas não tinha planejado me aprofundar tanto, tão rápido... ou sequer me aprofundar, na verdade. A conversa tinha acabado de nos levar para onde estávamos. A fim de aliviar o clima pesado, tentei nos levar em outra direção.

— Vamos fazer perguntas rápidas.

— Oh, vou me dar mal nisso. Não sou boa com respostas de uma palavra, mas mande.

— Gosta de gato ou de cachorro?

— De cachorro. Gatos... eles meio que me assustam, não os filhotes ou os fofinhos, mas não gosto de como alguns se concentram em você, como se estivessem planejando formas de te matar. Sabe o que estou dizendo? Não são todos, mas mesmo assim. Gosto de cachorro e pronto. E você?

Não consegui conter meu sorriso. Ela tinha razão, não era a melhor pessoa para dar respostas curtas, mas eu não iria reclamar.

— Vou dizer que também gosto de cachorros. Então, arte e fotografia, hein?

— É. E sua graduação?

— Ciências políticas. Sua comida preferida para ver filme?

Seus lábios se esticaram em um sorriso e ela brincou com a barra da blusa.

— Avançando para perguntas mais difíceis, hein? M&M's de pasta de amendoim, sem dúvida, mas não os compro... seria perigoso. Igual chips. Geralmente, não tenho autocontrole quando se trata de comida. E a sua?

— Pipoca. Precisa ter pipoca quando vai assistir a um filme. E não comprar M&M's... não sei o que dizer sobre isso. Qual é sua maior fraqueza?

— Pensei que fosse minha vez, mas tudo bem, vou responder. — Ela suspirou e baixou os olhos antes de responder. — Pizza. É pizza.

— Por que fez essa cara? — perguntei, rindo.

— É ruim — ela respondeu, olhando para mim por entre seus cílios. — Bem ruim. Posso comer uma inteira sozinha, embora saiba que vou me sentir horrível e ter dificuldade de dormir por estar muito cheia, mas não consigo dizer não. Nunca consigo negar uma pizza. E com certeza não vou começar a negar tão cedo. Me pergunte qual comida eu escolheria comer pelo resto da vida ou se ficasse presa em uma ilha e só pudesse escolher uma coisa e...

— Deixe-me adivinhar, você diria pizza.

— É. É uma fraqueza. Excesso de carboidratos. Sei que não é bom e tal, mas é *muito* gostosa. Toda aquela beleza de queijo derretido, e o molho é tão importante quanto. Assim como a massa, e os recheios... Deus, os recheios. Cada camada é importante. Então, muitas opções. É mágico, um círculo de amor. Qual é o seu recheio preferido?

Quanto mais ela falava, mais meu sorriso aumentava.

— Pepperoni ou qualquer tipo de carne, na verdade. — Poderia ter jurado que a ouvi gemer baixinho enquanto lambia os lábios.

— Qual é a *sua* maior fraqueza? — ela perguntou.

— Não quero que pareça que estou copiando você, mas, se estamos falando sobre comida, tem que ser cheeseburgers. Pizza viria logo em seguida. Certo, próxima. Me conte seu maior ranço.

— Não deveria ser uma surpresa, mas tenho mais de um. Sou fascinada por pessoas, o que é um grande motivo pelo qual amo fotografar retratos, mas... detesto pessoas falsas. Não consigo suportá-las, não gosto de ficar perto. Pessoas que, constantemente, falam por cima de você como se suas opiniões não importassem... simplesmente não. Faz meu sangue ferver da pior maneira. Pessoas que se acham superiores. Quem não dá descarga. Calças caídas em homens. Pessoas que acreditam que são foda e boas em tudo... geralmente, não são, e, mesmo se forem, eu adoraria ser quem faz esse comentário, não ouvir delas. Poderia continuar eternamente, então, por favor, cale minha boca.

— Não dar descarga e calças caídas, entendi.

Havia algo nela. Talvez fosse como ela soava transparente, tão sincera e verdadeira, ou talvez fosse o jeito que falava como se não conseguisse falar rápido o suficiente... a forma como desviava rapidamente o olhar toda vez que nossos olhares se encontravam, a forma como suas mãos pareciam estar constantemente ocupadas com algo à sua volta — a almofada, o relógio verde-oliva no seu pulso, a barra da sua camiseta. Eu não conseguia identificar exatamente o que era, mas *alguma coisa* me fazia sentir relaxado perto dela, como se esta não fosse a primeira vez que nos sentávamos e curtíamos uma conversa simples e sem objetivo.

— Não quero que cale a boca. Gosto disso — admiti sem pensar duas vezes. Por que mentiria quando estava gostando tanto dela? — Vou ter que concordar com pessoas que se acham superiores, mas meu maior ranço é, na verdade, com pessoas que mastigam alto, principalmente quando estão mascando chiclete. Cheguei a brigar de soco com alguns dos caras do time por causa disso. Agora todos mascam chiclete quando querem me irritar. O som da mastigação... porra, não. Espero que você não seja uma dessas pessoas. Se for, pare, ou não posso prometer que a coisa não vai ficar feia.

— Sim, senhor. — Ela ficou impassível com seriedade, mas com uma expressão divertida.

— Outra coisa é quando as pessoas mexem no celular o tempo todo, como se estivesse grudado na mão ou alguma merda assim.

— Meu pai é igual. Na verdade, temos uma regra quanto a isso. Se estivermos jantando... e ele sempre insiste em comermos juntos, independente se for na frente da TV ou à mesa... não posso encostar no meu celular. O mesmo acontece se estivermos conversando. Ele detesta quando olho para o celular enquanto estou falando com ele.

— Não gosto de pessoas que mentem — eu disse.

— Também não gosto de mentirosos.

— De pessoas que não amam animais.

— Ah, é. Não confiaria nada a elas. Então, basicamente, parece que não gostamos muito de pessoas.

— Bem, temos isso em comum, então é bom.

Apoiando os pulsos nas pernas cruzadas, ela se mexeu no assento.

— Acredito que seja minha vez de perguntar.

— Vá em frente.

— Quem você quer ser?

— Serei jogador profissional de futebol americano. E você?

— Fotógrafa profissional.

Sorrimos um para o outro. Eu gostava de termos tanta certeza quanto aos nossos futuros.

— Qual é o seu lugar preferido? — indaguei.

— Tipo, meu lugar preferido... de ir?

— Sim, e não me diga que é a biblioteca ou qualquer lugar perto do campus.

Ela ergueu uma sobrancelha para mim, complementando com um sorrisinho.

— Agora, quem está julgando? Não é a biblioteca. Na verdade, é a praia. Não tenho uma lista longa, mas, provavelmente, é uma das poucas coisas de que gosto em LA, principalmente quando está meio deserta. Algumas pessoas aqui e ali tudo bem, mas detesto quando está lotada. Santa Monica pode ser demais. É melhor ainda se estiver perto do sol se pôr. E sim, certo, também gosto da biblioteca. E você?

— O campo.

Recebi uma revirada de olho por isso.

— Provavelmente, você está no campo o tempo todo.

— E não seria de outro jeito. Então, você é de Phoenix?

— Sim. E você? LA?

— Não. San Francisco.

— Sabe, nenhuma dessas perguntas tem a ver com a gente morando juntos. Se tivesse me perguntado como era minha agenda, se eu era barulhenta ou se era sonâmbula ou... Não sei, qualquer coisa relacionada a esta situação, eu entenderia, mas... — Ela apontou para algum lugar por cima do meu ombro, então me virei para olhar e vi que ela estava indicando o relógio grande pendurado na parede. — Passou da meia-noite, e mais uma coisa que poderia aprender sobre mim é que, raramente, fico acordada até tão tarde, então é melhor eu... debandar. Isso foi... — Ela pausou e pareceu ficar surpresa com o que ia dizer. — Foi divertido, e talvez não tão ruim, e espero que não fique com medo de ir dormir agora. Não estou planejando machucar você com minhas habilidades secretas de ninja nem nada parecido. Tenho aula amanhã cedo, então... — Ela descruzou as pernas e se levantou.

Também me levantei e fiquei em pé bem à sua frente. Ela esfregou os antebraços como se estivesse coçando porque eu estava tão perto dela. Daquela proximidade, eu conseguia sentir o cheiro suave do seu perfume, algo fresco e doce, mas não exagerado. Combinava com ela.

Estendi a mão, e ela me olhou como se tivesse surgido uma segunda cabeça em mim.

— Para que isso? — ela perguntou, com o rosto um pouco franzido.

— Vamos apertar as mãos.

— Por quê?

Me estiquei e segurei delicadamente seu pulso, e coloquei sua mão na minha.

— Agora, nos cumprimentamos.

Com minha ajuda, ela apertou minha mão.

— Ninguém mais faz isso, você sabe, né?

— Não sei o que quer dizer, mas gosto de termos nos conhecido oficialmente após dois anos se trombando.

— Você acha que vai conseguir dormir sozinho?

Ela não percebeu o que dissera até eu erguer uma sobrancelha e sorrir para ela.

— Merda. Não quis dizer isso. Você vai dormir sozinho de qualquer forma... isso não fui eu tentando dizer que gostaria de dormir com você se não conseguir dormir sozinho, ou que eu iria. Não dormir *dormir*, tipo fazer sexo, mas apenas dormir um ao lado do outro... e por que você não vai em frente e simplesmente me mata agora? Por favor?

Ela tentou tirar a mão, mas a segurei.

— Por você, Flash, vou fingir que não ouvi nada disso. Foi bom te conhecer, Zoe Clarke. Muito bom. Deveríamos fazer isso de novo algum dia.

— Claro — ela concordou, mas, de alguma forma, fez soar o oposto.

Soltei sua mão.

— Essa coisa de Flash, o apelido... vai pegar, não vai?

Sorrindo, assenti.

Ela tinha conseguido dar apenas alguns passos para longe de mim quando a chamei.

— Uma última pergunta. — Relutante, ela me olhou por cima do ombro. — Um ano sem sexo ou um ano sem smartphone?

— Eeeee boa noite para você também.

— Vamos. É a última pergunta... pode pular esta.

— Isso tem a ver com o fato de sermos colegas de casa?

Me sentei de novo.

— Vai me dizer algumas coisas sobre você. Vamos.

Ela ficou em silêncio por alguns segundos, olhou para mim, então desviou o olhar, provavelmente tentando me entender. Não poderia culpá-la.

— Vou ter que escolher um ano sem smartphone, embora não seja porque esteja morrendo para transar. Não é que eu esteja tendo um monte de... — Seus olhos cresceram um pouco como se ela tivesse acabado de contar uma coisa que não era para eu saber. Me recostei e a observei tentar se salvar. — Não quis dizer isso. Realmente, não estou morrendo de vontade de transar, e poderia ficar sem sexo por um ano, porque seria fácil. Só penso que um ano sem celular, na verdade, seria terapêutico. Provavelmente, ele fica grudado na minha mão da hora em que acordo à hora que vou para a cama, e acho que realmente seria legal usá-lo apenas para seu objetivo principal, só para ver como é, sabe? Talvez, socializar mais tivesse um efeito positivo na minha vida, quem sabe. Definitivamente, seria bom para os meus olhos, isso é certeza. — Ela suspirou de novo.

— Estou falando demais novamente. Tudo que estou dizendo é que não escolheria sexo não por não conseguir ficar sem ele por um ano.

Me levantei e andei até ela conforme a observei esconder as mãos atrás das costas.

— Não precisa explicar seu motivo para mim, mas não significa que eu não tenha gostado. Sua resposta diz muito sobre você. Obrigado por me divertir e por responder minhas perguntas. Parece que estamos presos juntos pelos próximos meses, se eu não conseguir encontrar outro lugar, e devo dizer que estou surpreso pra caralho por você ser minha nova colega de casa. Merda, Zoe, não teria adivinhado isso nem em um milhão de anos.

Mantendo os olhos na região do meu peito, ela assentiu.

— Então, boa noite, Dylan.

Após colocar o cabelo atrás da orelha rapidamente e me dar um sorrisinho, ela começou a andar.

Deixei que desse mais alguns passos na direção do seu quarto, enquanto eu ficava no mesmo lugar.

— Flash.

Ela me olhou, mas continuou dando pequenos passos para trás.

— Sim?

Enfiei as mãos nos meus bolsos da frente.

— Esta é a coisa mais estranha do mundo, mas acho que você vai ser minha melhor amiga, Zoe Clarke.

Quando ela fugiu para seu quarto e não estava mais perto de mim, me sentei e me recostei no sofá. Agora que eu estava sozinho, olhei para cima e sorri. Ela não fazia ideia em que tipo de encrenca havia se metido comigo.

CAPÍTULO SEIS
ZOE

— Acho que, em algum momento, eu falei debandar. Quem fala isso?

Suspirei e coloquei a mão no rosto, provavelmente, pela centésima vez, desde que encontrei Jared e Kayla. Eu os tinha obrigado a sair da cama em uma hora terrível para tomar café e se atualizar nos acontecimentos do dia anterior. Já que nunca tinha mencionado ter encontrado Dylan naquela primeira vez dois anos antes, passei uns bons trinta minutos contando tudo a eles. Amiga de merda? Achava que não. Sempre fora boa em guardar segredos. Quando tinha nove anos, guardei meu primeiro segredo do meu pai por uma semana inteira até revelar que Nathaniel, da minha classe, tinha me beijado nas férias e me dito para guardar segredo. Obviamente, eu tinha melhorado com o tempo.

Depois de Jared ter me infernizado por uns cinco minutos conforme Kayla continuava balançando a cabeça, como se estivesse decepcionada, eles, enfim, me deram um descanso.

— Isto é só um pensamento, linda... não me olhe assim... mas acho que dizer debandar é a última coisa com que deve se preocupar. Você realmente o atacou com um rolo de macarrão? Por que estava escondendo um rolo de macarrão no banheiro, para começo de história? Ainda estou intrigado com isso, e queria que tivesse tirado uma foto do ataque de verdade, talvez uma selfie enquanto pulava nele. Poderia ter ficado arte pura. Já posso até ver... vividamente. — Para visualizar melhor, ele fechou os olhos e murmurou baixinho. — Vou fazer um rascunho para você. De nada, claro.

Bati de leve no ombro dele com as costas da mão e balancei a cabeça.

— Não ouse. Eu não estava escondendo no banheiro, e essa nem é a pior parte da história, então, por favor, podemos focar?

Eu tinha conhecido Jared no fim do meu primeiro ano, depois de continuarmos nos trombando nas mesmas aulas, já que nós dois estávamos nos graduando em Arte. Ele sempre dizia que foi o destino que nos uniu e pronto. Eu não conseguia imaginar o que teria feito se ele não tivesse se sentado ao meu lado naquela aula de História da Arte e, quando eu mais precisava da amizade dele, ele sempre estava lá.

Ele se sentou ao meu lado, esfregando o ombro e rindo baixinho. Seu cabelo escuro estiloso todo bagunçado sempre fazia maravilhas nele quando estava no clima de fazer novos amigos. Eu os teria chamado de amantes, mas ele não gostava do peso da palavra. Já que ele não estava interessado em ter um relacionamento sério na faculdade, era bom ser apenas amigos. Ele era apenas um pouco mais alto do que eu, provavelmente, 1,75m, no máximo. O castanho-escuro dos seus olhos e seus lábios carnudos eram só um extra à sua aparência de bad boy roqueiro. Se ele tivesse algum interesse em garotas, tenho praticamente certeza de que eu teria sido uma completa bagunça perto dele, exatamente como parecia ser perto de Dylan. O dia em que o professor nos expulsou da sala por conversar demais marcou o primeiro dia da nossa amizade.

— Eu não o ataquei só por diversão. Pensei que ele fosse um ladrão. O que eu deveria fazer? Recebê-lo de braços abertos? Enquanto eu estava *nua*? Eu estava tentando nocauteá-lo para conseguir sair. Enfim, nem me lembro da metade das coisas que falei depois disso, mas me lembro de *debandar*. Me pergunte quantas vezes usei essa palavra na minha vida... zero. Não sei se vocês entendem a extensão do quanto a coisa toda foi ruim e dolorosa.

— Acho que entendemos — Jared afirmou, arregalando os olhos.

Ignorei os olhares deles e continuei.

— Toda vez que eu abria a boca, cavava um buraco mais fundo em mim mesma. De agora em diante, vou precisar manter a boca fechada quando estiver perto dele. Vou assentir e usar a menor quantidade de palavras possível.

— Imagino que isso não seja possível, mas acho que acreditar é metade da batalha — Kayla disse, irônica.

Forcei o sorriso mais falso que consegui abrir.

— Haha. Vocês estão impossíveis hoje. Não estou aguentando vocês.

Jared apenas sorriu e continuou quebrando sua torrada em pedaços, depois jogando-os na boca.

— Continue pensando assim. Além do mais, você sabe que sempre estou mal-humorado antes de o relógio marcar meio-dia, então sinta-se livre para me ignorar e se concentrar na sua segunda melhor amiga.

Vi um pedaço de brownie voar na direção de Jared, que ele pegou com a boca.

— Você é o pior — murmurou Kayla antes de fixar o olhar em mim.

— Então? Algum conselho? Um conselho de verdade? Que amigos gentis dão um ao outro? — perguntei a Kayla. — O que eu vou fazer? Como vou voltar para lá esta noite?

Suas sobrancelhas grossas perfeitamente preenchidas se ergueram mais na sua testa e ela me olhou de um jeito inocente.

— Andando, talvez?

Retornei seu olhar com minha expressão mais irritada.

— Certo, certo. Shhh. Guarde essa cara para outra pessoa. Acho que tentar ficar um pouco mais quieta em vez de falar eternamente pode ser uma ideia melhor. Tem meu apoio nessa.

Enquanto Jared era o mais amigável e confiante de nós três, Kayla — mais conhecida como KayKay, como Jared a havia apelidado — era nossa mãezona. Ela era exatamente a pessoa para quem você queria se abrir, tão carinhosa, doce, discreta, e tudo que eu não era perto dos homens. No entanto, quando se tratava dos seus relacionamentos, suas escolhas eram meio enviesadas. O caso do momento, o idiota do seu ex-atual-namorado Keith, me dava calafrios assustadores quase toda vez que estava perto. Eu só queria — na verdade, Jared e eu queríamos — que, em uma das vezes em que terminassem, realmente fosse para sempre. Sempre havia esperança.

— Mais alguma ideia? Vamos morar no mesmo apartamento e estou surtando por dentro quanto a isso. Não é como se eu pudesse ficar no meu quarto e nunca sair, e tentar agir normal quando ele está por perto não é uma opção, porque nós todos sabemos como fico perto de homens que acho bonitos.

— O que acha de *ser* normal e casual em vez de agir?

— Fico com coceira e nervosa perto dele, Kayla. Se tivesse me visto ontem à noite, teria se encolhido toda vez que eu abria a boca. Ele estava sendo tão legal, e acho que eu amaria ser amiga dele. Acho que eu conseguiria lidar com isso.

— Com certeza consegue fazer isso. Só pense nele como já comprometido. Isso deve facilitar.

— Na verdade, ele acabou de terminar com a namorada.

— Caramba, não diga. — Jared assobiou. — Talvez eu devesse visitar você um dia desses, só para ver como as coisas estão, sabe?

Pensando que eu tinha um tipo de plano em que conseguiria me concentrar quando voltasse para o apartamento, me recostei no assento e suspirei profundamente. Era grata por ter Kayla e Jared como amigos, mais do que eles poderiam imaginar. Eles fizeram com que a vinda para LA — o maior risco da minha vida — valesse a pena para mim. Só Deus sabe que mais nada aconteceu do jeito que eu esperava.

Kayla pigarreou e se mexeu no seu assento antes de me olhar, então olhou para Jared, o tempo todo rasgando seu copo de papel vazio.

— Então, acho que, com essa atualização, preciso contar uma coisa para vocês. — Antes de nós dois conseguirmos abrir a boca para dizer alguma coisa, ela seguiu em frente e continuou: — Posso ter saído algumas vezes com Dylan.

— Que Dylan? — Jared perguntou, ainda mastigando um pedaço de torrada conforme olhava para o resto do brownie de Kayla.

— Meu Dyl... ah, quero dizer, o Dylan que está ficando no meu apartamento? O *wide receiver*? Dylan Reed?

— Sim. Esse mesmo.

Jared parou de comer.

Alguma coisa estranha se instalou no meu estômago.

— Ah!

— Duas vezes, Zoe — ela falou apressada, erguendo dois dedos para enfatizar as palavras. — Foram apenas duas vezes.

Um cara trombou na minha cadeira por trás, e fui um pouco para a frente conforme bebia alguns goles do meu café já frio, minha atenção focada na mesa. Tudo bem. Era uma surpresa, claro, mas estava tudo totalmente bem. Não era como se eu estivesse interessada em Dylan nem nada assim. Também teria sido bom se eles tivessem saído mais de duas vezes. Ele estava fora de alcance, de qualquer forma, não estava? Não só porque era meu colega de casa e era acima do meu nível, mas porque era um dos jogadores de Mark.

— Foi no primeiro ano, antes de eu conhecer vocês. Acho que foram alguns meses antes, na verdade. Eu estava tendo esse hiato de dois meses com Keith — o que significava que ele tinha terminado com ela por algum motivo idiota — e minha colega de quarto ia sair com um jogador de futebol. Ela meio que me obrigou a sair com eles, porque eu estava chateada por causa de Keith, e o cara ia levar um amigo, então era para eu mantê-lo ocupado enquanto também me ocupava. Você sabe que eu não tinha amigos além de Keith no meu primeiro ano aqui, então aceitei. — Ela fez careta e voltou aos pedacinhos de papel. — Ele foi bem gentil, na verdade, mas vocês sabem como eu sou. Amo Keith, e só não estava a fim de conhecer mais ninguém. Mal falei a noite inteira, e da segunda vez... minha colega de quarto agiu de novo. Dessa vez, realmente, consegui conversar com ele por um tempo. Conversamos sobre nossas famílias, como nós dois tínhamos famílias grandes e barulhentas e tal, mas nenhum de nós estava agindo como se isso pudesse se transformar em algo mais. Era apenas uma noite meio que de amigos. Acho que minha colega de quarto começou a namorar o outro cara... seu nome era uma coisa esquisita como Rap, Rip ou algo assim... então ela não precisou que eu fosse junto depois daquela segunda vez. Mal vi Dylan de novo. Além disso, foram encontros duplos, nunca apenas nós dois. E, algumas semanas depois disso, voltei com Keith, de qualquer forma. Ele sempre me cumprimentava nas raras vezes em que nos víamos no campus, mas acho que não o vejo há um ano.

Jared murmurou e chamou minha atenção para ele.

— Isso não conta como encontro, KayKay, pelo menos, não no meu vocabulário.

— Concordo, mas, na época, eu poderia ter descrito assim para Keith, como se tivesse tido grandes encontros com um jogador de futebol, só para deixá-lo com ciúme. Só quis mencionar isso agora no caso de Dylan me ver com Zoe e realmente lembrar e falar alguma coisa. Não queria que fosse uma surpresa.

— Queria ter minha própria interação com esse Dylan. Vocês duas o conheceram de um jeito ou de outro; uma de um jeito muito mais estranho, claro. — Ele olhou de lado para Kayla e apontou para mim com o queixo.

Isso o fez receber outro tapa no ombro, do que ele mal conseguiu escapar.

— Haha. Muito engraçado.

— E aqui estou eu, o cara que só vê... oh, não sei, *todos* os jogos dele, e nunca tive a chance de conhecê-lo? Você vai consertar esse terrível engano, Zoe.

Foi o pedaço de papel me atingindo no rosto que me tirou do silêncio. Joguei logo de volta para Jared e virei a cabeça para olhar para Kayla.

— Não vai acontecer nada entre nós, Kay. Ele é acima do meu nível. Acredite em mim. Então, mesmo que você tivesse saído com ele de verdade, não teria tido problema.

— Porque você precisa pensar no Mark, certo? E claro que você é bem feia, não podemos nos esquecer disso — Jared comentou, seu tom mais regular do que estivera alguns segundos antes.

Sim, sempre havia Mark.

— Não estou dizendo que sou feia. Às vezes, me acho bonita, mas, ainda assim, ele é outro nível. Você saberia o que quero dizer se o visse de perto.

Jared suspirou e balançou a cabeça.

— E Mark?

— É, também tem ele — murmurei, sem olhar nos olhos de nenhum deles conforme me ocupava em terminar meu café.

— E quando você vai se livrar dele, Zoe? Estaria mentindo se dissesse que sei exatamente o que você está esperando acontecer, mas posso te dizer que não vai acontecer nada... disso, eu sei. Precisa sair do apartamento dele também. Ele está te tratando como uma prostituta, só ligando quando ele quer e só encontrando você naquele apartamento ou do outro lado da cidade em um restaurante aleatório, nunca em nenhum lugar público.

— Ei, vá com calma, ok? — Kayla repreendeu Jared enquanto eu engolia meu café pelo lugar errado. — Foi meio bruto, não acha?

— Jesus. — Tossi quando consegui respirar de novo, bebendo metade da garrafa de água e pegando os guardanapos que Kayla me oferecia. — Obrigada por fazer parecer bizarro. Ele não é tão ruim quanto você está fazendo parecer, e não é como se pudéssemos andar pelo campus juntos, pelo menos ainda não. Eu queria me mudar, lembra? — Não estava culpando Kayla por cancelar comigo, de jeito nenhum, mas culpava Keith por ser um desgraçado carente.

Apesar de o plano para o meu terceiro ano ter sido me mudar do apartamento de Mark e morar com Kayla, não tinha acontecido exatamente do jeito que eu queria. Encontramos o apartamento e faltavam alguns dias para assinar o contrato de aluguel quando Keith foi contra ela morar comigo.

Se ela iria sair dos dormitórios, por que não iria morar com ele? Por que duas universitárias queriam morar juntas? Ela estava saindo com alguém? E assim foi. Kayla nunca teria voltado atrás, mas, quando vi o rolo em que ela ia se meter, o quanto as palavras de Keith eram cruéis, eu disse a ela que não teria problema se escolhesse morar com Keith em vez de comigo. Contanto que ela estivesse feliz, eu estaria feliz, apesar de, depois de todo o evento, não saber como alguém poderia ser feliz com Keith. Mas eu não iria falar isso, pelo menos não na época.

A casa de Jared era perto do campus, apenas uma caminhada de quinze minutos, então ele não precisava de uma nova casa ou de uma mais próxima para alugar. Considerando que ele precisava estar em casa para ajudar sua mãe solo a criar sua meia-irmã de cinco anos, ele não conseguia pagar outro lugar. Esses pequenos fatos me impediram de morar com meus dois melhores amigos.

Diferente de Kayla, que aproveitara seus dois anos nos dormitórios, eu não tinha gostado tanto da vida de dormitório, então tinha voltado para o apartamento de Mark. Pensara que, talvez, as coisas mudariam, que iríamos nos aproximar, mas ele continuava fazendo suas promessas, para variar.

— Sinto muito, Zoe — Kayla disse, interrompendo meus pensamentos. — Eu estava ansios...

Estendi a mão e a descansei no braço dela.

— Não se desculpe, por favor. Não tem nada por que se desculpar. Não quis que parecesse isso. Estive guardando dinheiro, sim, mas ainda não consigo morar sozinha. Preciso economizar dinheiro para Nova York também, por mais besta que pareça, e vocês sabem que voltei porque ele continuou me prometendo que seria diferente este ano. Se as coisas não mudarem e eu conseguir economizar a quantia de que preciso, vou sair de lá por volta de abril ou maio. Além disso... você sabe o que quero dele, Jared. Não seja assim.

— Esse é o tempo que vai dar a ele? Quase um ano inteiro? — Balançando a cabeça, Jared esticou o braço e cobriu minha mão com seus dedos finos e compridos, com os traços duros. — Olhe, sei que isso te magoa, mas Mark nunca vai contar a eles sobre você, Zoe, nem para a esposa e, com certeza, não para o filho. Ele é um porco. Você merece muito mais do que isso.

Porém, Mark havia prometido, e eu só queria acreditar nele.

Quando não falei o que sabia que ele estava esperando ouvir, o que ele queria ouvir, Jared suspirou e recuou com sua mão.

— Se eu conseguir o emprego de meio período naquela galeria no ano que vem, vou morar com você. Você *vai* sair de lá, certo?

Assenti para ele em silêncio.

— Será ótimo.

— Apesar de eu não conseguir deixar o amor da minha vida para morar com vocês, vou visitar tanto que vai parecer que estou morando lá.

Ela iria apenas se Keith deixasse, mas não admitiria isso. Estava com Keith desde que tinha dezesseis anos e ainda o amava o suficiente para acreditar que ele poderia e iria mudar. Eu vislumbrava uma intervenção acontecendo no nosso futuro.

Eu estava com um pouco de dor, tanto no estômago quanto no coração, como ficava toda vez que Mark era o assunto da nossa conversa. As declarações de Jared não eram novidade para mim, entretanto, infelizmente, isso não ajudava a amenizar a dor. Consegui forçar um sorriso genuíno.

— Obrigada, gente.

— Ainda quer conselho do que fazer com o pedaço de mau caminho no seu apartamento? — Jared perguntou, após alguns instantes de silêncio pesado.

Bufei e me recostei no assento.

— Sim. Manda. Deus sabe que eu poderia usar toda a ajuda que receber.

Sua próxima pergunta me fez questionar isso.

— Você sente atração por ele?

— Quero dizer... ele é atraente, claro, e tenho olhos. Também gosto do sorriso dele... vou admitir... mas não o conheço tão bem para dizer se estou atraída. Não tenho uma queda por ele... vamos dizer assim. Sinto atração por seus olhares, mas não tenho uma queda por ele. Ele parece legal, então gosto dele como pessoa... isso soa ainda melhor. Mesmo que eu gostasse dele e, por algum golpe de sorte, ele também estivesse interessado em mim, apesar de eu duvidar disso...

— Claro que duvidaria, porque você é feia demais — Jared repetiu lentamente, balançando a cabeça para enfatizar sua decepção comigo.

— Enfim — soltei a palavra e, ignorando Jared, continuei: — Vamos ficar no mesmo apartamento, pelo amor de Deus, e não tem como Mark não descobrir sobre isso.

— Então tudo volta para Mark.

Franzindo o cenho, baixei a voz e me inclinei para a frente.

— Não volta, não, Jared. Falei que ele é gostoso, e sim, parece ser uma boa pessoa, mas só porque ele é essas duas coisas não significa que vou cair aos pés dele e confessar meu amor... ou desejo, o que quer que seja. Só estou agindo estranho perto dele por causa do que aconteceu no primeiro ano e porque... certo, sim, eu o acho bonito, mas é isso. Você sabe que esse não é um bom combo para mim. Não se lembra de como fiquei quando conversou comigo pela primeira vez na aula de História da Arte? Eu estava apaixonada por você? Não. Essa é só quem eu sou, como sou até conhecer as pessoas, e o que também sou é envergonhada perto dele. Primeiro, pergunto a ele se posso beijá-lo como uma criança do jardim de infância, depois, na próxima vez que ele me vê, derrubo a maquete de uns caras e levo bronca bem na frente dele e dos amigos, inclusive de Chris, como se as coisas não pudessem piorar. Como se tudo isso não fosse suficiente, outro ano se passa e aqui estou eu, derrubando minha toalha, mostrando meus peitos e me jogando nele. Nem estou contando a parte em que o ataquei porque estava no meu direito.

— Então, ser amiga dele é a melhor ideia... todos nós concordamos com isso, sim? — Kayla olhou para Jared, depois para mim. — Você vai se acostumar a tê-lo por perto. Se te conheço tão bem quanto penso, haverá bastante risada nervosa e se escondendo no quarto no seu futuro, se não fizer nada quanto a isso. Então, realmente tente ser amiga dele, já que está tão inflexível dizendo que não tem uma queda por ele. Jared é bonito e você não fica falante perto dele mais — Kayla sugeriu, apontando para nosso amigo.

— Se eu tivesse interesse em garotas, esta aqui estaria em cima de mim agora, então não sei se sou um bom exemplo nesta situação, KayKay — Jared se intrometeu.

Bufei.

— Oh, por favor. Até parece. É só o que vou dizer para você: até parece. E você também gostaria... *e*, por último, mas não menos importante, só nos seus sonhos.

Então, em vez de agir normal — como Kayla sugeriu tão gentilmente — e me esconder no meu quarto quando podia, eu iria me tornar amiga de Dylan Reed. Parecia bem fácil.

Eram umas cinco da tarde quando consegui voltar para o apartamento depois de passar muitas longas horas no laboratório de fotografia. Antes de eu conseguir virar minha chave e entrar, a porta do fim do corredor se abriu e a srta. Hilda apareceu atrás da fenda da porta.

— Srta. Clarke, é você?

Ela tinha oitenta e cinco anos e seus olhos enxergavam melhor do que os meus — ela sabia perfeitamente bem que era eu.

— Sim, srta. Hilda, sou só eu — berrei por cima do ombro, meus movimentos urgentes.

Virei a chave e abri a porta, torcendo para ela não me perguntar mais nada e que eu pudesse me jogar no sofá por alguns minutos e, depois, talvez, me forçar a levantar e fazer um lanche rápido para jantar antes de Dyl...

— Poderia ser uma alma caridosa e...

Oh, a caridosa, não. Nunca quis ser uma alma caridosa.

Por favor, não diga para pendurar as cortinas. Por favor, não diga para pendurar as cortinas.

— ... pendurar as cortinas de volta?

Baixando a cabeça, desesperada, fechei a porta, me xingando por ter me esquecido totalmente dela e feito bastante barulho para acordá-la dos mortos enquanto subia as escadas. Voltei e parei diante dela, agora com a porta totalmente aberta.

— Lavou as cortinas de novo, srta. Hilda?

Ela grunhiu e ergueu uma sobrancelha para mim como se dissesse *O que quer dizer com isso?*

— Só estou perguntando porque já as lavou cinco vezes este mês. — Eu tinha sido escolhida como a abelha operária que pendurava as cortinas limpas de volta, porque ela simplesmente não conseguia fazer sozinha. Não tinha problema, porque ela realmente não conseguia, e eu só demorava dez minutos para pendurá-las, de qualquer forma, mas sempre me perguntei quem era a outra pessoa que ela encurralava para retirá-las toda vez.

— Gosto da casa limpa, srta. Clarke.

Claro que ela gostava da casa limpa. Ela me elegia para passar aspirador no seu apartamento quase semanalmente, sem contar sua lista infinita de pequenas tarefas. Se você não fosse quieto o suficiente e a porta dela abrisse, ela dava tarefas para você cumprir. Se ela fosse daquelas vovós gentis que te davam cookies quentes de chocolate por ajudá-la, ou talvez oferecesse uma refeição caseira por ser uma aluna que sentia falta de comida caseira, ela seria adorável. Mas não. Ela era... Eu não fazia ideia de como ser educada com minha escolha de palavra, mas ela era, basicamente, uma bruxa. Como falei, se ela pegasse você, sempre te persuadia a ajudá-la com alguma coisa e, além disso, ela basicamente sugava toda a sua energia enquanto fazia isso. Era por isso que eu sempre andava na ponta dos pés quando chegava ao nosso andar.

— Estou bem cansada e não como nada desde de manhã. Virei depois...

— Você, jovens... Nunca se deve deixar o trabalho de hoje para amanhã. — A porta se abriu inteira e ela ficou para trás. Eu teria concordado com ela se tivesse sido meu próprio trabalho que teria que fazer para amanhã. Eu nem tinha falado que faria no dia seguinte. Tudo que eu queria era me sentar e comer alguma coisa antes de ter que lidar com ela. Contendo um grito frustrado e cerrando os dentes, abri um sorriso sem dentes para ela e entrei.

Antes de eu sequer dar quatro passos no seu apartamento, ela fechou a porta e começou.

— Foi um jovem que vi saindo do apartamento esta manhã, srta. Clarke? Na minha época, não chegávamos perto de garotos. Essas coisas eram malvistas, mas acho que os tempos mudaram. Pelo menos, esse tem quase a mesma idade sua. Sabia que a garota do 5B traiu o namorado? Eu os ouvi brigando esta tarde...

Eu nem sabia quem morava no 5B. Ignorando-a totalmente, fiz o que ela me pediu e, assim que acabei, quase corri para fora antes de ela conseguir me pedir para levar Billy para passear. Billy era o gato do inferno que se escondia toda vez que alguém, que não fosse a srta. Hilda, estivesse em casa, e, quando ele confiava nas mãos de alguém (no caso, as minhas), sua ação padrão era arranhar seus braços por sequer ousar encostar nele.

Como, praticamente, corri até a porta que me levaria à segurança, pude ouvir os passos rápidos da srta. Hilda me seguindo. Para uma mulher de oitenta e cinco anos, ela se movimentava surpreendentemente rápido quando queria e me alcançou assim que abri a porta.

— Tenha uma boa noite agora, srta. Clarke, e te aviso se souber mais sobre a garota do 5B. Aposto que vamos vê-la com o novo nam...

Dei um passo para fora e trombei com o corpo forte de um *wide receiver* na minha pressa de escapar. Dylan tinha, aparentemente, acabado de subir o último degrau da escada, e grunhiu de surpresa. Arfei e ele desceu de volta um degrau. Me segurando bem acima do cotovelo, ele nos equilibrou antes de eu cair nele e, possivelmente, quebrar seu pescoço rolando escada abaixo.

— Zoe?

— Oh, me desculpe — falei rapidamente, quando ele soltou meu braço.

Esse cara sempre se lembraria de mim como "a desastrada com quem tive que morar naquele um ano e tinha encontrado duas vezes no campus antes disso".

Antes de eu conseguir explicar alguma coisa para Dylan ou alertá-lo de maneira telepática, a srta. Hilda pigarreou atrás de mim, e mal contive um gemido. Fechando os olhos, respirei fundo. Se eu não finalizasse isso rapidamente, ela iria nos manter reféns por só Deus sabe quanto tempo.

Aqui vamos nós.

— Ah, Dylan, aqui está você! — exclamei um pouco mais alto do que o necessário para que a srta. Hilda não tivesse dificuldade em ouvir... apesar de que, quando se tratava do ouvido da velha, sempre era uma porcaria. Estampei o maior sorriso no rosto e tentei inventar alguma coisa nos dois segundos que demorei para me endireitar e encarar minha vizinha intrometida. — Nós estávamos falando agora de você, não estávamos, srta. Hilda? — Antes que o pobrezinho conseguisse entender o que estava acontecendo, eu o segurei pelo braço e o puxei para ficar ao meu lado... ou, mais precisamente, eu o incentivei a ficar ao meu lado, porque, do jeito que aqueles músculos se enrijeciam na minha mão, eu não conseguia imaginar que alguma coisa do meu tamanho pudesse movê-lo sequer um centímetro se ele não quisesse ser movido.

Minha próxima ação brilhante foi dar um tapinha no seu braço e apertá-lo discretamente como um alerta, mas então senti seus músculos se flexionarem sob o meu toque e me esqueci do que ia dizer.

Puta merda...

Olhei para Dylan e nossos olhares se encontraram. Eu não fazia a mínima ideia do que ele estava pensando, mas, rapidamente, desviei o olhar e arranquei meus dedos do seu braço.

Se nós dois queríamos nos livrar da falação infinita da srta. Hilda, eu precisava me concentrar em uma coisa de cada vez. Pensei em contar uma mentirinha que não faria mal a ninguém, se isso significava que voltaríamos para o apartamento e eu comeria meu jantar logo.

— Deve ser ele que viu saindo esta manhã, srta. Hilda. O nome dele é Dylan Reed e é meu novo colega de casa.

Tanto Dylan quanto eu vimos a srta. Hilda analisá-lo dos pés à cabeça. Descaradamente, fiz a mesma coisa. Ele estava usando um tênis Nike preto e cinza, calças de moletom cinza-claro — o que acabava comigo, porque calça de moletom cinza em um cara era o paraíso na Terra, principalmente quando eles usavam de manhã — e uma camiseta branca que se esticava por seu peito impressionante. Ele também estava carregando uma bolsa enorme pendurada até o quadril, a alça cruzada por seu peito.

A srta. Hilda não deve ter ficado impressionada porque soltou outro grunhido. Excluindo nossa velha Hilda, se qualquer mulher que estivesse viva e respirando não ficasse impressionada quando pousava os olhos em Dylan Reed, eu desistiria de comer pizza — por uma semana —, e esse era o maior comprometimento que alguém conseguiria fazer.

— É um prazer conhecer você, srta... — Dylan parou de falar.

— Hilda — me intrometi antes de ele fazê-la começar a falar. — Me esqueci de mencioná-la para você, não foi? Esta é a srta. Hilda. Eu só a estava ajudando com uma coisa e ela mencionou que tinha visto um jovem sair do apartamento e ficou confusa sobre quem você era.

— Oh? — Dylan perguntou educadamente, olhando entre mim e a vizinha.

— Não fiquei confusa, srta. Clarke. Falei para você exatamente o que eu achava sobre outro garoto morando com você. Esta — ela se virou para olhar para Dylan conforme apontou o polegar para mim — deveria ser uma malabarista de circo em vez de mexer com aquela câmera da qual ela parece não se separar.

— Oh, mas, srta. Hilda, ainda não ouviu a melhor parte. — Enganchei meu braço no de Dylan, me aproximei um pouco mais dela, praticamente me espalhando na sua frente, e precisei suprimir forçadamente o arrepio involuntário causado por ficar perto demais dele. Me inclinei na direção da srta. Hilda como se eu estivesse prestes a lhe contar o maior segredo do mundo. Ela também se inclinou para a frente... ansiosa por uma fofoca. — Acho que ele não gosta de nós, garotas — sussurrei alto o suficiente para ela conseguir ouvir, o que significava que Dylan conseguia me ouvir perfeitamente claro também.

As sobrancelhas da srta. Hilda se uniram e ela olhou Dylan demoradamente.

— Ãh, perdão? — Dylan falou após alguns segundos de silêncio.

Inclinei meu corpo na direção dele e, desta vez, dei um tapinha no seu peito, ignorando totalmente sua testa franzida e seu olhar questionador. Eu não fazia ideia de onde eu queria chegar com esses tapinhas, mas parecia que não conseguia evitar.

— Não há por que se desculpar — a velha respondeu, enganando-se com a pergunta de Dylan.

— É, não há por que se desculpar, Dylan — repeti.

Os olhos de Dylan saltaram de mim para a srta. Hilda.

— Eu não...

Antes que Dylan pudesse terminar sua frase, discretamente, pisei no pé dele com meu salto e apliquei o máximo de pressão que consegui. Ponto para ele por nem sequer soltar um grunhido. Dei a ele o sorriso mais doce que pude e tirei o pé.

— A srta. Hilda é uma mulher de mente muito aberta — expliquei, sinalizando na direção dela com a cabeça. — Nada como o pessoal da idade dela, certo, srta. Hilda?

Ela se esticou um pouco mais para cima.

— Sim, sim, sou mesmo. Aqueles velhos peidões não são iguais a mim. Mantenha a cabeça erguida, jovem. Não há nada de errado com o amor. Você tem namorado?

— Ãh...

— Pode me contar.

— Vamos, Dylan — incentivei, balançando um pouco o braço. Quanto mais rápido ele entrasse na conversa e a satisfizesse, mais rápido nós poderíamos ir embora. — Não seja tímido.

Ele virou a cabeça na minha direção de novo e me deu um olhar demorado, que derreteu o sorriso do meu rosto, não porque sua expressão prometia uma retribuição violenta, mas o contrário, na verdade. Ele parecia se divertir, um pouco confuso talvez, mas ainda se divertia, o que era estranho e inesperado. Franzi o cenho para ele e seus lábios se curvaram.

Ainda mantendo os olhos em mim, ele finalmente disse:

— Na verdade, tenho namorado, sim.

— Ele é um garoto legal?

Com um sorriso fácil, ele quebrou nosso contato visual e se voltou para ela.

— Ele é muito legal. Tenho sorte de tê-lo.

A velha inclinou um pouco a cabeça e deu a ele o olhar semicerrado, que era sua marca registrada, em que um dos seus olhos sempre se estreitava mais do que o outro, fazendo-a parecer tudo, *menos* séria.

— Há quanto tempo estão juntos?

Dylan pareceu ignorar a o olhar torto; de novo, ponto para ele. Da primeira vez que a vi fazer isso, mal consegui conter meu ronco.

— Há dois anos.

— Viu, srta. Clarke. Viu? Talvez possa aprender alguma coisa com seu colega de casa.

Expirei demoradamente pelo nariz e consegui manter meu sorriso.

— Eu sei. Pode deixar que vou pedir umas dicas a ele. Tenha uma boa noi...

— Sr. Reed, sua colega de casa tem o pior gosto para homens. Por favor, ensine umas coisas a ela, porque parece que nada que estou dizendo está funcionando.

Você não pode fechar a porta na cara dela, Zoe. Não pode mesmo fechar a porta na cara de uma idosa.

— Por favor, me chame de Dylan, e vou com certeza tentar ao máximo ensinar umas coisas a ela. Vou fazê-la enxergar a razão, não se preocupe.

— Que bom. — Ela me olhou pela última vez e começou a fechar a porta, parando na metade.

— Sabe de uma coisa, Dylan? Gosto de você. É uma pena que goste de garotos, pois a srta. Clarke poderia aproveitar um belo e forte garoto como você.

Tem alguém aí em cima? Deus? Pode me matar agora.

Virando-se para mim, ela continuou.

— Gostei dele. Seja legal com ele.

Cerrei os dentes.

— Certo. — Lembrando que meu braço ainda estava enganchado com o de Dylan, retirei-o quando, finalmente, nos viramos na direção do nosso apartamento.

— Sr. Reed?

Ah... bem quando estávamos tão perto da liberdade.

Senti Dylan parar e se virar, mas eu simplesmente continuei. Já sabia que ela iria dar uma tarefa a ele, e eu não tinha nenhum interesse em deixá-la me envolver nessa também.

Destravando a porta, entrei. Depois de me certificar de que estivesse entreaberta para Dylan, fui para a sala de estar e me joguei no sofá. Tirando a bolsa de ombro, joguei-a em algum lugar por cima do ombro. A porta se fechou com um clique silencioso a tempo de eu cobrir o rosto com as mãos.

Houve um barulho alto seguido dos seus passos e, então, nada. Eu já podia senti-lo parado acima de mim, então não deveria ter sentido vontade de olhar para cima e ver sua expressão, mas, só para garantir, olhei por entre os dedos e... é, ele estava bem ali, aqueles braços grandes e fortes cruzados à frente do peito, uma sobrancelha erguida... esperando. Eu deveria ter ido direto para o meu quarto.

— Olá para você também, Zoe — ele disse, quando percebeu que eu não ia falar nada.

Gemi e escondi o rosto de novo.

— Quer me contar o que acabou de acontecer?

Meio que ronquei e, então, não consegui mais segurar. Primeiro, meus ombros começaram a tremer, depois minha risada silenciosa e característica ficou mais alta. Quando consegui me controlar e minha risada tinha praticamente desaparecido, arrisquei olhar de novo para ele.

Graças a Deus ele estava com um sorrisão; isso me ajudou a me sentir menos tola.

Joguei a cabeça para trás e encarei o teto.

— Não está bravo comigo, está? Estou realmente torcendo para esse sorriso significar que está se divertindo, e não que é louco.

Sentir mãos grandes envolverem meus tornozelos me fez sentar ereta com a imprevisibilidade disso. Sem se afetar com meu pulinho de susto, Dylan, gentilmente, colocou meu pé para baixou e se sentou bem ao meu lado, no meio do sofá. Recuei mais alguns centímetros até minhas costas chegarem no braço do sofá e abri um pouco mais de espaço entre nós, mais espaço para respirar... felizmente.

— Não sei. Vou decidir depois que me contar o que aconteceu lá.

— Sei que falou que detesta mentirosos ontem à noite, mas isso não conta, tá? Não deveria odiar sua colega de casa. — Pigarreando, dei a ele algo entre um sorriso e uma careta. — Ela é a proprietária e a única pessoa com mais de vinte e cinco anos que mora neste prédio. É xereta pra caralho. Juro para você que ela sabe de tudo que acontece. Já tinha falado na minha orelha antes de eu trombar em você, e foi por isso que trombei em você, na verdade, porque estava tentando fugir, e ela pensou que eu estava sendo uma prostituta e, basicamente, tentando me salvar de mim mesma. Não que me importe, mas, como falei, ela é xereta pra caralho e, quando começa a falar, a conversa se transforma em um interrogatório, mas o que devo fazer? Ela é velha, então não posso brigar com ela. Precisava contar alguma coisa para ela.

Dylan esticou o braço no encosto do sofá e se inclinou só mais um pouco para a frente, me fazendo recostar — só para garantir.

— Então a melhor coisa que conseguiu inventar foi dizer a ela que eu era gay?

Outro ronco escapou de mim e corei.

— Não vai fazer mal, certo? Pareceu a melhor ideia no momento. Pelo menos, assim, ela não vai acampar em frente à nossa porta.

— Não poderia dizer a ela que éramos apenas amigos?

Verdade, eu seria amiga dele.

— A mente dela não funciona assim. Garotos e garotas não conseguem ser amigos. Ela acha que garotos estão atrás de uma coisa e apenas uma, e já que você é um garoto... ela pensaria que você está atrás da minha...

— Da sua... — Ele parou de falar, esperando que eu terminasse a frase.

Eu não iria fazer isso.

— Acho que você entendeu.

— Talvez tenha entendido. — Seus lábios se curvaram para cima. — Obrigado, Zoe. Parece que vamos nos divertir bastante.

Conforme seus olhos encararam os meus, ficamos ali sentados como dois idiotas, sorrindo um para o outro.

— Por que está sorrindo assim? — ele perguntou com o queixo erguido.

Parei de sorrir e toquei meus lábios com a ponta dos dedos. Havia algo de errado com meu sorriso?

— Por que *você* está sorrindo assim? — retruquei.

Uma sobrancelha se ergueu, e a sobrancelha solitária erguida combinou com aquele maldito sorriso... e foi o suficiente para fazer meu coração parar.

— É assim que sorrio — Dylan respondeu.

— Bem... é... bem grande.

Zoe. Oh, Zoe. Pobrezinha, pobrezinha.

Seus olhos azul-escuros brilharam com a risada e aqueles lábios se ergueram ainda mais. Um segundo estendido em dois, então dois segundos transformados em uma competição de encarar. Em que porra ele estava pensando? Eu não o conhecia bem o bastante para dar um bom palpite, e ficou mais difícil manter meus olhos travados nos dele a cada segundo que passava. Eu era muito má perdedora, então não tinha como ser a primeira a desviar o olhar.

Depois do que pareceu uma hora da competição de encarar mais esquisita — a qual eu venci, muito obrigada —, ele balançou a cabeça e passou a mão no cabelo curto.

— O que foi? — perguntei baixinho, curiosa de verdade para ouvir sobre o que ele estava pensando.

Ele suspirou e se levantou.

— Nada.

— Não, me diga. O que foi?

Dylan hesitou.

— Você se lembra daquelas pessoas que falamos? — questionei.
— Das que não gostamos? — Assentiu rápido. — Também não gosto de pessoas que não terminam as frases.

— Eu não comecei nenhuma frase.

Apontei com o dedo para minha têmpora.

— Começou aqui.

Com isso, recebi uma risada calorosa.

— Você continua fazendo coisas que não estou esperando. Me pega de surpresa, só isso.

— Isso é bom ou ruim?

— Ainda não decidi.

— Não vamos perder seu tempo... vamos concordar que é bom.

Flagrei o puxão nos seus lábios quando se inclinou para pendurar sua bolsa no ombro.

— Acha que é?

— Ah, sim. Vou te manter alerta. — Me levantei do sofá para ficar de pé ao seu lado. — Então estamos bem? Amigos? Não se importa que eu falei para ela que você é gay?

— Amigos?

Se ele queria se concentrar nisso...

— Claro, amigos... melhores amigos, parceiros, colegas... Vou deixar você escolher. — Soquei, levemente, o braço dele e me odiei imediatamente por isso.

Eu, Zoe Clarke, era, oficialmente, a garota mais esquisita viva.

Por que o chão não se abria e me engolia quando eu mais precisava? Não poderia ser tão difícil.

Olhando para baixo onde eu tinha socado seu braço, depois de volta para mim, ele abriu outro dos seus sorrisos viciantes que me faziam paralisar toda vez.

— Amigos, então.

CAPÍTULO SETE
DYLAN

Fazia apenas alguns dias desde que tinha me mudado quando comecei a voltar para minha rotina — ou, melhor, para uma nova rotina. Tínhamos um jogo em casa em dois dias e eu estava mais do que pronto para jogar. Estava fazendo minha terceira série de flexão de braço quando olhei para cima e vi Zoe esfregando os olhos conforme seguia direto para uma parede, errando o banheiro por uns dez centímetros.

— Porra! — ela chiou em voz baixa, desta vez esfregando o ombro.

Baixei a cabeça e tentei conter a risada. Quando olhei de volta para cima, eu a vi olhando por cima do ombro na direção do meu quarto logo antes de entrar apressada no banheiro e, gentilmente, fechar a porta.

Duzentos e vinte e três.

Duzentos e vinte e quatro.

Duzentos e vinte e cinco.

Ouvi a porta se abrir, depois passos cautelosos seguiram. Quando ouvi uma arfada alta, ergui a cabeça, meu olhar lentamente subindo por suas pernas lisas e compridas. A mão dela estava no peito e ela estava fazendo aquela coisa de *cervo diante dos faróis* de novo. Eu sorri.

— Bom dia, Zoe.

Tirando a mão do peito, ela puxou a barra da camiseta e deu alguns passos laterais na direção da cozinha. Mas seus olhos... ficaram grudados no meu corpo.

— Olá para você também. Você me assustou pra caralho.

Ergui a cabeça e dei risada baixinho.

— Estou vendo.

— Ãh, o que está acontecendo aqui? — ela perguntou com uma voz rouca ainda sonolenta.

— Estou fazendo minhas flexões.

Mais alguns passos para a direita e ela chegou à ilha. De olho em mim, ela segurou na beirada do balcão como se ele estivesse ajudando-a a ficar em pé, pulou os dois banquinhos do bar e deu a volta até estar em frente à pia.

— Não é meio cedo para flexões?

Duzentas e trinta e seis.

— Sempre acordo às seis da manhã e as faço.

— Então, isso é um evento diário?

— Sim. — Baixei a cabeça e ignorei o leve tremor dos meus músculos do braço.

— No fim de semana também?

— Sim.

— Oh, tá bom. É... bom saber. — Zoe pegou o copo ao lado da pia, ainda de olho em mim, abriu a geladeira, pegou uma garrafa de água, abriu a tampa e a serviu no copo. Após um segundo de hesitação, ela o pegou e deu alguns goles.

Olhei para baixo de novo para esconder meu sorriso e continuar contando.

Duzentos e quarenta e cinco.

Duzentos e quarenta e seis.

Duzentos e quarenta e sete.

— Ãh, e bom dia... amigo.

— Perdão? — grunhi e olhei para cima.

— Você disse bom dia e eu não respondi. Ainda não estou muito acordada... posso também estar sonhando, não sei direito. Só no caso de não estar em um sonho e você realmente estar aí fazendo flexões... bom dia para você também, amigo.

— Está levando a sério mesmo essa coisa de amigo, hein?

Ela ergueu o ombro discretamente, fazendo sua camiseta grande escorregar e me dar uma visão da pele lisa tão inocentemente escondida debaixo do tecido.

— Estou gostando cada vez mais da ideia.

Continue contando, Dylan. Continue.

Duzentos e sessenta e um.

Duzentos e sessenta e dois.

Duzentos e sessenta e três.

Quando cheguei a trezentos, grunhi e me levantei com um salto. Pegando a toalha que deixara no sofá, sequei o rosto.

— O que está fazendo acordada tão cedo? Não te vi de manhã nos últimos dias. Só à noite.

Não que ela ficasse muito por lá. Quando eu chegava, ela encontrava algum lugar para onde desaparecer.

Ainda estava parada atrás da pia, segurando o copo conforme dava pequenos goles e mantinha os olhos em mim.

— Porque sou uma pessoa normal? Sabe, uma que não acorda em uma hora terrível? Hoje vou me encontrar com uma garota que está me pagando para tirar umas fotos dela para seu blog de moda. Ela queria que as ruas estivessem vazias e, de acordo com ela, sua pele fica melhor ao nascer do sol. Nenhuma pessoa sã acordaria tão cedo, mas... é trabalho.

— É? Uma sessão de fotos de moda, hein? Parece divertido.

— Como posso ver com meus próprios olhos, você também não é uma pessoa sã, então... sua ideia de divertido pode ser meio enviesada.

Jogando a toalha de volta no sofá, me sentei no chão e comecei a fazer abdominais.

— Certo, o que está acontecendo agora?

— Abdominais.

Ouvi um pequeno gemido, mas, em vez de olhar para ela, continuei com os olhos à frente e fazendo abdominal. De canto de olho, pude vê-la se movimentar e, mesmo se não estivesse conseguindo ver, os sons dos armários se abrindo e fechando e os talheres tilintando chegaram a mim.

Quarenta e um.

Quarenta e dois.

Quarenta e três.

Quarenta e quatro.

Quando houve uma longa pausa de silêncio, falei sem me desconcentrar.

— E aí, amiga?

— E aí? — ela devolveu.

Pude sentir seus olhos varrendo minha pele como o toque gentil de uma pena. Meu pau enrijeceu na calça de moletom.

— Está me encarando.

— Como sabe que estou encarando? Nem está olhando para mim.

— Consigo sentir seus olhos em mim — grunhi.

— Consegue sentir meus olhos... claro que consegue. Bem, não estou encarando porque há alguma coisa para olhar. Só estou *olhando* na sua direção porque... você está no caminho da minha vista no momento e não sei mais para onde olhar.

Curioso, me virei para ver o que ela estava fazendo. Tentei manter o ritmo e continuar contando na cabeça ao mesmo tempo, mas ela estava dificultando. Estava parada exatamente no mesmo lugar, a única diferença era que, desta vez, ela estava com uma tigela azul em uma mão e uma colher na outra. A tigela estava cheia do que imaginei que pudesse ser cereal, que estava indo na direção dos seus lábios rosados. Tentei encontrar os olhos dela, mas seu olhar parecia grudado em outro lugar — mais conhecido como meu tronco. Então eu era o entretenimento do café da manhã. Por algum motivo que eu não conseguia identificar muito bem, não me importava com seu olhar em mim e, acredite, se tivesse sido qualquer uma com exceção dela, eu teria me importado. Ser encarado, normalmente, tirava minha concentração, e isso me irritava, mas eu nunca tive um par de olhos se movendo por meu corpo que parecesse penas, dentre todas as coisas. Meu corpo se aqueceu, e tive praticamente certeza de que não era por causa da atividade física.

— Você está tomando café e ainda encarando — resmunguei, com o suor começando a escorrer pela minha testa conforme cada repetição ficava um pouco mais difícil e meu pau fazia o mesmo.

Sua colher parou na metade do caminho, então ela estava mastigando de novo.

— Acho que sim. É. — Houve um barulho alto quando sua colher atingiu a tigela e ela se encolheu, mas dois segundos depois a mastigação recomeçou. — Sempre dizem que o café da manhã é a refeição mais importante do dia, e acho que estou começando a acreditar.

Cem.

Finalizando minha primeira série, deitei de costas no chão e balancei os braços para relaxar os músculos conforme recuperava o fôlego lentamente.

— Então você sempre faz isso... seminu?

Sorri para o teto.

— Se estiver te incomodando, posso fazer no meu quarto a partir de agora. Só vim para cá porque pensei que ainda não estivesse acordada.

— Não, tudo bem. Só queria saber.

Houve uma pausa de dois segundos antes de ela falar de novo.

— Sempre na mesma hora?

— Virá aqui toda manhã e me fará companhia?

Respirando fundo, comecei a segunda série.

Cento e um.

Cento e dois.

Cento e três.

— Não.

— Tem certeza? Você pensou por um segundo.

— É. Não.

Cento e dez.

Cento e onze.

Sentindo aquela queimação boa viciante na barriga, terminei rapidamente a segunda série.

Eu a ouvi tossir alto, então olhei na sua direção.

— Mais? — Zoe perguntou em um tom agudo, quando comecei a próxima centena de abdominais.

— Sim. — Bufei.

Milagrosamente, consegui terminar a última série com apenas alguns olhares da minha observadora curiosa. Pelo menos, meu pau estava se comportando. Algumas vezes, quando eu olhava, ela desviava o olhar rapidamente e se entretinha bastante na tigela de cereal ou na pia. Me levantando, sequei a testa, o peito e a barriga. Jogando a toalhinha sobre o ombro, me movi na direção da minha colega de casa intrigante. Seus olhos seguiram cada passo meu.

Parando quando apenas dois passos nos separavam, me apoiei no balcão de mármore.

— Oi. Como está sua manhã até agora?

Ela fez alguns barulhos vagos, então pigarreou depois de encher a boca de cereal e engolir.

— Só como qualquer outra manhã, na verdade. Nada especial acontecendo. E a sua?

Foi difícil conter meu sorriso, então escolhi não fazê-lo.

— Estou gostando bastante dela até agora. Obrigado por me fazer companhia.

Parecia que ela ainda estava tendo dificuldade em ficar me olhando quando estávamos perto um do outro. Oh, ela tentou, vou admitir, mas só durou uns dois segundos, aí ela mudou o foco para minha orelha. Eu tinha percebido que o ponto escolhido também poderia ser minha boca, se eu estivesse sorrindo ou falando.

— Você quer cereal? — Ela mexeu a colher no que deveria estar um cereal bem murcho naquele momento, então bebeu um pouco do leite na beirada da tigela.

— Não.

— Café?

— Não.

— Cereal?

Dei risada.

— Vou comer alguma coisa com os caras.

— Água, então?

— Não negaria isso.

Ela recuou e pegou um copo de um dos armários à minha esquerda, e tive que segurar na beirada do balcão, de forma que deixou os nós dos meus dedos brancos, quando minha atenção desceu.

Olhos para cima, Dylan. Não olhe para a bunda dela, cara.

Só um vislumbre de azul-claro contra sua pele pálida antes de ela descer da ponta do pé e encher meu copo com água, e depois me entregar.

— Obrigado, Zoe.

Apareceu aquele rubor cor-de-rosa nas suas bochechas de novo.

Olhei para baixo e foquei nos seus pés descalços. Ela tinha pintado as unhas do pé de um roxo-claro, e ficou lindo nela. Então, ela curvou os dedos do pé e escondeu o pé direito atrás do esquerdo. Algo nessa ação me fez sorrir.

Eu já tinha conhecido garotas tímidas, mas nenhuma delas teve o efeito que Zoe estava causando em mim. Tinha conhecido garotas que quase *me* deixavam tímido também — não era frequente, mas talvez uma de vez em quando, mas acontecera. Algumas "marias-camisa" poderiam ser um pouco mais diretas do que você esperaria que fossem, e já se espera que sejam diretas, por isso o nome. Eu tinha aprendido isso no primeiro ano, enquanto ainda estava tentando descobrir meu lugar em uma nova escola e um novo time.

Com exceção do meu primeiro ano, eu não dormia com todo mundo. Depois daquele primeiro ano, percebi que não era meu estilo. Comparado a alguns colegas de time, eu era um anjo, mas fazia isso de vez em quando.

Encontrar aquela conexão ilusória era ainda mais difícil do que se esperaria.

Essa coisa estranha que eu tinha com Zoe era novidade para mim. Houve garotas de quem eu era estritamente amigo, e tive namoradas com quem eu não tinha nada em comum além da atração sexual saudável. Ainda assim, lá estava eu, parado em uma cozinha, encarando os pés de uma garota e achando extremamente adorável ela ser tão tímida a ponto de tentar escondê-los da minha vista. Eu não sabia exatamente o que estava acontecendo entre nós ou se havia alguma coisa acontecendo, mas tive a sensação de que ia demorar um pouco para encontrar nosso ritmo.

Zoe era tímida, isso era fato, mas, de repente, ela mudava o jogo comigo. Dizia alguma coisa inesperada — como admitir o fato de que estava me encarando — e me surpreendia, e isso vinha de um cara cujo trabalho era prever a jogada e ajustar adequadamente para ele poder correr para a vitória. Eu era bom pra caramba em interpretar a próxima jogada de um jogador, mas, do jeito que Zoe estava fazendo, eu tinha dificuldade em adivinhar de onde a bola viria para mim.

Parecia que ela tinha um lado bem diferente escondido debaixo daquela primeira camada. Talvez fosse isso que estivesse me atraindo nela — as possibilidades de Zoe. Eu não era burro; sabia que era atraído por ela — meu pau tinha ficado feliz em vê-la mais do que algumas vezes naquela semana —, mas não era apenas o fato de ela ser linda que me fazia me mover naquela direção. Eu estava falando sério quando disse para ela que tinha a sensação de que seria minha melhor amiga.

— Onde quer morar depois de se formar? Quer ficar aqui? — perguntei do nada, surpreendendo a mim mesmo.

Ela ficou me olhando por uns dois segundos — o que parecia ser seu máximo, a menos que entrasse em uma competição de encarar comigo —, então olhou de volta para sua tigela e continuou esmagando o cereal no leite. Acho que qualquer lugar era melhor do que os meus olhos.

Por que ela tinha tanta dificuldade de encontrar meus olhos quando estávamos perto um do outro, sendo que não teve dificuldade em verificar meu abdome e, ocasionalmente, meus braços e ombros minutos antes?

— Nova York. E você?

— Vou saber quando o campeonato acabar.

— Faz sentido. — Ela assentiu e me deu um sorrisinho tímido. — Admiro sua confiança... você tem certeza de que será escolhido. Alguma ideia de para onde vai?

Dei de ombros.

— Se eu não acreditar em mim mesmo, alguém mais vai? Posso não acabar sendo escolhido na primeira rodada, mas tudo bem. Vou só dar mais duro para mostrar a todo mundo o erro que cometeram ao me pular. — Seu sorriso cresceu, e franzi o cenho para seus lábios. — Só para você saber, não estou sendo um otário arrogante, só sei do que sou capaz naquele campo. Dito isso, eu poderia torcer meu joelho no próximo jogo... ou, inferno, até mesmo no treino... e nunca mais conseguir jogar. Ser profissional é o plano *e* o sonho, mas é cedo demais para dizer onde ou qualquer coisa, na verdade.

Ela ergueu sua mão segurando a colher, rendendo-se.

— Uma dose saudável de autoconfiança sempre é boa. Eu poderia fazer isso também. — Ela pausou por um instante. — E sei que você não é um otário arrogante, Dylan. Sim, você diz que é bom no campo, mas não está sendo desagradável por isso. Só falou que vai dar mais duro para mostrar a eles o erro que cometeram por não escolherem você... não abriu um sorriso nojento e disse que eles teriam sorte em ter você no time. *Isso* teria sido desagradável. — Ela estreitou os olhos com dúvida. — Entende o que quero dizer?

Em vez de sorrir de volta para ela ou de dar um passo à frente, o que me aproximaria ainda mais dela, ou agradecer em uma voz áspera, fiz uma simples pergunta. Desta vez, não foi surpresa; eu estava totalmente consciente do que iria perguntar a ela.

— Quer fazer uma aposta, Zoe?

Seu sorriso diminuiu um pouco, e ela, finalmente, colocou a colher na tigela para tentar entender aonde eu queria chegar com minha pergunta. Após alguns segundos de contemplação, ela se endireitou e apoiou o quadril no balcão.

— De onde veio isso? E de que tipo de aposta estamos falando?

O sol enviou os primeiros raios de luz pelas janelas e no rosto de Zoe, conforme coloquei minha água no balcão e a encarei. Eu a vi se encolher quando minha nova postura me trouxe um pouco mais perto dela. Pude ver o quanto ela queria recuar, pela forma como trocava de peso com os pés. Se eu desse um passo grande, respiraríamos o mesmo ar. A luz, o brilho que conseguia ver nos seus olhos me disse que ela não seria assustada tão facilmente.

— Vamos apostar em um beijo — eu disse, decidindo acabar com a ansiedade dela. — Acho que vamos acabar nos beijando um dia desses, e aposto que você será a primeira a implorar por ele.

Ela congelou. Sua tigela ainda estava suspensa no ar, então estiquei o braço e a peguei com delicadeza da sua mão. Quando ela não soltou a colher, tirei seus dedos com minha outra mão e coloquei seu café da manhã ensopado no balcão — cereal de mel, pelo que parece. Não é uma má escolha.

— Me corrija se eu estiver errada, mas você falou que vou *implorar* para você?

— Sim, é isso que estou achando.

— Me corrijo... você *se acha* mesmo — ela se indignou.

— Não acredita em mim? Tudo bem... significa que vai ganhar. Vamos fazer a aposta.

— Esqueceu da parte em que falei para você que tinha namorado?

Não tinha me esquecido, e não gostava disso, mas ainda estava em dúvida sobre seu relacionamento. Inferno, eu nem sabia se ela estava dizendo a verdade ou não, para ser sincero. Ela dissera que era complicado, e complicado nunca era bom para um relacionamento. Provavelmente, ele era um babaca, de qualquer forma.

— Você falou que era complicado. As coisas mudam e, de novo, o pior que pode acontecer é você vencer a aposta. O que tem a perder?

— Nem sempre. Às vezes, as coisas não mudam.

— Tenho a sensação de que isso vai mudar.

— Ah, é? — Ela cruzou os braços, fazendo sua camiseta grande se erguer mais alguns centímetros por aquelas pernas lisas. Se eu olhasse por bastante tempo, com mais atenção, será que conseguiria ter o vislumbre de azul-claro de novo? — Se importa de compartilhar essa sensação?

Olhei rapidamente para cima de novo, e ergui pela metade o ombro.

— Medo de perder? Se tem tanta certeza, por que simplesmente não aceita a aposta?

— Não vou cair aos seus pés — ela mexeu rapidamente a mão na minha direção — só porque vi você seminu. Um monte de caras malha. Vejo um monte de caras malharem.

Um lado da sua boca se curvou para cima.

— Se acha que é isso que me torna especial, o fato de eu ter músculos, definitivamente, vai se surpreender. Vamos, o que tem a perder? Não vou tentar seduzir você, juro. Na verdade, juro nem mencionar de novo esta aposta. Só um jogo inocente entre amigos. Ainda seremos amigos, como você disse.

Ela começou a puxar o lábio inferior com os dedos, pensando em tudo que eu estava dizendo.

— Então por que fazer a aposta? Não estou dizendo que gostaria que me seduzisse nem nada, não que fosse conseguir, de qualquer forma, já que nem sou afetada por corpos seminus — suas mãos se moveram no ar para indicar o dito corpo seminu antes de voltar aos lábios rosados — e, claramente, eu não iria querer...

— Claramente — repeti logo depois dela.

— Então por quê? — ela perguntou de volta, ignorando minhas gracinhas.

— Por que não?

Ela bufou.

— Isso não é resposta.

Me afastei do balcão e ela deu um passo para trás.

— Tudo bem. Entendo que não confie em você mesma perto de mim.

Ela ergueu o queixo só mais um pouco e me olhou brava.

— Engraçado. O que ganho se eu vencer?

— O que quiser.

— Está me dando muita trela. E se eu pedir para você... certo, esqueça, não vou revelar. Tenho que pensar mais um pouco.

Assenti. Era justo.

— Quais são as regras? — ela indagou, seus dedos finalmente deixando seus lábios em paz. — A linha do tempo?

— Não tem regra. Nada muda. É só uma aposta inofensiva entre dois amigos, nada mais, juro. Quanto à linha do tempo... vamos dizer antes de eu me formar. Acho que você não vai demorar tanto, mas, só no caso de demorar...

Um sorriso doce tocou seus lábios, surpreendendo um sorriso genuíno meu. Meio que esperava que ela me mostrasse o dedo do meio, mas então ela pressionou os lábios unidos, sua expressão se tornando séria.

— O que você ganha com isso?

Embora eu não tivesse pensado tão longe, já que o beijo iria ser o próprio prêmio, percebi que nem havia pensado nisso.

— Se eu vencer, quero ter um segundo beijo... e um terceiro. Afinal, três parece ser o número mágico para nós.

Em vez de subir até seus lábios, seus dedos puxaram e retorceram o pequeno pingente pendurado no seu colar prateado, só um pouco acima dos seus seios. Se fosse considerar a cor das alças do seu sutiã, ela estava usando uma calcinha combinando, o que era uma coisa que me excitava. Um conjunto sexy de lingerie combinando aumentava o nível para mim.

Ela endireitou os ombros, e me obriguei a parar de imaginar que tipo de lingerie ela estava usando debaixo da camiseta gasta antes que meu pau a cumprimentasse.

— Só para você saber, sou muito boa em apostas — ela disse em certo momento. — E nunca implorei para beijar ninguém na vida, Dylan.

— É tão boa com elas quanto é com competições improvisadas de encarar? — Ergui o ombro e tentei manter meu sorriso contido. — Não importa. Gosto da ideia de ser seu primeiro, Zoe.

Um lado do seu lábio se ergueu.

— Tire sarro o quanto quiser. É melhor ter cuidado... só isso que vou dizer.

— Viu? Então nem precisa se preocupar com nada. Estará segura dos meus lábios.

De novo, como parecíamos fazer, ficamos lá nos encarando por alguns segundos, nós dois dando um sorrisinho. Desta vez, foi ela que desviou o olhar primeiro, e fui legal o suficiente para não mencionar isso.

Segurei a toalha pendurada no meu ombro.

— É melhor eu me preparar para sair. Não quero me atrasar para o treino.

— Você sabe que isso significa que, se me implorar por um beijo, você também vai perder, certo?

Não fiz nada além de sorrir. Poderia tê-la beijado bem ali naquele instante, mas, se ela não estivesse mentindo e realmente tivesse um namorado, isso não acabaria bem, e eu não era esse tipo de cara. Não faria o que tinham feito comigo. Teria apostado dinheiro que não havia namorado de verdade, mas havia o futebol americano, e isso era bem real. Eu estava vivendo o ano mais importante da minha vida até agora, e já tinha uma programação brutal à minha frente.

Zoe assentiu, como se estivesse resolvido. Então, de repente, ela estendeu seu punho entre nós. Olhei para baixo, para ele.

— O que é isso?

— Bate aqui.

Arqueei uma sobrancelha.

— Bater?

— Sim. Vamos, não me deixe no vácuo. Amigos se cumprimentam assim de vez em quando.

Quando não fui rápido o bastante, porque estava ocupado tentando entender como ela tinha entrado na minha vida do nada e como eu ia sobreviver a ela, Zoe balançou seu punho e inclinou a cabeça para o lado, indicando-o com os olhos, me incentivando a... *bater*.

Então, cumprimentei minha nova amiga e ri durante todo o processo.

O que mais eu poderia ter feito?

Depois que saí do apartamento e me encontrei com os caras, nós tivemos um treino de três horas. Nem todo mundo do time ficava feliz em ter o couro arrancado todos os dias, mas eu não era um deles. Pelo menos, os treinos de outono tinham acabado; tinha sido... cruel, para dizer o mínimo.

Muitas vezes, eu tinha ficado cara a cara com Kyle e Maxwell e havia conseguido ignorá-los muito bem. No campo, eu precisava ser amigo deles, mas, assim que saíamos do gramado, eu não os conhecia. Estava ficando bom em separar.

O segundo treino tinha acabado e estávamos indo para o banho, o suor literalmente pingando do nosso corpo, e JP começou a me questionar. Continuou por dez minutos, até no banho e, quando chegamos ao vestiário, ele ainda não tinha parado.

— Não minta para mim, cara. Onde está ficando?

— Pela centésima vez, encontrei um novo colega de casa. Estou bem, relaxe.

— Onde o encontrou?

Olhei para o teto e respirei fundo.

— Na internet. — Não fazia sentido contar a ele que era ela, bem... e não ele.

— Você simplesmente entrou na internet e se mudou com um cara aleatório? Por quê? Você é bom demais para o meu colchão de ar?

— Realmente, não consigo dizer se está falando sério ou não, mas, só para você saber... você ronca, cara. Não tem problema quando ficamos em um hotel quando viajamos para competições... consigo aguentar por uma ou duas noites, mas, por um ano...

Seus braços se cruzaram à frente do peito e ele me deu um dos seus olhares de *vá se foder* perfeitos que, geralmente, reservava para os árbitros. Continuou me encarando, tentando ao máximo flagrar alguma coisa na minha expressão. Sua maldita boca se abriu de novo, mas balancei a cabeça.

— Se me perguntar mais uma vez, vou fazer você se arrepender.

— O que está havendo? — Chris perguntou enquanto saía do chuveiro e ia direto para nossa pequena discussão.

Vesti minha calça de moletom e me sentei no banco.

JP voltou toda a sua atenção para nosso *quarterback*.

— Você sabe? Porque, se sabe e não estiver me contando, juro por Deus, Chris...

Aparentemente, ter o couro arrancado no campo não tinha sido suficiente para ele. Ele estava pedindo uma repetição.

Franzindo o cenho, Chris olhou para mim, depois para JP.

— De que porra está falando? Acabei de chegar.

— O lutador aqui tem um novo colega de casa misterioso e está todo estranho por isso — JP anunciou.

Nem me incomodando em erguer a cabeça, peguei minha camiseta.

— Se alguém está sendo estranho por isso aqui, acredite em mim, é você.

— Ele não está ficando com você? — Chris se intrometeu, ignorando minhas palavras. — Pensei que estivesse ficando com você. Onde está ficando, cara?

Resmungando, me levantei e puxei minha camiseta pela barriga.

— Vocês dois só podem estar de brincadeira! Juro por Deus, se um de vocês me perguntar de novo onde estou ficando ou se estou bem, vou bater em vocês.

— Viu como ele está na defensiva? — JP perguntou a Chris. — Ele ainda está...

Ignorando-os, peguei meu celular quando ele começou a vibrar no bolso. Chris foi para seu armário, dois à minha direita, e começou a pegar suas roupas, o tempo todo falando com JP sobre a minha "situação".

Abri a mensagem e vi que era de Victoria. Ignorei-a, assim como estivera fazendo com todas as suas mensagens de *Quero conversar com você*, e guardei o celular de volta no bolso. Jogando minha bolsa no ombro, me afastei dos caras.

— Estou indo. Se vocês dois acharem suas bolas de novo, podem me encontrar na praça de alimentação. Pulei o café da manhã, então estou morrendo de fome. — Me virei e continuei andando de costas, nivelando um olhar mortal para JP. — Nem chegue perto de mim se estiver planejando me fazer mais perguntas.

— Quer ir a uma lanchonete? — Chris gritou antes de eu conseguir sair.

Sempre era difícil ter cautela com minha dieta e, principalmente, dizer não a cheeseburgers, mas não queria perder a aula, então, desta vez, foi uma escolha fácil. Também havia o fato de que eu sempre precisava ter cuidado com dinheiro se queria continuar enviando dinheiro para casa. Não ter que pagar aluguel ajudaria com isso.

— Não posso hoje. Tenho aula às duas, depois uma sessão de estudos lá pelas cinco. Vão vocês sem mim.

— Nos vemos na casa do Jack esta noite? — JP berrou quando abri a porta. Jack era nosso *kicker*[5].

— Te mando mensagem se eu for.

Quando bati a porta e virei a esquina, ainda conseguia ouvir JP gritando para mim.

Eu tinha dado apenas alguns passos quando ouvi um barulho alto ecoar no prédio silencioso.

---

5   Posição de futebol americano responsável por chutar para pontuar, ganhar pontos extras e dar o chute inicial. (N.E.)

Uma morena chamou minha atenção ao sair de uma das salas de reunião do outro lado do corredor. Só percebi quem era quando ela jogou o cabelo para trás enquanto segurava a porta aberta para alguém. O técnico saiu em seguida, logo atrás de Zoe. Ambos tinham os ombros rígidos, e nenhum deles parecia particularmente feliz conforme se afastavam o quanto podiam um do outro. O técnico virou o rosto na direção dela e vi os lábios dele se moverem. Apesar de eu estar andando na direção deles, não consegui alcançá-los antes que chegassem ao lobby e saíssem do complexo. Não vi Zoe respondendo, mas vi a postura dela se enrijecer ainda mais. Ele se virou e desapareceu na sala de observação do time. Zoe acelerou, passou pelas exibições de troféu sem erguer o olhar do chão e saiu... sem ver que eu tinha parado de me movimentar e estava totalmente parado, cheio de perguntas.

CAPÍTULO OITO
ZOE

O fim de semana após Dylan e eu termos apostado passou em um piscar de olhos. O time dele venceu o segundo jogo, o que ouvi de Jared, e o campus todo estava animado com o gosto doce da vitória. Eu? Nem tanto.

Tinha assistido à metade do jogo e saí para me encontrar com Jared e, apesar de não saber muito sobre futebol americano — eu tinha dificuldade em seguir onde a bola estava, quem estava com a maldita bola, quem atacou quem, quem perdeu a bola, quem pegou a bola, etc. —, até eu conseguia ver que Dylan se tornava uma pessoa totalmente diferente no campo. Pelo menos, com meu conhecimento limitado de futebol, era o que eu pensava. Seus movimentos eram mais precisos. Ele parecia superconcentrado, superatraente, superagressivo — de um jeito excitante, não de um jeito de Hulk. Já falei superatraente? Ele era superforte, super-rápido — o cara corria — e, repetindo, só no caso de você não estar acompanhando, superatraente. Gostei bastante de assistir. Provavelmente, era o uniforme e aquelas malditas ombreiras que o faziam parecer uma fera sexy. Mesmo a tinta preta debaixo dos olhos que era para fazê-lo parecer ridículo fazia exatamente o oposto. Ele parecia um guerreiro naquele campo.

Obviamente... *obviamente*, seria mentira se eu dissesse que não era excitante pra caralho assisti-lo jogando. Quando ele marcou seu primeiro touchdown — uma corrida de quarenta e um metros, de acordo com os narradores —, fiquei toda empolgada e dei um pulinho na cadeira com o maior sorriso no rosto. Dei risada quando todos os colegas de time correram até ele, enquanto ele fazia uma dancinha com os quadris, e eles se bateram no peito e nos punhos — *viu?! Amigos se cumprimentam assim o tempo todo*. Então vi o número cinco correr na direção dele — Chris. Ele enganchou um braço no pescoço dele conforme se empurravam, e meu coração se aqueceu com a visão. Quando a câmera focou no rosto do técnico enquanto ele andava pela linha lateral, desliguei a TV.

Definitivamente, eu conseguia entender como o clima do jogo... oh, e os uniformes... e, ah, certo, aquelas ombreiras, especificamente... e talvez aquelas calças *bem apertadas* afetavam toda garota no campus. Presumi que seria cem vezes pior se estivesse realmente lá no estádio. Eu não ia ceder totalmente e me tornar uma das suas fãs escandalosas, mas não via problema em só assistir aos seus jogos de vez em quando também... sabe, porque ele e eu estávamos no caminho de nos tornarmos melhores amigos, e melhores amigos acompanham o interesse um do outro. Na verdade, ele estava saindo apressado um dia, até me perguntou meu número de telefone e, depois, mais tarde, recebi um *Olá, colega de casa*. Nas minhas regras, isso significava que estávamos nos tornando amigos mesmo.

O que era exatamente o que eu queria.

Exatamente.

Falando em amigos, conforme o relógio se aproximava das oito da noite, peguei meu celular e liguei para Kayla.

Ela atendeu no quinto toque.

— Oi, Zoe.

— Oi. Estou faminta. Aonde vamos nos encontrar? Acabou de estudar?

Eu estava planejando implorar a ela por pizza, mas não sabia se ela estava em uma das suas fases de dieta graças a Keith fazendo comentários aleatórios sobre seu peso. Se fosse esse o caso, eu sabia que ela não aceitaria, mas, quando a ouvi suspirar do outro lado da linha, todos os pensamentos de comida desapareceram bem rápido da minha mente.

— O que está havendo? — perguntei com cuidado, apesar de já poder imaginar o que seria.

— Não posso ir esta noite. Sinto muito, Zoe. Estava ansiosa para isso, e não vejo você nem Jared há *dias*, mas acho que Keith teve algum problema, então vou ter que ir para casa ver como ele está.

Estava na ponta da minha língua, mas ela falou antes.

— E antes de você falar qualquer coisa, ele realmente queria que eu me encontrasse com vocês, mas a voz dele estava tão ruim quando ligou, então, mesmo se saíssemos, minha mente estaria nele o tempo inteiro.

Me sentei no sofá e tirei os sapatos. Alguns minutos antes, eu estava pronta e empolgada para encontrá-la.

— Eu não ia dizer falar nada — resmunguei. — E claro que entendo. É melhor cuidar dele... eu faria igual. Não se preocupe com a gente. Posso encontrar você amanhã... daria certo? Acho que Jared está livre das funções de babá, então talvez ele também consiga. Pode ser ainda melhor. Para almoçar, talvez? Minha aula termina às quatro.

Conseguia ouvir seus passos rápidos conforme aguardava sua resposta.

— Tenho duas aulas amanhã, uma de manhã, e a outra por volta das duas. Se Keith já estiver melhor, vamos tomar um café. Tudo bem?

— Qualquer coisa. Diga quando e onde, e estaremos lá. Só quero ver seu rosto lindo, KayKay.

Quase pude sentir seu sorriso caloroso pelo telefone. Pelo menos seu tom estava mais carinhoso agora quando respondeu.

— Deus, também estou com saudade de vocês. Nem estou perguntando sobre Dylan porque preciso ouvir os detalhes de cada dia e não podemos fazer isso pelo telefone... e não conte tudo a Jared sem mim. Estou me sentindo bastante excluída, e ele vai jogar isso na minha cara para sempre.

— Certo. Meus lábios estão selados até ver você em carne e osso, mas não se preocupe, não perdeu tanta coisa, apesar de que, no sábado, ele veio...

— Não. Não. Vai me contar tudo amanhã, lembra? Esta não é uma conversa para se ter no telefone. Precisamos de café e carboidratos na forma de gostosuras assadas.

— Não foi tão...

— Oh, Zoe, desculpe, Keith está ligando. Preciso ir. Te mando mensagem amanhã, certo? Te amo.

— Ok! Te amo...

A linha ficou muda. Resmunguei e me joguei no sofá. Claro que Keith iria ligar. Se ela o tivesse ignorado e saído comigo, ele teria continuado ligando até ela se sentir desconfortável e culpada o suficiente para voltar. Esperava que ele realmente estivesse doente e sentindo dor.

Suspirei e enviei uma mensagem para Jared rapidamente.

Eu: Kayla não vai poder ir. Aparentemente, Keith está com algum problema.

Jared: Babaca!

Jared: Keith, não KayKay.

Jared: Pode vir aqui e deixar Becky fazer uma transformação em você, se quiser.

Eu: Sua mãe está de plantão à noite de novo?

Jared: Está. Quer vir? Juro que não vou postar os resultados da transformação nas redes sociais desta vez.

Eu: Não, obrigada. Receber uma transformação de uma criança de cinco anos foi um evento único. Já risquei da minha lista. Nunca mais vou cometer o erro de dormir quando ela estiver no mesmo quarto que eu.

Jared: Oh, mas nos esforçamos bastante para deixar você bonita.

Eu: Vi o quanto se esforçaram, e todo mundo também.

Jared: Vai vir?

Eu: Claro, mude de assunto. Vou ficar em casa mesmo e estudar um pouco. Vamos tomar café amanhã?

Jared: Sim para o café. Dê um beijo de boa-noite em Dylan por mim.

Fiz uma careta. *Esse merdinha!*

Ergui o celular e tirei uma foto minha mostrando o dedo do meio com um sorriso doce. Alguns segundos depois, recebi uma foto dele com sua irmãzinha, ele fazendo careta para as lentes e cobrindo os olhos dela com a mão.

Becky faria picadinho dele. Não somente ela era hiperativa, mas também não entendia que outras pessoas precisavam dormir para funcionar. Ela também era uma diabinha com o rosto de um anjo. Pelo menos ele iria sofrer, e saber disso me deu um pouco de satisfação.

Dar um beijo de boa-noite em Dylan... Até parece. Eu era mais forte.

Sabia que Dylan tinha um jantar com o time e um grupo de estudos, porque o tinha ouvido falar com seu amigo no telefone. Eu não sabia se era Chris ou não, e não era como se eu pudesse perguntar a ele, mas, sabendo que ele não chegaria logo em casa, fiquei confortável na sala e levei meu laptop comigo para estudar um pouco. Se conseguisse editar um pouco a última sessão de fotos que fiz para o blog de moda de Leah antes de dormir, seria ainda melhor. Pelo jeito que as coisas estavam indo com meu trabalho de fotografia, eu tinha a sensação de que guardar dinheiro para me mudar no fim do ano não seria um problema tão grande quanto eu havia esperado.

Encarando a janela, sentei no chão, espalhei tudo na mesinha de centro e comecei a trabalhar. O único intervalo que fiz foi para pegar uma banana e uma torrada levemente torrada que sobrou do café da manhã. Foi uma grande decepção após imaginar poder comer uma deliciosa pizza cheia de queijo, mas o que uma garota pode fazer?

Lá pelas nove horas, meus olhos começaram a ficar pesados com o trabalho da faculdade, então coloquei meus fones de ouvido e mudei para o Photoshop, a fim de trabalhar na edição das fotos de moda. A música alta me animou bem rápido para trabalhar, e consegui ignorar tudo ao redor para focar nas fotos de Leah na tela.

Era isso que eu amava fazer. Claro que, às vezes, eu passava mais horas diante do meu laptop do que realmente atrás das câmeras, mas era assim que funcionava. Se tudo corresse de acordo com o planejado, eu esperava que fotografia fosse meu futuro. Não precisava ser fotos de moda em si, mas, contanto que eu estivesse usando uma câmera, capturando rostos diferentes, emoções, memórias, momentos... segundos... eu sabia que ficaria bem.

Em certo momento, meu Spotify começou a tocar *Gorilla GMix*, do Pharrell, e, logo, comecei a cantar a letra de cor, porque era uma das minhas músicas preferidas para sexo. Todo mundo tinha uma dessa, certo? Eu nunca tinha transado enquanto ela tocava — seria estranho, no mínimo —, mas, quando a escutava, conseguia, definitivamente, ver isso acontecendo se fechasse os olhos.

No mínimo, sempre trazia à tona minha stripper interior. Era estranhamente sexy ou talvez fosse apenas sexy para mim porque eu era estranha? Talvez fosse a segunda opção, mas eu não me importava. Só Jared e Kayla conheciam minha obsessão esquisita de R&B-hip-hop-sex. Ainda cantando, sentada no chão, deitei a cabeça nas almofadas do sofá, abri os braços e fechei os olhos.

Enquanto meus quadris se movimentavam por conta própria, eu cantava a música inteira, até fazia os barulhos de gorila, como se a letra não fosse suficiente. Dá para adivinhar aonde estou querendo chegar com isso, certo? Porque é de mim que estamos falando aqui.

Quando meus olhos se abriram preguiçosamente, Dylan Reed estava me encarando de ponta-cabeça. Fechei os olhos e abri de novo... fiz isso novamente para ver se ele sumia... mas ele não foi a lugar algum. Quando o vi, pela primeira vez, olhando para mim, pensara e esperara que eu só o tivesse imaginado porque estava me sentindo... de um certo jeito. Ver Dylan Reed fazer flexões e abdominais não era algo fácil de se apagar da mente, afinal de contas. Observar seus músculos se flexionarem naquela pele lisa que implorava pelo toque, a língua, os dentes para... fazer todas as coisas que não poderia, não deveria e não faria com um amigo...

Meus olhos se concentraram no teto e respirei fundo. Ele ainda não tinha falado uma palavra. Tirei meus fones de ouvido, e a música seguinte que tinha começado a tocar lentamente se foi, levando a voz de Drake com ela. O apartamento estava totalmente em silêncio. De onde estava sentada, eu teria ouvido caso um alfinete caísse no meu quarto.

O ruído nos meus ouvidos começou baixo até ter tomado basicamente tudo. Parecia que meu coração estava batendo no meu cérebro como um baixo intenso. Me sentindo meio zonza pela vergonha, me sentei e o mundo se endireitou. Mordendo o lábio inferior, segurei a tampa do meu laptop com os dedos úmidos, fechei e, então, delicadamente, coloquei os fones de ouvido em cima dele. Nesse momento, meu rosto deve ter ficado de todas as cores do arco-íris.

— Pode falar — eu disse, sufocada, em uma voz bem baixa.

Em certo instante, ele veio para a minha frente e ficou ao lado do sofá de couro gigante que foi feito para deitar. Continuei olhando para a frente, pela janela, mas dava para ver seus lábios se curvando na minha visão periférica.

Ele pigarreou, e mordi mais forte meu lábio inferior.

Eu nunca poderia vencer com esse cara?

Ele se sentou no braço largo do sofá, e eu me mexi e coloquei as pernas debaixo de mim, me sentindo vulnerável.

— Ouvi você quando estava subindo as escadas — ele admitiu.

Assenti, ainda mantendo o olhar longe dele. Fingi esquecer meu volume; provavelmente, o prédio inteiro estivera ouvindo. Dylan continuou.

— Entrei e chamei seu nome, mas você parecia estar envolvida demais. Não quis assustar você, então... esperei.

— Você estava... ãh, estava aí parado há muito tempo?

Houve uma longa pausa, então sua voz saiu baixa e grave.

— Acho que ouvi... "rosnado de boceta" em certo momento? Isso me chamou atenção por algum motivo. Vamos dizer que foi um pouco antes disso.

É. Tá bom, então. Ele também me viu me contorcer.

Ainda evitando os olhos dele, assenti e me levantei. Queria chorar tanto. Ele se levantou comigo.

— Só vou me jogar do prédio agora — resmunguei, baixando a cabeça e tentando passar rápido por ele.

Eu sabia que não seria tão fácil, mas não estava esperando que uma corrente elétrica percorresse meu corpo quando sua mão grande envolveu meu pulso na tentativa de me parar. Calafrios pinicaram minha pele onde ele estava me tocando e até em cima no braço. Minha mão se flexionou, porém ele conseguiu o que queria. Meu corpo ficou rígido, e esperei que ele começasse a rir ou zombar de mim a qualquer segundo. Em algum lugar no fundo da minha mente, eu sabia que ele não era assim, sabia que ele não iria me envergonhar, mas ele ainda pensaria isso, ainda contaria aos amigos sobre sua colega de quarto esquisita. Eu não estava envergonhada porque ele me flagrou cantando, mas cantando aquela música?

— Pode olhar para mim, Zoe?

Quando nada aconteceu, meus olhos se ergueram para a testa dele, e vi suas sobrancelhas se unirem lentamente.

Pisquei, e no segundo seguinte ele estava me puxando na direção da pia da cozinha. Soltando meu pulso, ele rasgou um pedaço de papel-toalha e o segurou debaixo da água até estar ensopado. Quando se moveu na minha direção, arqueei para trás e me certifiquei de que minha cabeça estivesse fora de alcance dele. Franzindo o cenho ainda mais, ele se esticou e envolveu meu pescoço para me manter no lugar. Aparentemente, eu ainda estava ao alcance.

— Fique parada — ele ordenou, seu tom praticamente beirando a raiva.

O que eu tinha feito além de me fazer de tola? Conforme seus olhos vaguearam para os meus, por um breve instante, desejei que ele pudesse ser um pouco menos atraente; teria me ajudado a agir normal perto dele. Até seu nariz levemente torto adicionava valor à sua sedução.

— Seu lábio está sangrando — ele murmurou, quase para si mesmo.

Ah, então esse era o gosto amargo que eu tinha sentido — e aqui estava eu, pensando que fosse o gosto amargo da humilhação.

— Meus lábios ficam bem ressecados às vezes.

Quando o papel molhado tocou meu lábio inferior, me encolhi e, por reflexo, apertei a mão em volta do pulso dele para fazê-lo parar —

foi mais para metade do pulso dele, já que minha mão era minúscula perto da dele. Embora não devesse ter funcionado, funcionou, e sua mão paralisou. Eu era tão idiota que até seu antebraço parecia sexy para mim, as veias delineando sua pele. Também havia aqueles pelos no braço que ainda conseguia sentir na pele se fechasse os olhos e pensasse no dia em que o atacara no apartamento, e aí sua mão grande com seus dedos fortes e grandes gentilmente tocou meu lábio, me tirando dos meus sonhos acordada.

Meus olhos encontraram os dele.

— Desculpe — ele murmurou, sua voz baixa, tão baixa que meu coração foi de zero a sessenta em dois segundos.

Não o olhe no olho, Zoe. Não faça isso.

— Eu que peço desculpa — murmurei timidamente ao tirar minha mão.

Ele virou o pulso uma vez, como se eu o tivesse machucado. Eu duvidava. Ele pigarreou e continuou limpando meu lábio. Eu deixei, aproveitando, descaradamente, a atenção que estava recebendo. Certo, talvez não tão abertamente, mas pelo menos eu não tinha feito nenhuma burrice — ainda. Quando ele terminou, amassou o papel e o jogou no lixo. Meus olhos o seguiram e, se eles não estivessem falhando, não havia muita coisa nele, só uma mancha rosada, então por que os primeiros-socorros repentinos?

— Por que você sempre me vê na minha pior hora? — perguntei, torcendo para ele ter que responder para mim, porque eu não sabia a resposta.

Tive dificuldade para encontrar algum lugar para colocar as mãos — à frente do peito? Na ilha? Nas costas? Nele?

— Quero dizer, ser flagrada cantando nunca é a melhor sensação, já que é um momento particular, mas eu também estava meio que dançando, como posso imaginar que você viu, o que acho estranho quando se está fazendo sentada, mas ainda conta. Além de tudo isso, aquela música? Por que não entrou quando eu estava cantando Ed Sheeran? Não sou tão ruim quando canto uma das músicas dele. Ser flagrada por você, durante aquela música? — A cada frase, minha voz saía mais aguda. — Esqueça. — Lentamente, dei a volta nele e fui em direção ao corredor. — Alguma chance de não zombar de mim por isso?

— Zoe... — ele começou quando quase consegui chegar à entrada do corredor, mas, antes que ele pudesse terminar o que quer que estava prestes a dizer, a energia acabou, nos deixando na escuridão.

— Que porra é essa?

Que porra é essa mesmo. Houve uma longa pausa de oito segundos em que ficamos congelados, esperando a energia voltar.

— Ãh... — gemi, já entrando em pânico. — Vou falar uma coisa, mas não pode rir.

— O quê? — ele perguntou distraidamente. Já tinha se afastado da pia da cozinha e estava indo na direção das janelas, pelo menos era de lá que sua voz vinha.

Pigarreei e envolvi um braço na minha cintura.

— Poderia ser um ladrão, talvez? Ou ladrões, no plural? Mais de um? Mais de três? Também fiquei aqui no semestre passado, e houve uma série de roubos na vizinhança. Eles cortavam a energia ou algo parecido para facilitar a invasão. Acho que vamos ser roubados. Vi um filme uma vez com meu pai, em que... — Parei de falar.

Estava parecendo que os poucos prédios ao nosso redor também estavam sem eletricidade, e a luz prateada da lua estava iluminando o apartamento, possibilitando que eu visse a silhueta de Dylan se virar para mim.

Em vez de responder, ele abriu uma janela para olhar a rua.

— É, o quarteirão inteiro está sem luz. Está tudo bem, Zoe. Eu...

— Na verdade, não sou muito fã de...

— Acho que você deveria parar de ver tantos filmes.

— O quê? Isso foi diversão que ouvi na sua voz? Está sorrindo agora? — perguntei, incrédula.

Ouvi uma risada baixa. No entanto, antes de poder responder, o universo decidiu embrulhar tudo com um laço vermelho. A sala começou a girar, e olhei confusa para os meus pés. Será que eu estava tonta? Não tinha *tanto* medo do escuro. Então o prédio começou a tremer, e meu olhar horrorizado voou para a sombra do meu colega de quarto.

— Dylan — chamei em pânico com um tremor intenso na voz.

Dois segundos.

— Está tudo bem. Vai passar.

Três segundos.

Me virei e foquei o olhar na direção da porta. *Sair correndo ou ficar? Sair correndo ou ficar?*

Quatro segundos.

— Dylan — eu disse, sufocada de novo, desta vez mais alto e mais urgente conforme balancei para a frente. Meus pés estavam morrendo de vontade de correr... para a porta, para Dylan, para qualquer lugar, na verdade... e ter um refúgio, mas, ao mesmo tempo, parecia que não conseguia me mexer nem um centímetro. Estava abraçada aos meus próprios braços trêmulos.

Iria parar.

Ouvi passos.

Juro por Deus, se ele sair correndo e me deixar para trás, eu vou...

Cinco segundos.

Seis segundos.

O terremoto parou no exato instante em que senti a parte da frente de Dylan nas minhas costas e sua mão segurou meu ombro.

— Foi estranho, mas acabou — Dylan disse casualmente, mantendo a mão em mim.

Meu coração começou a fazer uma coisa estranha que nunca tinha feito: batidas poderosas e fortes em câmera lenta. Eu nem tinha percebido que estava prendendo a respiração durante todo o acontecimento até finalmente soltá-la. Meu corpo começou a tremer conforme inspirei profundamente e soltei pela boca várias vezes.

Foi quando Dylan colocou sua outra mão no meu braço esquerdo e começou a esfregar para cima e para baixo.

— Você está fria — ele murmurou.

Sim, geralmente, os mortos são frios, pensei, mas guardei para mim mesma.

Nem consegui responder conforme me esforcei para manter a respiração sob controle. Meia hora antes, eu teria dito que estava com muito calor quando estava cantando. Mesmo a camisa de manga curta que eu estava vestindo pareceu demais em certo momento, em LA era assim. Agora, conforme as mãos de Dylan se moviam por meus braços nus, eu não sentia nada além de frio entrando na minha pele. Seus polegares deslizavam sob minha camiseta toda vez que ele os erguia.

— Precisamos sair. Precisamos sair agora mesmo. — Me mexi para correr direto para a porta, mas suas mãos me impediram antes de eu conseguir dar mais do que alguns passos.

— Espere... espere um segundo. — Ele segurou meus cotovelos e me virou para encará-lo.

— Precisamos sair — repeti, respirando pesadamente.

Mesmo parada tão perto dele, não conseguia ver os detalhes do seu rosto, porém, pelo jeito que sua cabeça estava inclinada, eu sabia que seu olhar estava em mim.

— Está tudo bem, Zoe. Não foi um grande.

— Quem disse que o próximo não será?

As mãos dele começaram a se mexer de novo, dos meus pulsos, por meus cotovelos, e para cima, para cima, para cima, em um ritmo mais lento desta vez.

— Estamos bem onde estamos.

Será que estávamos? Sério, será? Eu achava que não, não com os calafrios pinicando minha pele onde as mãos dele estavam viajando para cima e para baixo.

Após alguns segundos encarando a forma escura da sua cabeça, baixei a minha e suspirei. Havia mágica nas mãos dele e, lentamente, seu calor começou a me aquecer. Elas não eram macias, diferente das mãos do meu último namorado. Ele era mais acostumado a creme de mão do que eu, o que não tinha problema, mas as mãos de Dylan — elas se arrastavam por minha pele da melhor maneira possível. Eu sabia que me lembraria da sensação delas. Ele era meio que inesquecível.

— Tenho muito medo de terremotos — sussurrei, só no caso de ele não ter percebido.

— Acabou agora. Estamos bem.

— Tenho muito, muito medo deles, Dylan. Por que a luz não voltou? Será que acabou por causa do terremoto? — Eu ainda estava sussurrando. Sem conseguir me fazer parar, dei um passo na direção dele. Talvez, eu estivesse a meio passo de realmente pisar nos pés dele, meu rosto estava a apenas centímetros do seu peito. Eu me aproximando não era um pedido de abraço de maneira nenhuma, mas, quando suas mãos saíram dos meus braços e um frio as substituiu, me senti uma completa idiota, uma completa idiota que sabia que era uma idiota e, ainda assim, não conseguia encontrar o caminho de volta à distância da segurança do cara grande na sala. Sempre dizem que você deve conseguir abrigo perto de coisas fortes e robustas, certo? Bem, Dylan Reed era bem forte e robusto.

Então senti uma palma da mão grande na base da minha espinha, o que tirou uma arfada silenciosa de algum lugar profundo dentro de mim e fez um pequeno arrepio percorrer meu corpo. Devagar, sua mão começou a subir por minhas costas, como se ele não soubesse se tinha problema me abraçar.

Ãh...

Essa era uma resposta suficiente para uma pergunta que eu nem estava pensando em fazer. Não esperei a confirmação vocal, só encostei a bochecha no seu peito duro como pedra e prendi a respiração. Seu outro braço me envolveu e se apoiou nas minhas costas, um pouco mais alto do que o outro, e senti que não tinha problema eu fechar os olhos. Ele faria tudo ficar bem.

— Provavelmente, foi somente uma coincidência e não tem nada a ver com o terremoto.

Meus braços ainda estavam envolvendo minha barriga, então, quando Dylan me puxou delicadamente ainda mais para perto do seu corpo, fechando aquele meio passo de espaço entre nós, meus braços caíram e eu ergui um para descansar no peito dele, bem ao lado do meu rosto, e segurei sua camiseta na sua cintura com o outro.

Era meio incerto, meio esquisito. Certo, talvez não fosse tão esquisito, já que era o melhor abraço que eu tinha em um tempo. Vamos chamar de melhor meio abraço, talvez, porque não era como se ele estivesse me esmagando. Esse teria sido o abraço perfeito. O abraço estava bem solto, mas ainda era um abraço, e foi gostoso mesmo assim.

E, meu Deus, o toque dele era quente e forte. Seu perfume era diferente, atordoante, algo quente e apimentado, talvez com um toque de cedro. Basicamente, era mágico. Como ele cheirava tão bem àquela hora da noite? Será que ele estivera em um encontro?

Era avançado demais abraçar um amigo assim? Se fôssemos honestos, chamá-lo de meu amigo ou melhor amigo era alongar um pouco a verdade, mas eu iria parar ou me afastar? Não, nem a pau. Se esse fosse o destino da Califórnia e o prédio estivesse desmoronando, eu iria ficar nos braços desse cara.

Com nossa proximidade, eu conseguia ouvir seu coração batendo forte. Tentei me manter focada nesse ritmo e acompanhá-lo com minha respiração, forte e regular.

Quando eu praticamente a tinha sob controle, respirei fundo de novo.

— Você deve pensar que sou louca — murmurei no peito dele.

Houve um tremor de quatro segundos logo no fim das minhas palavras. Foi menor do que antes, mas, ainda assim, perceptível. Enterrei a testa no seu peito e resmunguei.

— Shhh, está tudo bem. Você está bem. É só um pequeno.

Engoli o nó na minha garganta e fechei os olhos mais forte desta vez, minha mão se curvando em punho. Os braços dele não estavam mais se movendo, mas ele também não me soltou.

— E não acho que seja louca. Minha mãe também não é fã de terremotos.

— É? Ela também se jogaria nos braços de um estranho?

O peito dele se movimentou com uma risada silenciosa.

— Pensei que fôssemos amigos. Quando me transformei de melhor amigo para o estranho nesta situação? E, para responder sua pergunta, ela não se jogaria nos braços de um estranho, porque meu pai estaria bem ao lado dela, pronto para pegá-la se ela decidisse desmaiar ou qualquer coisa parecida. Ela sempre gruda na mão dele como se não houvesse amanhã.

Sua voz grave me ajudou a relaxar mais.

— Ela desmaia?

— Felizmente, ainda não aconteceu, mas eu não colocaria minha mão no fogo. Ela sempre nos ameaça com isso.

Esperei um instante antes de falar de novo.

— Cientistas estão esperando que um mega terremoto atinja a Califórnia, certo? A luz ainda não voltou, e sinto que algo ruim vai acontecer. E se for isso?

Ele murmurou por uns segundos, e pude sentir as vibrações percorrerem seu corpo.

— Você tem algum arrependimento? Talvez alguém que você iria querer pedir um beijo antes de uma morte prematura?

Ele me surpreendeu tanto que inclinei a cabeça para trás a fim de olhá-lo. Graças ao novo ângulo em que estávamos, era mais fácil de identificar seus traços no escuro, e eu conseguia, definitivamente, ver o sorriso brincalhão no rosto dele.

— É, boa tentativa, mas acho que não. Falei para você que sou mais forte quando se trata de apostas. Não vou recuar tão facilmente... apesar de que, se o prédio realmente começar a desmoronar, todas as apostas estão canceladas e, provavelmente, vou tentar subir em você.

Desta vez, deu para ouvir sua risada.

— Certo, vou me certificar de estar pronto para isso.

Pensando que, talvez, ele estivesse começando a se sentir estranho ou desconfortável me abraçando, baixei a mão do seu peito e recuei aquele meio passo de novo. Assim que os braços dele me soltaram, minha temperatura corporal começou a baixar.

— Como você está tão calmo? Nunca assistiu a *2012* ou *San Andreas*? Acabei de assisti-los de novo na semana passada, então estou achando que não está ajudando muito no momento.

Era um saco eu poder sentir exatamente onde as mãos dele tinham segurado meu corpo; me deixou consciente demais do fato de que elas não estavam mais em volta de mim.

— É por isso que tem tanto medo de terremotos? Por causa dos filmes?

— Quem, no mundo, não teria medo de terremotos? Como posso não surtar por ser esmagada debaixo de um prédio?

De repente, minha mão estava na de Dylan, e ele as estava encarando como se não soubesse como isso tinha acontecido quando foi ele que as pegou. Sua mão apertou a minha, uma, duas vezes, e meu coração acelerou.

Merda. Lentamente, como se minha mão tivesse vontade própria, estiquei os dedos e os entrelacei com os dele. Parecia que era exatamente o que ele estava esperando, e antes de eu sequer conseguir processar o frio na barriga, ele estava me puxando na direção do sofá.

— O que está fazendo?

— Estou exausto, Zoe. Tive um longo dia e, então, a sessão de estudos foi mais longa do que eu esperava, e tive que ir à musculação antes de vir para cá. Estou acabado, então precisamos nos sentar.

Oh.

— Desculpe — murmurei, conforme ele se afundou no sofá com um suspiro pesado e me puxou para o lado dele. — É melhor eu me levantar e procurar uma vela ou algo assim — murmurei, e puxei minha mão.

Em vez de me soltar como eu esperava que fizesse, ele virou minha mão na dele e enroscou os dedos nos meus, palma com palma. Sentados em um ângulo estranho, encarei nossas mãos, sem saber o que estava acontecendo. Ele as ergueu e colocou as costas da minha mão na coxa dele. Fiquei tensa. Baixando a cabeça no encosto do sofá, ele escorregou um pouco mais para baixo.

— Fique. Vamos relaxar por um minuto. Me faça companhia. A luz vai voltar a qualquer minuto.

Fazer companhia para ele com sua mão em volta da minha? Claro, poxa vida! Para que serviam amigos, senão para isso? Já mencionei que eu era uma idiota, certo? Na verdade, eu estava feliz por ele não ter decidido voltar ao seu quarto para dormir, então me mexi no meu assento e me encostei para trás, ficando confortável ao lado dele.

— Oh, e, Zoe, não assista mais a esses filmes por um tempo, tá? Talvez veja alguma coisa que não vá te assustar. Você falou que gostava de animações... esses devem ser bons.

— Geralmente, esses me fazem chorar — murmurei baixinho, conforme virei os olhos para ele. — Acho que...

Quando não continuei, ele rolou a cabeça na minha direção. Nossos olhos se encontraram na luz da lua e voltei meu olhar para o teto de novo.

— Acho que... tem algo a ver com você. Não ajo tão excêntrica assim perto de mais ninguém. Não me entenda mal, posso chegar perto, mas não exatamente, não assim.

— Então o que está dizendo é que sou um amigo especial, hein?

Olhei-o de canto de olho e vi que ele ainda estava olhando para mim. Olhei para sua têmpora. Permaneci em silêncio, e ele, finalmente, virou a cabeça para o outro lado.

— Gostei disso — ele murmurou, e pensei que era seguro olhar de novo. Seus olhos estavam fechados, então os meus podiam passar por cada centímetro do seu rosto para a satisfação do meu coração.

Ele resmungou e arqueou suas costas, ficando mais confortável. Não podia dizer a mesma coisa para mim mesma, mas também não me mexi do meu lugar. A alternativa não era nada apelativa.

Senti alguma coisa encostar na minha perna e, quando olhei para baixo, vi a coxa de Dylan — que não estava perto da minha há apenas alguns segundos — apoiar levemente na minha.

— Você teve um bom dia? — perguntei, quando ele ficou em silêncio.

— Sim. Longo, mas bom. E você?

— Também. Estava trabalhando antes de você chegar, então, talvez, eu devesse voltar a trabalhar até a luz voltar e deixar você dormir... apesar de que vou ter que te acordar se houver outro terremoto.

Ouvi uma risada baixa.

— Ah, é?

O retumbar na sua voz me deixou sem palavras. Fechei os olhos e contive um gemido.

— Só alertando você, só isso.

— Sinta-se livre para me acordar quando quiser. Não vou me importar.

Eu não ia comentar sobre isso.

— Ei, Zoe? — ele perguntou, sua voz em algum lugar entre a rouquidão e o sono, mais rouca.

— Sim? — respondi falhado, sem parecer tão sexy quanto ele. Ainda estava tentando me recuperar do que sua voz estava fazendo comigo.

— Onde está seu namorado agora?

Oh.

Enrijeci e tentei tirar minha mão da dele, mas não consegui afastá-la.

— Por que está perguntando?

— Ele sabe que você tem medo de terremotos, certo? Se é seu namorado, ele sabe. Só pensei que ele poderia ligar para ver como você está agora. Se minha namorada tivesse medo de terremotos, eu estaria ao lado dela.

— Falei para você que era complicado.

Você é uma merdinha, Zoe.

— Ok. Se você diz... Eu só estava perguntando.

CAPÍTULO NOVE
DYLAN

— Zoe? Posso te pedir um grande favor?

Ela estava sentada no tapetinho em frente à mesa de centro, que parecia ser seu lugar preferido de sentar quando estava usando o laptop. Se estivesse assistindo a um filme, sua preferência era diferente: aconchegada no grande sofá de couro.

— Grande quanto? — ela perguntou, seu olhar ainda focado na tela e na foto que estava editando.

Com suas palavras, meus lábios se ampliaram em um sorriso cheio.

Quando não respondi rápido o suficiente, ela ergueu os olhos para encontrar os meus. Deve ter entendido o motivo do meu sorriso, porque suas bochechas ficaram rosadas e ela bufou.

— Quantos anos você tem mesmo? — ela murmurou.

Dei risada e abri a geladeira para pegar suco de laranja.

— É grande, mas não tão grande que não consiga suportar.

Ela encarou o laptop.

— Eu já o vi, lembra? Não é *tão* grande. Claro, é impressionante e, se me lembro corretamente, já te parabenizei por isso. Mas não acho que ficaria tão maior, o que me leva de volta a... não *tão* grande.

Eu a observava em silêncio, chocado, com a caixa de suco ainda na mão. Geralmente, ela causava esse efeito em mim, então não era novidade, mas ainda me surpreendia toda vez.

— Não que eu me lembre vividamente — ela murmurou, refletindo. — O que foi? — ela disse quando viu minha expressão.

— Ãh, Zoe, eu estava falando do favor que queria pedir... tipo, um grande favor, mas nada que não possa suportar.

Seus lábios se abriram.

— Oh. — Ela pigarreou. — Você vai ignorar tudo que eu disse. Não ouviu nada daquilo.

— Claro. Para que servem os amigos? — Eu sorri e me servi de suco. — Quer um pouco?

— Não, obrigada. Então, que favor é esse?

Nos dias seguintes ao seu pequeno surto devido ao terremoto, nós tínhamos nos aproximado mais, um pouco mais do que amigos de verdade — não colegas, exatamente, mas amigos. Ela ainda estava com dificuldade em encontrar meus olhos, mas o tempo que passava olhando para o meu queixo ou orelha enquanto conversava comigo tinha diminuído. Além disso, embora só nos víssemos de passagem, e alguns dias não mais do que dez minutos, quanto mais o tempo passava, mais eu aprendia sobre ela.

Era ótimo. Eu gostava que ela estivesse se abrindo aos poucos todos os dias — exceto pelo fato de eu ainda não saber sobre a situação do seu namorado, claro. Eu estava com dificuldade de interpretá-la. Ela fazia ligações secretas, sussurrando para garantir que eu não conseguisse ouvir nada quando eu não estava no mesmo ambiente que ela, mas poderia, facilmente, ser uma das amigas dela. Ainda assim, eu tinha minhas suspeitas, mas era apenas isso — suspeitas — e esperava que algumas delas fossem apenas isso.

Até eu ter certeza, não poderia roubar o beijo que ela me devia e, ao ver o quanto ela estava levando a sério nossa aposta, não achava que ela iria ceder logo.

— Estou acabado hoje. Preciso encontrar um dos meus treinadores para saber se ele pode me ajudar a me preparar para a reunião. Se sim, precisamos fazer uma programação. Depois disso, temos uma reunião de time, então tenho uma aula e outro grupo de estudo logo após. Preciso de algumas coisas para a semana, como massa, frango e algumas outras coisas, então, se tiver tempo, pode me ajudar com isso? Vou ficar te devendo uma.

— Quer que eu faça as compras para você?

— Se tiver tempo. Estou praticamente sem nada, e esta semana já vai ser maluca com o jogo, então acho que não vou conseguir ir ao mercado. Vou te dar meu cartão de débito se disser que pode ir.

Ela virou seu tronco para olhar para mim.

— Tenho um laboratório de fotografia às duas e meia, mas estarei livre entre quatro e oito. Estava planejando enviar mensagem para Jared e Kayla para ver se estavam livres para sair, mas posso comprar o que você quer depois da minha aula.

— Tem certeza? Se já fez planos, posso pedir para um dos meus...

— Tudo bem. Adoro ir ao mercado. Posso fazer minha compra semanal um pouco mais cedo... dois coelhos com uma cajadada só. Também adoro listas de compras. Você tem uma lista para mim?

— Tenho. — Sorri para ela e enfiei a mão no bolso para poder pegar meu cartão de débito e a lista curta que fizera mais cedo. Coloquei-os na ilha de mármore bem diante de mim. — A senha é sete, cinco, três, dois.

Seu rosto se iluminou com um sorriso brincalhão.

— Não tem medo de eu roubar todo o seu dinheiro e fugir?

— Sou, basicamente, falido, e, mesmo que você roubasse uns cem dólares, temo que não chegaria muito longe. — Isso me lembrou de que eu precisava, de alguma forma, programar melhor minha agenda para trabalhar algumas horas no bar do Jimmy. Não apenas meu dinheiro estava diminuindo, mas também precisava enviar para casa, só para ajudar um pouco.

Seus olhos suavizaram.

— Não vou roubar seu dinheiro.

Sorri para ela e não pensei antes de falar.

— Sei que não vai, linda.

Consegui segurar o olhar dela por alguns segundos a mais do que nosso normal antes de ela pigarrear e voltar a trabalhar.

Talvez, *linda* não tenha sido a melhor escolha de palavra, mas não podia voltar atrás.

— Você falou que está livre entre quatro e oito, certo? Tem um grupo de estudos às oito? — Talvez eu pudesse agradecê-la com uma surpresinha.

Vi seus ombros enrijecerem.

— Não exatamente. Por quê?

— Acho que estarei de volta lá pelas nove, e pensei que, talvez, pudéssemos assistir a um filme juntos ou algo assim. Não te vi muito esta semana.

Apoiei as mãos no balcão e esperei que ela respondesse. Demorou um pouco.

— Não sei quando vou voltar. Eu... ãh... tenho um encontro esta noite.

Olha só.

— Você tem um *encontro*.

Nossos olhos se encontraram só por um segundo quando ela olhou para mim por cima do ombro, mas foi rápida para desviar o olhar.

— É. Acho que não vou chegar muito tarde, mas você vai dormir bem cedo em dia de semana, então não sei se ainda estará acordado quando eu voltar. — Seu olhar se ergueu e baixou de novo. — Podemos fazer isso outra hora? Neste fim de semana, talvez?

— Não estarei aqui no fim de semana. Tenho jogo em outra cidade.

— Oh. Ok.

Ok?

— Acho que te vejo mais tarde, então. Divirta-se no seu encontro. — *Ou não*, pensei, mas não falei. — Obrigado por me ajudar hoje. Te devo uma.

Seus lábios se apertaram e ela assentiu.

— Tenho dez minutos antes de ter que me encontrar com meu treinador, então preciso ir. — Engolindo o suco de laranja, comecei a olhar nas gavetas, procurando minha última barra de proteína.

Suspirei.

— Zoe, você viu minha barra de proteína? Deixei uma no balcão esta manhã.

— Sim, coloquei no armário ao lado das tigelas, o que tem ao lado da geladeira.

Fazia semanas que eu tinha me mudado, mas, ainda assim, não sabia onde estava tudo na cozinha. Sabia onde estavam os potes e as panelas, as canecas e os copos, as colheres e os garfos, mas era aí que meu conhecimento terminava, apesar de eu já ter cozinhado uma ou duas vezes. Geralmente, eu comia com o time, já que tínhamos nossos próprios chefs, mas, se eu chegasse cedo em casa, não voltava só para jantar com todo mundo.

Outra coisa que eu tinha aprendido sobre Zoe era que ela detestava ver coisas jogadas. Não a chamaria, exatamente, de organizada, porque tinha visto o estado de algumas gavetas, mas parecia que, contanto que os balcões estivessem vazios e limpos, ela estava bem, o que significava que, se eu deixasse alguma coisa para fora, ela guardaria assim que pudesse.

Abri o armário em questão e apenas encarei.

— Ãh... Zoe?

— Sim? Está bem aí na primeira prateleira... achou?

Me estiquei e peguei minha barra de proteína. Como ela dissera, estava bem ali... dentre outras coisas.

— Me lembro bem de você dizer que não comprava M&M's de pasta de amendoim porque tinha dificuldade em não comer tudo de uma vez.

Eu a ouvi se levantar do chão com um suspiro. Em alguns segundos, ela estava parada ao meu lado, encarando o que eu estava encarando.

— Você os encontrou, hein?

— Ãh, sim. Estão bem ali. Se estava tentando escondê-los, fez um trabalho bem ruim.

— Eu não estava *exatamente* tentando escondê-los, mas nem consigo enxergá-los se não estiver na ponta do pé... não é minha culpa você ser extremamente alto.

— Não sou extremamente alto, Flash — resmunguei e olhei para ela, depois de volta para os infinitos saquinhos alaranjados de chocolate na prateleira. — Tem alguma coisa que quer me dizer?

— Surpresa? — ela soltou como uma pergunta, fazendo meu olhar voltar para ela. — Comprei-os para você... como um presente... alguns presentes.

Ergui uma sobrancelha.

— Zoe, renda-se. Deve haver, no mínimo, uns vinte e cinco ou trinta saquinhos de M&M's de pasta de amendoim aqui.

Ela gemeu.

— Certo, menti. Comprei todos para mim e, se quer ser exato, há apenas vinte e três, mas não posso comê-los.

— Certo, vinte e três. E por que, exatamente, não pode comê-los?

— Falei para você: não consigo parar.

— Então por que os comprou?

Ela suspirou de novo e fechou o armário, como se não suportasse olhar mais para eles.

— Porque não consigo me impedir de comprá-los também. Só preciso tê-los por perto, sabe? Se sei que estão aí, facilita ficar longe, como se, caso eu tenha vontade, é só me esticar e pegar um e tudo ficará bem, mas, se não os tiver em casa e for tarde demais para sair e comprar, então o que deveria fazer? Ou e se não repuserem M&M's de pasta de amendoim, e aí? Faz sentido?

Só balancei a cabeça.

— Não muito.

— É tipo isto: é melhor saber que os tenho do que não tê-los e, se os tiver, não vou comê-los porque então eles vão acabar. Gosto de que estejam aí. Oh, vamos olhar para isso dessa forma.

— Vamos.

— Aposto que você come sua comida preferida por último no prato, certo? Vamos dizer que você tenha almôndegas, brócolis e... batatas rústicas com alecrim e alho. Qual deles você deixaria por último?

Simplesmente a encarei.

— Deixaria as batatas rústicas. Gostaria de saboreá-las, então as deixaria para comer por último. Entendeu agora?

— Por favor, não me diga que você tem um saco de batatas rústicas guardado em algum lugar... e também, pelo amor de Deus, não me diga que, de vez em quando, pega esses M&M's, os alinha no balcão e apenas olha para eles.

— Claro que não! Não sou esquisitona, só tenho... umas manias. É fofo ter manias.

— Bem, desculpe por perguntar. Se fizesse isso, eu iria começar a me preocupar com você.

— Você não tem *aquela*... ou, tá bom, algumas comidas que tem medo de comer rápido demais porque, então, acabará e você não vai mais ter? Também gosto de batata frita. Nunca consigo compartilhar batata frita, e sempre peço extra mesmo que não coma todas. Só quero a opção de comer mais. Entendeu? Se ainda não entendeu, tenho praticamente certeza de que você é o problema aqui, amigo, não eu.

Conforme ela me olhou com olhos esperançosos, não pude fazer nada além de simplesmente encará-la.

Ela mordeu o lábio, depois começou a rir e, dois segundos depois, um ronquinho escapou dela. Ela colocou a mão no rosto, mas era tarde demais.

O sorriso que dei a ela foi meio indecente, meio preguiçoso.

— Você é fascinante pra caralho, Zoe Clarke.

O que ganhei por elogiar? Um tapa no braço com um rugido impressionante.

Eram umas dez horas quando ouvi uma chave virar na fechadura e a porta do apartamento se abrir totalmente, batendo na coluna bem atrás dela.

Me recostei no meu assento e vi Zoe ter dificuldade em tirar a bolsa do ombro.

— Preciso fazer xixi! Preciso fazer xixi! Preciso fazer xixi!

Cada vez que ela repetia, sua voz saía mais alto.

Meus olhos baixaram para o vestido que ela estava usando: preto e justo na parte superior, sem deixar nada para a imaginação em relação ao tamanho dos seus seios, e mais solto na cintura — não tanto, mas mais solto. Acabava alguns centímetros acima dos joelhos. *Encontro, verdade* — ela estava voltando do encontro.

— Srta. Clarke! — outra voz apareceu. — Srta. Clarke, preciso que você...

Segurando a porta e se contorcendo no lugar, Zoe respondeu:

— Desculpe, srta. Hilda, preciso fazer xixi. Não posso. Não posso, não posso mesmo. Preciso fazer xixi.

Falando isso, ela bateu a porta, finalmente desenrolando a alça da bolsa do seu cabelo, jogou-a por cima da cabeça e correu direto para o banheiro.

Como disse, eu a achava fascinante.

Alguns minutos depois, ela saiu do banheiro e, bem quando pensei que ia para o quarto dela, parou de andar. Eu poderia ter jurado que a vi erguer o queixo e cheirar o ar.

— Sinto cheiro de pizza. É pizza? Você comeu pizza?

Agora ela estava correndo na minha direção, quer dizer, para a caixa de pizza bem diante de mim, e sua expressão... foi impagável. Quando ela, finalmente, se aproximou, não perdeu um segundo e abriu a caixa... só que eu já tinha comido praticamente tudo e havia restado apenas uma fatia.

De novo, sua expressão quando percebeu que não tinha nada — impagável, e fofa pra caralho. Acabou que ela conseguia fazer uma expressão maldosa melhor do que eu esperava.

— Você comeu tudo? Foi *isso* que deixou para mim? — ela perguntou devagar, com os olhos arregalados encarando a caixa vazia.

Ergui uma sobrancelha.

— Eu estava morrendo de fome. Você não comeu no seu encontro, não? — Não queria mencionar seu encontro, mas, aparentemente, eu ainda estava encucado com isso.

Ela enrugou o nariz e o olhar chocado desapareceu, deixando olhos bem tristes.

— Ele não pôde ir.

Minhas sobrancelhas se uniram e verifiquei meu relógio, só para me certificar.

— Acabou de passar das dez, Zoe... não me diga que o esperou por duas horas.

Ela soprou, inflando as bochechas, e caiu no sofá atrás de si.

— Ele disse que poderia se atrasar, mas que tentaria ir. — Ela deu de ombros, indiferente, como para dizer que estava tudo bem, mas suas expressões faciais eram bem fáceis de interpretar. Qualquer um podia ver que não estava tudo bem. *Filho da puta desprezível.*

— Não comeu nada enquanto o esperava?

Ela massageou a têmpora.

— O restaurante não era nada perto do campus, e era chique. Não estava a fim de comer nada do cardápio deles... Não queria gastar mais de cinquenta dólares em algumas colheres de massa. Além disso, não sou boa em comer sozinha em restaurantes e em nenhum lugar, na verdade. Parece que todo mundo está olhando para mim e pensando, coletivamente: *Oh, pobrezinha.* Então, resposta curta para sua pergunta: não, não comi nada.

Havia algumas coisas que eu poderia perguntar após seu discurso, mas escolhi me concentrar em uma coisa, e apenas uma, enquanto descobria mais.

— Seu namorado é um universitário e consegue pagar restaurantes chiques, é? Estou vendo por que você teria dificuldade em terminar o namoro.

Simples assim, eu tinha estragado tudo. Não sabia exatamente o que tinha apertado meus botões, porém, assim que as palavras saíram da minha boca, eu soube que tinha fodido tudo — de vez.

Suas sobrancelhas se ergueram até a linha do couro cabeludo e ela encontrou meus olhos — um evento raro —, depois inclinou a cabeça para o lado.

— Uau.

Colocando a palma das mãos no sofá, ela se empurrou para cima. Esquecida da pizza, ela continuou me encarando conforme me olhava de cima.

— Uau, Dylan. Não espero que me conheça em um mês, ou há quantas semanas você está aqui... Inferno, mal nos vemos alguns dias... Mas... Na verdade, sabe de uma coisa? Talvez eu tenha imaginado. Talvez eu tenha imaginado que, no mínimo, você saberia disso. Sou a última pessoa que sairia com alguém pela quantia da conta bancária.

Com dificuldade de tirar meus olhos dela, me encolhi com suas palavras. Quando ela passou batendo os pés por mim, segurei seu pulso e me levantei.

Ela parou, mas não olhou para mim. Nem me disse para soltá-la.

Sua *situação complicada* tinha, oficialmente, começado a foder minha cabeça. Se ao menos eu soubesse, com certeza, que isso não era...

— Desculpe, Zoe. Tem razão, e sou um babaca. Claro que sei que você não é assim. Claro que sei. — Suavizei meu aperto no seu pulso e serpenteei meus dedos em volta dela. — Desculpe. Se for te fazer sentir melhor, pode me insultar também.

Ela hesitou antes de olhar rapidamente para mim.

— Você comeu tudo mesmo? — De todas as coisas que ela poderia ter dito, foi isso que perguntou.

— Não vai chutar minhas bolas?

Ela escorregou a mão da minha e passou a palma na lateral do seu vestido.

— Com o que vou te insultar? *Nossa, seu corpo é tão feio, está acabando com minha vista toda manhã?* O quanto isso é patético? Não tenho nada contra você, pelo menos ainda não, mas tenho praticamente certeza de que vou me lembrar disto e falar alguma coisa quando chegar a hora certa, quando você menos esperar, lógico.

Sorri para ela. Ela gostava de me ver me exercitando de manhã. Eu já sabia disso, já que ela saía do quarto e se ocupava com coisas enquanto eu fazia meus abdominais e minhas flexões, mas ouvi-la confirmou o que eu já tinha imaginado. Lentamente, meu sorriso se transformou em um meio sorriso.

— O que foi agora? — ela perguntou.

— Espero que não parta muito meu coração, Zoe Clarke.

— Só o quanto você partiu o meu, pensando que eu estaria interessada em alguém por causa da conta bancária.

Isso apagou o sorriso do meu rosto.

Com uma voz rouca, eu disse:

— Sou um babaca. Mereci.

Seus dentes mordiscaram o lábio inferior. Sem conseguir fazer mais nada, apenas observei.

Evitando me olhar, ela deu um passo para longe de mim. Quando olhou para cima, seus olhos só chegaram até meus lábios.

— Olha, estou rabugenta, meio cansada, e talvez meio faminta agora também. Só vou para a cama. Tenho aula amanhã cedo, de qualquer forma.

— Não quer a pizza? Se não der para melhorar as outras coisas, podemos consertar a parte da fome. — Só porque aquele desgraçado doente tinha dado o bolo nela e não a alimentado, não significava que eu iria deixá-la dormir infeliz.

— A pizza? — Ela suspirou e olhou para trás para a caixa quase vazia. — Aquilo não conta como *a* pizza, Dylan. É só *uma* fatia de pizza. Então, prefiro ficar sem. Só vai me deixar com mais fome. Até amanhã.

Outro passo para longe de mim.

— Acho que isso significa que não está a fim de ver filme comigo também.

Ela só conseguiu dar um meio sorriso quando olhou na minha direção.

— Talvez outra noite. Boa noite.

— Talvez queira verificar o forno antes de ir.

— O quê? Como assim?

— Era para ser um agradecimento por você me ajudar com as compras hoje, mas estou achando que te devo uma desculpa agora. — Enfim, seus olhos encontraram os meus, e apontei o queixo para a cozinha. — Só veja se você quer. Se não quiser, pode ficar longe de mim.

Um pequeno sorriso se formou nos seus lábios.

— É pizza? Por favor, diga que é pizza. Quero muito que seja pizza. Por favor, diga pizza.

Dei risada.

— Não sei, veja por si mesma.

Indo na direção da cozinha, ela falou por cima do ombro:

— Se não for pizza, vou ficar duplamente irritada com você, só para você saber.

Ela abriu o forno e se abaixou para ver dentro. Soltou uma arfada quando se levantou com a caixa de pizza na mão e o maior sorriso estampado no rosto.

— Dylan, é uma pizza inteira... só para mim?

Dei risada.

— É, não precisa dividir.

— É daquela Neapolitan, e ainda está quente.

— Entrei dez minutos antes de você. Queria esperar, mas não sabia que horas você voltaria, e o cheiro me pegou. — Tentei não pensar onde ela estivera ou quem estivera esperando.

Me dando outro dos seus sorrisos lindos pra caralho, ela colocou a caixa na ilha e a abriu. Segurando seu cabelo castanho-escuro ondulado com as mãos, ela se inclinou para baixo até seu nariz quase encostar na pizza e inspirou.

O gemido alto que ela soltou fez meu pau ganhar vida dentro da calça.

— Deus, esse cheiro. Isto não é justo, sabe? — ela disse baixinho, seu rosto ainda praticamente na pizza. — Estou meio brava com você, e você me deu minha coisa absolutamente preferida.

Não contaria a ela que eu tinha gastado o último centavo que tinha para comprar essa comida. O que quer que tivesse sobrado no meu cartão de débito depois das compras que ela tinha feito para mim era todo o dinheiro que eu tinha até conseguir trabalhar no bar, o que, provavelmente, eram trinta dólares ou menos.

— Falei para você que sou um babaca.

— Não pensei que você fosse um babaca, na verdade, mas, sim, aparentemente, você é. — Fechando a caixa, ela a pegou e voltou até mim. — Ainda assim, obrigada. Eu estava tentando ficar calma, mas fiquei muito brava com você por ter comido uma pizza inteira sozinho.

Dei risada.

— Acho que não fingiu muito bem, Zoe.

— Que seja — ela resmungou baixinho ao se acomodar no sofá.

Sentando-se de pernas cruzadas, com cuidado, ela colocou a caixa no colo e a abriu. Inspirando profundamente, ela soltou o ar, pegou uma fatia e me olhou intensamente.

— Não sou boa em dividir.

Nunca teria imaginado.

— Tudo bem — eu disse, rindo. — Já comi mais do que deveria. — Me sentei de volta, em frente a ela.

Com uma mão segurando possessivamente a caixa, ela deu a primeira mordida e soltou outro gemido, desta vez mais longo e, de alguma forma, mais erótico do que o anterior.

— Muito bom. Muito, muito bom — ela murmurou entre a mastigação.

Eu não conseguia tirar os olhos dela. Engolindo, ela deu outra mordida, fechou os olhos e mastigou o mais devagar possível, seus lábios se curvando. Parecia errado observá-la comer. Se eu soubesse que seu rosto todo se iluminaria somente por uma pizza, teria comprado mais dez, de alguma maneira. Meus olhos desceram para sua garganta, onde eu conseguia ver o momento exato em que ela engolia. Então meu olhar desceu mais e observei a parte de cima dos seus seios se erguendo e baixando a cada respiração. Eu estava muito encrencado.

— Você está bem?

Quando olhei para cima, ela estava me olhando. Balancei a cabeça e pigarreei.

— Estou.

— Então, vamos assistir a alguma coisa ou não?

Verifiquei meu relógio: eram quase onze horas.

— Desculpe — Zoe murmurou, colocando sua fatia na caixa. — Sei que você acorda cedo. Não precisa ficar me assistindo comer.

— Posso ver um filme com você — disse a ela. Como poderia deixá-la? — Mas sem filmes do apocalipse. Qualquer coisa, menos isso.

Seu sorriso voltou ao lugar, ela pegou sua fatia e deu outra mordida.

— Na verdade, eu queria assistir *Tempestade: Planeta em Fúria*, mas não queria ver sozinha.

— É, acho que não. Escolha outro.

— Ainda posso escolher?

— Claro, por que não? Sou um babaca, lembra? Você escolhe o filme. — *Assim, te conheço melhor*, pensei.

— O que acha de um filme meio antigo, tipo *O Quinto Elemento* ou... *Velocidade Máxima*? Ou que tal *O Senhor dos Anéis*? Tanto Kayla quanto Jared se recusam a maratonar a trilogia comigo, e é um filme que eu preferiria assistir com um amigo. Definitivamente, é um dos meus preferidos. — Mais uma mordida e ela me fez lamber os lábios. Antes de eu conseguir responder, ela já tinha engolido e estava começando de novo. — Sei que não podemos maratonar esta noite, mas talvez outra hora? A única outra pessoa que adora a trilogia tanto quanto eu está em Phoenix, e faz muito tempo que assisti.

Pigarreei.

— Pensei que você fosse me obrigar a ver *Titanic* ou *Diário de uma Paixão* como punição.

Lambendo os dedos, ela balançou a cabeça.

— Gosto de filmes românticos, mas, às vezes, são muito melosos. Preciso estar no clima para isso.

Ótimo. Eu era seu colega, seu amigo — nada romântico quanto a isso.

— Então o que acha de vermos *O Quinto Elemento*? Faz tempo que não assisto a um filme do Bruce Willis. Como vamos fazer isso? No seu laptop ou no meu?

— No meu. Acho que já tenho ele na minha conta. — Ela pulou do sofá, mal se equilibrando conforme jogou a caixa de pizza nas minhas mãos. — Não roube — ela alertou com a expressão séria.

Contendo meu sorriso, assenti para ela.

Assim que ela saiu dando uma corridinha, a campainha tocou, fazendo com que ela parasse seu movimento inclinado.

Lentamente, virou-se para mim e sussurrou:

— Srta. Hilda? Não quero abrir. Se ela quiser que eu faça alguma coisa, quando eu voltar, minha pizza estará fria.

Tão baixinho quanto ela, sussurrei de volta:

— Já a ajudei com umas caixas pesadas hoje. Vamos ignorá-la... vou ver como ela está amanhã.

Não chamaria a senhora de gentil, mas, definitivamente, ela estava me tratando melhor do que tratava Zoe; eu tinha testemunhado isso em mais do que algumas ocasiões.

Ela mordeu o lábio e olhou para a porta.

Antes de eu conseguir me levantar e levá-la na direção do seu quarto, alguém bateu bem forte para acordar o prédio inteiro.

O barulho fez Zoe pular, e ela me olhou confusa. Franzindo o cenho, me levantei.

CAPÍTULO DEZ
DYLAN

— Sei que você está aí, idiota! Abra a porra da porta.

Ah, porra.

— Quem é? — Zoe perguntou, ainda sussurrando.

Suspirei e coloquei a pizza dela em cima da minha. Esfregando meu pescoço, fui abrir a porta antes que alguém ligasse para a polícia para reclamar do barulho, ou pior, antes que a srta. Hilda resolvesse sair, se já não tinha saído.

Eu sabia que não adiantaria, mas ainda bloqueei sua entrada.

— Que porra está fazendo aqui, JP?

— Olá para você também, otário.

Ótimo.

Olhei para Zoe por cima do ombro e ela fez uma cara que claramente dizia *merda*.

Merda mesmo.

Me voltei para o meu amigo impaciente e irritado.

— O que você quer?

Ele balançou a cabeça como se não pudesse acreditar que eu tinha feito tal pergunta, então passou por mim, observando o apartamento e ficando cara a cara com Zoe.

— Oh, o que temos aqui?

Expirei depois de inspirar fundo e fechei a porta. Pelo menos o imbecil tinha vindo sozinho.

Quando Zoe disse oi, me virei e vi JP circulando-a como um tubarão observando sua presa antes de decidir um plano de ataque, bem parecido com o que ele fez anos antes, na verdade, embora duvidasse que ele se lembraria dela daquela noite, não como eu lembrava.

— Nem pense nisso — eu o alertei. — O que está fazendo aqui, cara?

Ele parou de circular e se concentrou em mim.

— O que estou fazendo aqui? Boa pergunta. Espere, acho que tenho uma melhor... o que *você* está fazendo aqui?

— Eu moro aqui.

— Já vi isso. Você tem vindo direto para cá depois de se separar da gente nesses dois últimos dias.

— Está maluco? Tem me seguido?

— Me desculpe por ficar preocupado com você.

— Talvez seja melhor eu ir para o meu quarto para vocês poderem...

Meus olhos pousaram em Zoe conforme ela começou a se afastar.

— Você fica — ordenei a ela.

JP olhou entre mim e Zoe.

— É por isso que tem guardado tanto segredo sobre onde está ficando? Porque está se engraçando com uma garota e brincando de casinha?

— Você *quer* que eu te jogue para fora?

Ele ergueu uma sobrancelha.

— Adoraria ver você tentar, otário.

— Ceeerto. Por mais divertido que seja assistir, vou só pegar minha pizza e...

— Sente-se, Zoe, e coma sua pizza. JP já irá embora.

Seus olhos cresceram e seus lábios se curvaram.

— Sim, senhor, capitão.

Conforme ela voltou para o sofá, esfreguei a mão no rosto e suspirei. JP, aparentemente, continuava esperando uma resposta, porque ainda estava parado no mesmo lugar, com os braços cruzados à frente do peito.

— Falei para você que estava morando com alguém. Por que ficou preocupado?

Ele relaxou sua postura e suspirou.

— Vamos, cara. Encontrar alguém para morar junto não é o problema aqui. Você mal fala com os caras a menos que estejamos no campo ou em uma reunião. Acha que eles não perceberam o quanto você está distante? Você tem nos trocado por grupos de estudo, e sempre fica todo gaguejando quando perguntamos onde está ficando. Recebo ligações da Vicky me perguntando onde você está, e nem sei se está conversando com ela de novo ou se é só a cabeça maluca dela tentando alguma coisa. Não é simplesmente que esteja tentando guardar segredo sobre onde está ficando por um maldito motivo. É nosso último ano... não pode fazer essa merda agora. Que porra está acontecendo com você?

De canto de olho, vi Zoe colocar as pernas debaixo de si e abraçar a caixa de pizza enquanto erguia uma fatia até a boca. Pelo menos, um de nós estava aproveitando o momento. Me virei para voltar a focar em JP. Realmente não queria encrenca com o técnico por JP estar no apartamento, mas, como ele já estava parado no meio da sala, não via como também poderia evitar.

— Não está acontecendo nada comigo, JP. O que espera de mim em relação ao time? Não vou deixar cair a bola, isso deveria ser suficiente. Não acho que você agiria diferente se estivesse no meu lugar. Sinceramente, acredita que nenhum deles viu o que estava acontecendo com aqueles três naquela festa?

— *Eu* estava naquela festa, Dylan, lembra? Chris também estava. Acha que sabíamos o que estava havendo? — ele perguntou, desacreditado.

— Não, vocês não, mas não me diga que acreditou neles quando disseram que só aconteceu aquilo uma vez. Dane-se. Nem me importo mais, mas não espere que eu confie neles novamente em breve. No campo, somos um time, sempre, e sempre vou apoiá-los, mas fora do campo? — Balancei a cabeça e apoiei as costas na porta. — Não, cara. Não tenho problema com todo mundo, mas nada diz que preciso gostar daqueles que tenho certeza que sabiam o que estava acontecendo só porque jogamos no mesmo time. E claro que vou trocar suas bundas feias por estudo. Você mesmo disse, é nosso último ano. Os olheiros estão por aí, assistindo a todos os jogos. É isso. Ou conseguimos ou não. Preciso dar tudo que tenho. Em vez de ser esquisito e ficar me seguindo, você também deveria estar estudando, já que o técnico vai cortar sua cabeça se a sua média baixar.

— Então é isso? Isso é tudo?

— O que mais quer que eu diga?

Meu amigo me olhou friamente.

— Que tal uma desculpa por me deixar preocupado com seu bem-estar idiota como uma galinha que está chocando?

— Está falando sério?

— Estou. Vamos ouvir. Eu tinha coisas melhores para fazer do que seguir você para descobrir o que estava aprontando, sem contar que eu não sabia em qual apartamento você entrou e tive que bater em uma tonelada de portas até encontrar você.

Dei risada.

— Certo. Desculpe. Estamos de boa?

— Sim. Até agora, está valendo.

Me empurrei da parede e demos um abraço de um braço, batendo nas costas um do outro.

— Ownn, vocês se amam. Ou meus olhos estão lacrimejando ou há uma tempestade de areia acontecendo enquanto estou sentada. Nunca imaginaria que jogadores de futebol seriam tão emotivos — Zoe disse ao jogar na boca o último pedaço da borda crocante, seus dedos imediatamente pegando outra fatia.

Divertido, balancei a cabeça e suspirei.

— JP, esta é Zoe, minha colega de casa e minha nova amiga. Zoe, este é JP, meu surpreendentemente emotivo colega de time.

— Vá se foder. — Depois de me dar uma cotovelada no estômago, JP foi até ela.

Dando um sorriso tímido ao meu amigo, Zoe balançou os dedos para ele.

— Oi.

— Conheço você de algum lugar?

Os olhos de Zoe deslizaram para mim, depois de volta para JP.

— Não sei como conheceria.

Dei a volta no sofá para me sentar. Lá se vai meu plano de ver um filme com minha dita amiga e passar uma noite quieto.

— Temos aula juntos ou algo assim?

— Não.

Ele se virou para mim.

— Eu a conheço de algum lugar?

— Não conhece, não — Zoe repetiu, respondendo por mim. Eu não estava planejando envergonhá-la na frente de JP, principalmente se ele não lembrava de conhecê-la dois anos antes, então não a corrigi.

— Onde a encontrou mesmo?

Zoe estreitou os olhos verdes para as costas de JP.

— Falei para você, encontrei-a na internet. Ela estava procurando alguém para dividir o apartamento. Seja legal.

As sobrancelhas de JP se ergueram até sua raiz do cabelo, porém, com exceção de dar de ombros para mim, ele não falou nada. Eu ouviria sobre isso depois; ele diria o que quer que estivesse na sua mente quando ficássemos sozinhos.

— Aparentemente, preciso ser legal com você — ele disse. Inclinando-se, ele ergueu a tampa da caixa de papelão, a qual ainda estava no colo de Zoe. — E funciona nos dois sentidos. Eu sou legal com você, você é legal comigo. — Zoe olhou para JP, depois de volta para as quatro fatias restantes. Como ela tinha comido metade da pizza tão rápido?

Antes de o meu amigo poder erguer uma das fatias remanescentes, ela fechou a tampa e segurou a caixa longe dele.

— Que porra é essa?

Zoe se inclinou para a esquerda a fim de olhar por trás de JP e encontrar meus olhos, em outra daquelas raras ocasiões em que ela se esquecia de ser tímida demais e as ignorava.

— Desculpe, Dylan, sei que ele é seu amigo e tal, mas realmente não quero dividir. Não sou nada boa em dividir.

Dei risada.

— Está tudo bem, comprei para você. Ele pode comprar a própria pizza se estiver com fome.

Ela inclinou a cabeça para trás a fim de olhar para JP, que era quase tão alto quanto eu.

— Olhe, não como nada desde o meio-dia e tive uma noite de merda. Apesar de eu querer te dar uma fatia, já vi como Dylan come, e acho que você não é diferente. Uma fatia não será suficiente para você, e não estou disposta a te dar o resto... Mas, para ser sincera, se eu comesse apenas uma fatia, também não mataria minha fome. Então, por que se incomodar em comer uma fatia se não vai ser suficiente para você? Se eu não comer aquela fatia extra, vai significar que vou dormir com fome, o que significaria que duas pessoas iriam dormir com fome. Mas, se eu comer todas essas fatias, pelo menos um de nós estará cheio.

— Você vai dormir com fome — JP repetiu, não como pergunta, mas mais como uma declaração. Zoe abraçou mais a caixa de pizza. — O que há com essa garota? — ele perguntou, olhando para mim, confuso.

Eu sorri, relaxando no meu assento pela primeira vez desde que JP começou a bater na porta.

— Nada. Ela só ama pizza, talvez um pouco mais do que você e eu.

— Pode comer a dele — Zoe adicionou quando JP continuou parado diante dela. Acho que uma garota nunca se recusou a dar comida a JP.

Ele abriu minha caixa de pizza quase vazia, que ainda estava na mesa de centro, e franziu o cenho para ela.

— Só tem uma fatia aqui.

— Viu? — Zoe disse a ele. — Falei a mesma coisa quando vi, e exatamente como falei para você, uma fatia não adianta nada.

De novo, JP encontrou meus olhos, esperando uma explicação.

— O que você falou que tinha de errado com ela mesmo?

— Não tem nada de errado com ela. — Eu tinha dificuldade de desviar o olhar de Zoe ao falar e, obviamente, JP percebeu isso porque sua próxima pergunta me fez querer machucá-lo de verdade, até arriscar sua vaga no próximo jogo.

— Você, definitivamente, está brincando de casinha aqui. É por isso que Vicky está tão doida? Ela sabe sobre ela?

— Se mencionar Vicky mais uma vez, vou te chutar para fora.

Sentando-se no braço do sofá, ele começou a olhar em volta.

— Você é a *sugar mama* dele ou algo assim? — ele perguntou a Zoe quando terminou de analisar à sua volta. — Não estou julgando, garota. Cada um na sua, mas como conseguiu pagar este lugar mesmo, D? Mesmo metade do aluguel deve ter custado um braço e uma perna.

Os olhos de Zoe pularam de JP para mim. Antes de eu inventar alguma mentira, houve outra batida na porta.

JP pulou.

— Vocês ficam aí. Eu atendo.

Saí tropeçando atrás dele.

— JP, não. — Se fosse o técnico na porta, eu estaria ferrado.

De canto de olho, vi Zoe fazer a mesma coisa, finalmente soltando a caixa de pizza. Será que ela estava pensando a mesma coisa que eu?

JP abriu a porta e, graças a Deus, foi somente Chris que entrou.

— Entre, entre. Olhe quem encontrei aqui. — JP gesticulou para mim.

Resmunguei e caí de novo no sofá, desta vez me sentando mais perto de Zoe em vez de voltar para a outra ponta.

— Para seu bem, cara, espero que só tenha contado para ele. — Tentei encontrar os olhos de Zoe para lhe garantir que eles iriam embora logo... se não fossem, eu os colocaria para fora... mas ela só tinha olhos para o nosso *quarterback*.

Minhas sobrancelhas se uniram e olhei por cima do ombro.

— O que está acontecendo aqui? — Chris perguntou, olhando entre mim e Zoe.

JP pendurou o braço no ombro de Chris e fez um show de apresentação de Zoe.

— Esta jovem aqui tem sido...

Eu o interrompi, me levantando.

— Só termine essa frase, cara. Por favor, termine.

Zoe pigarreou e todos os olhos se voltaram para ela. Suas bochechas ficaram coradas e os olhos brilharam. Por algum motivo, eu não estava gostando daquela imagem dela. Será que estava ficando excitada por Chris? Certamente, não tinha reagido desse jeito com JP. Também parecia que não tinha dificuldade em encontrar os olhos de Chris.

Franzi as sobrancelhas e a observei limpar as mãos no vestido.

— Oi. Eu, ãh... Sou Zoe. Ãh, Zoe Clarke. — Ela olhou rapidamente para mim, mas acho que não me enxergou realmente. — Sou colega de casa de Dylan.

E, simples assim, fui rebaixado de amigo para colega de casa.

— É um prazer conhecer você — Chris disse, soando meio incerto.

Após um longo momento de silêncio em que ninguém disse nada, suspirei e gesticulei para a minha esquerda.

— Já que vocês dois não estão planejando ir embora logo, podem se sentar.

Chris passou por mim para aceitar a oferta, mas JP foi em direção à cozinha.

— Tem alguma coisa para comer neste lugar... além da preciosa pizza da sua garota, claro? Estou morrendo de fome.

Zoe escolheu esse instante para pegar a caixa de pizza e oferecer para Chris.

— Gostaria de comer pizza?

JP disse exatamente o que eu estava pensando:

— Só pode estar me zoando!

CAPÍTULO ONZE
ZOE

Bati na porta e entrei assim que ouvi um abafado "Entre".

Quando ele ergueu os olhos e viu quem estava no seu escritório, suspirou.

— Esta não é a melhor hora, Zoe. Vou te ligar mais tarde.

Ignorando as palavras dele, respirei fundo, fechei a porta e endireitei meus ombros.

— Quero contar a ele.

Eu estava no escritório privado de Mark, parada o mais longe possível dele. Qualquer um poderia ter me dito que ele não me queria lá só por sua linguagem corporal, e eu também não queria estar lá, mas eu tinha reunido coragem e ido mesmo assim até o prédio da administração atlética assim que saí do apartamento naquela manhã. Ele simplesmente teria que lidar comigo.

— Não. — Mark olhou para mim com olhos duros e inflexíveis.

Será que ele estava planejando contar a ele? Naquele instante, não parecia que estava, mas tínhamos um plano e ele iria lhe contar. Precisava contar. Eu só não podia mais esperar.

— Preciso contar a ele — repeti, com a voz saindo mais forte desta vez... pelo menos pareceu mais forte aos meus ouvidos.

Ele se recostou na sua cadeira, que deu um pequeno gemido. Mal consegui conter minha reação de recuar.

— Isso é porque não consegui ir ontem à noite? Vou compensar você outra hora. Sabe o quanto fica corrido durante a temporada.

Ele queria conversar sobre isso? Claro, por que não?

— Foi você quem me convidou para sair, em primeiro lugar. Não precisava me fazer esperar duas horas naquele restaurante do outro lado da cidade se não tinha nenhuma intenção de aparecer, mas isto não é por causa de ontem à noite. Não foi a primeira vez que aconteceu, e acho que também não será a última. Entendo que seja ocupado. Está tudo bem, de qualquer forma.

— Você precisa se lembrar de com quem está falando.

Eu precisava lembrar? Queria esquecer tudo sobre ele.

Mark bateu a ponta cor-de-rosa do lápis amarelo que estava segurando em um dos papéis que estavam jogados por toda a sua mesa e olhou para eles, me dispensando.

— Desisto. Não quero mais fazer isto — confessei, e seu olhar voltou para mim. Era alívio que eu estava vendo nos olhos dele? Respirei fundo e engoli minha decepção. — Se não quer me ver, se não se importa em me conhecer, tudo bem. Não precisa. Mas deve saber que Chris esteve no apartamento ontem à noite. É por isso que…

Assim que as palavras saíram da minha boca, Mark se levantou. Ele jogou o lápis na mesa de um jeito calmo, apenas dobrando seu punho, o que não era nada parecido com o que sua linguagem corporal dizia. Em vez de encontrar seus olhos, observei o lápis rolar e cair no chão com um barulho suave. Quando parou de se mover, finalmente encontrei a coragem para olhar para o seu rosto. Endireitei minhas costas e tentei ao máximo parecer que não estava com medo dele ou da raiva irradiando dele em ondas. Apesar de eu ter que dizer que foi o mais bravo que já o vi nos últimos três anos. Seu rosto estava vermelho e ele se abaixou para colocar os punhos na mesa, os olhos em mim o tempo todo.

— O que acabou de falar?

— Chris… ele esteve no apartamento ontem à noite, com um dos amigos de Dylan, JP. Acho que estavam preocupados com ele.

— O que contou a ele, Zoe?

Quando eu entrara, Mark não havia me convidado para sentar, então eu ainda estava em pé no mesmo lugar. Minha mão apertou a alça da bolsa e a ponta do couro espetou minha mão. Parecia que a bolsa era minha única proteção contra ele, embora, na realidade, isso não significasse absolutamente nada. Não achava que ele realmente me machucaria, porém ele também nunca olhara para mim como se quisesse acabar comigo bem ali.

Meu pai não tinha me alertado, em várias ocasiões, para tomar cuidado perto dele?

— Que porra você contou a ele? — trovejou Mark, quando não respondi rápido o suficiente e, desta vez, recuei visivelmente.

Eu detestava o fato de ele ter a capacidade de me magoar. Não deveria ser assim, eu sabia disso, e o fato de a minha voz ser baixa quando respondi o incomodou ainda mais.

— Nada — me obriguei a dizer. — Eles não ficaram muito tempo.

— Sente-se e me conte tudo.

Talvez eu tivesse cometido um erro ao mencionar isso para ele.

— Não vim para...

A mão dele bateu na mesa com um barulho alto.

— Falei para se sentar e me contar tudo!

Com o coração martelando, me obriguei a andar com as pernas rígidas e me sentar na beirada da cadeira mais longe dele. Como resultado da raiva que eu sentia por ele, a ponta dos meus dedos cravava na palma das mãos o tempo inteiro. Quando terminei de contar sobre a noite anterior, me certificando de deixar de fora as partes sobre mim e Dylan, ele começou a andar de um lado para o outro — passos raivosos, olhos raivosos, focados, e palavras raivosas.

— Ele não sabe sobre sua mãe. Quantas vezes vou...

— Nossa mãe, você quer dizer — murmurei.

Ele estreitou os olhos para mim.

— Danielle nunca foi a mãe dele. Nós o adotamos. A mãe dele é Emily.

Estava bem na ponta da língua dizer uma coisa, mas resolvi deixar quieto. Quando se tratava de Mark, eu sabia que era melhor escolher minhas batalhas. Queria argumentar com ele. Tecnicamente, ele era meu pai e eu desejava conseguir chamá-lo por esse título um dia, mas, toda vez que pensava em fazer exatamente isso, sentia que ia engasgar. Essa era uma dessas vezes.

— Mamãe ligou para você antes de falecer e te contou sobre mim. Não fui eu que te liguei. Você que disse que queria me encontrar, você que disse que queria me conhecer. Foi você que me convidou para vir aqui, então vim. Vim porque também queria conhecer você, não apenas Chris. No meu primeiro ano, você falou que seria só a gente por um tempo, falou que teríamos tempo de nos conhecermos, e concordei porque eu já estava nervosa quanto a como e por que...

— Aonde está querendo chegar, Zoe? Não tenho tempo para revisar os três últimos anos.

— Não coloque tudo isso nas costas da minha mãe. Ela era amiga da sua esposa e vocês dois a traíram. Ela não engravidou sozinha, e duas vezes ainda. Não faço ideia de como você convenceu sua esposa a adotar Chris... acho que, talvez, ela estivesse bem desesperada para ter um filho e o perdoou pela traição... Mas sei das mentiras que contou à minha mãe para convencê-la a dá-lo.

Ele só me encarou, com a raiva queimando nos olhos. Me levantei da cadeira e forcei minhas mãos a relaxarem nas laterais do corpo.

— Primeiro, pensei que gostasse de mim — eu disse com a voz controlada. — Posso ter sido uma surpresa que veio, tipo, dezoito, dezenove anos depois, mas você agiu como se se importasse com isso, como se quisesse saber mais sobre mim. Pensei que estávamos nos aproximando. Nunca presumi que seria como uma filha para você, mas pensei que teríamos um tipo de relacionamento. — Segurei minha bolsa com mais força. Por que pensei que ele me interromperia para dizer alguma coisa a fim de amenizar minha mágoa? Com certeza, ele podia ver com os próprios olhos, mas não falou nada. — Esqueça. Já tenho um pai, certo? Não poderia pedir um melhor. Não precisa gostar de mim, não ligo nada para isso — isso era uma coisa com a qual não me importava mais

—, porém quero conhecer Chris. Foi o que eu disse desde o início. Além do meu pai, não tenho família. Ninguém. Ele é meu irmão, não meu meio-irmão. Ele é meu irmão, e quero ter a chance de conhecê-lo.

Alguma coisa deve tê-lo tocado, porque seus olhos suavizaram e as linhas raivosas na sua testa diminuíram lentamente, pelo menos foi o que pensei.

— Não podemos contar a ele sobre sua mãe. — Ele suspirou. — E Emily não sabe sobre você. Ela não vai aceitar muito bem se souber que Chris sabe que ela não é a mãe dele.

Minha mãe estava dormindo com Mark escondida da esposa dele quando engravidou de Chris. Apenas dois meses antes de ela falecer, sentou-se comigo e me contou tudo sobre o relacionamento tóxico deles. Ela não o achava tóxico, mas era exatamente o que tinha sido. Inicialmente, Mark queria que ela fizesse um aborto, mas, quando minha mãe se recusou a fazê-lo, Mark teve uma ideia melhor. Já que sua esposa não podia ter filho por causa dos seus problemas de saúde, por que não adotar o bebê que Danielle teria e matar dois coelhos com uma cajadada só? Minha mãe não sabia o que ele havia dito à esposa, porém, para a minha mãe, ele prometera abandonar a esposa quando chegasse a hora certa. Só que o problema foi que a hora certa nunca chegou. Um escândalo afetaria sua carreira de futebol. Seu técnico, na época, era o pai da sua esposa, e claro que ele teria feito tudo que podia para demitir Mark se soubesse que ele estava traindo sua filha. Se ela não os deixasse adotar o bebê, ele nunca o reconheceria, nunca mais a veria. No entanto, se ela deixasse, eles continuariam se vendo escondido da esposa e, quando ele a abandonasse, criariam Chris juntos. Não sei se minha mãe era tão ingênua porque era muito jovem ou por causa do amor, mas ela concordou com o plano dele.

— Como assim não podemos contar sobre a mãe dele?

— Só vou concordar em contar que você é meia-irmã dele, e vai esperar que eu conte a ele, Zoe. Não vai falar uma palavra para ele sem eu saber. Esse é o melhor que vai conseguir de mim.

Jesus. Ele realmente estava negociando comigo sobre isso?

— Esta é a última temporada dele, e vou esperar acabar. Não posso correr o risco de ele perder o foco e estragar o futuro dele por isso. Se se importa com ele, vai esperar a temporada acabar.

Eu queria fazer muitas perguntas, mas simplesmente assenti. Afinal de contas, tinha esperado três anos para conhecê-lo; mais alguns meses não eram nada.

Quando ele não tirou os olhos de mim, assenti firmemente e me virei para sair. O ar dentro do cômodo estava ficando sufocante.

— Mais uma coisa, Zoe.

Parei com os dedos na maçaneta.

— Não quero que fique amiga de Dylan Reed.

Minhas sobrancelhas se uniram com confusão e o encarei.

— O quê? Por quê?

— Quando falei para ele que poderia ficar no apartamento, pensei que você já tivesse se mudado para morar com sua amiga... qual era o nome dela? Kelly.

— Kayla.

Ele suspirou.

— Isso, ela. Dylan é bem ocupado, então sei que ele não vai ficar perto de você, mas ainda quero que mantenha distância, já que ele é um dos amigos de Chris. Presumo que você vá se mudar em breve, de qualquer forma. Vou conversar com Dylan sobre isso, mas, se Chris ou qualquer um dos meus jogadores aparecer no apartamento de novo, quero que você fique longe. Saia, se for necessário.

Pisquei para ele.

Vá se foder.

Eu esperaria a temporada acabar para contar qualquer coisa a Chris, porque não era apenas meu segredo e não queria estragar os jogos dele. Mark nunca seria um pai para mim ou nem nada perto disso, mas era o pai de Chris. Além disso, ele tinha razão — não faria bem a Chris se eu contasse a história toda bem no meio da temporada de futebol. Eu tinha quase certeza de que isso não me tornaria sua pessoa preferida.

Dito tudo isso... Mark Wilson era a última pessoa na Terra de quem eu escolheria ser amiga.

— Pai? — sussurrei no meu celular.

— Quem é esta estranha me chamando de "pai"?

Eu queria conversar, mas não conseguia forçar as palavras a saírem.

— Zoe? Então você se lembra de que tem um pai, hein?

Só consegui sussurrar.

— Sim, pai.

Seu tom mudou de brincalhão para preocupado em um segundo.

— Zoe? Está aí?

Murmurando algo que não deu para entender, funguei e puxei as pernas para o meu peito. Apoiando a testa nos joelhos, sequei uma lágrima da bochecha antes que alguém perto de mim visse que eu estava chorando.

Meu pai suspirou no telefone, e eu apertei mais os olhos fechados. Oh, como eu queria que ele estivesse bem ao meu lado e eu pudesse, simplesmente, desaparecer no seu abraço e nunca sair do seu lado.

— Me conte o que ele fez — ele exigiu com a voz falhada.

— Como sabe que foi ele?

— Quem mais conseguiria fazer você chorar? Mesmo quando era criança, você não chorava tanto quanto nesses últimos anos. Me conte o que ele fez agora.

O que era aquilo que desfazia o nó na garganta quando uma garota ouvia a voz do seu pai, até pelo telefone, mesmo quando ele estava a mais de seiscentos quilômetros de distância?

— Não sei mais o que devo fazer, pai.

Mais lágrimas quentes escorreram por minhas bochechas e caíram na minha calça jeans.

— É para você me contar o que está havendo, minha bonitinha. Não consigo suportar quando você me liga chorando assim.

— Desculpe — murmurei. — Interrompi seu trabalho?

— Zoe... — Outro suspiro sofrido e longo. — Você nunca é uma interrupção, e mal me liga mesmo assim. Me conte o que está havendo para eu poder te ajudar. É só o que quero fazer, juro.

— Eu sei, pai. — Detestava como ele sempre me fazia sentir que tinha que ser cuidadosa quando estávamos falando sobre esse assunto específico. Queria que não tivéssemos que falar sobre isso.

— Que bom — ele grunhiu. — Então me conte o que tem acontecido e vamos pensar juntos, exatamente como sempre fazemos, certo?

Aff. Era como se tivesse um botão, e mais lágrimas escorreram.

— Eu estava no escritório dele há alguns minutos. Ele gritou comigo, mas isso não é importante... Deus sabe que não foi a primeira vez... Mas as coisas que ele fala... nem percebe o quanto me magoa. Faz de mim seu segredo sujo. Pareço... errada.

— Espere só um segundo... ele tem gritado com você? Por que esta é a primeira vez que fico sabendo sobre isso, Zoe? Você jurou me contar tudo. Esse foi o nosso acordo antes de você ir.

Mordi meu lábio para me impedir de dizer qualquer coisa. Podia imaginá-lo tirando os óculos e esfregando o alto do nariz, exatamente como sempre fazia quando se sentia perturbado.

— Não gosto que ele grite com você, vamos esclarecer isso primeiro. Ele não pode fazer isso, você entendeu?

— Sim.

— E não quero ouvir as palavras "segredo sujo" saírem da sua boca de novo. Se eu ouvir, vamos ter um problema. O que há de errado com você? Você é minha filha, não dele, não do jeito que vale, de qualquer forma. Você é tudo que eu sempre quis ter em uma filha. Não poderia ter mais orgulho de ser seu pai.

— Pai — resmunguei. — Está piorando as coisas.

As palavras dele eram um bálsamo calmante para as feridas frescas que Mark causara, e elas também me deixavam emotiva, só que de um jeito diferente. Finalmente, ergui a cabeça e sequei o nariz com as costas da mão.

— Nada que ele faz ou fala pode dizer o contrário. Você sempre foi só alegria para mim. Não me importo se ele é seu pai biológico, não significa nada para mim. Criei você melhor do que isto, então por que está deixando que ele a magoe?

Eu não conseguia falar através do nó na minha garganta, então meu pai — meu herói em tudo — continuou por mim.

— Você tentou. Eu sei que tentou seu máximo para conhecê-lo, mas, se não está funcionando... talvez seja hora de desistir. Você deu a ele o benefício da dúvida e esperou que contasse a Chris sobre você. Fez tudo que ele queria, e ainda está fazendo, então, talvez seja hora de fazer o que você quer, não é?

— Não posso contar a ele — eu disse, rouca. — Jurei para Mark hoje que não contaria nada a Chris antes da sua última temporada acabar, e detesto que ele esteja certo, mas está me manipulando por anos e estou, simplesmente, de coração partido.

— Você sabe que essa foi a desculpa dele nos últimos três anos? E o quanto ele está tentando conhecer você? Porque eu sei quantas vezes ele prometeu ir a algum lugar e nunca apareceu.

— Ele esteve no apartamento ontem à noite, pai.

— Quem? Mark?

— Não... ãh, na verdade, antes de eu te contar sobre isso... por favor, não fique bravo. Não te contei porque não sabia como reagiria sabendo que estou morando com um estranho, mas...

— Morando com um estranho? Do que estamos falando?

— Bem... aparentemente, um dos jogadores de Mark se meteu em encrenca com os colegas de casa e precisava de um lugar para ficar. Eu não tinha contado a Mark que ainda não tinha me mudado para morar com Kayla, então... pensando que eu não estaria no apartamento... bem, ele o ofereceu a Dylan.

Não dava para ouvir nada do outro lado da linha. Eu sabia que ele ficaria bravo, o que era um dos motivos por eu não ter ligado tanto para ele como geralmente fazia. Detestava ter que mentir para ele.

— Estou morando com ele, com Dylan, quero dizer, há um mês ou talvez um pouco mais — contei apressada.

Silêncio total. Então:

— Um mês ou talvez um pouco mais.

Me encolhendo, bati a testa nos joelhos algumas vezes.

— É, mas ele é um cara muito legal, pai.

Eu poderia ter contado a ele das vezes em que o encontrei antes de ele se mudar, mas achei que não pegaria nada bem. Oh, e também houve a vez em que ele segurou minha mão e me deixou dormir no seu ombro quando a luz acabou, mas, de novo, isso não pegaria bem.

— Zoe... você quer que eu tenha um ataque do coração?

— Estou falando sério, pai. Eu esperava que ele fosse uma... — Ah, como explicar Dylan para o meu pai, que nem sabia que eu morava com alguém, que dirá um colega de casa que era jogador de futebol? — ... uma pessoa totalmente diferente, mas ele não é. — Um discreto sorriso ergueu meus lábios. — Quero dizer, ele é diferente, mas de um jeito bom. Na verdade, acho que você gostaria muito dele.

— Quero que se mude, Zoe. Vou aí amanhã e vamos encontrar outro apartamento para você.

Parecia que tudo que eu tinha falado tinha, simplesmente, entrado por um ouvido e saído por outro. Suspirei pesadamente.

— Não vem, não. Não posso me mudar, pelo menos não este ano. Estou guardando dinheiro, mas não é o suficiente para me mudar ainda.

— Pare de ser tão teimosa e me deixe te ajudar. Vou pagar seu aluguel.

— Não, pai. Não posso pedir que faça isso. Ainda está pagando as contas da mamãe do hospital, e não vou aumentar seu estresse.

— Está acabando comigo aqui. Sabe o quanto me sinto impotente? Não está me deixando fazer nada quanto a esse Mark. Espera que eu fique sentado e concorde enquanto estou ouvindo você chorar sobre coisas que esconde de mim, e não me deixa te ajudar com sua moradia... para que merda eu sirvo, então?

Meus olhos se arregalaram. Meu pai nunca xingava. Não rotularia merda realmente como um xingamento, mas, saindo da sua boca, podia muito bem ter sido um porra.

— Pai... eu...

Houve um suspiro longo.

— Como pôde não me contar que estava morando com um garoto, Zoe?

Pensar em Dylan como um garoto fez meus lábios se curvarem. Definitivamente, ele era mais do que apenas um garoto, e provavelmente tinha sido assim por bastante tempo.

— Se fosse Jared ou um dos seus amigos, seria outra coisa, mas um jogador de futebol? Pelo menos ele tem namorada ou talvez um namorado? Quantos anos você falou que ele tem mesmo?

— Ele é do último ano e, desculpe por destruir seus sonhos, mas acredito que ele seja hétero. — É, eu não tinha dúvida disso. — Ele é amigo do Chris, na verdade. Era isso que eu ia...

— É por causa dele que não tem me ligado? Pensei que estivesse cheia de aulas, mas você e esse cara estão...

— Não, nem precisa terminar essa frase. Ele também é ocupado demais para ter uma namorada, já que está treinando muito para se tornar profissional, não que eu estaria interessada se ele não fosse ocupado ou que ele estaria interessado em mim, mas...

— Você está falando sem parar. Gosta desse garoto, não gosta?

— Não — respondi apressada, talvez rápido demais. — Não gosto, não. — Então por que minha voz saiu tão aguda? — Na verdade, estamos nos tornando amigos. Talvez você o conheça se vier visitar. E, sim, estou cheia de aulas. Trabalhos e pequenas sessões de fotos que estou fazendo para outros alunos praticamente tomam todo o meu tempo. Também estou tirando fotos para vender on-line, sabe, estilizando pequenos cenários e vendendo-as individualmente. Minha professora de fotografia vai me avisar se alguns dos seus amigos fotógrafos precisar de um assistente para suas sessões, tipo casamentos ou coisas assim, já que estou mais interessada em retratos do que em qualquer outra coisa. Então, sim, está bem caótico, e esse é o único motivo pelo qual não tive tempo de ligar para você. Não quero que se preocupe comigo. Sei me cuidar... Estou me cuidando. Ainda assim, estou falando sério quando digo que vou me mudar do apartamento dele no ano que vem. Sempre pensei que era o mínimo que ele poderia fazer... me deixar ficar lá, quero dizer... Mas, sim, não quero nenhum laço entre nós, não mais. Sinto que devo algo a ele, e não gosto disso.

Percebi, tarde demais, que minha última frase o deixaria irritado de novo.

— Você não deve nada a ele... nadinha, Zoe.

— Sei disso, eu acho, mas, mesmo assim, não quero nenhuma ligação. Se ele não contar para Chris lá para janeiro ou fevereiro... Enfim, não quero mais falar de Mark. Por outro lado, não quero que se preocupe com Dylan. Sim, ele mora comigo, mas mal nos vemos. Acredite em mim, ele é ainda mais ocupado do que eu — o que era uma pena —, então não precisa se preocupar com nada. Sabe que te contaria se ele estivesse me deixando desconfortável ou se estivéssemos ficando. Sempre te conto essas coisas, sabe disso.

— Será? Porque fiquei sabendo de bastante coisa que tem escondido de mim nesta conversa.

Touché.

Mude de assunto, Zoe.

— Ãh... o que eu estava tentando te contar mais cedo... é que, ontem à noite, dois dos colegas de time de Dylan apareceram no apartamento. Um deles era Chris, e eu estava lá... e não soube o que fazer. Nem sabia o que fazer com as mãos. Foi tão bizarro.

— Poderia ter contado a ele.

— Pai, não posso simplesmente chegar e contar para ele do nada. Se esqueceu de como eu reagi? Ele pensaria que sou louca, e o que era para eu dizer, de qualquer forma? *Oh, olá, sou sua irmã perdida há muito tempo que você nem sabia que tinha. Então, como vai? Oh, além disso, a mulher que você conhece como sua mãe, na verdade, não é. Quer saber sobre sua mãe de verdade?* Além do mais, posso tê-lo encarado um pouco demais ontem, então talvez ele pense que tenho uns parafusos faltando.

— Se ao menos sua mãe tivesse conseguido entrar em contato com ele antes de ela... então você não precisaria passar por tudo isso. Ela queria tanto vê-lo.

Eu nunca poderia contar a ele que, na verdade, minha mãe estava mais empolgada para ver Mark do que qualquer outra coisa. Ela estava até esperançosa.

Nunca me esqueceria do dia em que ela me contou que Ronald Clarke não era meu pai verdadeiro. Ela tinha partido meu coração naquele dia e, se meu pai — porque, independente do que ela disse, ele sempre seria meu pai, porque sangue não te torna da família, nem sempre — estivesse no quarto com a gente, ela também teria partido o dele. Talvez ela pensasse que eu ficaria feliz em saber que Mark tinha sido o amor da vida dela e, por melhor que Ronald tivesse sido para ela, ninguém conseguia tomar o lugar de Mark, da paixão do relacionamento deles. Talvez ela pensasse isso.

Após conhecer o cara, eu não poderia discordar mais dela.

Havia muitas coisas pelas quais estava brava com minha mãe, mas magoaria meu pai dizê-las em voz alta. Ele a amava mais do que ela amou nós dois.

Detestava mentir para ele, mas não conseguia falar sobre ela.

— Pai, preciso ir. Tenho aula em dez minutos, e preciso encontrar Jared antes disso, então...

— Certo. Agora que sei todos os seus segredos, jure para mim que vai ligar mais... e, Zoe, sem mais segredos, ok?

— Claro. Te amo muito, pai.

Sua voz estava rouca quando ele respondeu.

— Também te amo, filha.

CAPÍTULO DOZE
DYLAN

O bar estava cheio de universitários que saíram para comemorar o fim das provas do meio do ano. Alguns desses alunos eram meus colegas de time decididos a começar a *bye week*, a semana de folga do time durante a temporada, com estilo. Alguns estavam em volta das mesas de sinuca, esperando sua vez, e outros estavam satisfeitos em assistir a um jogo disputado de *beer pong* entre algumas garotas. E outros estava em frente às TVs assistindo a reprises de jogos das semanas anteriores. Parecia que o time todo estava lá. Gritos altos soavam em algum lugar no bar e, antes que pudesse entender de que canto vinha, o som era engolido pela conversa ruidosa e pela música que Jimmy deixava tocando alta em cada canto do lugar.

Puxando a alavanca, enchi uma caneca de cerveja e a entreguei para Chuck, um dos garçons.

— Valeu, cara — ele gritou por cima do barulho e saiu para servir.

Eu tentava trabalhar o máximo de horas humanamente possível no bar do Jimmy sem estragar minha programação de treinos, porque ser barman me ajudava a pagar por tudo que a bolsa escolar de futebol não pagava. Em algumas noites, eu ganhava o suficiente para conseguir enviar um pouco de dinheiro para casa, sem meu pai saber, claro. A última coisa que ele queria era que eu me preocupasse com problemas financeiros.

Lavando um liquidificador e alguns copos que estavam se acumulando no balcão, vi JP vir na minha direção.

— Quando é seu intervalo? — ele perguntou, pulando em um banquinho no bar e olhando para Lindy, uma das outras bartenders que estava trabalhando comigo naquela noite.

— Está com saudade de mim?

Antes de ele conseguir responder, fui até duas garotas que estavam me esperando atendê-las.

— Em que posso ajudá-las, moças?

A loira, que estava usando um vestido vermelho decotado, inclinou-se por cima do balcão com um sorriso paquerador, me entregando os vinte dólares que estavam entre dois dedos.

— Shots de tequila, duas rodadas... e, para acompanhar, vou querer seu número.

Sorri e alinhei seus shots depois de verificar suas identidades.

— Talvez da próxima vez.

Ignorei como a ruiva me olhava intensamente conforme lambia o sal nas costas da mão e um show ainda maior ao chupar as beiradas do limão. Assim que elas terminaram a primeira rodada, enchi a segunda e as deixei.

— Me avisem se precisarem de mais alguma coisa.

JP ainda estava me esperando quando voltei.

— Você é o filho da puta mais burro, sabe disso, certo?

— É o que você fica me dizendo.

— O que há de errado com ela?

Ele inclinou a cabeça para o lado, e olhei para as garotas, vendo a loira me dando uma piscadinha.

— Não tem nada de errado com ela, mas você sabe que não tenho sido fã de ficadas desde o primeiro ano. Por que isso te surpreende agora? Além disso, ficar com uma garota aleatória é a última coisa que tenho em mente no momento. Não estava lá quando quase perdemos aquele jogo para o Colorado?

— A palavra-chave é quase. Nós ganhamos, não ganhamos? — Ele se debruçou no balcão e pegou uma mão cheia de amendoins. — E está mais para você não ficar com mais ninguém. Quando foi a última vez que transou?

— Se ao menos você fosse tão interessado assim em...

Meus olhos flagraram alguma coisa além do ombro de JP e eu me distraí. O brilho suave das luzes amarelas e vermelhas penduradas no teto dava ao bar um ar relaxado e receptivo, e possibilitou que eu reconhecesse Zoe entrando com um cara, de braço dado com ele. Isso me atingiu como uma porra de soco no estômago.

JP seguiu meu olhar e viu o que tinha chamado minha atenção.

— Ah, aquela é Zoe, não é? Então você não fica com uma garota aleatória, mas fica com ela, não fica? Juro por Deus que já a vi, mas não consigo me lembrar de onde.

— Não viu, não — murmurei automaticamente, conforme minhas sobrancelhas se uniram. — E somos amigos... ninguém vai ficar com ninguém.

Ela não estava mais segurando no braço dele, mas a vi segurar os ombros do cara para ficar de ponta do pé e olhar na multidão. Quando encontrou o que estava procurando, um grande sorriso se abriu no seu rosto e ela gritou alguma coisa para o cara logo antes de começar a arrastá-lo na direção da parte de trás do bar. Ela devia estar procurando sua amiga, porque uma garota deslizou para fora de um banco perto da parede de trás, onde todas as TVs estavam amontoadas, e os encontrou no caminho. Houve gritos, abraços e beijos. Era esse cara que ela estava namorando? Eu a segui com os olhos até o banco e a vi se sentar bem ao lado do otário.

— Pelo que posso ver, parece que, definitivamente, ela está ficando com alguém. Cara... ei! Você ouviu o que falei? Terra para Dylan.

Meus dedos apertaram o pano ao ponto de conseguir sentir a ponta dos meus dedos cravando na mão através do tecido. Me obriguei a desviar o olhar e focar em JP quando cada músculo do meu corpo ficou tenso.

— O que você queria? — Saiu mais bruto do que eu tinha pretendido, então endireitei os ombros a fim de tentar relaxar.

Lentamente, as sobrancelhas dele se ergueram e ele se recostou no seu assento. Surpreendentemente, ele escolheu não me pressionar mais.

— Estou esperando os caras. — Ele pausou, seus olhos se estreitando levemente. — Nós sabemos quem é o cara?

— Provavelmente, é o namorado dela. Não sei.

— Vamos matá-lo? Ou só quebrar as pernas como um alerta?

Dei risada, mas pareceu distante.

— Nenhum dos dois. Acredite em mim, ele é uma opção melhor do que o que eu temia.

— Como assim?

Dando de ombros, me afastei para servir alguns clientes recém-chegados.

Erguendo a voz, JP continuou falando comigo.

— Então ela está namorando, hein? Isso significa que ela realmente não está ficando com você. Que interessante. Você sabia disso ou é uma surpresa?

Me segurei no bar com uma mão e bati na de JP com a outra quando vi que ele ia pegar amendoim da tigela de novo.

— O que tem de tão interessante nisso? Ela está namorando... todo mundo namora.

Ele deu de ombros.

— Oh, nada. Você sabia disso?

— Sim, ela falou que tinha namorado e que era complicado. — Cerrei os dentes e olhei desafiadoramente para o meu amigo. — Acho que ficou descomplicado. Você não tem outra coisa para fazer? Estou tentando trabalhar.

— Não estou te atrapalhando. Sou um cliente pagante exatamente como todo mundo aqui.

Ele olhou por cima do ombro, e não consegui me impedir de olhar na direção dela de novo. Zoe estava de pé e se debruçando na mesa para levantar sua amiga. Os três foram na direção da pequena área quadriculada em frente às TVs que a maioria dos clientes via como uma pista de dança improvisada. Havia, talvez, sete, dez pessoas já dançando. *Despacito*, de Fonsi, começou a tocar pela milésima vez naquela noite, mas, de alguma forma, nunca soou tão bem como naquele instante.

— Quem estamos observando? — Eu nem tinha percebido que Chris e Benji tinham se juntado a nós e já estavam olhando por cima dos ombros até Benji falar. Eu nunca iria sobreviver a isto, ainda assim, saber disso não fez nada para tirar meus olhos do trio que eu estava olhando.

— Aquela é... sua colega de casa? — Chris perguntou antes de JP ou eu poder responder.

— Em carne e osso — JP respondeu por mim.

— Bela bunda, cara — adicionou Benji, nosso *starting linebacker*.

Lancei a ele um olhar irritado, mas a cabeça dele ainda estava virada para trás. Os três estavam observando-os dançarem, e não havia nada que eu pudesse fazer para impedir sem parecer um completo idiota.

Zoe estava balançando os quadris lentamente de um lado a outro, e seus lábios estavam falando as palavras da música com Justin Bieber. A amiga dela não parecia tão entusiasmada em estar na pista de dança, então Zoe segurou as mãos dela e a obrigou a dançar junto. Ela deu risada e girou sob o braço da amiga e conseguiu puxá-la para longe das mesas. Quando, finalmente, a garota começou a se animar, rindo junto com ela, uma Zoe satisfeita assentiu e soltou suas mãos. Quando vi, o cara — seu provável namorado — foi para trás dela e eles começaram a rebolar juntos, o tempo todo cantando e sorrindo. Talvez eu não gostasse tanto assim de Fonsi e Justin Bieber.

Então as duas começaram a dançar em volta do cara, seus dedos percorrendo todo o peito dele, os três cantando e rindo. Zoe parou quando suas costas estavam grudadas no peito dele, a outra garota fez a mesma coisa quando estava atrás dele, então, como se tivessem ensaiado, rebolaram na batida em movimentos pequenos e discretos, maravilhando todo mundo que os assistia — meus amigos tarados não eram os únicos olhando. Elas começaram a descer, deslizando o corpo por ele. Zoe levantou as mãos e a camiseta branca simples que dizia *Live it up* na frente se ergueu, exibindo alguns centímetros da pele cremosa da sua barriga para, não apenas eu, mas todo mundo que os observava. Minha mandíbula ficou tensa.

Quando Benji soltou um gemido, bati a mão no balcão, forte o suficiente para chamar a atenção dos meus colegas de time e alguns dos outros clientes.

A cabeça deles se virou para mim com surpresa.

— Posso servir alguma coisa para vocês ou só estão aqui para o show? — Se minha pergunta saíra como um rosnado, eu não tinha controle sobre ele. — Se não estiverem aqui para beber, mudem para uma das mesas, ou talvez simplesmente vazem, já que estamos bem cheios esta noite. — JP abriu a boca, mas ergui um dedo na direção dele. — Nem pense nisso.

Ele ergueu as mãos em rendição, porém não tirou o sorriso do rosto.

— Esta música é boa pra caralho, só isso que vou dizer.

Chris olhou JP com interesse, mas, sabiamente, não fez nenhum comentário antes de olhar para mim.

— Quando é seu próximo intervalo? Precisamos falar sobre nossa programação de treinos desta semana.

Benji trombou em Chris, fodendo seu equilíbrio no banquinho.

— Cara, é sério? É o primeiro dia da *bye week*. Tire um dia de folga, pelo amor de Deus.

Tive que obrigar meus olhos a ficarem em Chris e não procurarem Zoe, conforme a maldita música finalmente terminou e uma antiga de Shakira começou. Eu era muito covarde para olhar na direção dela. Suspirei e passei a mão na cabeça enquanto expirei.

— Amanhã vou dormir até mais tarde, cara. Estarei na sala de musculação às nove da manhã, nem sequer um segundo antes disso.

— Então vai dormir uma hora a mais? Isso não é dormir até mais tarde, cara. Vocês são loucos. Vou tirar o dia para mim e dormir o dia inteiro. Gosto de pensar que mereço meu sono da beleza.

JP riu em silêncio.

— Como se você tivesse coragem. O técnico iria acabar com sua raça até o fim da linha no segundo em que você aparecesse atrasado para a reunião.

Benji disse para JP calar a boca resmungando e se virou para mim de novo.

— Pelo menos me diga que vai à festa que eles vão dar na fraternidade.

— Quando é? Amanhã à noite? — perguntei.

— Não posso acreditar que sou amigo de vocês três. Como você não sabe sobre a festa desta noite, cara?

— Dylan, três chopps... agora! — Chuck gritou o pedido, então desapareceu de volta na multidão.

Ergui as mãos.

— Como podem ver, não vou a lugar nenhum. Estarei aqui todas as noites desta semana. Preciso trabalhar mais horas.

Benji se levantou com um suspiro enorme.

— Certo, cansei. Está acabando com minha graça como nunca. Vou nessa. — Ele olhou para Chris e JP. — Vocês vêm ou vão ficar com esse perdedor?

Chris foi o primeiro a segui-lo e se levantar.

— Prefiro beber cerveja velha na fraternidade a ir para casa esta noite. Vou dormir na casa da Mandy. — Ele bateu os nós dos dedos no balcão do bar. — Te vejo de manhã?

Terminei de encher as canecas de chopp e as coloquei na bandeja, prontas para serem levadas para a pista.

— Está ficando com Mandy de novo? Quando isso aconteceu?

— Não estamos ficando exatamente.

— O que significa você dormir na casa dela? Não me diga que vai dormir no sofá dela quando estiver lá.

Ele ergueu um ombro e sua boca se curvou em um sorriso satisfeito.

— Só estou testando para ver se é hora de ficar de novo. Até amanhã, cara.

O relacionamento que ele tinha com o pai, nosso técnico, era tenso, no mínimo, e quando ele sentia que precisava de espaço, nunca precisou de um lugar para ficar.

Chris era o quieto do nosso grupo. Era o capitão do time, um bom líder no campo, mas, quando se tratava de socializar, ele preferia ficar para trás.

Sempre havia um monte de garotas o seguindo como filhotinhos perdidos, morrendo de vontade de chamar a atenção do *quarterback*, porém ele era mais parecido comigo nesse assunto do que com JP. No entanto, diferente de mim, ele não se importava em ficar aleatoriamente, mas mesmo isso só acontecia enquanto não estávamos na temporada, quando nosso futuro não dependia de como jogássemos com todos os olhos que tínhamos em nós, sem contar que o contrato estava logo ali.

— É, até.

Chris seguiu Benji, que estava conversando com alguns dos nossos colegas de time enquanto ia embora, me deixando sozinho com JP.

— O que foi? — indaguei.

— Só uma pergunta.

Suspirei.

— Qual?

— Você gosta dessa garota? — Ele apontou por cima do ombro com o polegar.

— Somos só amigos, JP. Não sei quantas vezes preciso te dizer isso.

— Sim, claro. Já entendi, e amigos são bons, mas... — Ele hesitou. — Acredite em mim... não estou tentando ser puxa-saco, mas você merece um pouco de diversão, cara. Se não agora, quando? Sabe o que dizem: trabalhe bastante, divirta-se mais ainda. Se a quer... — Sabiamente, ele parou aí. — Só pense nisso, é só isso que vou dizer.

— Acho que não ouviu a parte em que falei que ela tem namorado. — Não mencionei que, de fato, eu estava bem interessado em Zoe Clarke, e só estava esperando o momento certo para agir, um momento em que ela estivesse solteira e descomplicada... apesar de, talvez, eu estar atrasado demais.

— Como falei, sempre podemos nos livrar dele ou quebrar as pernas dele. De qualquer forma...

— Dylan, preciso da sua ajuda aqui! — Lindy cantarolou ao colocar a mão no meu braço e dar uma piscadinha para meu amigo sorridente.

— Não se preocupe com isso, ok? — disse para JP. — Te vejo amanhã de manhã. Não me faça arrastar sua bunda de qualquer cama em que estiver planejando dormir hoje.

— Estou te dizendo, eu deveria ser seu modelo a ser seguido. — Ele suspirou. — Tá bom, tá bom. Certo. Até mais. Vou encontrar uma Mandy para mim esta noite.

— Não faça nada que eu não faria.

— Cara, esse navio zarpou há muito tempo.

Tirando Zoe da cabeça, dei risada e fui para o lado de Lindy, ajudando-a com os pedidos.

— Você deveria fazer seu intervalo assim que acalmar um pouco — eu disse alto o bastante para ela conseguir me ouvir, já que estávamos trabalhando lado a lado. — Falar com seu filhinho antes de ele ir dormir. — Lindy era mãe solo e deixava seu filho de três anos em casa com o pai dela quando vinha trabalhar. Ligava para o filho em quase todo intervalo em vez de fumar ou zoar com os demais funcionários.

— Que horas são? — ela perguntou, suas mãos ocupadas chacoalhando um coquetel. A maioria dos clientes no Jimmy pedia cervejas baratas, já que era universitária, mas havia alguns chiques que escolhiam coquetéis de vez em quando.

— Passou das nove.

Ela parou de chacoalhar, serviu o drinque cor-de-rosa em uma taça de martíni e a enfeitou com uma cereja.

— É, provavelmente ele está na cama me esperando ligar. Obrigada, Dylan.

Assenti e bem quando eu estava anotando outro pedido, meus olhos voltaram a encontrar Zoe, que ainda dançava. Pelo menos eu não estava mais vendo o otário, mas por quanto tempo ela ia dançar? Ainda não estava cansada? E não era para ela ser tímida? Como parecia perfeitamente bem dançando diante de todas aquelas pessoas quando nem conseguia me olhar no olho por mais do que alguns segundos?

De repente, vi uma mão envolver a cintura dela. Um gemido escapou dos meus lábios e alguns caras sentados diante de mim me olharam de forma estranha. Ergui o queixo para eles.

— E aí?

Eles só assentiram para mim e voltaram a conversar alto.

Olhei para além deles de novo. O que eu esperava do meu amigo? Claro que ele estava lá; claro que estava conversando com Zoe. Ela sorriu para alguma coisa que JP falou e deu um passo discreto para trás, tirando o braço dele sem muita dificuldade. JP se inclinou para falar alguma coisa no ouvido dela e, quando terminou, deu dois tapinhas na cabeça dela, disse algo para a amiga dela e se afastou. Quando ele estava prestes a sair do bar, virou-se e abriu a porta com as costas, me dando um joinha e um sorriso de merda antes de desaparecer.

Já era. Ele tinha, basicamente, me dado permissão para acabar com sua raça da próxima vez que estivéssemos no campo. Ele deveria saber que eu não iria gostar das mãos dele na minha amiga... na cintura dela, tocando nela, sentindo seu corpo.

— Cara! — Lindy gritou do outro lado do bar, e me obriguei a olhar para ela. Arregalando os olhos para mim, ela gesticulou para a caneca na minha mão, que, no momento, estava escorrendo cerveja.

— Merda! — Balancei a mão e limpei a caneca com um pano antes de entregá-la.

— O que houve com você esta noite? — Lindy perguntou, aproximando-se.

— Nada.

Tentando não reagir aos olhos que podia sentir em mim, terminei de fazer o pedido e comecei outro. Minha curiosidade se apossou de mim de novo, e olhei na direção de Zoe. Os três estavam me olhando. O cara em que eu estivera de olho desde que eles entraram se inclinou na direção de Zoe e chamou sua atenção. Ou eles não conseguiam se escutar a alguns centímetros de distância e o otário teve que chegar mais perto do ouvido dela — o que pensei ser uma idiotice — ou ele não gostava da atenção de Zoe em mim.

Me xingando por ficar tenso quando o vi recuar e colocar uma mecha de cabelo atrás da orelha dela, voltei ao trabalho.

Pouquíssimos minutos se passaram quando o cara a quem eu tinha acabado de servir uma cerveja desceu do banquinho e, de repente, eu estava encarando o rosto sorridente de Zoe.

— Ei, estranho, o que está fazendo aqui? — Ela olhou em volta. — Está tentando impressionar alguém?

Havia um discreto sorriso nos seus lábios quando nossos olhos se encontraram. Ela demorou alguns segundos para esconder seu olhar de mim e se ocupar em apoiar os cotovelos no balcão. Será que estava surpresa por me ver ali? Talvez irritada? Feliz? O rubor leve nas suas maçãs do rosto era para mim ou era resíduo do que quer que aquele otário tinha sussurrado no ouvido dela? Ou talvez estivesse corada por causa de toda a dança. Ainda estava sem fôlego, afinal.

Não havia nenhum sinal de sorriso nos meus lábios quando consegui falar.

— O que parece?

Ela ficou confusa com meu tom e seu sorriso diminuiu, os cantos se abaixando lentamente conforme piscou para mim.

— Está tudo bem?

Engoli minha irritação e alonguei o pescoço antes de respirar fundo. Eu só conseguia sentir cheiro de álcool e, sob ele, uma lufada de frutas vermelhas.

Fique calmo, cara. Ela não fez nada.

Expirei antes de abrir a boca para falar de novo.

— Desculpe. Dia longo. Como assim tentando impressionar alguém?

— Você está atrás do bar.

Olhei para mim mesmo e à minha volta.

— É, trabalho aqui. É assim que funciona para servir bebidas. Você fica atrás do bar e serve os drinques.

— Não, mentira — ela retrucou.

— É, é basicamente assim.

— Não, quero dizer, servindo bebidas? — Ela pareceu pega de

surpresa. — Está trabalhando de verdade neste momento?

— Aham. O que pensou que eu estava fazendo?

Seus dentes passaram levemente no seu lábio inferior. Observei sua boca se movimentar quando ela disse alguma coisa, mas estava ocupado demais admirando seus lábios e perdi totalmente.

— O quê?

Ela se inclinou para a frente um ou dois centímetros e gritou mais alto.

— Eu disse que pensei que estivesse tentando impressionar alguém! Sabe como bad boys são atraentes para garotas, e você é um jogador de futebol americano além de tudo. Basicamente, duplica a encrenca. — Ela arregalou os olhos. — E barmen costumam ser... não que eu esteja dizendo, especificamente, que você é gostoso ou algo assim, mas pensei que só estivesse aí atrás...

Olhando por cima do ombro dela, encontrei os olhos do otário. Tanto ele quanto a outra garota estava observando Zoe e eu. Foi burrice dele deixar que ela viesse até mim, então porque eu deveria ficar longe? Ela morava comigo, era minha amiga, afinal de contas. Foda-se ele.

Me debrucei no balcão, nos aproximando, e apoiei os braços bem ao lado dos dela. Estávamos separados por apenas centímetros. Se ela se mexesse, minha pele roçaria na dela. Ela parou de falar sem parar e observou o reposicionamento dos meus braços. Então, consciente ou inconscientemente, ela se mexeu no banquinho, mexendo sua bundinha deliciosa da direita para a esquerda.

— Zoe — eu disse, minha voz mais baixa, já que agora estávamos mais próximos. — Você está falando sem parar de novo. É fofo demais, e não tem nenhum problema achar seu amigo gostoso. Também acho que você é.

Meu braço esfregou no dela quando Lindy chegou por trás de mim e fui obrigado a ir um centímetro para a frente. Ela ignorou totalmente o fato de que eu tinha acabado de chamá-la de gostosa — ou talvez simplesmente pensasse que eu estava brincando — e se inclinou para a frente como se não conseguisse se conter. O movimento mal foi perceptível, e eu apostaria que ela nem tinha percebido.

— Não falei que você era gostoso.

— Tenho praticamente certeza de que falou.

— Não — ela insistiu, devagar. — Só quis dizer que costumam contratar caras bonitos para que... — Ela respirou fundo e mudou de assunto. — Não sabia que você trabalhava, além de tudo que já faz. Sua agenda é maluca. Só fiquei surpresa, só isso.

Ergui uma sobrancelha.

— Me lembro, especificamente, de te contar que eu não era rico.

— É, mas não pensei que você... Só não pensei, aparentemente. Você me conhece e sabe da minha tendência de estereotipar jogadores de futebol. Geralmente, a maioria das pessoas acha que eles recebem tudo de mão beijada e, aparentemente, eu sou uma dessas pessoas, mas... Gosto que esteja trabalhando. — Ela bufou. — Você é muito... — Enrugou o nariz, depois balançou a cabeça. — Esqueça.

Me inclinei para mais perto e meu antebraço roçou no dela de novo. Ficamos pele com pele. Ela não conseguia desviar os olhos. Eu teria adorado que ela terminasse a frase, mas havia outra coisa que eu queria saber mais.

Virei um pouquinho a cabeça, deixando os lábios mais próximos da sua bochecha — a bochecha em que os dedos do seu namorado tinham encostado minutos antes.

— Então aquele é seu namorado, hein? Acho que ele não gosta que você esteja aqui conversando comigo. — O desgraçado ainda estava olhando, e estava começando a me dar nos nervos.

A cabeça dela se ergueu e suas sobrancelhas se uniram.

— O quê? Onde?

Recuei.

— Seu namorado — repeti, apontando para o cara com o queixo. Naquele instante, o braço dele estava pendurado casualmente no encosto do banco e ele estava conversando com a garota sentada à sua frente em vez de nos encarar. — Aquele com quem você estava dançando desde que chegou. — Virei os olhos para Zoe. — E pensei que fosse tímida, Zoe... parecia, já que nem consegue me olhar nos olhos por mais do que alguns segundos... Mas aquela garota dançando lá não parecia nada tímida.

Devagar, ela se voltou para mim. Meus músculos estavam ficando tensos de novo. Por que eu estava tão bravo por ela dançar com a porra do seu namorado? Não era como se eu não soubesse que ela tinha alguém, e deveria ficar feliz por ser apenas um aluno. Me endireitei para longe de Zoe, decidindo realmente fazer o trabalho para o qual estava sendo pago e ajudar Lindy com os clientes.

Após servir alguns, olhei para ver se Zoe tinha ido embora, mas ela ainda estava lá sentada me esperando, seus olhos seguindo meus movimentos.

Me vi de volta à frente dela. Eu estava sendo um babaca sem querer ser.

— Quer que te sirva... e aos seus amigos? — perguntei um pouco alto para não precisar me inclinar de novo.

Ela franziu mais o cenho e escorregou mais para a frente no banquinho. Seus lábios se abriram, mas não saiu nada. Então ela assentiu.

— Sim, vou querer uma caneca de chopp de qualquer coisa que esteja na torneira e uma Corona, por favor.

Respondi ao seu movimento de cabeça assentindo de forma rápida e servi minha colega de casa. Colocando a caneca diante dela, peguei uma garrafa de Corona. Sua mão esquerda se fechou na alça da caneca e ela pegou a garrafa com a outra.

— Você consegue carregá-las ou é melhor eu...

O que ela disse não era nada do que eu estava esperando ouvir.

— Aquele não é meu namorado, Dylan. Ele é meu amigo, Jared, e só para você saber, ser tímida não significa que não consigo agir ou dançar com meus amigos ou simplesmente ficar perto de pessoas. Só fico tímida e esquisita perto de certas pessoas, e acontece que você é uma delas, só isso.

Não faço ideia se ela escolheu me contar tudo isso basicamente em uma respiração só com uma voz mais baixa para, talvez, eu não conseguir ouvir metade ou se ela pensou que sairia antes de eu conseguir compreender, mas ainda bem que entendi da primeira vez.

Já que as mãos dela estavam cheias, não conseguiu fugir tão rápido quanto esperava. Antes de ela poder sair do banquinho, coloquei a mão no seu pulso e impedi sua movimentação para a frente.

Presa sentada de lado, ela enrijeceu e olhou para mim.

Minha mão ainda estava no seu pulso e, desta vez, não hesitei em me inclinar mais para perto e puxá-la para mim ao mesmo tempo. Parei quando meus lábios estavam quase encostando na orelha dela.

— Fale de novo! — pedi com uma voz baixa e grave.

Oh, eu a tinha ouvido perfeitamente bem da primeira vez, porém ainda senti a necessidade de ouvi-la repetir.

Ela inclinou a cabeça o suficiente para eu conseguir ouvi-la. Fiquei exatamente onde eu estava, inalando seu cheiro.

— Sou tímida perto de... — ela começou, hesitante.

— Não essa parte. A anterior a essa.

— Oh, aquele é Jared. Ele não é meu namorado, é só Jared, meu amigo — Zoe repetiu. Fechei os olhos de alívio. Quando os abri de novo, vi os nós dos dedos de Zoe brancos por segurar a garrafa de Corona. Por causa da posição em que estávamos, ela não teve escolha além de falar bem no meu ouvido, onde pude sentir sua respiração quente na minha pele. — Ele é meu amigo, e também é gay, não que isso importe.

Aquela sensação apertada que tinha, de repente, aparecido no meu estômago como se eu tivesse levado um soco quando a vi encostando no otário se desfez com suas palavras. Eu não deveria ter ficado feliz em saber disso; não deveria ter feito diferença, mas fez mesmo assim. Eu não estava preparado para vê-la tão íntima de outro cara. Saber disso, obviamente, era diferente do que ver com meus próprios olhos. Qualquer outra hora, talvez não teria tido problema, mas, naquela noite, não gostei.

Respirei fundo e fechei os olhos. Seu cheiro de frutas vermelhas ia acabar comigo daquela distância tão próxima. Naquela primeira noite, quando sua toalha me fez um favor e se desenrolou, ela também tinha cheiro de frutas vermelhas e, já que ela morava comigo, eu tinha o privilégio — ou talvez o fardo — de saber que era seu sabonete líquido corporal, e não seu xampu. O cheiro sempre permaneceu depois de ela tomar banho, invadindo meu quarto e me distraindo infinitamente.

Eu sabia, bem desde o início, que ela não poderia ser apenas minha amiga, mesmo que eu a tivesse deixado pensar que poderia, e vê-la com outro cara só tinha confirmado isso.

Zoe pigarreou e recuou da nossa bolha particular. Só então percebi o toque de cor nas suas bochechas. Quando ela falou, sua voz estava grave. Ela foi afetada por mim, pela minha proximidade. Eu sabia que ela era — o brilho nos seus olhos, a cor nas suas bochechas e o jeito que ela tentava prender a respiração a denunciavam. Se não, se eu estivesse errado, estava ferrado.

— Você está linda — eu disse com sinceridade. — Sempre está linda, mas esta noite parece mais feliz. Gostei do seu sorriso esta noite. Sempre gosto quando você sorri, Flash — eu disse honestamente.

Com minhas palavras, seus olhos pularam para os meus, surpresos, incertos. Seus lábios se mexeram e, finalmente, se ergueram em um tímido, porém lindo, sorriso.

— Também gosto do seu sorriso... gosto muito.

Recuando mais, soltei seu braço e olhei para seu rosto. Claro que *ela* olhou para qualquer lugar, menos para os meus olhos.

— Fale oi para seus amigos por mim, então. Talvez nos apresente antes de vocês irem embora. Aqui deve acalmar em breve.

Ela engoliu em seco e mordeu o lábio inferior.

— Você está bem, Dylan? Não tenho te visto ultimamente. Estamos bem, certo?

Eu não fazia mais ideia de como me comportar perto dela, mas estávamos bem.

— É sempre assim durante a temporada de futebol, todas as horas de treino, musculação, aulas e provas. Fiquei acabado, mas as coisas devem se acalmar por uma semana, pelo menos. Estou aqui à noite, já que é a *bye week*, mas vai me ver mais.

— Ok. — Ela sorriu e assentiu. Logo antes de ela tentar descer do banquinho, olhou por cima do ombro para seus amigos por uns segundos, depois me encarou de novo. — Mais tarde, talvez possamos assistir a um filme? Netflix e relaxar como as pessoas normais estão fazendo.

Minhas sobrancelhas quase chegaram na raiz do meu cabelo.

— Netflix e relaxar?

Quando ela percebeu o que tinha falado, pareceu horrorizada.

— Não! Quero dizer, sei o que isso significa, e não quis dizer isso. Quis dizer literalmente. Poderíamos escolher um filme e relaxar, não escolher um filme e transar enquanto o dito filme está passando, não relaxar desse jeito, não Netflix e... — ela resmungou. — Esqueça da Netflix. Foda-se a Netflix. Da última vez que tentamos, seus amigos apareceram e não conseguimos, então, talvez, quando você chegar em casa esta noite, possamos assistir a um filme?

Dei um sorrisinho para ela, pensando que, talvez, fosse errado da minha parte gostar de pressioná-la tanto.

— Desculpe, Zoe. Meu turno acaba bem tarde hoje. Talvez possamos fazer isso outra hora?

Seu sorriso desapareceu.

— Sim, claro. Lógico. Provavelmente, você vai encontrar seus amigos depois daqui, de qualquer forma.

Toquei seu braço de novo antes de ela poder sumir, porque, aparentemente, eu não conseguia me conter.

— Só porque é Noite do Chopp aqui, e acredito que eu não vá a nenhum lugar de última hora, que é às duas da MANHÃ.

— Oh. Sim, é tarde. Como você disse, talvez outra hora. Te vejo no apartamento, então?

— Te vejo em casa. — Gostava mais quando chamávamos de casa, como ela tinha falado há apenas alguns segundos. — Adoraria conhecer seus amigos — repeti antes de ela poder ir embora.

Seu sorriso voltou.

— Claro. Na verdade, acho que já conhece Kayla... vocês meio que saíram... e Jared é um fã, então ele também gostaria disso. Vamos vir aqui — ela olhou em volta — quando não estiver tão lotado. Já tomei muito seu tempo, desculpe.

Que porra é essa?

— Espere um segundo... o que você falou? Acha que saí com sua amiga?

— Não acho... Quero dizer, ela disse que vocês...

Olhei de volta para o banco com o cenho franzido. O que ela chamou de Jared estava nos encarando abertamente, mas, desta vez, a garota à frente dele sorriu e acenou para mim um pouco timidamente. Estreitei os olhos, olhei mais atentamente para ela e... é, talvez ela fosse familiar, mas eu tinha praticamente certeza de que não havia ficado com ela.

— Tenho praticamente certeza de que não fiquei com sua amiga, Zoe. — Olhei rapidamente de novo. — Qual é o nome dela mesmo?

— Kayla.

— É, você está enganada.

— Ela disse que vocês se conheceram no primeiro ano... bem, ela era caloura, então você era veterano.

Semicerrei os olhos e olhei mais atentamente, tentando me lembrar do porquê ela parecia familiar.

— Por acaso ela era ruiva?

— Sim. O namorado dela não gosta do ruivo, então ela tinge de castanho agora.

Um sorriso se abriu no meu rosto.

— Certo, me lembro dela. — Ergui a mão e acenei para a amiga. Focando de volta em Zoe, eu disse: — Mas, só para deixar claro, nós nunca realmente ficamos, só saímos com amigos algumas vezes, só isso. Não chamaria isso de sair.

— Foi o que Kayla também disse. De qualquer forma, não teria problema se vocês tivessem ficado.

Assenti devagar.

— Não teria problema, mas não ficamos.

Ela colocou o cabelo atrás da orelha e olhou para a garrafa de cerveja na sua mão. Observei seu polegar limpar, lentamente, o gelo externo.

De um lado a outro.

De um lado a outro.

Me inclinei para poder encontrar seus olhos.

— Passe aqui antes de vocês irem, tá bom? Vamos conversar. Me façam companhia. Deixe eu ver minha amiga por mais tempo.

— Ok.

Fiquei aliviado.

Com um meio aceno, ela desceu do banquinho e carregou as bebidas de volta para seus amigos. A caminho de lá, ela se virou uma vez, com as bebidas ainda erguidas, os olhos brilhando, e abriu o maior sorriso para mim — fazendo meus próprios lábios se curvarem, divertidos —, então se virou de volta e continuou andando. Kayla pegou a Corona, e o amigo que, definitivamente, não era o namorado, pegou a caneca da mão dela antes de ela se sentar.

Um grito alto surgiu do grupo da mesa de *beer pong*, e me lembrei de que tinha trabalho a fazer.

Os pedidos haviam diminuído, então gritei para Lindy.

— Deixa comigo. Vá fazer seu intervalo.

Ela gemeu e puxou meu ombro para me dar um beijo na bochecha quando passou por mim a caminho da porta que levava para a cozinha.

Fiquei alguns minutos conversando com os caras sentados na frente sobre como a temporada até Lindy voltar.

Quando olhei para minha direita, onde estava o banco de Zoe, ela foi a primeira a perceber que eles tinham sido flagrados me encarando e desviou o olhar rapidamente.

CAPÍTULO TREZE
DYLAN

O bar do Jimmy era a apenas alguns minutos do apartamento, então estava de volta lá pelas duas e meia da manhã. A última coisa que esperava ou que queria ver quando comecei a subir a escada era a srta. Hilda.

— Oh, Dylan, pensei que fosse outra pessoa.

— Está tudo bem, srta. Hilda? Está bem tarde para estar acordada.

Ela balançou a mão para mim.

— Sempre tenho dificuldade de dormir à noite. Quando ouvi passos, queria ver quem estava chegando a esta hora. Sabia que a srta. Clarke tem visita esta noite?

Meu maxilar ficou tenso e eu paralisei.

— Visita?

Ela franziu o cenho e olhou na direção da porta do nosso apartamento.

— Sim, o amigo dela. Aquela lá gosta de homens mais velhos. Está vendo como é tarde, e ele ainda está lá... como se ela pudesse me enganar passando na ponta dos pés pela minha porta.

Será que seus amigos tinham vindo para casa com ela? Abrindo um sorriso de lábios pressionados e assentindo rapidamente, peguei minha chave do bolso para poder entrar e ver por mim mesmo.

— Dylan? Você falou que seu pai era encanador? — Ela me fez parar antes de eu conseguir chegar à porta.

— Ele é sim. — Mudei de um pé para outro.

— Tenho um probleminha na cozinha... você acha que pode dar uma olhada?

— Srta. Hilda, adoraria ajudar, mas estou acabando de voltar do trabalho e estou exausto. Não sou nada bom nisso, mas vou dar uma olhada para você amanhã.

Ela bufou e perdeu a expressão semiagradável.

— Vou cobrar você disso, meu jovem.

Quando virei a chave e entrei, estava esperando encontrar o pior. No entanto, o que encontrei foi uma Zoe encolhida no sofá. Com exceção de uma única vela cheirosa queimando na ilha da cozinha, nenhuma das luzes estava acesa. Depois de trancar a porta, deixei minha bolsa no chão e fui até ela.

Ela estava dormindo com as mãos debaixo da bochecha, suas pernas encolhidas até a barriga. Seu cabelo estava caído no ombro em uma trança bagunçada, cobrindo metade do rosto.

Por um segundo, eu tinha acreditado no que aquela velha intrometida havia falado. Por um segundo, eu tinha ficado com medo do que encontraria quando passasse pela porta.

Alguns segundos se passaram conforme eu a observava dormir, tentando decidir o que fazer. Esfregando os olhos, me ajoelhei ao lado dela. Ela estava usando a mesma roupa que estivera usando mais cedo, a única diferença era que tinha trocado sua calça jeans justa por leggings.

Hesitante apenas por um momento, me estiquei e segurei seu ombro, delicadamente descendo por seu braço e voltando para cima.

— Zoe, acorde. — Ela não acordou, nem se mexeu. — Zoe? — Soltei seu ombro e, o mais gentil possível, tirei seu cabelo do ombro para ver seu rosto inteiro. Ela parecia tão tranquila.

Seu celular, que estava virado para baixo na mesinha de centro, apitou com uma nova mensagem. Não foi meu melhor momento, mas o virei e vi de quem era. Não conseguia ver o conteúdo da mensagem, mas vi o nome de quem enviou na tela: Mark Wilson.

Minhas mãos cerraram em punhos por conta própria. Poderia ser qualquer coisa. Ele era um amigo da família, afinal de contas. Ele não estava lá; a srta. Hilda estivera enganada. Ela estava enganada. Zoe estava morando no apartamento dele. Não era nada.

Virando o celular para baixo, me estiquei para tocar em Zoe de novo.

— Zoe, você precisa acordar.

Seus olhos tremeram, mas não abriram totalmente. Ela soltou um pequeno gemido e mexeu os quadris para se ajeitar mais nas almofadas. Tirei as mechas curtas de cabelo da sua testa, a ponta dos meus dedos se demorando. Isso fez efeito, e seus olhos se abriram devagar.

Seu rosto ficou um pouco franzido, e ela pareceu confusa ao me ver ao seu lado.

— Querida, você deveria ir para a cama — sussurrei.

— Dylan? — A voz dela ainda estava sonolenta. Esfregou os olhos e olhou em volta pelo apartamento escuro. — Que horas são?

Ela cobriu um bocejo grande com as costas da mão.

— Quase três.

— Oh.

— Quer que ajude você a chegar no quarto?

Uma olhada rápida, e pronto.

— Oh, não. Estou bem, mas obrigada.

Me levantei e ela se sentou. Ainda parecia confusa.

Enfiando as mãos nos bolsos, perguntei:

— Você está bem?

Cobrindo outro bocejo, ela olhou para mim.

— Sim, devo ter dormido quando voltei do bar.

Assenti.

— Bem, vou para o quarto. — Eu estava no início do corredor quando ela chamou meu nome.

— Dylan?

Quando me virei, ela estava de pé, seu laptop agora fechado e grudado no seu peito.

— Vai dormir?

— Vou, estou acabado.

— Oh. Certo. Boa noite, então.

— Está tudo bem?

— Está, claro.

— Zoe, o que aconteceu?

Vi seus dedos se curvarem no computador, apertando mais.

— Nada. Não aconteceu nada. Está tudo certo. Eu só... Se você não estivesse com sono, pensei que, talvez, poderíamos assistir a alguma coisa juntos. Mas você está acabado, então tudo bem. Você falou mesmo que iria chegar tarde, então não deveria ter te esperado, mas, só no caso de estar com fome ou qualquer coisa assim, comprei um cheeseburger para você em uma lanchonete. Jared e eu fomos lá depois do bar, então pensei que deveria te trazer alguma coisa, já que falou que seu preferido é cheeseburger. Você comprou pizza para mim ontem à noite, então pensei que pudesse...

— Zoe, pare. — Fui até ela de novo e parei quando o sofá era a única coisa entre nós. — Você dormiu me esperando?

— Eu... — Ela deu de ombros. — Pensei que, talvez, você não fosse conseguir dormir quando voltasse e que poderíamos passar um tempo juntos... se você quisesse, claro... sabe, porque não nos vimos tanto nesses últimos dias com provas e seus jogos, e Jared pensou que talvez eu pudesse...

— Então, não foi você que quis comprar um cheeseburger para mim, foi Jared. Me lembre de agradecê-lo da próxima vez que o vir. — Não foi uma pergunta, mas ela entendeu como uma e balançou a cabeça.

— Certo, eu menti. Eu pensei que você estaria com fome quando voltasse. Estava tentando ser uma boa amiga.

Inclinei a cabeça para o lado.

— Estava assistindo a um filme antes de cair no sono?

Ela desviou o olhar, um pouco rápido demais.

— Não.

Isso era um grande sim, até onde eu sabia.

Eu a observei. Mesmo que fosse só porque estava assustada, se ela queria passar um tempo comigo, como eu poderia negar? Não era como se passássemos muito tempo juntos, e ela tinha me trazido cheeseburger — seria um desperdício não comer.

— A que vamos assistir?

Os cantos da boca dela se ergueram lentamente, e seu sorriso aumentou tanto que ela precisou morder o lábio para contê-lo.

— Não está com sono? Cansado?

— Estou cansado, mas estou bem para uma hora ou mais.

— O que quer assistir? — Ela se abaixou e colocou o laptop de volta na mesinha de centro.

Obriguei meus olhos a se desviarem da sua bunda conforme ela ajustava o negócio.

— Vou deixar você escolher.

— Que tal... *Velocidade Máxima*? Ou *Controle Absoluto*?

— *Velocidade Máxima*? O que é isso mesmo?

— Oh, é um filme meio antigo com Keanu Reeves e Sandra Bullock. *Controle Absoluto* tem Shia LaBeouf e Michelle Monaghan.

— Você adora filmes antigos, não é?

— Meio antigos. Não são tão velhos. Então, qual você quer ver?

— Pode ser que eu não consiga assistir até o fim, mas vamos ver *Velocidade Máxima* esta noite. Assistimos a *Controle Absoluto* da próxima vez.

Vi aquele sorriso de novo.

— Parece bom. Ok, sente-se. — Ela veio para o meu lado e me empurrou pelo sofá. — Vou pegar seu cheeseburger e as fritas.

— O que fiz para merecer as fritas além do cheeseburger?

Ela foi para a cozinha, porém olhou por cima do ombro ao falar.

— Quem compraria um cheeseburger e não pegaria batata frita? Um não está completo sem o outro. Também espero que não se importe em compartilhar, porque não vou conseguir ficar longe das batatas. Talvez roube algumas, mas o cheeseburger e o refrigerante são todos seus.

Voltando com uma bandeja, ela a entregou para mim, depois se inclinou sobre o laptop a fim de iniciar o filme.

Me olhando, ela suspirou.

— Não precisa fazer isso, você sabe, certo? Não quero te manter acordado. Estou vendo que está cansado, Dylan.

— Estou bem, Flash. Relaxe. Se eu dormir, dormi. Sem problema. Contanto que você não desenhe um pênis na minha cara, estaremos seguros.

Ela deu risada.

— Juro que não farei. Seus colegas de time fazem isso?

Dei um tapinha no assento ao meu lado e ela se sentou sem hesitação.

— Não comigo, especificamente, mas já vi fazerem. — Apertando play, ela iniciou o filme e se ajeitou. Peguei o cheeseburger, dei uma mordida grande e gemi. — Nem sabia que estava morrendo de fome, obrigado. — Quando ela não se esticou para a bandeja, ofereci uma batata.

Ela a pegou de mim com a ponta dos dedos.

— Obrigada.

— Também pode beber a Coca. Não bebo refrigerante.

Ela deu uma mordida e enrugou o nariz.

— Também não bebo refrigerante. Acho que essa é a única escolha saudável que faço na vida. Não ligo para o gosto, de qualquer forma.

Após alguns minutos de filme, minha comida tinha acabado e Zoe havia roubado apenas algumas batatas. Toda vez que ela pegava, me dava um sorriso tímido e, rapidamente, focava de volta no filme.

Quinze minutos de filme, e eu já estava pescando. Quando consegui olhar para Zoe, percebi que tínhamos acabado deixando um lugar vazio entre nós. Poderia também ter sido um campo inteiro de futebol. Ela estava encolhida, ambos os pés apoiados no sofá, queixo nos joelhos, braços envolvendo as pernas.

Meus lábios se curvaram.

— A qual filme estava assistindo antes?

De canto do olho, pude vê-la pensando se iria ou não me responder, seus dentes mordiscando seu lábio inferior.

— Vamos, me conte.

No fim, ela decidiu não contar.

— Prefiro não dizer.

Desta vez, ela deu risada e se juntou a mim. Foi bom simplesmente... estar com ela.

Antes de o filme terminar, nós dois tínhamos capotado nas pontas opostas do sofá. Quando acordei cedo de manhã, ela estava espalhada metade em cima de mim e eu estava com os braços em volta dela, abraçando-a o mais perto possível. Nós dois tínhamos nos mexido durante o sono e nos encontramos no meio do sofá, aparentemente.

Nunca na vida eu tinha abraçado alguém durante a noite toda. Me aconchegado, sim, mas mesmo isso só durava um curto tempo. Fechei os olhos e baixei a cabeça na dela, sentindo seu cheiro e apenas sentindo seu peito subir e descer contra mim. Tentando meu máximo para não assustá-la, segurei a manta fina do encosto do sofá e a puxei sobre nós. Zoe se mexeu, e eu congelei. Então ela se aconchegou ainda mais perto e esfregou o rosto no meu pescoço, seus lábios abertos roçando na minha pele.

A consciência percorreu meu corpo. De repente, eu estava bastante acordado, assim como partes do meu corpo.

Fiquei no sofá por mais uns trinta minutos, apenas abraçando-a, memorizando como ela ficava nos meus braços. Quando precisei me levantar e sair, delicadamente deslizei de debaixo dela e encaixei mais o cobertor à sua volta, torcendo para mantê-la quente, apesar de não tão quente quanto eu poderia mantê-la.

CAPÍTULO CATORZE
ZOE

Tínhamos acabado de terminar nossa aula de fotografia no laboratório, e eu estava guardando minhas lentes quando nossa professora, Jin Ae, chamou minha atenção e disse:

— Zoe e Miriam, preciso que vocês duas fiquem mais um pouco, por favor.

Quando acabei de arrumar minha bolsa, ela ainda estava respondendo perguntas de outros alunos.

Miriam me olhou nos olhos.

— Sabe do que se trata?

Balancei a cabeça.

— Não faço ideia.

— Talvez do trabalho?

Juntei todo o meu equipamento e o carreguei até a mesa de Miriam.

— Provavelmente.

Depois que todo mundo saiu da sala, Jin Ae veio até nós.

— Certo, meninas, vocês duas têm disponibilidade para viajar por um fim de semana?

Miriam e eu nos olhamos com o cenho franzido.

— Humm, eu acho que tenho — Miriam respondeu, ainda em dúvida.

Jin Ae olhou para mim.

— E você, Zoe?

— Desculpe, tenho um trabalho marcado para este fim de semana, e acho que não consigo cancelar. — Não se eu não quisesse perder o trabalho e o dinheiro que viria com ele.

— Não é para este fim de semana. Tem disponibilidade no próximo fim de semana?

Pensei por um segundo.

— Sim, acho que consigo. É um trabalho que quer que a gente faça?

— Não, não um trabalho, exatamente. O jornal da escola precisa de dois alunos para acompanhar o time de futebol americano no jogo deles em outra cidade, no próximo fim de semana. Os alunos de sempre não podem ir, então o sr. Taylor me pediu para recomendar alguém.

Time de futebol? Acompanhá-los? Não achava uma ideia nada boa, e teria apostado que Mark também não acharia.

— É uma ótima oportunidade, muito obrigada por me convidar! — exclamou Miriam.

Eu não podia compartilhar da alegria dela, embora ela estivesse certa — era uma ótima oportunidade.

— Ãh... o que é para fazermos exatamente? — perguntei. — Para ser sincera, não sei se eu daria uma boa fotógrafa de esportes. Nunca tentei... movimentação demais, sem contar que não sei praticamente nada sobre.

Mesmo se eu quisesse ir, acho que Mark não iria gostar que eu ficasse perto dele ou dos seus jogadores; de Chris em particular.

— Será ótimo para vocês duas — Jin Ae continuou. — Se você não tiver nenhuma outra objeção que não seja sobre não saber sobre esportes, Zoe, eu gostaria que aproveitasse essa oportunidade e aceitasse o trabalho. O jornal da escola está planejando escrever um artigo, e não peguei todos os detalhes, mas sei que precisam de fotos dos jogadores e da equipe técnica, e não apenas quando estiverem no campo. Vai precisa ficar perto deles pelo restante do tempo também... no hotel, no avião, no treino e acho que até nas reuniões.

Talvez não tivesse problema se eu perguntasse a Mark primeiro, porém estivera evitando todas as suas ligações e mensagens desde nossa última conversa na sua sala, então não estava interessada em pedir nada a ele.

Miriam foi a primeira a falar depois de bater palma duas vezes e dar um saltinho no lugar.

— Certo. Gostei do desafio. Não vou decepcioná-la.

Jesus. Alguém pensaria que tínhamos sido convidadas para fotografar o casamento real com o sorriso que ela estava abrindo — não que fosse ruim fotografar um monte de jogadores de futebol, principalmente se eu pudesse tirar algumas (ou centenas) de fotos de Dylan enquanto ele estava se exercitando e ter uma desculpa, tipo *Oh, estou com dificuldade em olhar para seu corpo seminu, mas... é para o jornal, então o que posso fazer? Simplesmente vou ter que sofrer durante o processo.*

Jin Ae assentiu para Mirian, depois voltou seus olhos esperançosos para mim.

— Claro. Também irei. Obrigada.

— Que bom. — Virando-se, ela voltou para sua mesa a fim de pegar seu celular. — Falei para o sr. Taylor que o avisaria depois da aula, e vou mandar mensagem para ele com a informação de vocês para ele poder entrar em contato e coordenar tudo. Ele vai querer conversar com vocês alguma hora desta semana, então se certifiquem de estarem disponíveis para ele poder informá-las exatamente do que quer que façam enquanto estiverem com o time.

— Seremos só nós duas ou mais alguém também vai? — indaguei.

— Acho que outro aluno vai junto para conduzir a parte da entrevista. Vocês vão precisar conversar sobre os detalhes com o sr. Taylor quando falarem com ele.

— Certo, uma pergunta: sabemos para onde eles vão? Para jogar, quero dizer.

Jin Ae colocou o celular na mesa e se sentou diante do seu laptop.

— Acho que ele menciona o local no e-mail, deixe-me ver.

— Boa pergunta — Miriam sussurrou conforme esperávamos na porta.

— Arizona. Fala que o jogo será em Tucson, Arizona.

— Sua vadia sortuda. Se eu soubesse que esse tipo de coisa aconteceria, eu também estudaria fotografia. Pode descobrir se eles precisam de alguém para fazer um esboço dos jogadores? Passar óleo neles? Também posso fazer isso... as duas coisas, se precisarem.

— Tenho quase certeza de que não há óleos envolvidos, mas por você... vou perguntar. Mas não ficaria esperançosa.

— Vaca — Jared murmurou.

Assim que saíra da aula, havia ligado para meu pai a fim de avisá-lo que o veria em oito ou nove dias. Quando essa conversa acabou, minha próxima ligação tinha sido para Kayla, porque era para nós três nos encontrarmos para almoçar. No instante em que ela atendeu, eu soube que ela não iria, o que não era mais surpreendente. Então, restamos eu e Jared.

Espetei o garfo na minha salada e olhei demoradamente para ele.

— Acho que não será tão glamoroso quanto você pensa. Vou precisar dar meu máximo para ficar fora do caminho de Mark.

— E? Só não conte a ele que você vai junto. Evite a crise.

— É? E como exatamente sugere que eu entre no avião sem ele perceber? Ou vamos dizer que eu consiga fazer isso... como vou garantir que ele não me veja no hotel *ou* no campo quando estiver tentando tirar foto dos jogadores?

Ele deu uma mordida no seu sanduíche e assentiu.

— É um bom argumento.

— É. Ainda assim, não foi minha ideia, então deve ficar tudo bem e, de qualquer forma, jurei não contar nada a Chris. Se precisarmos tirar algumas fotos individuais, vou me certificar de que Miriam tire de Chris, assim, Mark não poderá reclamar mais do que ele provavelmente já vai.

— Se ele disser alguma coisa, por favor, não fique sentada lá escutando.

Baixei meu garfo e esfreguei a testa.

— É, se ele fosse qualquer outra pessoa, sim, eu teria parado de ouvir as merdas dele há muito tempo, mas ele é meu...

— Seu pai... é, eu sei.

— Não o chamaria disso exatamente.

— Não sei no que sua mãe estava pensando quando ligou para contar que ele tinha uma filha. Ela já não sabia que tipo de homem ele era?

Sim. Eu era a surpresa que Mark nunca quis.

— Ela o amava, o que é muito esquisito e ruim. As últimas semanas dela foram bem ruins. Acho que ela só queria que Mark fosse visitá-la, e eu era a desculpa. Ela era minha mãe, e eu a amava, porém, ao mesmo tempo, estou muito brava com ela. — Balancei a cabeça, ainda com dificuldade de acreditar em tudo que ela me contara. — Não consigo acreditar que ela deu o filho desse jeito.

Jared deu um gole na sua garrafa de água, raciocinando.

— Aposto que foi Mark que a convenceu de tudo. Sabemos, com certeza, que ele é o pai, certo? Seu pai, quero dizer.

— Infelizmente, sim. Ele quis um teste de DNA depois de ter recebido a ligação da minha mãe.

— Bem, mesmo assim... Não significa que ele possa tratar você mal.

Pegando meu garfo de volta, dei mais algumas garfadas antes de responder.

— Sei que não, e ele não vai mais conseguir fazer isso. Pensei que pudéssemos ter algum tipo de relacionamento, mas agora superei. Tratava-se apenas de Chris quando vim para cá pela primeira vez. Nunca pensei que ele demoraria três anos ou que as coisas acabariam desse jeito. Toda vez que fiquei rebelde e resolvi simplesmente parar Chris a caminho de uma das suas aulas, tive medo e Mark ficou todo... *Quero conhecer você, Zoe. Quero que a gente se aproxime.* — Bufei e ronquei. — Sou tão burra. Agora o tempo acabou. Chris vai se formar este ano. Vou esperar a temporada acabar, não por causa do que Mark me disse, mas porque acho que é o melhor para Chris... e talvez de todos. No entanto, acho que não consigo esperar tanto. Mas o negócio com Mark acabou. Não estou atendendo às ligações dele... Não temos nada para conversar.

— Dane-se ele. Ele é um desgraçado. Quem dorme com a amiga da esposa, a engravida e, então, convence a esposa de que é uma boa coisa porque eles, finalmente, podem ter filho? Você está melhor sem ele.

— É.

Com a perda do meu apetite, bebi o suco de laranja, então pigarreei.

— Vamos esquecer de Mark. O que vamos fazer quanto à Kayla?

Desta vez, foi a vez de Jared suspirar pesadamente e parar de comer.

— Liguei para ela ontem à noite, só uma ligação aleatória para dizer que estava com saudade, e o merda do namorado dela atendeu, me disse que ela estava ocupada e que eu não deveria incomodá-la tão tarde da noite. Eram só nove horas, pelo amor de Deus. Aposto que ela estava bem ali e o otário nem deixou que ela atendesse ao próprio celular.

— Acha que ela vai terminar logo com ele? Está durando mais do que o normal desta vez.

— Espero muito que sim, mas...

— Mas, provavelmente, ela o aceitaria de volta quando ele viesse rastejando de novo... é.

— Será que deveríamos conversar com ela? Hora da intervenção? — Jared perguntou.

— Já fizemos isso no ano passado e veja o que aconteceu... eles voltaram depois de um mês e agora o babaca sabe que não queremos que Kayla fique com ele, e é por isso que ele está se certificando de que ela nos veja o mínimo possível. — Balancei a cabeça e empurrei para longe minha salada comida pela metade. — Ela acha que não entendemos, mas entendemos. Ela o ama desde que tinha dezesseis anos. Pensa que pode mudá-lo e, quando tento falar sobre isso, ela fica triste e me diz que não entendo. Claro que não ajuda o fato de o babaca conseguir ser gentil com ela de vez em quando.

— Então, não há nada que possamos fazer... é aí que está querendo chegar?

— Pensei que, talvez, *você* fosse ter uma brilhante ideia.

Equilibrando a cadeira dele em duas pernas, Jared balançou para a frente e para trás por alguns segundos.

— Quer que eu o seduza ou algo assim? Porque se for isso que está querendo dizer...

— O q-quê? — soltei. Sem saber se ele falava sério ou não, olhei-o horrorizada. — Você faria isso?

Ele deu risada da minha expressão.

— Por favor, tenho padrões. Não seduzo otários, mas, mais importante, não quero correr atrás de homem de amiga. Se eu quisesse, iria atrás de Dylan antes de qualquer outro.

— Dylan é meu amigo, não meu homem.

— Claro, vamos dizer que sim. É seu amigão, certo? E foi só meu fantasma que estava no bar no fim de semana passado, observando cada movimentação que vocês dois faziam. Pensei que ele fosse pular por cima daquele balcão e me socar quando me viu encostar no seu rosto e colocar seu cabelo atrás da orelha. Ele fica mais sexy quando está chocado... Eu sugeriria que o irritasse com mais frequência.

— Fez aquilo de propósito?

— Não, mas, se eu soubesse que ele reagiria daquele jeito, provavelmente teria feito. Aposto que ele estava enlouquecendo quando estávamos dançando. Que pena que não fazíamos ideia de que ele estava lá.

— Oh, cale a boca.

— Cale a boca você. E você? Srta. *Ele-é-meu-amigão-só-isso*. Depois que você foi para lá, toda vez que ele encostava no seu braço ou na sua mão, você acendia como uma árvore de Natal.

Me levantando, empurrei o ombro dele, fazendo-o perder o equilíbrio e cair de volta nas quatro pernas da cadeira com um barulho.

— Ei!

— Não quer me ver brava, Jared. Vou te machucar.

— Oh, pode vir. Gostaria de te ver tentar. Provavelmente, seria mais como umas cócegas, no máximo. Te dou permissão.

Resmungando, fui atrás dele antes que ele conseguisse sair correndo.

Quando voltei para casa, eram quase nove da noite. Tinha acabado de ganhar cem dólares por tirar quinze fotos para o Instagram de uma aluna que tinha mais de trezentos mil seguidores. Ela ficara sabendo sobre mim e meus *serviços* por uma das suas amigas blogueiras de quem eu tinha tirado fotos antes das provas. Qualquer dinheiro que entrasse na minha conta bancária era bom, então dava meu máximo para nunca recusar ninguém, no entanto, depois da quinta troca de roupa, pensei que, talvez, devesse ter cobrado mais. Considerando que demoramos mais de duas horas para tirar todas as fotos que ela queria, pensei que aumentar meu pagamento era uma boa ideia.

Embora estivesse mais do que pronta para voltar rastejando para o apartamento depois de ficar fora por mais de treze horas, ainda me certifiquei de que fosse tão silenciosa quanto um rato ao passar na ponta dos pés pela porta da srta. Hilda.

Quando cheguei ao apartamento e acendi as luzes, precisei de todo o meu autocontrole para não gritar como uma alma penada quando vi uma pessoa enorme sentada no chão da sala de estar, bem abaixo das janelas.

— Dylan? Você me assustou pra caramba. Por que está sentado no escuro? — Coloquei meu equipamento bem ao lado da porta e fui até ele, hesitando quando cheguei ao sofá e ele ainda não tinha falado.

Estava com os cotovelos apoiados nos joelhos, as mãos penduradas entre as coxas, e ele não estava olhando para mim, nem encontrava meus olhos.

— Dylan? O que houve? — Dei um passo involuntário para a frente, mas me impedi de avançar mais.

Lentamente, sua cabeça se inclinou para o lado e seus olhos encontraram os meus. Geralmente, eu não conseguia encontrar seu olhar por mais do que alguns segundos quando ele olhava diretamente nos meus olhos, como se estivesse tentando me olhar profundamente, mas, do jeito que ele estava me olhando naquele instante... Eu não conseguia desviar. Não conseguia tirar os olhos dele.

Ele, por outro lado, não teve dificuldade em quebrar o contato visual.

— Nada, Zoe — ele disse baixinho, então apoiou a cabeça na parede. Alguns segundos depois, suspirou demoradamente e fechou os olhos.

— Obviamente, esse não é o caso — declarei baixinho, pensando que algo terrível deveria ter acontecido. Ele nem abria os olhos, que dirá me dar uma resposta.

Onde estava o cara que sorria para mim a torto e a direito e me deixava leve sem nem saber o que estava fazendo?

Começando a ficar preocupada, fui e me sentei à sua esquerda, não a uma distância que o tocasse, mas nem longe demais também. Passamos uns minutos sentados lado a lado em um silêncio absoluto. O único som que dava para ser ouvido além do silêncio pesado estava vindo da TV do vizinho, mais provavelmente do apartamento abaixo de nós.

— Pode me contar o que está acontecendo, Dylan. Não sou uma ouvinte ruim, e é para eu ser...

Seus olhos não abriram, mas ele finalmente falou.

— Se me disser que é minha amiga, Zoe, Deus me ajude...

Meus joelhos estavam flexionados exatamente como os dele, mas resolvi me sentar com as pernas cruzadas, o que me aproximou mais dele.

— Não vou falar nada, ok? Só me conte o que está havendo.

Ele rolou a cabeça na minha direção e, enfim, me deixou olhar nos seus olhos.

Lentamente, soltei a respiração que nem tinha percebido que estava prendendo. Ele parecia devastado.

— O que aconteceu? — sussurrei, inclinando meu corpo na direção dele para conseguir colocar a mão no seu braço. Seu olhar seguiu o movimento, e senti seus músculos se tensionarem sob o meu toque. Pensando que, talvez, não tivesse sido uma boa ideia, que ele não quisesse que eu encostasse nele quando ele parecia pronto para destruir o prédio, tentei puxar minha mão de volta. No entanto, no segundo em que a ergui, ele esticou a mão e entrelaçou nossos dedos.

— Tudo bem fazer isto? — ele perguntou, seus olhos grudados em nossas mãos dadas. — Tenho permissão para fazer isto?

Engoli em seco. O que era para eu falar quando ele parecia estar tão devastado? *Não, na verdade, não está tudo bem, Dylan, porque parece que meu cérebro entra em curto-circuito toda vez que você chega tão perto de mim.* Achava melhor não.

— É isso que amigos fazem, Zoe? — ele continuou, sua voz mais dura.

Ele está bravo comigo?

O que será que eu fiz?

Minhas sobrancelhas se uniram, entretanto, não tentei tirar minha mão — como falei, cérebro em curto-circuito, e segurar a mão dele tinha ajudado antes, na noite em que eu dormira no seu ombro. Talvez ele gostasse de dar as mãos; talvez fosse o estilo dele.

Ele analisou meu rosto, então bufou de certa forma e deixou nossas mãos caírem no chão de madeira. Tentei não me encolher.

— Dyl...

— Não responda.

Quando sua cabeça bateu na parede atrás de si de novo, não consegui conter a encolhida.

— É o JP — ele disse para o teto.

— O que tem ele?

— Ele se machucou.

Os jogos universitários de futebol não aconteciam apenas aos fins de semana? Estávamos na quinta-feira.

— Quando? Eu não sabia que você tinha jogo hoje.

— Não teve jogo, só treino. Ele teve um probleminha com o pé no último jogo, mas falou que estava bem. Hoje, um dos caras pisou errado nele e agora ele está com uma fratura na articulação de Lisfranc.

— Lis... o quê? É ruim?

Seus olhos se fecharam quando ele soltou uma risada sem humor.

— Se é ruim? É, é ruim. Já era a temporada para ele. Ainda nem sabemos se ele precisa de cirurgia. Se não precisar, mesmo assim, vai demorar, no mínimo, de cinco a seis semanas para se recuperar, e estou sendo bastante otimista. — Como se refletisse, ele adicionou: — É uma fratura no pé.

Quando ele esfregou o rosto bruscamente com a mão livre, dei um pequeno aperto na outra que ainda estava segurando a minha. Foi a atitude errada, porque chamou de volta sua atenção para nossas mãos.

— Se ele acabar precisando da cirurgia... aí quanto tempo é a recuperação?

Ele encontrou meus olhos e prendi a respiração. *Oh, Deus...* Jared estava certo; eu adorava o sorriso dele. Detestava e adorava o quanto não conseguia me impedir de sorrir de volta para ele, porém seu olhar quando estava bravo... me fez querer ter minha câmera comigo para poder tirar uma foto dele exatamente daquele jeito e congelar o tempo para nós, um segundo que eu podia carregar no meu bolso e que seria para sempre meu.

— De cinco a seis meses — Dylan respondeu, alheio aos meus pensamentos. — E, mesmo depois disso, não dá para ninguém saber com certeza se ele vai voltar ao seu estado antes da fratura ou não. Nem importa porque ele não vai conseguir competir, de qualquer forma.

Pela terceira vez desde que o conhecera, não consegui desviar o olhar do seu, e não era porque estávamos em uma competição de encarar. Não tinha nada a ver com isso; eu simplesmente não quis. Não sei se foi por causa da vulnerabilidade que conseguia ver neles ou se era a dor e a preocupação óbvias, mas não consegui.

— Onde ele está?

Ele estava franzindo o cenho para mim, contudo, ainda respondeu minha pergunta.

— O técnico o mandou para casa. Ele não consegue se apoiar em uma perna.

— E quando vão saber se ele vai precisar de cirurgia ou não?

— Precisam fazer uns exames. Na próxima semana, saberemos mais detalhes.

— Não quer estar com ele? — perguntei, me arriscando.

Ele franziu mais o cenho.

— Ele não quer ver ninguém. Era para fazermos isso juntos. Agora, com o tempo para curar sua fratura, pode ser que toda a carreira dele tenha acabado. Todo este maldito ano está...

Seu celular devia estar ao lado dele, porque, quando vi, ele estava voando, indo direto para a parede bem em frente aos meus olhos, até, felizmente, parar logo depois de bater na minha bolsa de equipamento. Se minha bolsa não estivesse no caminho, com a força que ele o jogou, teria se espatifado em um milhão de pedaços.

— Desculpe, Dylan. — Apertei sua mão de novo, e desta vez ele apertou de volta. Só que o problema era que ele não parou de apertar. Não me entenda mal, não me machucou nem nada, mas aquele aperto extra fez meu coração, que já batia rápido, acelerar mais ainda.

Sabendo que nada que eu dissesse mudaria alguma coisa ou aliviaria sua dor, mantive a boca fechada.

Ele estreitou os olhos para mim.

— Você não está desviando o olhar.

Um calafrio percorreu meu corpo.

— Era para desviar?

— Não, mas isso nunca te impediu no passado.

Hora de mudar de assunto.

— Há quanto tempo está sentado aqui?

— Não sei... acho que desde que cheguei.

Não havia por que perguntar a que horas foi isso.

— Está com fome?

— Não.

— Tem certeza? Faço um queijo grelhado demais, e não faço, simplesmente, para qualquer um. — Cutuquei-o de leve com meu ombro.

— E o que me torna especial?

Bom trabalho, Zoe. Se meteu sozinha nessa, não foi?

— Eu... ãh... você... você sabe... está com fome.

Horrível. Horrível. Horrível.

Quanto mais ele me olhava, mais fácil era ver o músculo no seu maxilar ficar tenso.

— Isso não é bem uma resposta. O que acha desta pergunta, então? Talvez você tenha uma resposta melhor para esta, o que acha?

Eu tinha praticamente certeza de que não gostaria, mas...

— Qual é a pergunta?

— Ainda está saindo com ele?

De onde veio isso?

— Você gosta de me pressionar, não gosta? — reagi, em vez de murmurar algo sem sentido que seria apenas uma mentira. Tentei tirar minha mão da dele para poder me afastar. Tanta coisa por me preocupar com ele...

Seu aperto se intensificou ao ponto dos meus dedos formigarem e do meu braço se arrepiar. Então, rapidamente, aliviou.

— Não — ele disse, grave. — Fique. — Só precisou de uma palavra. Fiquei até ele estar pronto para me soltar.

Tentei ficar confortável enquanto estávamos sentados de mãos dadas. Quando ele viu que eu não ia a lugar nenhum e que eu não ia tirar a mão, seus olhos se fecharam e ele apoiou a cabeça na parede, com a mandíbula ainda tensa, os dentes ainda cerrados.

Eu não sabia por que, mas tinha a sensação de que ele sofreu para me pedir para ficar.

CAPÍTULO QUINZE
ZOE

Eu ia fazer isso. Realmente ia fazer isso.

Estava prestes a entrar em um avião com Mark, Chris, Dylan e todo o resto do time.

Era para pegarmos o mesmo ônibus que o time para o aeroporto, mas tanto Miriam quanto o cara que iria conosco para as entrevistas, Cash, se atrasaram. Em vez de ser corajosa e entrar sozinha no ônibus, tinha optado por pegar um Uber com eles para o aeroporto.

Conforme Cash e Miriam conversavam durante o caminho, eu estava me preocupando de como seria minha aparição repentina. Nem Mark nem Dylan sabiam que eu iria com eles para o jogo. Poderia e deveria ter contado para Dylan, mas, após a semana que ele tivera com o que acontecera a seu amigo, mal o havia visto depois da noite em que o encontrara sentado no escuro. Mesmo quando o via, geralmente, ele ia para o quarto para dormir assim que passava pela porta.

Aquela noite tinha sido a segunda vez que demos as mãos pelo que pareceram horas e nem falamos disso depois. Não sabia se ele via aquilo como uma coisa normal, mas, se perguntasse para o meu coração e o frio que parecia se alojar na minha barriga, isso estava bem fora do normal. Não ajudava o fato de eu ainda conseguir ter a impressão da sua mão na minha. Se cerrasse o punho, poderia quase imitar a mesma pressão que sentira quando sua mão apertara firmemente a minha.

A mala de Miriam bateu na minha canela quando ela a arrastou pelas rodinhas pela escada rolante.

— Merda.

— Oh, desculpe, Zoe. — Ela parou ao meu lado e suspirou. — Está na hora do almoço e ainda nem tomei café da manhã. Acha que eles vão dar petiscos?

— Não é um voo comercial, então duvido disso.

— Acho que você está certa. Espero que tenha comida boa no...

— O que estão fazendo aí paradas? Eles estão nos esperando. Apressem-se — Cash gritou ao passar por nós com uma leve corridinha. Ele estava usando um casaco curto impermeável apesar de ainda estar quente, e estava segurando um burrito em uma mão enquanto abraçava o laptop ao peito e uma mochila na outra. Estava um desastre total.

— Eu vi primeiro — Miriam disse baixinho, inclinando-se na minha direção.

— O quê?

— Cash... eu o vi primeiro — ela repetiu antes de seguir o cara em questão pelas escadas.

Ela poderia ficar com ele, sem problemas.

Subi os degraus no meu próprio ritmo, então não foi surpresa eu ser a última pessoa a embarcar no avião. Detestava que a ansiedade à reação de Mark estivesse me afetando ao ponto de eu estar prestes a arrastar os pés como uma criança de seis anos.

O avião estava cheio de conversa e de homens... muitos homens. Alguns estavam se levantando, colocando as malas nos compartimentos superiores, outros estavam rindo e outros, cantando.

Quando vi que Cash e Miriam ainda estavam parados onde começavam as fileiras de assentos, pensei em me esconder atrás deles por um breve instante. Se baixasse minha cabeça, havia uma alta possibilidade de Mark não me ver, mas então Miriam e Cash se moveram. Se eu não quisesse correr os últimos passos que nos separavam — e eu não queria —, estava fadada a caminhar pelo corredor com a cabeça erguida. Ele me veria no hotel, de qualquer forma, e tentar me esconder parecia burrice.

Sentindo que eu estava me preparando para entrar na frente do pelotão de fuzilamento, endireitei os ombros e comecei a seguir meus acompanhantes.

Vi Mark antes de ele conseguir me ver. Estava sentado bem à frente em um assento na janela, e conversava com outro cara, que eu achava ser um dos outros técnicos. Estava acabando de passar por ele quando Miriam parou à minha frente. Na minha pressa de fugir, trombei nas costas dela, e ela me olhou de forma curiosa por cima do ombro. Gesticulei uma desculpa e me certifiquei de que estivesse de costas para Mark todas as vezes.

Meus olhos deslizaram para um cara mais velho que havia se levantado do seu assento no corredor e colocado a mão no ombro de Cash.

— Garotos! — ele gritou. Quando a conversação diminuiu, ele tentou de novo. — Ei!

Todos os olhos se viraram para nós. O avião ficou em silêncio, mas havia um rugido nos meus ouvidos. Não sabia quantos jogadores viajavam com o time, porém, para mim, parecia que eram centenas de olhos em nós. Engoli o nó enorme na garganta.

De canto de olho, olhei para Mark e vi que ele ainda estava em uma conversa profunda com seu vizinho de assento.

— Quero que conheçam Cash. Ele é do jornal da escola e vai entrevistar alguns de vocês.

Ele parou de gritar, virou-se para Miriam e perguntou, em uma voz mais baixa, seu nome. Depois dela, foi minha vez. Praticamente me inclinei por cima de Miriam para falar meu nome para ele a fim de que Mark não me ouvisse, o que foi burrice, já que estava prestes a ser gritado em questão de segundos.

— E estas são Miriam e Zoe. Vão tirar fotos de vocês. Sejam legais com elas... e, quando digo legais, digo respeitosos. Não quero ouvir uma única reclamação.

Minha boca tinha ficado seca, não apenas porque podia sentir os olhos de Mark analisando a lateral da minha cabeça conforme ele percebeu que eu estava no avião, mas também porque esse era meu pior pesadelo.

Andar por fileiras e fileiras de assentos em que cada olhar estava em você? É, podia sentir o calor nas minhas bochechas.

Quando, finalmente, começamos a andar, a conversação no avião recomeçou. A caminho dos nossos assentos, que eram bem no fundo do avião, recebemos alguns assobios baixinhos, uns cumprimentos casuais e alguns murmúrios baixos sobre posar nu; como uma reação ao último item, pisei nos calcanhares de Miriam — duas vezes.

Deveríamos estar apenas na metade do caminho até nossos assentos quando ouvi a voz dele, e alguma coisa derreteu dentro de mim.

— Zoe?

Ergui os olhos pela primeira vez e encontrei o olhar confuso de Dylan. Ele estava sentado no assento do meio quando chamou meu nome, e o vi tirar os headphones pretos lentamente e se levantar. De alguma forma, vê-lo centralizou algo em mim. Um calor inesperado se espalhou pelo meu corpo e consegui soltar a respiração.

— Oi — murmurei com um aceno discreto, e, quando percebi que Miriam e Cash estavam se afastando mais, puxei minha mala de mão e comecei a dar uma corridinha para alcançá-los. Olhando por cima do ombro, me certifiquei de dar outro aceno rápido na direção de Dylan. Me senti um patinho filhote sendo deixado para trás no meio do nada, então era importante alcançá-los.

Quando, enfim, chegamos aos assentos, eu estava pronta para gritar aleluia. Depois de Cash ter nos ajudado com nossas bolsas, ele se sentou no assento da janela. Miriam me deu um olhar focado e o seguiu. Me sentei no assento do corredor.

— O que houve com você? Está agindo estranho — ela sussurrou no meu ouvido.

Apertei a bolsa na minha barriga e dei de ombros discretamente. Quando ergui o olhar para o assento diante de mim, percebi que Dylan ainda estava em pé, de costas para mim. Eu o vi se abaixar e falar alguma coisa para seu amigo. Era Chris sentado ao lado dele? Eu nem tinha percebido. No meu estado de pânico, só conseguira ver Dylan.

Um instante depois, ele foi para o corredor e começou a se mover em direção ao fundo do avião... na minha direção. Demorou um pouco para nos alcançar, porque parava para conversar com seus amigos de vez em quando ao longo do caminho.

Em certo momento, ele parou bem ao lado do meu assento e eu sorri para ele.

— Ei.

— Oi.

— O que está acontecendo?

Meu sorriso mudou de discreto para grande.

— Nada.

Ele deu risada e balançou a cabeça. Segurando no meu descanso de braço, ele se agachou.

— Você vai junto com o time? Para tirar foto da gente?

Me esquecendo totalmente de Miriam e Cash, virei meu corpo para encará-lo. Parecia que ele estava me puxando como um ímã. Fui colocar as mãos ao lado das dele, mas elas estavam no caminho, então contive as minhas.

— Sim. Acho que é para algo que o jornal da escola está trabalhando. Minha professora de fotografia perguntou se podíamos ir, então aqui estamos.

Seus olhos se aqueceram.

— Aqui está você. Por que não me contou? Espere. — Ele se levantou e tirou os headphones da cabeça do cara sentado no assento ao meu lado, do outro lado do corredor. — Drew, sente-se no meu lugar.

Simples assim, o cara se levantou e Dylan se acomodou no lugar dele.

Conforme ele se sentou, uma aeromoça apareceu detrás da gente.

Com um sorriso fixo no rosto, ela disse:

— Cintos, por favor. Vamos decolar em alguns minutos.

Assentindo, apertei meu cinto, e Dylan fez o mesmo.

Quando nossos olhos se encontraram de novo, eu sorri.

— Oi.

Meu coração saltou ao ver seu sorriso fácil, sempre tão sincero e carinhoso.

— Oi para você.

— Dylan.

A voz inesperada assustou nós dois.

— Volte para seu lugar. Preciso conversar com você e com Chris sobre algumas mudanças que vamos fazer — disse Mark. Vi que o cara estava esperando logo atrás dele, aquele com quem Dylan tinha trocado de lugar. Ele olhou para nós tão desconfortável quanto estávamos.

De propósito, mantive os olhos no rosto de Dylan e vi suas sobrancelhas se unirem com confusão.

— Técnico, já temos uma reunião depois de...

— Volte para seu lugar, filho.

Filho.

Esse era o jeito dele de dizer que Dylan também estava fora de alcance? Eu não podia ser amiga nem amigável com o cara que ele mesmo mandou morar comigo? Claro que, quando ele lhe dera as chaves do apartamento, não esperava que eu estivesse lá, mas mesmo assim, eu *estava* morando com ele.

Dylan fez o que ele pediu e tirou o cinto para se levantar, porém, quando seus olhos encontraram os meus, ele ainda estava fazendo uma careta. Arrastei os olhos de volta para Mark e, então, nitidamente, desviei o olhar antes de ele falar qualquer coisa.

Foi só depois de termos entrado no hotel em que ficaríamos durante o fim de semana que vi de novo Dylan e Chris. Ele se separou dos seus amigos quando me viu parada longe de Miriam e Cash e se aproximou de mim. Ele estava usando calça de moletom preta, e eu poderia ter jurado que ele tinha uma dúzia ou mais delas em tons diferentes de cinza e preto, só para poder enlouquecer uma garota. Minha preferida, particularmente, era a cinza-clara. Uma camiseta justa preta cobria sua parte superior e chamava toda a atenção para seus bíceps e peito.

— Em que quarto você está? — ele perguntou, com a cabeça inclinada, olhos no envelope na minha mão.

— Ãh, deixe-me ver. — Forcei meus olhos a saírem do seu corpo e abri o envelope que pegara de uma mesa em que os funcionários do hotel tinham organizado dúzias deles. — Quarto 412. Vou dividir com Miriam.

Ele ergueu o queixo para mim.

— Estamos no mesmo andar. Eu divido com Chris.

Um dos seus colegas de time chamou sua atenção ao bater no seu ombro para que ele se virasse. Olhei à minha volta. Mark não estava em nenhum lugar, mas os outros técnicos estavam ocupados tentando organizar todo mundo. Alguns deles estavam entregando folhas de papel enquanto outro estavam, simplesmente, aglomerados e conversando. Meus olhos encontraram Chris e, quando o vi olhando na minha direção, forcei um sorriso nos lábios, sem saber direito como era para reagir. Em vez de sorrir de volta como eu esperara que fizesse, ele balançou a cabeça e voltou a conversar com um dos seus amigos. Me sentindo cada vez mais sozinha a cada segundo, peguei o celular do bolso de trás da calça jeans e enviei uma mensagem no grupo com Jared e Kayla.

Eu: Certo, pousamos e chegamos no hotel. Tem muita gente e não conheço ninguém além de Dylan. Oh, e Mark está bravo comigo. Quando digo bravo, quero dizer BRAVO! Mas o ignorei no avião, então fiquem orgulhosos de mim. Só estou enviando mensagem para vocês porque não faço ideia do que é para fazer e, em vez de ficar parada no meio do saguão como um peixinho fora d'água, preciso fazer alguma coisa com as mãos. Respondam para eu poder parar de falar comigo mesma como uma esquisitona e ter uma conversa útil com vocês. Rápido. Rápido.

— Aqui.

Erguendo a cabeça, vi que Miriam estava me entregando um dos papéis que os técnicos estavam distribuindo.

Peguei-o.

— Obrigada. — Era uma programação detalhada do que o time faria e onde estariam a cada instante.

— Cash quer que tiremos fotos do jantar deles, acho que só para ver como interagem, talvez tirar umas fotos de todo mundo enquanto estão comendo. Depois disso, estaremos livres esta noite. Amanhã, vamos segui-lo e fazer o que ele nos pedir para fazer. Falou que vai ter muita reunião, aquecimento e, depois, o jogo. Teremos nossa própria reunião no café da manhã e ele nos dará mais detalhes.

Assenti e olhei para cima da programação detalhada.

— Parece ótimo. Acho que vou pular a hora do lanche e ir para o quarto. Você vem?

Ela olhou por cima do ombro para onde Cash estava conversando com um dos jogadores.

— Acho que vou ficar por aqui.

— Certo, então — murmurei para mim mesma quando ela se afastou com um aceno rápido.

Passando o dente no meu lábio, olhei em volta de novo. Metade dos jogadores já tinha desaparecido. Vi alguns parados perto do elevador e outros andando na direção dos fundos do hotel, onde presumi que o lanche estava aguardando, se fosse considerar a placa com a logo do time e *Sala de Refeições* escrito. Olhei em volta para ver se conseguia encontrar Dylan, mas, com o saguão ainda lotado, eu o tinha perdido. Puxando minha mala de mão, segui para os elevadores.

Meu celular apitou com uma nova mensagem.

Respirei fundo e entrei no elevador com mais três jogadores. Embora eles estivessem conversando entre si sobre o jogo do dia seguinte, ainda podia sentir seus olhares curiosos em mim. Baixando a cabeça, me concentrei no celular.

Apesar de esperar que fosse uma mensagem de Kayla ou Jared, meu estômago já nervoso se contraiu ainda mais quando vi que era Mark que tinha me enviado mensagem.

Mark: Qual quarto?

Meus dedos pairaram sobre a tela. Eu ia continuar ignorando-o e tentar ficar o mais longe possível dele ou iria superar e me concentrar no que tinha vindo fazer. Esperei até estar no quarto para responder. Meu celular apitou de novo, mas, desta vez, era Jared respondendo. Sentindo a inevitável ansiedade se instalar, resolvi não escrever nada de volta para meu amigo até Mark ir ao meu quarto, falar o que precisava falar e sair.

Apenas dez minutos tinham se passado quando ouvi a batida insistente na porta. A primeira coisa que fiz quando ele entrou foi contar que a viagem era para uma das minhas aulas. Achei que ele nem estivesse ouvindo o que eu estava dizendo, porque começou a brigar antes de as palavras sequer saírem da minha boca. A energia que ele emanava estava me assustando, mas tentei meu máximo para manter a expressão neutra. Após um longo sermão sobre as mesmas coisas com as quais eu estava bastante familiarizada, ele me avisou para eu "tomar cuidado" perto dos garotos dele e saiu.

Assim que ele bateu a porta, respirei fundo e soltei tudo. Não iria mais deixar que ele me chateasse, não mais.

Após enviar uma mensagem rápida para o meu pai para avisá-lo quando poderia me buscar, trabalhei em fotos que eu iria colocar nos bancos de imagens de alguns sites enquanto conversava com Jared pelo telefone. Miriam chegou um pouco mais tarde e, em certo momento, declarou que estava pronta para descer para a sala de refeição do time, então peguei minha bolsa e minha câmera e a segui.

— Quando você vai voltar? — ela perguntou assim que estávamos no elevador descendo.

— Não sei. Por quê?

— Bem, o toque de recolher do time é às onze. Acha que vai voltar antes disso?

— Não pensei que o toque de recolher fosse para nós. *Tenho* que voltar antes disso? — Se tivesse, isso só me daria algumas horas com meu pai, o que não era muito, considerando que ele ia dirigir de Phoenix só para me ver.

— Acho que não. Quero dizer, podemos perguntar a Cash para ter certeza, mas duvido. Só estou perguntando porque... bem, estava pensando se você poderia me enviar uma mensagem rápida antes de subir para o quarto quando for voltar.

Olhei rapidamente para ela quando as portas do elevador se abriram.

— Por quê?

— Cash e eu vamos... você sabe.

— Oh. Claro, lógico. Vou ficar sentada no saguão até a barra estar limpa.

Ela soltou um suspiro aliviada e enroscou o braço no meu como se fôssemos melhores amigas há anos.

— Você faria isso? Ah, obrigada, Zoe. Minha colega de quarto é uma estraga-prazeres. Se ela estivesse aqui, simplesmente iria entrar e nos interromper no meio do...

— Não me importo — cortei. — Quero dizer, contanto que não demore horas, tudo bem. Vou pegar meu laptop antes de sair para poder trabalhar enquanto espero.

Ela apertou um pouco mais meu braço.

— Ah, você é a melhor. Obrigada. Amanhã vai ser tão divertido. Mal posso esperar.

Entramos em um salão enorme em que os funcionários do hotel andavam apressadamente arrumando mesas e cadeiras para os jogadores. Ainda faltavam vinte minutos para eles chegarem, e Cash queria que estivéssemos prontas para tirar fotos deles enquanto colocavam comida no prato. Se ficassem satisfeitos com as fotos que tiraríamos no fim de semana, aparentemente, o time iria pensar em usá-las nos álbuns do ano seguinte.

Sob a supervisão cuidadosa de Cash, demoramos quinze minutos para tirar as fotos, então era nossa vez de escolher o que quer que tivesse sobrado no buffet. Peguei purê de batata, brócolis e frango.

Quando hesitei enquanto seguia Miriam, ela tocou meu braço.

— Você vem?

Meus olhos estavam grudados em Dylan, que estava sentado sozinho a uma das mesas. Mark já tinha comido e saído, e eu nem tinha visto Chris depois de ter tirado uma foto rápida dele construindo uma montanha de bife no prato. Se houvesse uma opção entre Dylan e outra pessoa, eu sempre escolheria meu colega de casa.

— Não, pode ir. Até mais tarde.

Com uma mão segurando a alça da minha câmera e a outra equilibrando o prato, puxei uma cadeira com o pé e me sentei diante de Dylan.

— Oi — eu disse baixinho, sorrindo para ele conforme me ajeitava.

Ele parou de comer e me analisou com olhos bravos.

Quando não me respondeu, comecei a perder o sorriso. Depois de assentir rapidamente para mim, ele se concentrou na sua comida de novo. Dylan tinha sido um dos últimos a chegar, então, enquanto eu estivera tirando fotos dos jogadores e dos técnicos que estavam comendo, Dylan não estava em nenhum lugar.

Pegando meu garfo, empurrei de um lado a outro os troncos dos brócolis.

— Você está bem? — perguntei com a voz baixa, conforme o silêncio se tornou desconfortável, o que nunca tinha acontecido entre nós.

Ele soltou o garfo, fazendo barulho, e pegou sua garrafa de água.

Será que eu tinha feito alguma coisa? Me obriguei a engolir um pedaço de brócolis e esperei que ele dissesse algo.

Segundos se passaram, mas nada aconteceu. Assim que ele limpou o prato, começou a olhar por cima dos ombros. Era óbvio que ele não queria que eu me sentasse com ele, e eu não fazia ideia do porquê. Me sentindo meio magoada e, para dizer a verdade, confusa, pigarreei e peguei meu prato para poder sair.

— Desculpe, não percebi que eu estava incomodando...

Estava me levantando quando ele parou de olhar em volta e encontrou meus olhos.

— Aquele foi o técnico que vi entrando no seu quarto mais cedo?

Voltei a me sentar e meu prato fez barulho na mesa, chamando a atenção dos olhos curiosos dos seus colegas de time.

— O quê?

— Você me ouviu. Eu estava indo para o seu quarto para ver se queria conversar, mas o técnico chegou antes de mim, então não me dei ao trabalho.

Engoli em seco. Como sair dessa?

— E? — Era uma tentativa ruim de fingir tranquilidade, mas eu não tinha mais nada.

— E? — Suas narinas inflaram, ele empurrou o prato e se debruçou na mesa. — Eu não sabia que vocês eram tão próximos para você convidá-lo para ir ao seu *quarto*. — Alguma coisa que ele viu no meu rosto o fez pausar, porém, infelizmente, não o fez parar. — Não vi nenhum de vocês por uma hora.

Minha boca se abriu e fechou conforme minhas mãos cerraram em punho sob a mesa. Deslizei para a frente minha cadeira, imitando sua postura.

— Uma hora? O que está dizendo, Dylan?

Suas sobrancelhas se ergueram até a raiz do cabelo.

— Acho que sabe o que estou dizendo.

Me recostei. Eu sabia o que ele estava dizendo, e por que estava tão surpresa? Já esperava que ele pensasse exatamente isso, mas como não previ a mágoa que causaria realmente ouvir a confirmação?

— Ele só esteve no meu quarto por cinco minutos, Dylan; seis, no máximo. Meu pai está vindo de Phoenix para me ver, e Mark queria saber se ele ia conseguir ver o jogo amanhã.

Meu coração doeu, e me detestava cada vez mais pela mentira que Mark, basicamente, tinha me obrigado a contar.

— Seu pai está vindo — ele repetiu.

— Sim. — Empurrei o prato, peguei a câmera e me levantei. — Ele deve chegar a qualquer segundo, então é melhor eu... — Estava esperando que ele dissesse alguma coisa, mas foi inútil; ele apenas me analisou com seus olhos azuis da cor do oceano como se tentasse decifrar tudo que eu não podia falar em voz alta. — É, vou indo. — E, com essa declaração esperta, tirei o foco dos olhos críticos de Dylan e me afastei.

Em vez de esperar no saguão, me sentei do lado de fora nas escadas e tentei não pensar demais em Dylan e em como meus sentimentos por ele estavam evoluindo de apenas uma simples atração. Aproximadamente uma hora tinha se passado quando vi uma caminhonete azul metálico vindo na minha direção. Rapidamente, me levantei e corri até ela. Assim que os pés do meu pai tocaram o chão, me joguei nos seus braços e fechei os olhos.

— Pai.

Seus braços envolveram meus ombros e ele abraçou tão firme quanto eu, senão mais apertado.

— Minha bebezinha.

Meu nariz já estava adormecido.

— Estava com saudade — murmurei no seu peito. — Estava com muita saudade.

Sua mão alisou meu cabelo e ele se afastou para olhar para o meu rosto.

— Zoe? O que é isto?

Devagar, seus braços caíram e ele segurou meu rosto, secando minhas lágrimas silenciosas com os polegares.

— Nada — murmurei depois de uma fungada patética, novamente enterrando a cabeça no peito dele, onde eu sabia que ele me manteria segura.

Eu não fazia ideia de onde as lágrimas tinham vindo bem, certo, eu sabia, mas não estivera planejando me descontrolar tão rápido e preocupá-lo. Ele suspirou e me abraçou mais, meu corpo balançando com soluços inesperados quando percebi o quanto sentira falta dele.

Ouvimos uma buzina atrás de nós, mas eu estava relutante em soltá-lo e, felizmente, meu pai não mostrou nenhum sinal de pressa. Beijou minha testa, secou minhas lágrimas de novo e assentiu assim que teve certeza de que eu estava recomposta.

— Vamos resolver tudo juntos — ele murmurou. Me levando para o lado do passageiro, ele me ajudou a entrar. Quando eu estava seguramente lá dentro, ele fechou a porta e deu uma corridinha em volta do carro. Após erguer uma mão pedindo desculpa para o carro atrás de nós, ele entrou.

Quando sequei o rosto com as costas da mão, meus olhos viram alguém perto da porta do hotel. Ele estava apoiado em uma das colunas. Com os braços cruzados à frente do peito, sua expressão era ilegível de tão longe.

Era Dylan.

Lá para as onze e meia, meu pai me deixou de volta no hotel e tivemos uma despedida chorosa. Ele ia passar a noite em um hotel diferente — não queria ficar cara a cara com Mark —, então poderíamos passar mais algumas horas juntos no dia seguinte, mas eu não queria que ele ficasse sem fazer nada e me esperando quando eu nem sabia se teria tempo livre para sair.

Com a mente em qualquer coisa menos em Miriam e Cash, subi de elevador para o quarto e vi a placa de *Não Perturbe* na maçaneta da porta. Após a conversa estranha com Dylan mais cedo, eu tinha me esquecido totalmente de voltar para o quarto e pegar o laptop antes de encontrar meu pai. Em vez de bater na porta, voltei para o térreo.

O lugar inteiro parecia basicamente vazio. Com exceção de algumas pessoas na recepção e os hóspedes ocasionais entrando, eu estava praticamente sozinha sentada diante das portas da frente.

Após enviar uma mensagem rápida para Miriam a fim de avisá-la de que eu estava lá embaixo, assisti a vídeos de filhotes no Instagram para passar o tempo.

Bem quando eu estava escrevendo uma mensagem para Kayla, outra apareceu na minha tela.

Dylan: Desculpe.

Encarei a tela, sem saber se deveria responder ou não. Responder significava que eu teria que continuar mentindo para ele, mas não era como se eu pudesse evitá-lo para sempre ou *quisesse* evitá-lo.

Dylan: Sou um babaca completo.

Dylan: Vai abrir a porta se eu bater?

Meus lábios se esticaram no maior sorriso. Não, eu realmente não queria evitá-lo.

Eu: Não tinha que estar na cama às onze?

Dylan: E?

Eu: Então não é para estar dormindo desde as onze?

Dylan: Só porque temos um toque de recolher não significa que temos que dormir às onze.

Eu: Mas significa que não devem sair do quarto, certo?

Dylan: Tudo bem se não quiser me ver, Zoe. Pode me dizer.

Meus dedos hesitaram. Bati na testa com o celular algumas vezes antes de encontrar a coragem para digitar o que queria dizer em seguida.

Eu: Adoraria ver você, Dylan. Sempre gosto de ver você.

Ruim. Ruim. Ruim.

Dylan: :)

Dylan: Então abra a porta.

Será que falava para ele que, na verdade, eu estava no saguão porque Miriam estava ocupada no quarto e arriscava que ele se encrencasse com Mark se decidisse descer?

Eu: Não quero que se meta em encrenca, e Miriam está aqui também, então…

Dylan: É. Certo, tem razão.

Dylan: É que acho que é estranho saber que está aqui e não te ver. Acho que estou com saudade da minha colega de casa.

Olhei em volta para ver se tinha alguém me observando. Felizmente, não tinha ninguém. Apertando as bochechas com os dedos, tentei conter o sorriso. Antes de poder responder que também estava com saudade dele, outra mensagem chegou.

Dylan: Vi seu pai. Você chorou.

Eu: Fico com saudade dele.

Dylan: Eu não deveria ter dito aquilo no jantar.

Vi os pontos aparecerem e desaparecerem várias vezes.

Eu: Está tudo bem. Só não faça isso de novo.

Quando não veio nada por alguns segundos, escrevi de novo.

Eu: Acho que também estou com saudade do meu colega de casa.

Dylan: É?

Eu: Aham.

Eu: Está na cama? O que está fazendo?

Dylan: Sim. Chris trouxe o Xbox dele, então estamos jogando Madden desde o jantar, mas agora ele está no telefone.

Oh, Deus. Será que estamos flertando? Esperava mesmo que estivéssemos flertando. Com meu coração pulando por todo lugar, coloquei o celular no colo e apertei as mãos nas bochechas para absorver um pouco do calor e para me impedir de sorrir como uma doida no meio do saguão — apesar de que eu tinha praticamente certeza de que era tarde demais para isso.

Devo ter demorado demais para escrever alguma coisa esperta porque, antes de responder, vi os pontos pularem de novo.

Dylan: Você está na cama?

É. Estávamos flertando.

Abortar. Abortar.

Eu: Sim.

Muito esperta, Zoe.

Dylan: Que bom.

Com o coração na garganta só de trocar mensagens com ele, joguei a cabeça para trás e olhei para o teto alto e colorido.

Quando eu estava prestes a escrever Sim, é confortável — outra resposta terrivelmente esperta —, Miriam me salvou.

Miriam: A barra está limpa. Pode subir!

Pensando que fosse pensar em algo melhor assim que estivesse no quarto, fui para os elevadores.

Dylan: Acho que você dormiu. Bons sonhos, Zoe. Até amanhã.

Resmungando, decidi não responder para ele poder dormir e simplesmente subi para o meu quarto.

CAPÍTULO DEZESSEIS
ZOE

O dia todo foi uma loucura de café da manhã, reuniões, hora de descanso, reuniões, almoço e, então, hora do jogo. Antes de eu conseguir absorver o estádio ou o nível de barulho à minha volta, Cash estava me incentivando a ir para as laterais a fim de tirar fotos dos jogadores se aquecendo antes do jogo.

— Miriam vai cobrir a parte técnica. Você cobre os garotos.

Que bom para mim — mais do que bom, na verdade. Dei uma volta completa e engoli em seco ao analisar meus arredores.

Meu Deus.

São *tantos* olhos.

Não deixei de perceber que estivera dizendo a mesma coisa muitas vezes desde o dia anterior, mas é que havia tantas pessoas... por isso, tantos olhos.

— Zoe! Vá logo! — Cash gritou quando estava voltando para o lado de Miriam. Engoli em seco de novo e assenti.

Eu estava um pouco à esquerda do túnel dos jogadores, com a câmera na mão, tentando encontrar o cenário perfeito, quando Dylan, Chris e um monte de outros caras entraram correndo.

Senti olhos em mim o tempo todo, não porque eles não conseguiam parar de olhar para mim nem nada parecido, mas mais porque eu parecia perdida, como um peixe fora d'água. Só um par de olhos daqueles fazia um calafrio percorrer minha espinha, e ele pertencia a Dylan Reed.

Com a confiança no jeito que entrava no campo, no jeito em que seus olhos se fixaram nos meus por cima do seu ombro logo antes de ele se juntar aos amigos para alongar e aquecer... Já era, para mim. Ver a perfeição dele naquele uniforme não estava ajudando nada nessa questão. Ainda segurando a câmera, eu o vi desaparecer na multidão dos seus colegas de time. Alguns segundos depois, eu o vi de novo, graças ao grande número doze nas costas do seu uniforme. Fiquei observando seus bíceps ficarem tensos sob as ombreiras enormes e ele se abaixou no chão, onde ele e o resto do time começaram a rotina de aquecimento com alongamentos. A bunda dele estava tão justa assim todas as vezes ou será que ele tinha feito alguma coisa com ela no vestiário? Tudo que eu precisava fazer era não ficar com a boca aberta; basicamente isso.

Me assustei tanto que dei um pulo quando ouvi Cash gritar meu nome de novo.

Certo.

Fotos.

Era para eu tirar fotos.

Eram tantos técnicos e pessoas que pareciam importantes perambulando, conversando, discutindo em rodas. Como uma cobrinha, serpenteei por elas e tirei um monte de fotos dos garotos fazendo movimentações no campo, então abordei Miriam e Cash onde eles estavam parados longe de todo mundo. Se eles pensassem que tinha fotos demais de Dylan Reed, aí era problema deles.

— Acabou? — Miriam perguntou, dando um passo para longe de Cash.

— Acho que sim. Acho que tirei umas fotos boas, mas é minha primeira vez fazendo isto, então não sei se realmente ficaram boas. Mas eu gostei.

Ela mordeu o lábio inferior e olhou em volta.

— É bastante pressão, não é?

Isso era um eufemismo.

— Há tantos homens com câmeras em volta que não faço ideia de por que precisam da gente.

Miriam deu de ombros e me cutucou com o ombro.

— Quem se importa? Está sendo divertido, e não pense que não vi você se aconchegando com Dylan Reed ontem à noite na sala de refeições.

Estava bem na ponta da língua falar para ela que eu não estava me aconchegando com ninguém e que ele só morava comigo, mas consegui me conter e sorrir para ela.

Apontando o queixo para Cash, sussurrei:

— Parece que foi tudo bem para você.

— Oh, é. Desculpe, dormi antes de você chegar ao quarto... ele basicamente acabou comigo.

Me inclinei um pouco para a frente a fim de dar outra olhada em Cash. Admitia que ele não era horrível nem nada assim. Um metro e setenta e cinco para o um metro e sessenta e cinco de Miriam com um corpo decente — apesar de que, em comparação a Dylan e todos os outros jogadores no campo, ele era, praticamente, magricela — e dedos compridos o suficiente para você se sentir obrigado a olhar duas vezes, tinha cabelo ondulado e meio comprido que se enrolava em volta das orelhas, olhos castanhos que se movimentavam incansavelmente e lábios finos pressionados em uma linha fina. Acho que era cada louco com sua mania. Não havia nada de errado com a aparência dele, mas o jeito que ele agia, como se estivesse trabalhando em uma história para o Times, começaria a me irritar se eu tivesse que passar mais um dia perto dele.

Bem quando eu estava prestes a dizer alguma coisa, senti mãos na minha cintura, e um segundo depois estava voando pelo ar conforme eu gritava como uma alma penada.

— Olha quem eu encontrei — alguém cantarolou atrás de mim enquanto eu tentava ao máximo segurar as mãos que estavam grudadas no meu corpo. Graças a Deus a alça da minha câmera estava enrolada no meu pulso, fazendo com que ela não saísse voando pelo campo.

Reconhecendo a voz, olhei por cima do ombro e para baixo.

— Trevor?

— Sou eu — ele respondeu, sorridente.

— Trevor, que porra você pens...

Minhas palavras se transformaram em outro grito quando ele me movimentou — ou girou abruptamente — até eu estar abraçando seu pescoço, encolhida nos seus braços como um bebê.

— E aí, minha joia? — ele perguntou, seu sorriso de merda ainda no lugar. Eu tinha praticamente certeza de que ele tinha nascido com aquele sorriso, ou outra possibilidade era que ele o tivesse treinado por anos em frente a um espelho até deixá-lo perfeito. — Estava te observando há dez minutos. Não conseguia acreditar nos meus olhos.

— Me solte, seu idiota — xinguei, sem fôlego.

— Vou fazer isso só quando tirar você das linhas inimigas.

Rosnei para o meu amigo de infância, mas não pareceu ter o efeito desejado nele; nunca parecia. Segurando seus ombros com toda a força conforme ele corria, olhei por cima do seu ombro e meus olhos focaram em uma pessoa.

Dylan.

Todos os seus colegas de time estavam entrando no túnel para voltar ao vestiário, mas ele estava em pé, parado, uma mão segurando o capacete com a ponta dos dedos, a outra na cintura. Queria acenar ou sorrir, porém ele estava olhando para mim nos braços de Trevor com uma expressão dura como pedra, a mandíbula tensa, a cara totalmente fechada.

Algo se apertou no meu peito, esmagando meu coração.

Bati duas vezes no ombro de Trevor.

— Trevor, pare. Trevor, você precisa parar!

Ele deve ter ouvido a urgência no meu tom, porque, finalmente, paramos. Delicadamente, ele me colocou de pé de volta, e meus olhos estavam em Dylan o tempo todo. Eu o vi dar um passo em nossa direção, depois outro e outro. Com meu coração acelerado só de ver a determinação no rosto dele, não conseguia parar de olhá-lo. Alguma coisa estava prestes a acontecer — ou já estava acontecendo — e meu coração estava saltando para fora de mim. Trevor disse alguma coisa para chamar minha atenção e tocou meu ombro.

Minhas sobrancelhas se uniram e murmurei um distraído:

— O quê?

Será que Dylan estava com ciúme?

Quando ele iniciou uma corridinha em nossa direção, senti os pelos do meu braço se arrepiarem. Dei uma olhada rápida para Trevor.

— Pode me dar um minuto?

Ele olhou de volta para o que eu estava olhando, e eu já estava andando para encontrar Dylan, a necessidade de ir até ele tinha vindo do nada. Talvez fosse o jeito que seus olhos rígidos se fixaram nos meus, me desafiando a desviar o olhar, ou talvez se tratasse de algo sobre o jeito controlado com que seu corpo estava se movimentando. Deus, ele ficava muito lindo de uniforme, quase tão lindo quanto ficava quando se exercitava seminu na nossa sala... quase. Ele parecia mais largo, maior e melhor do que qualquer outro se aquecendo no campo.

Antes de eu ter dado quatro passos, Chris bloqueou Dylan lá pela linha trinta. Ele apoiou a testa na de Dylan, apertou seu pescoço e o guiou na direção do túnel. Dylan franziu o cenho para ele, então balançou a cabeça uma vez como se estivesse saindo de um transe. Depois estava assentindo e correndo ao lado do seu colega de time.

Quando ele desapareceu no túnel, me virei de volta para Trevor com um sorriso tímido.

Ele ergueu uma sobrancelha, o que só deixou sua aparência arrogante ainda pior.

— Pisei no calo de alguém?

— O quê? Não. O que está fazendo aqui, afinal? Pensei que estivesse em Boston.

— É, eu estava, mas fui transferido para cá este ano. Está namorando o número doze? O Reed? — ele perguntou, indicando com a cabeça para onde Dylan tinha desaparecido.

— Não. Ele é só meu amigo.

Após me olhar demorada e completamente, ele falou de novo.

— Se é o que diz. — Com o sorriso de volta no lugar, ele me empurrou, brincando. — Olhe para você, minha joia. Não a vejo há dois anos e é aqui que a encontro? Senti sua falta.

— Não me chame assim — resmunguei ao cutucá-lo de volta.

— Ainda é muito fofo. Então, o que está fazendo aqui? Veio assistir seu namorado perder para mim?

— Falei para você que ele não é meu namorado. — Ergui a câmera como se isso fosse responder à pergunta. — Estou trabalhando, tirando fotos do time. — E não gostando dele falando assim de Dylan, complementei: — E não tenha tanta certeza de quem vai perder. Eles são incríveis.

Na verdade, eu não fazia ideia se eles eram. Só sabia que Dylan era incrível.

Ele ergueu as sobrancelhas.

— São mesmo? E você virou especialista em futebol por causa de um certo cara?

Ouvimos alguém gritar o nome dele, e Trevor olhou por cima do ombro.

— Foto. Certo, preciso voltar. — Tirando a câmera pesada da minha mão, ele a ergueu no ar como se fosse tirar uma selfie. — Vamos, quero uma foto de nós juntos. Meu rosto é mais bonito, e você precisa de algo melhor para olhar do que aqueles babuínos.

— Está desligada, seu idiota. — Dei risada quando ele não conseguiu entender como fazê-la funcionar.

Liguei a câmera e o deixei me puxar para sua lateral para poder tirar uma foto de nós juntos. Quando ouvimos seu nome ser chamado de novo, ele colocou a câmera de volta nas minhas mãos.

— Aqui, pegue. Me envie por e-mail... tanto a foto quanto seu número. Não tenho seu número, então é melhor me mandar. — Correndo de costas, ele continuou falando. — Não se esqueça, Zoe. Melhor ainda, vou te mandar meu número por e-mail, aí você pode me mandar mensagem.

— Tá bom! — gritei de volta, sorrindo.

Quando ele estava perto o suficiente dos seus técnicos, um deles deu um tapa atrás da sua cabeça e seu sorriso aumentou.

— Tá bom! — ele gritou uma última vez, então desapareceu.

Nosso time estava vencendo — o time de Dylan. Eu não sabia exatamente quando havia se tornado *nosso* time na minha mente, mas fui envolvida pela euforia do jogo e pela magia de estar no estádio. Lógico que, talvez, eu não entendesse o que estava acontecendo na maior parte do tempo, mas estava bem ali com todos quando todo mundo estava torcendo, gritando ou xingando. Mesmo o fato de estar próxima de Mark não tinha acabado com minha empolgação.

E Dylan... ele era uma fera. O jeito como saía correndo com aquela bola, sua velocidade, a forma como desviava, arrancava, rolava e se torcia e todo o resto que fazia — eu estava maravilhava só de observá-lo.

Parece estranho dizer em voz alta, mas ele parecia ser meu. Eu sabia como ele era de manhã, conhecia praticamente cada músculo da parte superior do seu corpo. Não os tinha tocado nem nada, mas eles estavam marcados no meu cérebro. Eu sabia de que sabor de pizza ele gostava, o que era muito importante. Queijo extra, pepperoni e azeitonas pretas eram seus preferidos, e ele não me olhava como se eu fosse um alien porque eu gostava de abacaxi na pizza.

Eu conhecia seus sorrisos, ele tinha um monte deles, cada um mais fatal do que qualquer outro sorriso que se poderia imaginar. Eu sabia que, quando ele passava a mão pelo cabelo curto, estava estressado, agitado. Eu sabia que ele gostava de segurar minha mão; não sabia por que, mas sabia que ele gostava. Se ele estava alongando o pescoço e aquele músculo na sua mandíbula estivesse marcado, ele estava bravo e tendo dificuldade de se controlar. Eu sabia que me fazer corar só pelo jeito que olhava para mim o divertia, e isso, normalmente, exigia seu sorriso divertido, o que nunca falhava em acelerar meu coração. Eu sabia que ele era o cara que trabalhava mais duro que eu já tinha visto. Sabia que era único, e sabia, a cada dia que passava, que eu queria que ele fosse meu — não meu amigo, mas meu, só meu.

Saber tudo isso sobre ele me assustava pra caramba. Quando estava na última jogada do terceiro quarto e o painel mostrava 31 a 42, alguém saiu do túnel e se juntou aos seus colegas de time nas laterais.

JP Edwards.

Meu olhar se concentrou nas muletas debaixo dos seus braços, e o sorriso que eu tinha estampado no rosto não pareceu certo.

O árbitro apitou para sinalizar o fim do quarto e o time se reuniu com o técnico. Após baterem os capacetes, as costas e terem falado o que eu presumia serem palavras de encorajamento, foram até JP. Fiquei observando Dylan o tempo inteiro.

Sem fôlego, ele parou diante do amigo e tirou o capacete, os ombros tensos e erguidos, a tinta preta abaixo dos seus olhos borrada. Equilibrando-se em um pé, JP esfregou sua nuca e balançou a cabeça uma vez para ele. Minha câmera já estava em mãos, então, sem pensar duas vezes, eu a ergui e tirei uma foto rápida, sem saber o que eu estava olhando, mas querendo capturar. Vi seus lábios se moverem, mas não fazia ideia do que estavam falando. Dylan colocou uma mão no ombro de JP, que balançou a cabeça de novo. A mão de Dylan se curvou no pescoço dele, que baixou a testa contra a do amigo.

Clique

Dei zoom e tirei outra foto, percebendo que os olhos de ambos estavam fechados.

A mão de JP estava em volta do pescoço de Dylan.

Clique

Chris se juntou à reuniãozinha deles e jogou o capacete no chão ao lado deles.

Clique

Clique

Baixei a câmera e desviei o olhar. Já tinha me intrometido mais do que deveria, mas não havia tirado aquelas fotos para o trabalho. Eram minhas fotos. Para ser sincera, eu tinha tirado muitas fotos que eram apenas para mim desde que o jogo começara.

— Vou pegar alguma coisa para beber. Vocês querem algo? — Cash perguntou para nós.

Miriam estava ocupada escrevendo no celular, porém olhou para cima por tempo suficiente para balançar a cabeça.

— Água seria bom — eu disse, e ele foi na direção do time, conversando com alguns jogadores antes de voltar.

Quando voltou, não consegui me impedir de perguntar:

— Sabe o que está acontecendo ali? — Apontei com o queixo na direção de JP, onde havia, no mínimo, dez ou quinze colegas de time à sua volta em um meio-círculo. Peguei a garrafa de água que Cash me entregou.

— Sim. Más notícias para JP e para o time, na verdade. Aparentemente, a temporada já era para ele. Ele vai precisar de cirurgia para aquela fratura do pé e, provavelmente, sua carreira estará acabada se ele não conseguir se recuperar totalmente. É uma pena... ele era um jogador e tanto.

— Simples assim? — perguntei. — Uma fratura e ele está fora? Acabado?

— É. É assim que acontece com esportes. Nunca se sabe quando será obrigado a parar.

— Não o vi no hotel nem no avião — consegui dizer através da pedra alojada na minha garganta.

Me lembrei da angústia e da raiva no rosto de Dylan no dia em que o encontrei sentado sozinho no escuro. Ele iria ficar arrasado.

— Ele que queria contar aos colegas de time e se juntar a eles para o último jogo antes disso tudo, então ele veio de avião hoje.

Os garotos correram para a linha cinquenta e o último quarto do jogo começou. Ficou cruel rapidamente. Eu os tinha visto atacar, mas depois do último quarto, depois da notícia do amigo... se Dylan tinha sido uma fera antes, havia se transformado no Hulk rapidinho. Me encolhi e arfei durante o quarto inteiro, principalmente quando alguém atacou Dylan logo depois de ele praticamente ter voado e pegado a bola. Foi brutal, claro, porém Dylan sempre se levantava ainda com a bola nas mãos, e me recuperei bem rápido. Trevor não tinha pisado no campo na primeira metade do jogo, mas estivera lá na segunda metade. Então, quando Dylan o derrubou logo no início do último quarto depois de Chris lançar uma interceptação e Trevor pegar — pelo menos foi o que Miriam me disse que tinha acontecido —, fiquei preocupada que ele tivesse quebrado meu amigo de infância na metade. Em certo momento, Trevor se levantou, mas demorou um pouco.

O resto do jogo foi do mesmo jeito — ataques, passes, assobios, gritos, ataques de novo. O jogo ainda nem tinha acabado e eu já estava com nódulos nas costas de toda a tensão.

Quando faltavam apenas segundos, Chris deu alguns passos para trás, então jogou a bola em um arco perfeito direto para Dylan da linha quarenta e cinco, e eu fiquei de pé ao lado de Miriam e Cash. Parecia que todo jogador no campo estava correndo na direção da maldita bola. Inspirando e prendendo a respiração, minhas mãos seguraram minha cabeça e vi Dylan trombar com outro jogador, pular alto e pegar a bola direto do ar com a ponta dos dedos. Antes de eu conseguir processar o lance perfeito, ele estava com a bola debaixo do braço e correndo na direção da linha do gol como o Papa-léguas do desenho.

Um jogador o alcançou por trás e se jogou nas costas de Dylan, mas, como se tivesse olhos atrás da cabeça, Dylan fintou para a direita e o evitou por centímetros. Saltitei como uma menininha alegre.

— Isso! Isso!

Toda envolvida com a multidão rugindo agora, eu estava prestes a sair de mim quando alguém chegou do nada e tentou bloqueá-lo. Dylan pulou para o lado antes de o cara poder fazer qualquer coisa e correu as últimas cinco jardas sem outro jogador caçá-lo. Eles eram lentos demais para ele. Minhas bochechas doíam de sorrir tanto, e saltitei conforme vi meu amigo fazer seu terceiro *touchdown* da noite.

Ele era incrível.

Minhas mãos estavam tremendo um pouco. Ergui a câmera, pronta para fotografar a alegria no seu rosto perfeitamente esculpido caso ele tirasse o capacete, mas, em vez de deixar seus colegas de time o derrubarem como tinham feito antes, ele se esquivou de cada um deles como se não existissem e correu direto para a linha cinquenta, ignorando todo jogador e não jogador que corria pelo campo. Eu o segui com os olhos para ver aonde estava indo e vi quando parou e se ajoelhou em uma perna diante de JP, que parecia estar com um pouco de dificuldade em se equilibrar com as muletas. Do nada, Chris apareceu bem ao lado de Dylan e também se ajoelhou.

Prendendo a respiração, ergui um pouco mais a câmera, meus dedos coçando para capturar apenas um segundo do momento deles. Então, um por um, todos os jogadores no campo se ajoelharam diante do colega de time, alguns atrás de Dylan e Chris, outros à direita deles.

Antes de os gritos começarem, corri na direção do início do túnel, parei rapidamente e me alinhei à esquerda de JP para poder ter Dylan bem no meio da minha foto. Me concentrei na expressão dura, suada e inflexível de Dylan e tirei a foto que se tornaria uma das minhas fotos preferidas.

Quando tudo parou, eu ainda estava parada exatamente no mesmo lugar, enraizada.

Dylan se levantou e foi até seu amigo. Sussurrando alguma coisa no seu ouvido, com cuidado, puxou JP para si e eles se abraçaram daquele jeito masculino. Eu estava tendo bastante dificuldade em conter minhas lágrimas. Quando o resto do time ficou em volta do colega de time machucado, inclusive Chris, os olhos azul-escuros de Dylan encontraram os meus, me perfurando.

Conforme ele saiu da multidão, lentamente baixei a câmera e o vi vir na minha direção, sem nossos olhos perderem contato. Ele completou a distância entre nós em pouco tempo. Quando estava bem diante de mim, eu o encarei, observando o quanto ele estava sem fôlego. Além disso, podia sentir minhas mãos tremendo bem levemente enquanto tentava não perder o sorriso que tinha aberto no rosto.

Acalme seus peitos, Zoe. Não é nada mais do que a adrenalina. Ele ainda é seu amigo.

— Quem é ele? — Foram as primeiras palavras que saíram da sua boca.

Meu sorriso diminuiu.

— O quê?

— O número quatro.

Devo ter parecido tão perdida quanto me sentia, porque ele não esperou uma resposta antes de continuar.

— Trevor Paxton... você estava nos braços dele.

Rindo, relaxei e o sorriso curvou meus lábios para cima de novo. Eu estivera certa — ele *estava* com ciúme. Só a percepção disso já acalmou alguma coisa no meu peito.

— Meu amigo de Phoenix. Crescemos no mesmo bairro, fomos para a mesma escola de Ensino Médio e tudo. Estritamente amigos.

Com minhas palavras, seus ombros se abaixaram um pouco.

— Certo. Certo, que bom.

Assenti rapidamente e tentei não sorrir. Sim, era bom.

Seus olhos perfuraram os meus e sua mandíbula ficou tensa.

— Você não está desviando o olhar. Por que não está desviando o olhar?

Ignorei suas palavras e perdi a batalha contra meus lábios. Sorri amplamente, mostrando os dentes e tudo.

— Você foi incrível, Dylan, incrível pra caramba. — Parado diante de mim com aquelas ombreiras, ele parecia tão intimidador, tão grande.

Seu cenho franzido amenizou totalmente e ele abriu um sorriso de moleque.

— É?

Meus olhos baixaram para seus lábios por alguns segundos conforme eu absorvia aquele sorriso lindo e surpreso — outro para adicionar à lista.

Queria que ele fosse meu, pensei ao erguer os olhos de volta.

Sorri ainda mais, se é que era possível.

— É.

Um dos técnicos passou correndo por nós, interrompendo nossa conversinha. Dylan segurou meu braço e me empurrou para atrás alguns passos até eu estar quase contra a parede, nos aproximando mais.

— Agora entendo toda a animação — continuei antes de ele poder dizer qualquer coisa. — Me sinto meio zonza, como se estivesse bêbada do jogo. Vocês foram incríveis. — Outro vitorioso... ou perdedor, dependendo do ponto de vista... sorriso para mim. — Admito que não sei praticamente nada sobre futebol, e só assisto na TV por, no máximo, vinte minutos e já fico entediada, mas foi diferente estando aqui. Não sei se você chamaria de divertido, já que você que está sendo perseguido e, de vez em quando, derrubado, mas eu adorei. Não gostei de te ver sendo derrubado daquele jeito, claro, mas sabe o que quero dizer. Foi quase melhor do que ver você malhar na sala... quase. — Parei para respirar. Eu estava embasbacada, e não me importava que ele visse aquela minha expressão. — Quero fazer tudo de novo, agora mesmo. Você foi ótimo mesmo, Dylan.

O azul-escuro dos seus olhos brilhou com uma emoção que não consegui identificar.

— Já falou isso, Flash — ele murmurou, sua voz grossa provocando um calafrio pelo meu corpo.

Engoli em seco e mexi a cabeça para cima e para baixo, porque estava com dificuldade em pensar em mais palavras, e sim, já tinha falado isso — algumas vezes, na verdade. Meu cérebro estava me dizendo que era hora de ir antes de eu começar a falar sem parar.

Quando Dylan olhou por cima do ombro em direção ao campo, também olhei naquela direção. Alguns dos seus colegas de time já tinham ido para o vestiário.

— Deveria te avis...

Parei de falar quando a mão enluvada de Dylan — sua mão *enorme* enluvada — segurou meu rosto e o inclinou com delicadeza. O mundo à minha volta parou, e eu congelei. Juro para você que vi seus olhos analisaram meu rosto em câmera lenta.

— Gosto de ter seus olhos em mim, Zoe.

Consegui forçar um sorriso nervoso. Seu polegar se mexeu na minha bochecha, me deixando... basicamente sem ação por completo.

Esquecendo de mim mesma, esquecendo de onde estávamos, sussurrei:

— Gosto de observar você.

Sua língua apareceu e tocou seu lábio inferior.

— Eu sei.

Oh, Dylan, por que você fez isso?

— Quis dizer que gosto de observar você, tipo, *gostei* de observar você jogar esta noite. Não quis soar como se estivesse observando você quando não está jogando. Definitivamente, não o observaria se estivesse apenas parado ali ou, sei lá... não o observaria quando estivesse malhando e nunca o observaria se estivesse...

— Sabe por que gosto de observar você?

A pergunta me fez calar rapidamente, o que, provavelmente, foi o melhor; quem sabia o que mais eu poderia falar?

— Porque não consigo tirar os olhos de você. Todo o resto... tudo desaparece e...

E... E...

— E?

Tentei ao máximo não parecer ansiosa por sua resposta — ou vamos dizer não parecer ansiosa *demais*, porque não havia como ele não saber que eu estava bastante interessada e envolvida em saber o que ele estava prestes a dizer.

Ele respirou pesadamente e resolveu não terminar essa frase em particular. Eu vira nos seus olhos uma leve mudança — estava lá e sumiu.

Droga!

— Não sei o que vou fazer com você, Zoe. Está me deixando absolutamente maluco pra caralho. Primeiro Jared, e agora esse Trevor.

Como é?

Com seu peito ainda subindo e descendo rapidamente, e parecia que ele queria falar mais, porém só encarou meus olhos.

Quando começou a ficar demais para mim — quero dizer, sou uma humana frágil, afinal —, tentei pigarrear como um início para sair dali, mas alguma coisa — provavelmente ar — ficou presa na minha garganta e provocou uma tossezinha, me obrigando a soltar a mão dele.

— Desculpe — disse, ofegante, quando consegui respirar de novo.

Cada vez mais jogadores estavam seguindo para o vestiário. Alguns deles batiam nas costas de Dylan com comentários, como: "Boa pegada, cara" e "Você foi bem, *bro*". Alguns só sorriam.

Ele se distanciou um pouco de mim, recuando, mas seus olhos se demoraram nos meus lábios.

— Vai acontecer em breve, sabe? Me pergunto se está pronta para isso, porque estamos quase lá. Consigo ver nos seus olhos, e você vai perder, Zoe, exatamente como eu sabia que iria.

— O quê? Quase onde? Perder o quê?

— A aposta — ele explicou com calma. — Você vai me beijar e perder a aposta. Não vai conseguir se conter.

Erguendo os cantos dos lábios, ele sorriu para mim de forma brincalhona.

— Oh, não vou, é? Bastante modesto você.

— É. — Ele deu de ombros. — Então deveria desistir, descomplique as coisas que precisa descomplicar. Se há... mais coisa que eu não saiba e você não possa fazer isso por algum motivo zoado, me conte. Vou descomplicar para você. Gosto dessa expectativa com você, Flash, não mentir sobre isso, mas...

— Ei, Dylan. Vai vir ou não? — Minha cabeça se moveu para a direção do som e vi Chris e JP esperando meu colega de casa oh-bem-modesto.

— Vão na frente, já estou indo — ele gritou de volta.

Vi seus amigos balançarem a cabeça e se afastarem. Quando olhei de volta para Dylan, ele estava me analisando de perto. Por um breve instante, pensei se Mark tinha nos visto parados assim, no entanto, não dava a mínima para isso, não naquele instante, pelo menos. Se houvesse repercussões, tais como ele gritar comigo por nenhum bom motivo... *Bem, foda-se ele.*

— Precisamos conversar, Zoe. Logo. Precisamos conversar e resolver as coisas.

— Ãh, resolver o quê? — perguntei, distraída por seus lábios se movendo.

— A coisa que você precisa descomplicar.

Olhei para cima nos seus olhos de novo; havia uma tempestade se formando ali.

— Está me deixando louco — ele continuou.

Como a idiota que sou, apenas o encarei. O que eu poderia ter dito?

Alguém trombou nas costas dele, fazendo-o perder o equilíbrio e se apoiar na parede atrás de mim. Ele murmurou algo baixinho e olhou por cima do ombro antes de olhar para mim.

— Vai acontecer.

Ele estava correndo para longe antes de eu sequer ter a chance de assentir ou abrir a boca.

— Estou te falando, a qualquer hora agora — ele gritou uma última vez antes de desaparecer da minha vista.

Segundos mais tarde, Mark e sua comitiva passaram por mim sem nem perceber que eu estava parada ali. Se tivesse acontecido quando estávamos em LA — na verdade, *tinha* acontecido no campus mais do que umas vezes, e em cada ocasião dessa, senti que eu não era nada além de um estorvo quando ele olhava através de mim, porém, desta vez, eu não poderia ter me importado menos. Ele era a menor das minhas preocupações.

CAPÍTULO DEZESSETE
DYLAN

Conforme as semanas passaram em um borrão, estava ficando cada vez mais difícil manter os olhos e as mãos longe de Zoe. Com tudo acontecendo com JP e sua recuperação, com exceção de Chris, ela era a única pessoa com quem eu tinha interesse em passar um tempo. Por mais que ser amigo dela tinha sido uma piada para mim desde aquele primeiro dia que ela me atacara, bem nua depois de sua toalha tê-la deixado na mão, ela realmente acabara sendo exatamente isso.

Minha amiga.

Minha amigona... que eu queria foder toda hora.

Toda vez que seu braço encostava no meu sem querer conforme passávamos um pelo outro no corredor ou na cozinha, toda vez que ela olhava para mim e sorria, todas aquelas noites em que nos sentamos em lados opostos do sofá e assistimos a um filme no seu laptop... toda vez que ela saía do seu quarto com olhos sonolentos, pernas lisas e aquela bunda perfeita que eu sempre olhava quando ela se esticava para pegar uma tigela de um dos armários e fingia não me observar enquanto eu fazia meus exercícios matinais bem diante dela enquanto tomava seu café da manhã... toda vez que trombávamos um no outro enquanto íamos para o banheiro escovar os dentes, os olhos sonolentos, as vozes roucas... toda vez que ela abria o armário que tinha seus M&M's preciosos e passava alguns segundos encarando-os por sabe lá Deus o motivo... toda vez que eu a pegava entrando no apartamento na ponta dos pés para que a srta. Hilda não a flagrasse... toda vez que ela me olhava por mais do que alguns segundos... você sabe aonde quero chegar com isto?

Parecia que, toda vez que ela respirava, eu ficava duro só de ver seu peito subir e descer, minhas mãos coçavam para tocar sua pele, seus lábios, seu pescoço, seu queixo, suas mãos, suas pernas, sua bunda deliciosa. Ela estava me matando lentamente e, por tudo que eu sabia sobre ela, ela não tinha uma única pista do que estava fazendo.

Toda vez que a via, eu tinha cada vez mais dificuldade em me lembrar do porquê não poderia ficar com ela. Enquanto eu estava ficando louco por ela, dia após dia, ela ainda estava saindo com ele. Disse a mim mesmo que não era possível, que eu estava exagerando, mas todos os pequenos sinais estavam lá. Só porque eu torcia para estar errado, torcia para isso acabar qualquer dia, não mudava o resultado ou os fatos. Ela tinha alguma coisa com o técnico, e estava afetando minha cabeça como nada nunca tinha afetado em toda a minha vida. Não acreditava que as famílias deles eram amigas. Não sabia no que acreditar, porém não acreditava nisso. Não conseguia imaginar Zoe ficando com ele; ela não era esse tipo de garota, ainda assim...

Além de tudo, eu mal tinha tempo para fazer qualquer coisa. Ou estava fazendo um trabalho ou na sala de musculação, sendo massacrado por nossos treinadores. Não ajudava o fato de eu estar guardando um segredo de Chris, talvez vários. Oh, ele sabia que seu pai estava saindo com alguém de novo — ele havia me contado uma semana antes —, mas eles sempre sabiam quando o pai dele estava tendo um caso. O que ele não sabia era que o apartamento em que eu estava ficando, na verdade, era do seu pai, e não sabia que Zoe também estava ficando no apartamento do seu pai. Ele não fazia ideia de tudo o que significava.

Haviam se passado semanas desde que Zoe tinha fotografado nosso jogo em outra cidade, desde que eu a vira com outro cara e chegara perto de me descontrolar na frente de todo mundo. Ainda não tínhamos nos sentado e tido nossa conversa. Em alguns dias, pensava que ela estava me evitando de propósito; em uns, simplesmente não tínhamos tempo; e, em outros, eu só queria me sentar ao seu lado no chão, em frente ao sofá, e apenas jantar enquanto conversávamos sobre nada em particular. O Dia das Bruxas tinha passado, nós havíamos perdido e vencido mais alguns jogos em casa e em outra cidade, e essa coisa louca que eu estava começando a sentir por ela não iria a nenhum lugar, apesar das circunstâncias.

Eu não dava mais a mínima para o quanto era errado mexer com a garota de outro porque não conseguia aceitar o fato de que ela realmente era a garota de outro — se fosse, eu era o maior idiota do mundo por começar a me apaixonar por minha amiga — ou ela tinha uma situação bem zoada e esquisita com meu técnico. Se fosse esse o caso, eu estava pronto para consertá-la.

O único ponto positivo de me sentir extremamente frustrado por morar com a garota que eu pensava que deveria estar comigo e não com algum outro desgraçado era que eu dava mais duro do que nunca na vida. Todos os meus treinadores estavam impressionados. Chris e eu estávamos em perfeita sincronia no campo, e eu estava dando o meu máximo. O sonho que tivera desde quando nem conseguia me lembrar de ter iria se tornar realidade. Eu deixaria minha família orgulhosa.

Após uma sessão pesada de musculação com um dos treinadores que estava me ajudando a me preparar para a seleção no fim de fevereiro, fui para casa, esperando ver Zoe. Sabia sua agenda de cor e, se ela não tivesse programado um trabalho de fotografia no último minuto, eu sabia que ela chegaria em casa logo depois de mim. Desde o jogo em outra cidade, ela tentava ao máximo não ficar sozinha comigo por tempo demais se pudesse evitar, mas morávamos no mesmo apartamento. Ela dormia, literalmente, a passos de mim, então não poderia fugir tanto — não que eu realmente acreditasse que ela estava tentando ao máximo.

Pensei em parar na sua pizzaria preferida para surpreendê-la, porém mudei de ideia e resolvi esperar que ela chegasse em casa e, então, a convenceria a sair para comer pizza. Na minha cabeça, parecia um plano muito melhor.

Só que não.

Percebi isso quando cheguei ao nosso andar e encontrei Vicky me esperando em frente à porta do apartamento.

Ficando congelado no topo das escadas, e pensei que mataria JP se fosse ele que tivesse contado a ela onde eu estava. Vicky ergueu a cabeça do seu celular quando ouviu meus passos e se empurrou da parede.

— Dylan, eu...

— Que porra está fazendo aqui?

Ela guardou o celular no bolso de trás, deu um passo na minha direção e, então, parou.

— Quero conversar com você, só esta vez. Por favor, Dylan.

Me descongelei e passei por ela para abrir a porta.

— Não temos nada para conversar. Não deveria ter vindo aqui, Victoria.

Olhei por cima do ombro e a vi se encolher discretamente pelo fato de eu usar seu nome inteiro.

Ela ergueu as mãos, depois as baixou para as laterais do corpo.

— Bem, que pena. Você não está respondendo minhas mensagens nem atendendo minhas ligações, então não vou me mexer nem um centímetro até falar comigo.

Conforme sua voz começou a se erguer cada vez mais, minha cabeça voou para a direção da porta da srta. Hilda. Normalmente, a mulher rabugenta teria saído no segundo em que ouvisse alguém subindo as escadas, sem falhar, mas não havia sinal dela no momento, e pensei se ela estava nos observando pelo olho mágico.

Ignorando Victoria, abri a porta e joguei minha bolsa para dentro antes de encará-la de novo.

— Não tenho motivos para retornar suas ligações, Victoria. Faz meses. Não há nada a dizer.

Tendo falado tudo sobre o assunto, tentei fechar a porta na cara dela, porém ela foi mais rápida e bateu a mão nela a fim de me impedir. O som ecoou nas paredes, e a srta. Hilda, que, por um motivo desconhecido, não soubera o que estava acontecendo bem diante da sua porta, definitivamente teria ouvido aquele barulho e, logo, sairia para investigar.

— *Eu* tenho coisas a dizer — ela declarou, erguendo o queixo ao encontrar meu olhar.

— Victoria... vá embora — disse por entre dentes cerrados, e ela foi bastante esperta e percebeu o quanto eu estava perto de me descontrolar com ela. Abandonou sua postura brava e recuou um passo, voltando a agir de forma inocente.

— Vou embora. Prometo que vou. Só quero conversar, Dylan, só uma vez, então, se você não quiser, nunca mais me verá. Só quero me desculpar.

Uma chave fez barulho, sinalizando que era tarde demais para me livrar de Victoria sem um incidente que demoraria ainda mais para resolver. Em breve, a srta. Hilda sairia depois de destrancar a porta, exigindo saber o que estava havendo, e eu não tinha tempo para aquela mulher.

Sem opções, balancei a cabeça.

— Entre.

Victoria entrou. Assim que fechei a porta depois de ela entrar, a porta da srta. Hilda se abriu, rangendo.

Passando por minha ex-namorada, fui direto para a área da cozinha.

— Seu tempo acaba quando eu ouvir a porta da vizinha se fechar. — Apertei as mãos no balcão e senti necessidade de repetir. — Não preciso da sua desculpa. Vou ouvir, só porque me obrigou, mas não tenho nada a dizer para você. Pensei que já tivesse deixado isso claro quando flagrei você sendo fodida por meus colegas de time.

— Você ainda está bravo... não enxerga o que isso significa? — ela perguntou, vindo na minha direção.

— Que porra você acha que significa? — retruquei.

— Se está bravo, significa que ainda se importa. Sei que magoei você, Dylan. Acredite em mim, me encontrar naquela noite, me ver daquele jeito... doeu mais em mim do que em você e...

— Está me zoando?

— Sinto muito que você teve que ver aquilo... não faz ideia do quanto... mas foi só uma vez. Nem sei como aconteceu. Em um minuto, eu estava esperando você no andar de cima e no outro vi mis...

Quando ela deu a volta no balcão para ficar ao meu lado, me endireitei e me afastei.

— Acabamos aqui.

— Espere, Dylan. — Ela me alcançou e segurou meu braço. — Só queria ver você para me desculpar, ok? Você nem me deixou fazer isso.

Olhei para a mão dela, que ainda estava no meu braço, e encontrei seu olhar com clareza. Ela me soltou e deu um passo para trás.

— Você estava tão ocupado. Primeiro, eram as aulas de verão, depois foi... Não transávamos há duas semanas e você estava...

— Eu estava no treinamento de outono, Victoria. Mal conseguia me arrastar para casa no fim do dia.

A mão dela pousou no meu antebraço de novo e ela deu um passo para mais perto.

— Eu sei. Eu sei, e deveria ter sido mais compreensiva. Sei disso agora, mas não foi como se tivesse planejado...

Ouvimos uma chave na fechadura, e Victoria se inclinou à minha direita para ver além de mim.

— Você sabia que um cavalo-marinho... o macho, aliás, no caso de não saber... dá à luz mais de dois mil filhotinhos? Dá para imaginar? São dois *mil*. Acabei de ver um vídeo no Instagram e...

Olhei por cima do ombro e vi Zoe congelada com a porta aberta.

Seus olhos pularam entre mim e Victoria conforme ela pigarreou.

— Oi. Desculpe, espero não estar interrompendo.

Como eu tinha começado a fazer toda vez que ela entrava no cômodo, eu a analisei. Seu cabelo estava bagunçado e eu sabia que ela tinha acabado de soltá-lo de um coque desleixado na nuca; ela queria tirá-lo do rosto quando estava tirando fotos. Estava com aquelas botas marrons sexy que faziam meu pau latejar por algum maldito motivo, calça jeans justa que fazia mais coisas ao meu pau do que apenas latejar quando eu via sua bunda nela e, como sempre, uma camiseta branca simples, que tinha alguma coisa escrita na frente, debaixo do cardigã vinho do qual ela parecia não se separar ultimamente.

Zoe virou as costas para nós a fim de tirar a chave da fechadura, e meus olhos baixaram para a curva da sua bunda. Antes de eu conseguir tirar os olhos dela, ambas falaram.

— Quer que eu vá embora, Dylan? Talvez possamos conversar mais tarde — Victoria sussurrou ao meu lado.

— Eu não sabia que você tinha visita. Talvez seja melhor eu ir embora e... — Zoe falou por cima de Victoria.

— Sim, vá embora — me apressei a dizer com a voz estável. Com um franzido no meu rosto, vi os olhos de Zoe se arregalarem conforme seu rosto se enrugou.

— Só vou deixar isto aqui — ela murmurou com a voz baixa e, quando me virei totalmente para ver do que estava falando, ela já tinha deixado a bolsa da câmera ao lado da porta e a estava fechando. A única coisa era que... ela estava do lado errado da porta.

— Acho que ela não entendeu que você estava falando comigo.

Ignorando a presença de Victoria, me apressei até a porta, mas não havia sinal de Zoe quando a abri, só o som dos seus passos correndo.

Fechei a porta com a raiva mal controlada e me virei para Victoria.

— Saia.

— Não sabia que você estava ficando com alguém, Dylan. Me desculpe, realmente não quis...

Olhei desafiadoramente para ela.

— Victoria, saia. Por favor.

— Perguntei aos garotos, e eles me disseram que você não estava saindo com ninguém. Desculpe. Sei que não vai acreditar em mim, mas não vim aqui para causar problema. Só queria...

— Que porra você queria, Victoria? Falou que veio se desculpar, e se desculpou. Agora pode ir embora. Não preciso ouvir você dizer que está conversando com os caras.

Ela balançou a cabeça e ergueu as mãos.

— Oh, não, não quis dizer isso. Quis dizer seus colegas de time, não Max e Kyle. Conversei com seus... outros colegas de time.

Era como se ela não estivesse ouvindo uma palavra do que eu estava dizendo, e eu precisava que ela desse o fora, tipo, ontem.

— Posso conversar com sua namorada, explicar.

— Ela não é... — *Minha*, pensei. Ela ainda não era minha, mas isso iria mudar. Eu estava cansado de esperar. — Ela é minha amiga, e você não vai falar uma única palavra com ela.

Ou ela finalmente viu o quanto eu estava bravo e tenso ou ouviu isso na minha voz, porque deu alguns passos para trás e olhou para mim com tristeza.

— Você está muito bravo.

— Victoria — rosnei, minha mão praticamente balançando a maçaneta da porta com fúria. Precisava ir atrás de Zoe, não ficar ali e satisfazer minha ex.

— Acho que é melhor eu ir embora.

— Você acha? — perguntei, desacreditado.

Fechando os olhos, coloquei os ombros para trás a fim de relaxar. Não ajudou.

Abrindo a porta, esperei que ela passasse por ela. Em vez de ir embora logo, ela saiu e me encarou.

— Só precisava que você soubesse que sinto muito e... sinto sua falta, Dylan. Estamos na faculdade e cometi um erro e...

— Agora eu sei — eu a interrompi e fechei a porta na cara dela.

Abaixando-se, peguei meu celular da minha bolsa e liguei para Zoe.

Tocou e tocou, mas ela não atendeu. Estava com ela, eu tinha certeza. Enviando uma mensagem rápida, não esperei que ela ligasse de volta. Havia uma boa chance de ela ter interpretado errado a presença de Victoria e estar ignorando qualquer ligação e mensagens minhas.

Chutei minha bolsa, que deslizou na direção da sala de estar.

— Droga!

Passando a mão na cabeça, liguei para Jimmy.

Ele atendeu no segundo toque.

— É o Jimmy. Fale.

— Jimmy, sei que meu turno começa em duas horas, mas não vou conseguir ir esta noite. É... coisa do futebol.

— Você sabe que é sábado, certo? Preciso de você aqui, cara.

— Eu sei, e peço desculpa, mas apareceu bem de última hora. Não posso faltar nisso. Juro que vou recompensar você. Não fui escalado para amanhã, mas vou para ajudar. Vou no meio da semana também.

Ele soltou um longo suspiro que se misturou com a música de fundo.

— Certo, certo... mas não pode me deixar na mão amanhã.

— Não vou. Estarei aí. Obrigado, Jimmy.

Minha próxima ligação foi para Chris.

— E aí?

— Você tem o telefone do *fullback*[6] que jogou no nosso primeiro e segundo anos? Sabe, aquele que foi transferido?

— Está falando do Tony?

— Sim, esse mesmo. Você tem?

— Deixe-me ver. O que está havendo?

— Preciso perguntar uma coisa para ele.

— Oh, valeu, isso explica bastante. Espere... certo, tenho, sim.

— Que bom. Mande para mim.

— Vai me dizer o que está havendo?

— Depois. Mande para mim.

Saí antes de ele me enviar o número por mensagem. Se eu mesmo tivesse pegado o número da amiga de Zoe dois anos atrás, teria sido bem mais fácil descobrir para onde ela tinha ido, mas eu não pegara. Mesmo se fosse uma chance remota, Tony poderia ter o número da garota com quem ele saíra por quase um ano antes de ser transferido, e eu tinha quase certeza de que aquela garota teria o número de Kayla. Era minha única chance. Claro que eu poderia ter esperado que ela voltasse para o apartamento, mas isso poderia levar horas, e ela teria passado essas horas pensando em alguma coisa que eu não queria que ela pensasse. Não era

---

6 Posição ofensiva do futebol americano. (N.E.)

uma escolha que eu considerava nem por um segundo.

Meu celular apitou com uma nova mensagem ao mesmo tempo em que saí do prédio.

Era meu dia de sorte. Depois de conversar com Tony, peguei o telefone da garota, cujo nome, aparentemente, era Erica. Depois, liguei para Erica e pedi o número de Kayla.

A voz do outro lado da linha atendeu timidamente.

— Alô?

— Kayla? — perguntei, sem saber se era o número certo ou não.

— Humm, sim? Quem é?

— É o Dylan, o... — O que eu era para Zoe? — Amigo da Zoe... colega de casa dela. Desculpe incomodá-la, mas estou tentando encontrar Zoe, e ela não está atendendo minhas ligações. Você tem ideia de onde ela está?

— Só um segundo — ela sussurrou.

Houve um farfalhar, uma porta se abrindo e fechando, então ela estava na linha de novo, sua voz mais alta do que estivera antes.

— Ela me enviou mensagem há alguns minutos. Por que quer saber onde ela está? Está acontecendo alguma coisa?

— Não. Só preciso vê-la.

Esperei no silêncio.

— Certo. Não sei o que está havendo, mas espero que você não me faça me arrepender disto.

— Por favor — forcei.

— Estou indo para uma festa na fraternidade do meu namorado. Ela me enviou mensagem perguntando se poderíamos nos ver, então falei para ela me encontrar lá em uma hora, mais ou menos. Não sei para onde ela vai se não for para casa.

— Onde é a festa?

CAPÍTULO DEZOITO
DYLAN

Quando entrei na fraternidade lá pelas dez da noite, já havia copos vermelhos descartáveis espalhados pelo chão e o ar fedia a suor, cerveja e a pior mistura de perfumes — bem característico das festas de faculdade. Só alguns passos e já pude ver os corpos prensados um no outro na pista de dança. Passei pelas poucas pessoas que estavam paradas na porta, casualmente conversando ao gritar um para o outro por cima da música, e comecei a olhar em volta. Pulando a pista de dança, procurei em cada centímetro da casa, incluindo os quartos superiores. Zoe não estava em nenhum lugar, nem a amiga dela, Kayla.

Torcendo para, talvez, elas simplesmente ainda não terem chegado, dei outra olhada no primeiro andar, depois fui para o porão. Felizmente, a música não estava alta o suficiente para fazer meus ouvidos sangrarem, mas eu sabia que teria dor de cabeça na manhã seguinte.

Festas de fraternidade nunca são uma boa ideia se você estiver sóbrio e cansado durante a coisa toda.

Avistando alguns colegas de time ao descer, precisei parar para trocar uns cumprimentos. Quando vi Zoe sentada em um sofá verde feio no canto perto de uma partida de *beer pong*, consegui respirar com mais facilidade e pensar de novo. Ela estava sentada ao lado de Kayla, que estava de costas para mim, e elas estavam conversando em tons que pareciam sussurrados — o mais sussurrados que conseguiam naquele tumulto com todo mundo gritando ao ver os campeões do *beer pong*.

Quando eu estava na metade do caminho até elas, Zoe finalmente me viu e nossos olhos se encontraram do outro lado do cômodo. Alguém encostou no meu ombro e tentou me impedir de chegar até ela. Me virei para o cara com uma careta e ele recuou.

— Desculpe, cara. Só queria parabenizar por um jogo incrível pra caralho ontem.

— Valeu — murmurei e ergui o queixo para ele, já me afastando.

Afastando as poucas pessoas paradas no meu caminho, finalmente cheguei em Zoe.

Sem parar ou interromper um dos nossos raros períodos de contato visual estendido, me inclinei e segurei a mão dela, puxando-a com facilidade.

— Zoe! — Kayla gritou, segurando seu braço esquerdo.

— Preciso conversar com ela — expliquei, antes de começarmos a jogar cabo de guerra e Zoe poder intervir. Não queria que ela tivesse um jeito de fugir.

Depois de Zoe assentir cautelosamente para sua amiga, Kayla, com relutância, a soltou. Peguei o copo vermelho meio cheio da sua mão livre e o coloquei no meio da mesa de *beer pong*. Ignorando os protestos resmungados, levei-a na direção da escadaria, que tinha um pequeno lugar privativo diretamente atrás dela.

Pisei em alguma coisa grudenta que me fez parar, mas, quando vi que não era vômito, ignorei e continuei andando. Puxando Zoe para perto da parede, onde a música estava levemente abafada, analisei o rosto dela. Com seus olhos grandes e vulneráveis, ela parecia muito insegura. Cuidadosamente, ela tirou a mão da minha.

— Você foi embora — comecei, e pude ouvir o quanto minha voz soava rude.

Ela pareceu pega de surpresa, mas mesmo assim respondeu.

— Sim, porque você me falou para ir.

— Não. Falei para *ela* ir embora.

— Você estava olhando diretamente nos meus olhos quando falou. Está tudo bem, Dylan. Você pode levar amigos para casa. Eu não deveria ter... Espero que não tenha interrompido...

Me aproximei e ela recuou.

— Está falando sério?

Seus olhos ficaram maiores ainda.

— O quê?

— *Espera* que não tenha interrompido?

Suas sobrancelhas se uniram em confusão.

— Sim?

— Está brincando comigo, Zoe? Porque não consigo acreditar que você pode ser tão sem noção. Não pode ser.

— Não estou fazendo nada. Você está bravo comigo por algum motivo, e acho que só vou voltar para Kay...

Quando ela se virou de costas para mim, segurei seu pulso por trás e a puxei de volta para o meu peito. Após o grunhido inicial, ela ficou parada. Graças àquelas botas de que eu gostava tanto, sua cabeça quase alcançava meu queixo.

Inclinando minha cabeça, inspirei fundo seu cheiro doce e tentei me acalmar. Seus ombros ficaram tensos.

— Não pode ser tão sem noção — repeti em um sussurro contra sua orelha, percebendo o leve tremor do seu corpo. Sua cabeça virou, apenas um discreto movimento. Olhei para baixo e vi sua mão segurando a ponta do seu cardigã, então peguei seus dedos e os entrelacei com os meus, ignorando o quanto ela estava tensa.

— Dylan, eu...

— Só quero que me escute, só uma vez. É isso, Zoe. Chega. — Segurando sua outra mão, fiz a mesma coisa e envolvi nossos braços em volta da sua barriga. Sua mão esquerda apertou a minha com força, mas ela não tentou se soltar.

Me aproximei os poucos últimos centímetros que nos separavam ao puxá-la contra o meu peito.

— Dylan, tem pesso...

— Está escuro, e ninguém consegue nos ver aqui atrás — murmurei em uma voz amarga.

Seu alerta me ajudou a me lembrar exatamente por que eu não poderia e nem deveria abraçá-la assim, nem em um canto escuro de uma festa onde ninguém se importava com nada além da sua bebida e de quem iria levar para a cama ou qualquer superfície plana que pudessem encontrar.

— Não me peça para soltar, por favor. Não posso.

Ela ficou quieta, então a apertei na cintura como um agradecimento e suspirei. Apoiando a testa no seu ombro, inspirei fundo. Lentamente, como se ela tivesse medo de me assustar, descansou a têmpora contra a lateral da minha cabeça, e alguma coisa dentro de mim se desfiou, e meu sangue ferveu.

Eu não conseguia. Não conseguia mais ficar longe.

Meus dedos se apertaram em volta dos dela ao ponto de eu saber que devia estar machucando-a, ainda assim, ficamos parados desse jeito por muitos segundos.

Erguendo a cabeça, me certificando de que nossas têmporas ficassem conectadas, comecei a explicar com o que ela tinha se deparado antes de sair correndo.

— Cheguei em casa apenas alguns minutos antes de você, e ela estava esperando na porta. Falei para ir embora, mas ela continuou insistindo que queria conversar comigo.

O corpo de Zoe se enrijeceu contra o meu. Sem fazer ideia do que eu poderia fazer, do quanto poderia passar do limite invisível que existia entre nós, me inclinei mais contra a parede para me impedir de fazer alguma idiotice e me limitar a acariciar apenas a curva de onde seu polegar e seu indicador se encontravam.

— Antes de eu fazê-la ir embora, ouvi a srta. Hilda destrancar a porta, então tive que deixá-la entrar. Quando você chegou, ela só estivera lá por poucos minutos.

— Quem é ela? — Zoe sussurrou, com a cabeça inclinada para o lado, os olhos meio fechados, sua respiração irregular.

Bufei e me aconcheguei na sua têmpora.

— Victoria, minha ex. Eu não tinha nada para falar para ela, juro, e, quando você chegou, ela perguntou se eu queria que ela fosse embora ao mesmo tempo que você. Nem pensei, só falei que sim. Não achei que você fosse entender errado. Não achei que fosse embora.

Não houve reação por longos segundos, mas ela também não estava saindo.

— Eu ia pedir pizza para você antes de ir trabalhar no Jimmy — murmurei no seu ouvido quando os gritos vindos da sala ficaram mais altos e se misturaram à música.

Sua cabeça se inclinou mais, oferecendo mais para mim conforme a parte de trás da sua cabeça se apoiou no meu ombro.

Porra.

Ela murmurou alguma coisa, mas não consegui ouvir, então me inclinei até sua boca estar bem ao lado da minha orelha.

— Eu amo pizza — ela repetiu, e tive que fechar os olhos porque seus lábios tinham roçado na minha pele, quase me deixando incapacitado.

— Sei que ama... você fala isso só todos os dias. — Sorri aliviado e dei um beijo demorado na sua bochecha que surpreendeu nós dois.

Lentamente, ela ergueu a cabeça do meu ombro. Com relutância, soltei suas mãos e nossos braços baixaram. Eu não fazia ideia do que estava fazendo, e temia que estivesse longe demais para me impedir quando se tratava de qualquer coisa envolvendo Zoe.

Pigarreando, continuei, e desta vez tentei falar mais alto para não precisar falar diretamente no seu ouvido. Quanto mais perto ficávamos, mais perigoso era.

— Corri atrás de você, mas você já tinha desaparecido, e não quis deixar Victoria no apartamento. Mandei-a embora menos de um minutos depois, então fui atrás de você.

Virando-se para me encarar, ela olhou para cima, diretamente nos meus olhos.

— Como sabia onde eu iria estar?

— Liguei para Chris e peguei o número de telefone do cara que saiu com a amiga de Kayla na época em que a conheci. Então, depois de mais algumas ligações, consegui o número de Kayla. Ela não te contou? — Ela mordeu o lábio e balançou a cabeça. Sem conseguir me impedir, ergui a mão e segurei sua bochecha, puxando seu lábio com o polegar. — Eu não sabia onde você estava, então precisei esperar uma hora até vir aqui.

— Fui comer pizza — ela disse com um sorriso hesitante nos lábios.

Soltando seu rosto, joguei a cabeça para trás, me apoiando na parede, e dei risada, relaxando um pouco.

— Claro que foi — falei, quando consegui olhar para ela de novo.

Ela ergueu um ombro e olhou para mim.

— Comida me faz feliz, principalmente pizza.

Quando nenhum de nós emitiu uma palavra, apenas ficou olhando nos olhos um do outro, meu sorriso desapareceu lentamente e me endireitei da parede.

Ao mesmo tempo, a música parou e só havia gritos e vaias.

— Zoe...

Ela foi rápida demais para desviar o olhar e me dar as costas.

— Acho que Kayla não está bem. Tem alguma coisa errada, é melhor eu voltar...

Segurei sua mão por trás, já que isso a tinha impedido de sair da última vez.

Não poderia deixá-la ir, ainda não. Aquele nosso cantinho, nos fornecendo abrigo, era o que eu estivera desejando por semanas, e não estava pronto ou com vontade de deixar isso acabar tão rápido ou facilmente.

— Dez minutos — pedi. — Apenas mais dez minutos para sentir isto.

Quando dei um puxão gentil na sua mão, ela não discutiu nem tirou a mão. Em dois passos, ela estava de volta nos meus braços e eu a estava abraçando ainda mais forte no meu peito. Ela pareceu não se importar e querer se soltar, pelo menos, não por mais uns dez minutos.

Do jeito que meu coração estava martelando no peito, pensei que nunca tinha ficado tão ansioso na vida. Era o mesmo tipo de adrenalina que sentia no campo.

— Dylan — Zoe murmurou quando as costas da minha mão roçaram a parte de baixo do seu seio e sua cabeça apoiou no meu ombro de novo.

Abracei-a mais forte.

— Me escolha, Zoe. — As palavras saíram apressadas antes de eu conseguir me impedir.

Seu aperto aumentou reflexivamente em volta das minhas mãos com minhas palavras conforme suas pálpebras se fecharam devagar.

— Largue-o — continuei. — Estou bem aqui e quero você, então, caramba... Não sei o quanto mais consigo aguentar. Toda vez que te vejo com um cara... só quero arrancar a cabeça dele por encostar em você, por olhar para você, por ficar perto de você quando eu não posso. O cara do jogo de Tucson? Nunca joguei de forma tão agressiva. Tudo que eu queria era derrubá-lo. Você está me deixando louco, e nunca tive tanto ciúme de alguém na vida. — Pausei. — Preciso que o deixei ir, Zoe. O que quer que seja que haja entre vocês dois, não quero saber. Só... preciso que me escolha agora. É para ser eu a estar com você, ninguém mais.

Com suas costas ainda grudadas no meu peito, ela se mexeu nos meus braços o suficiente para olhar para mim.

— Dylan — ela sussurrou, e observei seus lábios se moverem, sua língua saindo para molhá-los. — Você não entend...

Tirei o cabelo do seu pescoço, pressionei os lábios na sua pele e senti a vibração do seu gemido contra os meus lábios.

Meu corpo superaqueceu por estar tão perto dela, por ter dificuldade em resolver o que eu queria fazer com ela primeiro quando estivéssemos sozinhos — realmente sozinhos, não em uma fraternidade rodeados por idiotas bêbados. Só de pensar nas possibilidades fazia meu pau pressionar mais o zíper da minha calça.

Mais sete minutos. Isto era meu. Nosso.

Quando a música *She wants to move*, de N.E.R.D., começou de fundo, sem nem perceber o que eu estava fazendo, abri minha boca, passei os dentes por sua pele e, delicadamente, chupei seu pescoço — não forte o bastante para deixar uma marca, mas forte o suficiente para fazê-la se descontrolar um pouco e me deixar ouvir seu gemido de novo.

Em vez de dar mais chupões como eu estava desesperado para fazer, fiquei paralisado e tentei clarear a mente.

Que porra está fazendo, cara?

Soltei-a e seu corpo se enrijeceu.

— É melhor eu me desculpar por isso... foi mais do que um beijo de amigo... mas não consigo.

— Não tenho namorado — ela soltou, com a cabeça virada na minha direção, os olhos focados no meu queixo, braços se envolvendo como se estivesse prestes a desmoronar e mal estivesse se contendo.

— O que acabou de falar?

— Não tenho namorado — ela repetiu devagar, desta vez encontrando meu olhar.

— Terminou? Acabou? — perguntei sem acreditar, conforme algo indescritível percorreu minhas veias.

— Eu... — Ela desviou o olhar e assentiu. — Sim.

Segurando sua mão, vire-a para me encarar, tudo à nossa volta se transformando em uma névoa bagunçada. Segurei suas bochechas e apoiei a testa na dela, sem respirar.

— Quando? — Ela abriu a boca para responder, mas a cortei. — Esqueça. Não me importo.

Tocando seu nariz com o meu, beijei o canto da sua boca conforme ela respirou com dificuldade.

— Precisamos conversar, Dylan. Preciso te contar o que estava acontecendo. Não quero que pense...

— Vamos pensar no que fazer — murmurei e beijei sua bochecha.

— O que você...

— Está bêbada?

— O quê? Não. Precisa me ouvir...

— Então me beije, Zoe.

Ela recuou, analisando meu rosto enquanto seus olhos se estreitaram devagar.

— E perder a aposta? — Seus olhos baixaram para meus os lábios, depois voltaram para cima. — Você me beija primeiro — ela disse, toda sem fôlego conforme suas bochechas ficavam bem cor-de-rosa.

Ela iria perder a aposta.

Escorreguei os braços em volta da sua cintura, prendendo-a, e sorri para ela. Me senti leve, aliviado e animado.

— Está com medo?

— O quê? Medo de você? — Ela bufou, então corou.

Meu sorriso aumentou e escondi o rosto no seu pescoço.

— Você é fofa pra caramba, e está tremendo? — sussurrei no seu ouvido. — Está com medo de me beijar? — Fiz uma pausa para poder dar outro beijo demorado no seu pescoço. — Ou está com medo de eu te beijar? — Erguendo minha cabeça, encontrei seus olhos grandes. — Não dou a mínima para a aposta, só preciso...

Alguém trombou na gente, e Zoe arfou alto conforme se desequilibrou contra a parede à sua direita. Ela esfregou o ombro enquanto a puxei para as minhas costas.

— Mano! — gritou um otário de cabelo lambido, olhando para nós com olhos semiabertos. A garota pendurada no seu ombro ria atrás dele.

— Saia daqui, caralho — rosnei, e seus olhos vermelhos se arregalaram.

— Vá com calma, cara. Está tudo cheio. Não sabia que alguém já tinha pegado este lugar. Vamos encontrar outro canto.

— É, façam isso.

Quando saíram, me virei e vi Zoe com a testa apoiada na parede, de olhos fechados.

Indo para atrás dela, esfreguei o braço que ela tinha batido.

— Você está bem?

Pigarreando, ela assentiu, mas não me olhou.

Em vez de obrigá-la a me encarar, deslizei os braços em volta dela e puxei suas mãos da parede. Não estava preparado para ela se esconder de mim. Eu precisava de mais.

Mais dos seus olhos em mim.

Mais daquele sorriso tímido e trêmulo que eu tanto amava.

Mais do seu toque.

Mais dos seus lábios, da sua pele.

— Zoe — eu a persuadi. Com a testa ainda pressionada na parede, ela estava olhando para nossas mãos. Minhas mãos estavam abertas, e as dela descansavam em cima delas. Desta vez, foi ela que curvou os dedos em volta dos meus e segurou firme.

Perdido em nossa pequena bolha, virei nossas mãos e pressionei as costas das suas no topo das suas coxas. Sem hesitar, puxei sua bunda contra a minha ereção crescendo rápido.

Eu a estava observando bem de perto, cada sinal da sua respiração, cada piscar sonolento dos seus olhos. Foi fácil flagrar o instante em que ela parou de respirar e o tempo parou.

Então ela gemeu, um som baixo e sexy só para os meus ouvidos, e isso acabou com o controle que eu tinha. Não percebi que não havia música de fundo até aquele som me percorrer. Conforme a segurava no lugar, precisei de toda a minha força de vontade para não me esfregar na sua bunda, ou melhor, para simplesmente não transar com ela contra a parede.

Ela empurrou a bunda para trás e baixei a cabeça no seu ombro com um rosnado.

— Dylan — ela gemeu, acionando outra investida dos meus quadris. Sua pele estava queimando sob meus lábios conforme eu beijava o lugarzinho logo abaixo da sua orelha e sentia seu arrepio.

Tirando as mãos dela das minhas, ela segurou meu antebraço com uma e colocou a outra na parede. Mantive as mãos nas suas coxas e enfiei meus polegares logo abaixo do cós da sua calça jeans e da sua calcinha para poder puxá-la mais forte, a fim de podermos nos fundir e nos tornar um monte de desejo. Ela rebolou contra mim.

— Porra, Zoe. Não faça isso.

Ergui uma das minhas mãos e segurei seu queixo, lentamente virando-o na direção dos meus lábios. Nós dois estávamos respirando com dificuldade quando minha boca encostou no canto da dela. Ela soltou um pequeno gemido com outra rebolada; meu pau queria sair e entrar nela.

Bem quando eu estava prestes a tomar seus lábios e me perder no que, provavelmente, seria o melhor beijo da minha vida, alguém chamou seu nome e nós dois congelamos.

Zoe engoliu em seco.

Infelizmente para nós, ouvimos a mesma voz de novo e tivemos que, com relutância, nos afastar um do outro.

Em vez de me virar como Zoe tinha feito imediatamente após o segundo chamado, encarei a parede e ajeitei meu pau antes de olhar por cima do ombro e ver Zoe conversando com Kayla. Respirei fundo, desejei que meu coração ficasse mais calmo e me virei para, casualmente, me encostar na parede. Quando Zoe voltou, analisei suas bochechas rosadas e lábios separados — tudo por minha causa, tudo para mim.

— O que houve? — perguntei, com a voz toda zoada, e percebi que estava precisando de bastante esforço para manter as mãos longe dela.

— Alguma coisa... não tenho certeza — ela respondeu, seus olhos se erguendo para mim pela primeira vez. — Ela quer ir embora, mas Keith não está escutando. Tem alguma coisa errada com eles. Preciso ir.

Me endireitei da parede.

— Vou com você.

Balançando a cabeça, ela tocou meu braço, depois, rapidamente, recuou.

— Ela não vai conversar comigo se você estiver lá. Chamou um Uber e vou com ela.

— Não vai para casa?

— Eu... Eu não sei. Vou te mandar mensagem se for.

Porra.

— Precisamos conversar, Dylan — ela disse baixinho, falando exatamente o que estava passando na minha cabeça. Sim, precisávamos conversar, muito, mas, primeiro, precisávamos fazer outras coisas... Saciar a sede que eu tinha por ela era o primeiro item da lista.

— Amanhã. Vamos pensar nisso amanhã. Se for voltar, me ligue que vou te buscar.

— Não precisa fazer isso. Vou chamar um Uber ou apenas caminhar. Não é tão longe do apartamento.

Diminuí a distância entre nós e coloquei seu cabelo atrás da orelha para poder beijar sua têmpora.

— Me ligue... Não quero você por aí sozinha tão tarde, e com certeza, não caminhando.

Depois de assentir rapidamente enquanto me encarava nos olhos, ela se afastou de mim.

CAPÍTULO DEZENOVE
ZOE

— Oi — eu disse ao atender meu celular. Se eu soasse um pouco sem fôlego, não tinha nada a ver com o fato de estar quase correndo... e, de vez em quando, pulando para fugir de poças... para chegar à biblioteca e encontrar Kayla e Jared, e tudo a ver com quem estava do outro lado da linha.

— Zoe.

Tive que fechar os olhos, não porque a chuva estava apertando, mas por causa dele, por causa do que ele fazia comigo. Tinha alguma coisa melhor do que ouvir a voz matinal de Dylan murmurar meu nome no telefone? Achava que não — ou talvez houvesse; ouvi-lo murmurar meu nome bem no meu ouvido também serviria. Na verdade, seria ainda melhor.

— Você veio para casa e não me acordou — ele continuou enquanto eu tentava me recuperar do que sua voz estava fazendo comigo. A noite anterior ainda estava fresca na minha memória, e ainda conseguia sentir seu corpo pressionado contra o meu, o quanto eu estive excitada.

As comportas tinham sido abertas.

— Era bem tarde. Você parecia cansado, então não quis te acordar. — Eu tinha entrado em silêncio e ido na ponta dos pés até meu quarto depois de vê-lo dormindo no sofá, mas tive que cobri-lo com um cobertor... então isso contava para alguma coisa.

Saber o que aconteceria — o que acabaríamos fazendo se o acordasse — tinha me prevenido de continuar de onde havíamos parado.

Pode me chamar de covarde; eu me chamo de esperta.

Eu não queria ter que mentir para ele — ou, dependendo do que você pensava, não queria ter que continuar mentindo para ele. Eu não tinha namorado; foi isso que contara a ele, e era a verdade. Claro que eu estava forçando um pouco, já que nunca existiu o tal namorado, para começo de conversa, mas, mesmo assim, não tinha namorado, e contaria o resto a ele — contaria mesmo. Como eu tinha suspeitado, ele pensava que eu tinha alguma coisa com Mark, e quem poderia culpá-lo por tirar essa conclusão, pelo amor de Deus? Era tudo culpa minha, e eu sabia disso.

Então, em algumas horas, dependendo do que Kayla quisesse conversar, eu ligaria para Mark — melhor ainda, enviaria mensagem para ele —, não para pedir permissão, mas só para ele não ser pego totalmente desprevenido no caso de Dylan falar alguma coisa sobre isso para ele. Eu havia lhe cedido Chris, o havia deixado decidir a melhor hora para contar a ele, mas Dylan era meu. Ele não teria isso. Não o deixaria decidir quando ou como, em relação a Dylan.

Também havia o fato de Chris ser melhor amigo de Dylan, e pensar nisso me deixou acordada a noite toda. Será que Dylan correria e contaria para Chris quem eu era? Ele era seu melhor amigo — será que eu poderia pedir a ele para me manter em segredo? Eu sequer tinha o direito de lhe pedir isso?

Não preciso dizer que eu não tinha as respostas.

Mas eu tinha Dylan.

Tinha o fantasma do seu toque no meu pescoço, na minha pele, constantemente me enlouquecendo, e eu queria mais. Queria praticamente tudo dele.

— Zoe? Ouviu o que eu disse?

— Desculpe. Pode repetir? Minha mente simplesmente viajou um pouco.

— Sua mente simplesmente... — Houve um longo suspiro. — Onde você está? Não está correndo e fugindo do que aconteceu ontem à noite, está?

— Não. Na verdade, fico ofendida por pensar isso. — Bufei. — Vou encontrar Kayla na biblioteca e, depois disso... bem, não faço ideia do quanto vai demorar... ela só enviou uma mensagem hoje de manhã e não sei o que está havendo, mas ela não estava bem ontem à noite. Não queria deixá-la sozinha, mas seu namorado voltou bastante bêbado com dois dos amigos, então ela me mandou embora. Definitivamente, está acontecendo alguma coisa, e acho que pode ser que ela termine com Keith, apesar de isso já ter acontecido e ele sempre ter conseguido conquistá-la de volta, então não sei se desta vez será diferente, mas, então...

— Linda. — Aquela risada rouca basicamente me matava. — Pare. Você estava dizendo, depois disso...

Linda. Linda. Linda.

Parei e fechei os olhos. Ele tinha me chamado assim duas vezes, e nas duas eu tinha sentido frio na barriga.

Pigarreei e comecei a andar de novo.

— O que eu estava dizendo?

Outra risada baixa chegou aos meus ouvidos e meu coração se aqueceu com o som.

— Estava dizendo que vai encontrar Kayla na biblioteca, aí se perdeu depois dessa parte.

Certo.

— Depois disso, quero conversar com você. — Ouvi um longo suspiro e, então, uma porta fechar.

— É, conversar. Precisamos fazer isso.

— Cadê você?

— Acho que estou alguns minutos atrás de você. Já chegou na biblioteca? Está chovendo, então tome cuidado.

Dei uma volta completa e olhei ao meu redor. Havia pessoas correndo para tentar fugir da chuva, porém era só isso. Era domingo, afinal.

— Não vou derreter, se estiver falando para eu tomar cuidado por causa disso, mas como assim está alguns minutos atrás de mim?

— Vou encontrar Chris para fazer musculação. Se não tiver acabado com Kayla quando tivermos terminado, vou te encontrar na biblioteca.

Quanto mais cedo, melhor, pensei. Em público, em vez de em um espaço particular e confinado como o apartamento, onde havia camas, sofás, balcões e superfícies semirretas, ajudaria.

— Certo. Certo, está bem. Cheguei, então é melhor... eu desligar. Diga oi para Chris por mim? Ou não. Não precisa falar isso. Não sei por que falei isso, não diga oi para Chris.

O silêncio se alongou e coloquei a mão no rosto.

— Vou falar oi para ele e te vejo em breve. Não suma de mim. — Houve uma pausa breve. — Espero que esteja pronta para perder nossa aposta hoje.

Com isso, ele desligou.

Não seria eu que perderia a aposta; ele simplesmente ainda não sabia o quanto eu era teimosa.

Chacoalhei meu guarda-chuva e enviei uma mensagem para Mark conforme entrava na biblioteca.

Eu: Preciso contar a Dylan. Vou contar a ele. Não ligo para o que você acha.

Assim que ouvi o som arrastado que indicava que a mensagem tinha sido enviada, desliguei o celular. Sabia que ele ligaria na primeira chance que tivesse, e não queria discutir com ele nem deixar que me assustasse.

Apesar de saber que Mark ficaria doido, ainda consegui conter meu sorriso até encontrar minha amiga bem no fundo da biblioteca, em uma sala de estudo separada da área principal.

Assim que vi o estado de Kayla, corri para seu lado e me sentei na cadeira perto dela.

— O que houve? — Quando ela continuou olhando para suas mãos na mesa, eu as cobri com as minhas. — Precisa me contar o que está acontecendo, Kayla. Olhe o seu estado.

Ela ergueu a cabeça, e analisei seus olhos vermelhos e inchados, conforme lágrimas frescas escorriam por suas bochechas.

— Kayla?

— Obrigada por vir tão rápido.

— Claro, mas... o que aconteceu, KayKay?

— Acho que preciso de ajuda, Zoe.

Tirei suas mãos trêmulas da mesa e as segurei com firmeza.

— O que aconteceu? — *Será que ela ia, finalmente, dizer alguma coisa? Nos contar o que estava havendo?* — Quer esperar Jared?

Ela balançou a cabeça.

— Não liguei para ele. Não sei se posso dizer isto para ele.

— Certo, está oficialmente me assustando. Dizer o quê?

— Olhe para mim — ela chiou, brava, tirando as mãos das minhas e secando as bochechas. — Nem consigo te dizer. Como vou dizer para outras pessoas? — Sua raiva desapareceu em um segundo e seus olhos focaram na mesa conforme as lágrimas escorreram com mais velocidade. Com minha mão agora vazia, sequei as novas lágrimas e olhei em volta.

Como era domingo, a biblioteca não estava cheia de alunos como estaria se fosse qualquer outro dia, sem contar que ainda era bem cedo e o lugar tinha acabado de abrir. Havia apenas mais duas pessoas que acordaram cedo como nós, e estavam sentadas na área principal. Estávamos bem no canto, envolvidas por prateleiras de livros e mais quatro mesas. Só dava para nos ver se estivesse parado na porta e no ângulo certo.

— Há quanto tempo está sentada aí? — perguntei, quando ela não continuou. — Vamos, vamos sair e respirar ar fresco.

Sua mão apertou a minha, e ela olhou para mim com olhos cheios de medo.

— Não. Não. Precisamos ficar aqui. Não quero vê-lo.

— Keith? — perguntei, franzindo o cenho. Sabia que ele era o motivo de ela estar chateada, mas... sua expressão, a forma como se segurou... tudo nela gritava que o que quer que tivesse acontecido entre aqueles dois era bem pior do que eu tinha imaginado.

— Sim. Desculpe, sei que não estou fazendo nenhum sentido, mas isto não é fácil de contar. Não é fácil de... Desculpe, Zoe. Não deveria ter te ligado. Não há nada que você possa fazer.

— Kayla — sussurrei, e seus olhos embaçados tentaram se concentrar em mim. — Quero ajudar. Por favor... Sinto falta da minha amiga. Jared também sente sua falta. Mal nos vimos nessas últimas semanas. Posso ajudar. Por favor, me deixe ajudar para eu poder ter minha amiga de volta. Me conte o que houve e vamos partir daí.

— Acho que não consigo voltar — ela disse baixinho. — Tudo que tenho está no apartamento, mas acho que não consigo voltar para arrumar minhas coisas.

— Tudo bem. Posso fazer isso por você. Vou lá com Jared e arrumo suas coisas. Pode nos esperar no meu apartamento e vamos cuidar de tudo, mas isso não é importante agora. Pode me contar o que aconteceu para te deixar tão triste? Ele terminou com você? Traiu você? É por isso que não quer voltar? Aconteceu alguma coisa depois que fui embora?

Antes de Kayla poder me responder, de repente, tinha mais alguém conosco na sala.

— Aqui está você! Pelo amor, Kayla, estava te procurando por todo lugar. Você é surda, caralho? Te liguei umas trinta vezes.

Minha cabeça girou e vi Keith entrar com seu sorriso bajulador de sempre. Olhei para trás, para Kayla, com preocupação, e a vi desaparecer em si mesma.

Conforme ele deu a volta na mesa e foi até o lado dela, falei antes que ele pudesse dizer mais alguma coisa.

— Keith, acho que agora não é uma boa hora. Obviamente, está acontecendo alguma coisa entre vocês dois, mas este não é o lugar para discutir. Só me deixe conversar com ela.

Ele me encarou com uma expressão neutra por vinte segundos ou mais, pupilas dilatadas pra caramba. Tinha alguma coisa errada com ele, ainda mais do que o de sempre.

Será que tinha usado alguma coisa? Estava drogado?

— Cale a boca, Zoe... Ou melhor, saia daqui. Isto não é da sua conta.

Eu o observei com a boca aberta. Claro, ele era um babaca, sempre tinha sido, mas nunca o vira drogado nem tinha ouvido Kayla falar sobre ele usar drogas. Será que era isso que ela esteve escondendo de nós?

Ele se abaixou ao lado dela, uma mão na cadeira, a outra na mesa, encurralando-a. Kayla enrijeceu ainda mais e inclinou o corpo todo na minha direção para não ter que encostar em Keith.

Me levantei quando ele abriu a boca para falar. Eu não fazia ideia do que pensava em fazer, mas, com certeza, não o queria mais perto da minha amiga.

— Keith, não sei o que você usou, mas vá ficar sóbrio. Não pode fazer isso aqui.

— Desculpe, baby — ele resmungou, ignorando minha presença. — Pensei que você estivesse a fim, juro por Deus. Não ouvi você dizer não. Por que não disse não se não queria?

Um calafrio percorreu meu corpo, congelando o sangue nas minhas veias. Tive que me segurar na cadeira para ficar em pé.

— O que você fez? — perguntei com a voz falhando. — O que você fez, Keith?

Kayla começou a chorar soluçando, seu corpo tremendo muito. Keith continuou murmurando para ela o tempo todo. Eu não conseguia ouvir uma única coisa que ele estava dizendo através do barulho nos meus ouvidos. Não podia ser verdade... não era verdade.

Pálida, mentalmente me chacoalhei para poder pensar, ou pelo menos tentar pensar no que fazer. O melhor que pude pensar foi em tirar Keith de perto da minha linda amiga para ele parar de tentar encostar nela.

Tentei gritar para ele, tentei berrar para ele sair de perto dela, mas minha voz não saía e tudo que consegui fazer foi falar rouca.

— Não encoste nela, seu filho da puta. Não encoste nela.

Claramente, ele não estava esperando que *eu* encostasse nele porque caiu de bunda no chão preto e vermelho quando o empurrei no ombro com toda a força que pude reunir. Antes de conseguir tirar Kayla da sua cadeira e para longe de Keith, ele foi para cima de mim, me empurrando para longe da minha amiga. Então continuou me empurrando repetidamente até eu cair nas cadeiras.

— Quem você pensa que é, sua putinha? — ele berrou bem na minha cara.

Chocada e irada, me levantei, pronta para ir atrás dele, mas ele me deu outro empurrão e fiquei sem ar antes de poder fazer qualquer coisa.

Então seus dedos seguraram meu pescoço, e eu não tive escolha além de ficar parada. Com ele tão perto do meu rosto, pude sentir o cheiro de álcool no seu bafo.

Finalmente, Kayla despertou de onde quer que tenha desaparecido, pulou e tentou ao máximo arrancá-lo ao arranhar seus braços, mas sem sucesso.

— Não, Keith! Pare. Solte-a. Por favor!

Começando a realmente entrar em pânico, olhei em volta e percebi que as poucas pessoas na biblioteca não conseguiam nos escutar, e ninguém via o que estava acontecendo. Nenhum dos outros alunos tinha uma visão direta do nosso lugar.

A mão dele em volta do meu pescoço não estava apertada o suficiente para cortar totalmente meu ar, mas ele estava chegando lá, no seu tempo, curtindo o choque nos meus olhos. Quando apertou mais, tive ânsia e arfei, meus olhos começando a saltar. Coloquei as mãos em volta dos seus punhos para afastá-lo, tentei chutá-lo para fazê-lo soltar, para soltar seu aperto, mas seus olhos pareciam vazios, mortos.

Ele aproximou seu rosto no meu até estarmos nariz com nariz e sussurrou:

— Nunca mais encoste em mim.

Quando terminou de fazer seu joguinho, ele me jogou para longe, e a parte de trás da minha cabeça bateu na mesa com um barulho alto. Deslizei para ficar sobre as mãos e os joelhos e tossi até não poder mais.

Quando olhei para cima, Kayla estava cobrindo a boca conforme chorava lágrimas silenciosas e inconsoláveis. Keith a estava acariciando, tocando seu cabelo, fazendo carinho no seu rosto. Quanto mais perto ele ficava de Kayla, mais lágrimas escorriam por suas bochechas. Ele segurou o braço dela e a puxou para seu corpo, sussurrando algo no seu ouvido.

Pegando a bolsa dela na mesa, ele tentou fazê-la se mover com ele. De alguma forma, eu me levantei e segurei a outra mão de Kayla. A última coisa que eu queria era brincar de cabo de guerra com minha amiga no meio, mas eu não ia deixar que ele a levasse a nenhum lugar.

— Keith, pare — eu disse, rouca, minha garganta ainda doendo, queimando.

— Solte-a — ele exigiu entre dentes cerrados.

— Não posso fazer isso. Você a está assustando. Precisa ir embora.

Então Kayla partiu meu coração ao soltar aquelas palavras inaceitáveis.

— Keith... você me estuprou. Você me estuprou.

— Cale a boca! — Keith chiou perto dela. — Cale a boca para eu poder pensar! Olhe o que você me fez fazer. Vim aqui me desculpar e olhe o que me fez fazer!

Keith empurrou Kayla, e ela caiu em uma cadeira e segurou na mesa. Ele começou a andar ao lado da parede, bloqueando nossa saída. Abracei Kayla e a segurei conforme ela tremia nos meus braços. Ela não era mais a única chorando.

— Desculpe, Zoe. Desculpe mesmo — ela continuou sussurrando. Meus ouvidos estavam apitando com a verdade horrível, e eu mal conseguia ouvir o que ela estava dizendo, mal conseguia compreender o que tinha acontecido.

— Shhh, tudo bem. Está tudo bem. Tudo certo. Só precisamos sair daqui. Ele não vai fazer nada.

Mas será que não faria? Ele parecia drogado e louco. Eu não tinha nenhuma experiência com drogas, e não gostava de ficar perto de pessoas que estivessem fora de si, mas até eu podia ver que ele estava bem perturbado. Será que essa era a primeira vez dele se drogando? O que será que ele tinha usado que o transformou em um completo estranho e um lunático raivoso, um psicopata? Se ele não se acalmasse logo, eu temia que fosse fazer algo pior para machucar Kayla e a mim.

De repente, ele parou de andar. Houve um silêncio completo, e não tivemos tempo para nos afastarmos.

— Você, saia — ele ordenou para mim. — Preciso conversar sozinho com Kayla. Ela não vai me abandonar por causa de um mal-entendido.

Encarei os olhos dele e não conseguia enxergar ninguém ali, certamente não alguém por quem minha amiga era — tinha sido — apaixonada. Onde as coisas tinham dado errado com eles? Como Kayla conseguiu não nos contar?

Tentei ao máximo engolir meu medo, mas até isso doía, e minha voz ainda estava trêmula.

— Não posso deixá-la aqui, Keith — eu disse, com o pânico inchando meu peito. — Ela está muito assustada. Você está assustando nós duas. Não consegue ver? Precisa se acalmar e nos deixar sozinhas.

Com um movimento rápido, Keith foi para cima de Kayla, puxando-a de mim, segurando seu rosto para fazê-la olhar para ele. Keith estava apenas a centímetros do rosto dela. A mão direita de Kayla estava segurando meu braço, e ela choramingou quando os dedos de Keith puxaram seu queixo. Sem conseguir fazer nada, me encolhi, sentindo meu coração bater na garganta.

— Diga-lhe que ela não sabe do que está falando. Você nunca teria medo de mim.

Eu não sabia se estava tremendo porque Kayla estava tremendo ou se era só meu corpo, mas se intensificou quando Keith me lançou um olhar cheio de puro ódio.

— Por isso não gosto de você e daquele outro conversando com ela.

Vocês fodem demais com a cabeça dela.

Puxando Kayla, ele a fez se soltar de mim e começou a vir para cima de mim, me empurrando nos ombros até eu estar, de novo, encostada na parede.

Ele continuou me xingando, o cuspe voando da sua boca, sua voz feia, errada e nociva.

— Você fez isso. Você a está tirando de mim. Saia daqui antes que eu te machuque, Zoe.

À beira de ter um ataque de pânico, perdi o ar quando ele me prendeu na parede com a mão no meu peito.

Kayla tentou me ajudar, mas ele a segurou para trás.

— Não me teste, Zoe. Não vou falar para você de novo. Saia.

Quando ele baixou a mão e foi para o lado de Kayla, fiquei espalhada na parede. Não conseguia me mexer. Estava paralisada. Mesmo que eu conseguisse mover meus membros, como iria deixar minha amiga sozinha com aquele monstro? Será que eu conseguiria viver comigo mesma se ele fizesse alguma coisa para ela?

Ele já fez uma coisa para ela, sua idiota, pensei. *Ele já fez uma coisa para ela e você não estava lá.*

— Não consigo me mexer — admiti com sinceridade, baixinho.

Ele deu um passo à frente, mas, antes de conseguir vir para cima de mim, Kayla foi para a frente dele, bloqueando-o, impedindo que avançasse. Ela ainda estava tremendo, mas suas lágrimas haviam secado.

— Keith... Keith, olhe para mim. Você tinha razão, eu estava errada. Você nunca me machucaria. Não quis me machucar diante dos seus amigos. Entendo isso agora. Sinto muito. Por favor, você precisa sair daqui. Você a machucou. Vai se meter em encrenca. Por favor. *Por favor, vá embora.*

No piscar de um olho, ele estava em cima dela, abraçando-a, beijando seus lábios com avidez.

— Aí está você. Essa é a minha garota. Você surtou porque gostou, não foi? Nunca machucaria você, baby. Só queria que nos divertíssemos com meus amigos. Sou seu namorado, e você me ama... isso não é estupro.

Me sentindo enjoada, cobri a boca com a mão para manter tudo dentro de mim.

— Precisamos sair juntos daqui — ele se apressou a falar. — Estou me sentindo muito bem agora. Você não faz ideia, baby... se tivesse me ouvido e tomado as drogas, não estaria tremendo como uma folha agora. Me sinto no topo do mundo, baby! Da próxima vez, seremos apenas nós dois, não se preocupe. — Dando um beijo na testa dela, ele empurrou Kayla para longe e se abaixou para pegar a bolsa dela do chão.

Ela olhou para mim e balançou a cabeça.

Eu não podia — *não deixaria* que ele saísse com Kayla. Eu não deixaria que ele encostasse nela de novo. Antes que pudessem passar por mim, bloqueei a passagem.

— Você não vai embora com ele, Kayla. Enlouqueceu?

Simples assim, as mãos de Keith estavam em mim de novo, e desta vez ele não foi com calma. Minhas costas bateram na parede de novo e vi estrelas quando a parte de trás da minha cabeça fez um barulho contra a parede, o som ecoando na sala.

Tentei respirar, mas não consegui. Arranhei os braços dele, mas não adiantou. Não consegui fazer nada para impedir que ele me sufocasse.

CAPÍTULO VINTE
DYLAN

Apesar de eu saber que não deveria, fui para a biblioteca para poder ver Zoe antes que Chris e eu começássemos nossa musculação diária. Deveria ter lhe dado espaço. Não que ela estivesse fugindo de mim, mas eu ainda queria vê-la, ainda queria me certificar de que ela estivesse bem após a noite anterior, garantir que não havia chance de ela se afastar de mim de novo.

Estava bem pensativo, tentando encontrar uma solução para mim e Zoe. Por nenhum motivo, acelerei meus passos e, logo, estava correndo. Simplesmente havia alguma coisa me deixando nervoso, e senti a necessidade de vê-la.

Sentindo-me estranho, ignorei a chuva e puxei meu celular, tentando falar com Zoe de novo.

Seu celular caiu direto na caixa postal.

Será que ela ainda estava na biblioteca? Ia mesmo encontrar uma amiga ou tinha mentido para mim?

A necessidade de encontrá-la esmagou alguma coisa no meu peito e saí correndo na direção da biblioteca como um morcego saído do inferno.

Quando finalmente cheguei lá, diminuí para uma caminhada. Entrei direto só para encontrar poucos alunos por lá.

Conseguia ouvir as pessoas murmurando na área principal, então segui as vozes. Havia apenas dois alunos, e os dois estavam usando fones de ouvido, perdidos no estudo. As vozes pararam. Entrando mais, verifiquei a sala à direita, então fui para o lado oposto. Quando empurrei algumas cadeiras para passar, vi a amiga de Zoe pela porta do lado esquerdo. Então minha mente registrou Zoe sendo segurada contra a parede por um cara. Seu rosto estava vermelho, os olhos, saltados, e ela estava silenciosamente arfando por ar, suas mãos tentando, sem sucesso, empurrar o cara para longe.

Corri até eles, sem dar a mínima por estar empurrando as mesas e as cadeiras pelo caminho.

Seu nome saiu dos meus lábios, mas acho que ela não me ouviu. Nenhum deles ouviu.

Passei pelas prateleiras de livros e fui para cima do cara em segundos, apesar de parecer que foram muitos minutos. Segurei sua camisa e o arranquei de Zoe. Assustado, ele se desequilibrou e tropeçou para trás. Antes de eu conseguir pegá-la, Zoe caiu com as mãos e os joelhos no chão, tossindo e chorando.

Eu estava de joelhos antes da sua amiga conseguir chegar até ela.

— Quem é você? — o cara rugiu, vindo até nós, mas o ignorei e tirei o cabelo de Zoe do seu rosto.

— Você está bem? Linda, fale comigo... você está bem?

Ela segurou meu braço e ergueu a cabeça, sua mão livre cobrindo o pescoço.

— Estou — ela arfou, sua voz rouca e pouco audível. Pigarreou e tentou de novo. — Estou, sim. Estou bem.

Ajudei-a a se levantar e sua amiga a segurou.

O cara ainda estava falando merda, gritando e xingando, mas não ouvi uma única palavra. Meus sentidos adormeceram e eu só conseguia me concentrar no fato de que aquele desgraçado do caralho tinha ousado colocar as mãos em Zoe.

Conforme fui até ele, analisei seus olhos vermelhos, mãos trêmulas e inquietação notável.

Em três passos, cheguei nele e nada disso importou. Dei um soco bem no seu nariz e ouvi o craquelar satisfatório. De canto de olho, vi as garotas saindo correndo da salinha, mas meu único foco estava no desgraçado segurando seu nariz sangrando.

Empurrando seus ombros até eu estar com ele contra a parede abaixo das janelas altas, segurei seu pescoço. Ele conseguiu chutar minhas pernas uma vez, seus dedos segurando minha camiseta.

— Como se sente, seu filho da puta? — sussurrei, lentamente apertando minha mão. — Está se sentindo bem?

Ele fez uma tentativa patética de empurrar meu rosto, mas era muito menor do que eu e dei um tapa na sua mão suja de sangue sem dificuldade.

Tão focado no cara, não percebi Zoe batendo no meu braço até ela estar implorando e gritando para que eu o soltasse.

— Dylan, Dylan, por favor. Vai se meter em encrenca, por favor, pare. Dylan, solte-o.

Empurrei o cara para longe com desgosto, e ele gemeu, tossindo e chiando, seu rosto de um vermelho-escuro.

— Minha cabeça está latejando. Não consigo pensar, não consigo pensar — ele disse ao gemer, tossindo entre as palavras. Segurou a cabeça e continuou murmurando no chão.

Enojado, deixei Zoe me afastar.

Kayla voltou e tínhamos mais do que algumas testemunhas, a maioria alunos que tinham entrado na biblioteca. A bibliotecária estava na porta, com o telefone na mão enquanto falava com alguém apressadamente. A polícia do campus chegaria a qualquer segundo. Cerrando os dentes, me virei para Zoe e segurei seu rosto, tentando ao máximo controlar minha respiração. Ela parecia muito assustada conforme seus olhos se encheram de lágrimas, e já tinha secado lágrimas do seu rosto. O quanto eu estivera atrasado? O que mais ele tinha feito?

Porra.

Minhas mãos estavam tremendo.

— Você está bem? — perguntei, minha voz saindo mais dura do que eu tinha pretendido. — Ele fez mais alguma coisa?

Ele balançou a cabeça e piscou, fazendo com que as lágrimas, finalmente, escorressem. Olhando para ela, quis voltar no tempo e acordar cedo antes de ela poder sair do apartamento.

Quando olhei para trás, o cara estava no chão, batendo a parte de trás da cabeça na parede.

Ele só ficava murmurando a mesma coisa repetidamente:

— Kayla, o que você fez? O que você fez?

Kayla se sentou em uma das cadeiras e começou a soluçar descontroladamente.

Os olhos de Zoe brilharam com raiva.

— Ele a estuprou, Dylan — ela sussurrou, trazendo sua atenção de volta para mim. — Precisamos fazer alguma coisa. Ele a estuprou.

CAPÍTULO VINTE E UM
DYLAN

Demorou horas para os policiais nos liberarem. Eles levaram Kayla ao hospital, e Zoe me implorou para levá-la para ver sua amiga. Como poderia dizer não para ela?

Eram sete da noite quando, enfim, entramos no apartamento. Kayla tinha sido levada para o hospital em que a mãe de Jared era enfermeira e, assim que chegamos lá, Zoe ligou para Jared. Por mais chocado que estivesse, ele foi nos encontrar no mesmo instante. Quando chegou a hora de ir embora do hospital, não consegui convencer Zoe a deixar Kayla ir com Jared e a mãe dele; precisou de uma conversa particular com a mãe de Jared para isso acontecer.

Como dois estranhos, não falamos uma única palavra um com o outro na volta para o apartamento. Desde que saímos da biblioteca, Zoe tinha se agarrado a uma linha bem fina que eu tinha praticamente certeza de que estava prestes a se arrebentar a qualquer segundo.

— Zoe... — comecei, quando fechei a porta e me apoiei nela. Finalmente, estávamos sozinhos, e ela já estava se afastando de mim.

Parou, e seus olhos deslizaram na minha direção.

— Vou tomar banho.

Suspirei conforme a observei se arrastar para o banheiro. A porta se abriu e fechou alguns segundos depois, então ouvi o som da água corrente.

Me sentindo exausto, joguei as chaves em direção à sala de estar, sem me importar com onde cairiam. Dei um minuto a ela, não porque pensava que iria me chamar, mas porque eu precisava me certificar de que ela estava bem e um minuto foi o máximo que consegui me fazer esperar.

Sem bater, abri a porta e a fechei sem fazer barulho. O espelho já tinha embaçado com o vapor, porém não foi isso que chamou minha atenção. Já havia ouvido os soluços de Zoe no segundo em que abri a porta, antes sequer de entrar. Abrindo a cortina do box, encarei-a encolhida sentada debaixo da água corrente. Ela estava quebrando em tantos soluços que, por um segundo, pensei em levá-la de volta ao hospital só para lhe darem alguma coisa a fim de acalmá-la, no entanto, isso significaria ficar longe dela e deixar que outras pessoas a tocassem, e achei que não conseguiria fazer isso, não naquele dia.

Colocando o braço atrás da cabeça, tirei a camiseta, decidi ficar de calça, e entrei para ficar ao seu lado. Me abaixando, coloquei as mãos sob seus braços e a levantei. Pensando que seria difícil obrigá-la a aceitar minha ajuda — eu estava pronto para discutir —, contudo, deveria ter considerado o fato de que ela pudesse realmente me querer ali.

Ela ainda estava de roupas, que estavam grudadas no seu corpo trêmulo. Conforme analisei seu rosto, não conseguia diferenciar as lágrimas da água corrente nela. Apesar da tristeza e da raiva estampadas em toda a sua expressão, ela estava linda pra caramba. Com as mãos segurando os cotovelos, ficou sem se mexer diante de mim por uns segundos conforme tentei entender o que eu estava sentindo quando olhava para ela, então, com os dentes batendo, ela finalmente falou.

— Es-tá fr-frio.

Não estava — a água estava pelando —, mas aceitei seu convite velado e entrei na água com ela, gentilmente abraçando-a. Sem hesitar, ela apoiou a têmpora no meu peito e senti seus braços ao meu redor, me abraçando de volta. Então os soluços voltaram com força e ela partiu meu coração. Primeiro, eu a estava abraçando o mais gentil possível, meus braços bem debaixo dos seus ombros, temendo machucá-la de alguma forma, mas então tudo mudou. Quanto mais ela soluçava, mais perto eu queria estar dela. Meus braços deslizaram para baixo conforme me abaixei e os envolvi mais apertados na sua cintura. Quando ela estava na ponta dos pés e me abraçando tão forte quanto eu a estava abraçando, afrouxei meu abraço e deixei minha mão subir por sua camiseta molhada para segurar sua nuca.

— Está tudo bem, linda. Chore o quanto quiser — sussurrei, com a água escorrendo do meu rosto. — Estou bem aqui, Zoe. Só me abrace. Estarei bem aqui. Sempre estarei aqui.

Me endireitei um pouco, minha mão esquerda segurando seu pescoço, meu braço direito envolvido firmemente na sua cintura. Ela deslizou mais para perto, ainda na ponta dos pés, quase pisando nos meus pés. Mal tinha se passado um minuto e ela agarrou meu peito nu e se apertou mais forte. Colocou os dois braços sobre os meus e em volta do meu pescoço. Se alguém entrasse naquele banheiro e nos visse, não daria para identificar quem de nós estava segurando o outro mais forte sob a água. Flexionei os joelhos e a coloquei ainda mais perto, baixando a cabeça no seu ombro.

Eu a ouvi sussurrar meu nome e me descontrolei. De repente, não conseguia respirar rápido o suficiente. Não conseguia trazê-la para perto o suficiente, não conseguia diminuir as batidas do meu coração o suficiente.

— Zoe — gemi quando estava quase esmagando-a. — Zoe.

Ficamos debaixo da água, apenas desse jeito, nos abraçando forte, por Deus sabe lá quanto tempo. Poderia ter ficado preso a ela pelo resto da minha vida, mas sabia que tinha que me obrigar a soltá-la. Queria acreditar que ela estava, simplesmente, tão relutante quanto eu a deixar meus braços.

— Vamos tirar isso de você — murmurei finalmente.

Peça por peça, tirei sua roupa até não sobrar nada além da sua calcinha, e ela me permitiu, segurando meus ombros quando me agachei para tirar sua calça jeans.

Nós dois estávamos acabados, porém ela estava linda. Mesmo com todo o cabelo emplastrado nas suas bochechas, encharcada, com olhos vermelhos, ela ainda era a garota mais linda que eu já tinha visto.

Quando, hesitantemente, seus dedos seguraram minha calça depois de ela me olhar rapidamente, deixei que ela a puxasse para baixo e saí dela por mim mesmo. Felizmente, ela não segurou minha boxer, mas eu sabia que tinha visto a protuberância. Mordendo o lábio, ela olhou para mim com timidez. Seu cabelo estava grudado nas bochechas, então me estiquei e o tirei até poder sentir sua pele quente nas minhas mãos.

— Você me assustou pra cacete, Zoe — falei, rouco, antes de beijar delicadamente suas bochechas conforme a água quente caía em nós. — Nunca mais faça isso comigo. Nunca mais se coloque em perigo assim. — Por causa do jeito que eu a estava abraçando, ela mal conseguiu assentir. Respirando com dificuldade, apoiei a testa na dela, fechei os olhos e a ouvi respirar. Só precisava de mais um minuto segurando-a, respirando-a e me acalmando, então poderia ser quem ela precisasse que eu fosse: seu colega de casa? Seu amigo? Seu tudo?

Nesse momento, eu já sabia que não era apenas seu colega de casa, não era apenas seu amigo, não era apenas um amigão.

Me inclinando para trás, olhei para sua garganta, para os machucados que já estavam tomando formas horrorosas. Inspirei pelo nariz e soltei tudo pela boca. Se pudesse ter colocado as mãos no cara naquele momento, teria causado muito mais danos. Teria quebrado o pescoço dele e, ainda assim, não teria sido o bastante. Delicadamente, o mais delicado possível, tracei os roxos com a ponta dos dedos. Sabia que Zoe estava olhando para mim, me analisando, me observando, me *enxergando*, mas não conseguia olhá-la, ainda não. Tracei cada ferimento, então cada centímetro do seu pescoço que não estava marcado pelo toque dele. Tomei meu tempo e ela me permitiu. De vez em quando, ouvi um arfar discreto escapar da boca dela e olhava nos seus olhos para garantir que ela estivesse bem. Quando via que estava, continuava de onde havia parado. Antes de acabar, ela segurou minha mão e me fez parar. Curvando meus dedos, ela se inclinou e beijou os nós avermelhados das minhas mãos. Com a respiração difícil, não podia fazer nada além de abraçá-la.

Em certo momento, a água começou a esfriar, então afrouxei meus braços em volta dela e a soltei. Meus músculos gritaram.

— Precisamos tirar você daqui ou vai ficar doente — murmurei, fechando a água. Ela ainda não tinha falado uma palavra para mim.

Saí antes dela, peguei uma toalha e a enrolei na minha cintura. Sabia que teria que tirar a boxer antes de sair do banheiro, mas, naquele instante, cuidar de Zoe era tudo que importava. Pegando outra toalha, segurei-a aberta e ela saiu do box e foi direto para os meus braços de novo.

Enrolei-a e apoiei o queixo na sua cabeça, tentando aquecê-la através da toalha.

Virando sua cabeça, ela descansou a bochecha no meu peito nu.

— Obrigada, Dylan — ela sussurrou, sua voz cutucando meu coração.

— Sempre, linda.

CAPÍTULO VINTE E DOIS
ZOE

Parecia que eu estava acordando de um coma, não sabia direito onde estava, que horas eram, que dia era. Esfreguei os olhos e gemi quando, enfim, dei uma olhada na hora no meu celular. Não dormia tanto, apenas seis horas. *Pelo menos dormi um pouco*, pensei.

Queria poder dizer que não me lembrava de nada do que havia acontecido, que tinha sido apenas um pesadelo, mas me lembrava. Me lembrava, e isso me deixou enjoada de novo. Engoli a bile que subiu na minha garganta e joguei as pernas para o lado da cama. Enfim, meus olhos se ajustaram ao escuro, e graças à luz ainda vindo do meu celular, percebi que não havia luzes debaixo da minha porta. Exatamente como conseguia me lembrar de tudo que tinha acontecido cedo pela manhã, também conseguia me lembrar de Dylan me carregando para a minha cama após ele me ajudar a sair do chuveiro e me abraçar enquanto eu chorei até dormir.

Verifiquei meu celular de novo e vi que havia chegado uma nova mensagem de texto às nove.

Dylan: Tive que sair para trabalhar. Desculpe, Zoe. Depois de dar o bolo em Jimmy ontem, não poderia faltar no turno de hoje, e precisava das horas. Me avise quando acordar, me ligue ou mande mensagem.

Dar o bolo em Jimmy...? Ele tinha faltado ao trabalho na noite anterior por minha causa? Ele disse que precisava das horas, o que significava que precisava do dinheiro. Deus, ele precisava de dinheiro e, porque eu tinha saído correndo depois de vê-lo com outra garota, ele não tinha ido trabalhar. Me sentia horrível, como uma merdinha que tinha sentido ciúme por nada, quando ele... Fechei os olhos e respirei fundo. Tinha passado um pouco da uma da manhã; ele ainda não tinha voltado?

Me levantei da cama e me senti meio tonta, então precisei ficar parada em pé por muitos segundos antes de me estabilizar o suficiente para me mexer. O apartamento inteiro estava escuro. O mais silenciosa possível, fui ao quarto de Dylan depois de me certificar de que ele não estava na sala de estar e rezei para encontrá-lo lá.

A luz da lua iluminando o quarto pequeno foi suficiente para eu identificar sua forma deitada na cama de solteiro estreita.

Algo se afrouxou dentro de mim. Ele estava em casa. Lágrimas se acumularam nos meus olhos e minha garganta se fechou. Sem nem considerar o fato de que ele, provavelmente, precisava desse sono depois do dia louco que tivemos, me deitei na sua cama. Não havia espaço o bastante, mas pensei que havia exatamente espaço *suficiente* para dar certo.

Ele acordou e seus dedos se fecharam no meu braço antes de eu poder me deitar.

— Zoe? — ele perguntou, com a voz sonolenta, então seu aperto se afrouxou. — Você está bem?

Eu ficaria, sabia que ficaria bem assim que pudesse sentir seu coração bater e me certificar de que ele era de verdade, me certificar de que ele era... tudo que era.

— Não consigo dormir — sussurrei, minha própria voz soando arranhada pelo tanto de choro. — E minha cabeça está doendo um pouquinho.

Obviamente, isso era mentira — não que eu estivesse machucada, mas que eu não conseguia dormir. Mesmo assim, eu não sentia nem um pouco de culpa por ser uma covarde e não falar por que precisava estar perto dele. Só precisava que ele me abraçasse no escuro onde não havia nada entre nós — nada de segredos, nada de mentiras. Precisava que ele me fizesse sentir viva e, acima de tudo, queria estar com ele, perto dele, ao lado dele... só com ele, de qualquer forma que pudesse, simples assim.

Havia aceitado o fato de que nunca ninguém me abraçaria como ele me abraçara no chuveiro, e eu não tinha problema com isso; só tinha que segurar mais firme nele. Ninguém nunca me faria sentir as coisas que ele me fazia sentir com tanta facilidade com apenas um dos seus sorrisos tentadores, então por que eu precisaria de mais alguém? Não me importava que metade de mim teria que ficar de fora daquela cama porque ele era grande demais; eu ia deitar nela, e pronto. Antes de me forçar para o lado dele, Dylan se mexeu para o lado e levantou as cobertas.

Um convite silencioso.

Uma proposta para eu dominar o mundo.

Não falei uma única palavra. Olhando para outro lado porque, do contrário, eu ficaria bem de frente com seu rosto, me deitei ao seu lado e fechei os olhos, aliviada. Um dos seus braços foi para baixo do meu pescoço, o outro puxou as cobertas sobre nós lentamente, e, conforme a cama gemia sob nosso peso, me mexi no lugar até minha bunda estar acomodada na parte inferior da sua barriga. Enrijeci porque mesmo um movimento bem sutil, minúsculo mesmo, para baixo me deixaria em contato com a *coisa* entre as pernas dele, e não queria que ele pensasse que eu estava lá por isso. Me afastei até um terço do meu tronco e meus joelhos estarem para fora da cama.

Dylan suspirou, um som pesado em todo aquele silêncio extremo que aquecia minha pele onde meu pescoço encontrava o ombro e fez meus olhos vacilarem. Então o braço debaixo da minha cabeça se mexeu e ele me puxou para perto, flexionando o cotovelo conforme se esticava para o meu ombro com sua mão, me prendendo no seu abraço. Seu antebraço direito foi para cima da minha barriga, os dedos delicadamente mergulhando sob a camiseta que eu tinha vestido aleatoriamente depois do nosso banho, provocando calafrios por todo o meu corpo. Ele parou quando metade da sua mão descansou sob o cós do meu pijama, sua pele me aquecendo de dentro para fora.

— Você vai cair — ele sussurrou.

Eu estava, oficialmente, no casulo de Dylan, e não tinha como me sentir mais aconchegada — *nunca* tinha me sentido mais aconchegada ou feliz.

Virei a cabeça por alguns centímetros, e ele roçou meu pescoço com seu nariz.

— Você está bem? — perguntou, sua voz ainda rouca. Era perfeito, muito perfeito.

Em vez de uma resposta verbal, inclinei a cabeça, movimentei-a para cima e para baixo, e senti seus lábios sorridentes contra a minha pele. Tentei falar, mas fiquei com medo de dizer mais do que estava preparada para revelar.

Nenhum de nós falou por muitos minutos. Eu não fazia ideia do que ele estava pensando, mas minha mente estava fazendo hora extra.

Kayla, Mark e Chris — tudo e nada estava vindo ao mesmo tempo, e havia duas palavras que eu ouvia repetidamente acima de todo o resto.

Conte a ele. Conte a ele. Conte a ele.

— Shhh — Dylan murmurou, pressionando os lábios no meu pescoço e se demorando. — Quase consigo ouvir você pensando. Só durma, linda. Vou vigiar você até de manhã.

E ele ia mesmo, não ia?, pensei.

Ele me ajudava a respirar depois de me assustar pra caramba. Ele me salvava de terremotos, segurando minha mão após assistir a um filme de terror, comprava pizza para mim porque sabia que me fazia feliz, me protegia de tudo e qualquer coisa ao se colocar diante do perigo. Me vigiava até de manhã.

Quando as luzes aparecessem, ele ainda estaria lá. Depois de saber todos os meus segredos, ainda estaria lá, segurando minha mão — pelo menos era o que eu esperava.

— Ele a obrigou diante dos amigos dele — revelei na escuridão. — Como a pessoa se cura disso?

— Ela tem amigos. Você vai curá-la.

— Acho que não conseguiria ser tão forte quanto ela foi hoje se tivesse acontecido comigo. Ela o amara desde que tinha dezesseis anos.

Seus braços se apertaram em volta de mim, então me estiquei para flexionar minha mão em volta do seu antebraço, segurando-o.

— Não precisa pensar nisso, não esta noite. Durma para poder estar ao lado dela amanhã.

Alguns minutos se passaram em silêncio e pensei se ele tinha dormido.

— Dylan...

— Shhh.

— Gosto da sua voz — desabafei baixinho.

A voz dele estava muito baixa quando ele murmurou no meu ouvido.

— Humm, gosta?

— Sim — murmurei de volta ao fechar os olhos a fim de processar aquele humm. — Como foi o trabalho?

Ouvi uma risada curta conforme seu peito chacoalhava atrás de mim, então uma bufada contra a minha pele, fazendo mais calafrios dançarem nos meus braços.

— Como sempre.

Isso não me deu muita chance para ouvir sua voz, não é?

— Você deve estar muito cansado.

Ele grunhiu, porém, embora soubesse que estava sendo egoísta, eu não estava preparada para deixá-lo dormir. Acho que não tinha sido bem uma mentira quando falei que não conseguia dormir.

— Que horas precisa levantar amanhã?

— Não precisa se preocupar com isso. Não vou sair até você acordar de novo.

— Não é isso... — Inconscientemente, comecei a passar o polegar para cima e para baixo por seus pelos do braço. — Vai se exercitar na sala? Ou vai encontrar Chris? Seria ok se faltássemos às aulas e ficássemos por aqui depois de eu passar um tempo com Kayla? Mas é segunda-feira, então você vai ter treino. Eu só estava pensa...

— Zoe — ele gemeu e ergueu os quadris, me silenciando de forma bem eficiente com apenas um movimento. Meu dedo parou de se mexer no seu braço. Como pode imaginar, consegui sentir a cabeça grande e redonda do seu pau contra a minha bunda. — Já estou com dificuldade do jeito que está, Flash. Se continuar mexendo o dedo desse jeito e falando com essa voz rouca, não vou conseguir... Só me deixe abraçá-la assim e durma.

Engoli em seco e assenti, entretanto, alguns segundos depois, não consegui me conter. Rebolei minha bunda, depois parei quando ele gemeu e seus dentes roçaram no meu pescoço.

Me mexendo na cama pequena, sua mão se arrastou mais para baixo na minha barriga, me fazendo prender a respiração. Sua mão ia cada vez mais para baixo até acima da minha calcinha, apenas alguns centímetros mais alto do que o centro do meu corpo. Um segundo depois, ele apertou a palma contra mim e foi mais para cima na cama ao mesmo tempo, seguramente aninhando não apenas a cabeça de cogumelo, mas também o comprimento grosso da sua ereção contra mim.

— Dylan — gemi, me sentindo meio tonta e, talvez, embriagada por ele, conforme tentava, incansavelmente, rebolar os quadris. Enterrei o rosto no seu braço e, ainda segurando seu antebraço com a mão esquerda, coloquei a direita em cima da sua mão na parte de baixo da minha barriga. Virando sua mão, ele conectou nossos dedos e ficou parado.

Eu não estava pronta para ficar parada. Estava pronta para qualquer coisa, menos para ficar parada.

Delicadamente, sua boca chupou meu pescoço conforme seus quadris se movimentaram atrás de mim, uma vez... duas vezes... três vezes, simplesmente um rebolar lento dos seus quadris, um movimento bem discreto que eu poderia não ter conseguido sentir se meu corpo inteiro não estivesse gritando por ele. Choraminguei, todo o meu ser eletrizado por seu toque, direto até minha alma. Nunca, na vida, tinha sentido uma coisa dessa.

— Estou muito cansado, linda. — Deu um beijo no meu pescoço, então tudo parou. — E você acabou de passar por um inferno. Precisa dormir... Não vou fazer nada.

— Mas... — gaguejei, ganhando outro beijo suave que provocou todo tipo de arrepio e calafrio no meu corpo.

— Durma, linda.

Está brincando comigo?

Ele acabara de jogar Tetris com nossos corpos, e aí? Era para eu simplesmente pegar no sono?

Achava que não dormiria, mas, para minha extrema surpresa, fiz exatamente isso. Com sua respiração estável e conforto contra minhas costas, fiz exatamente isso.

CAPÍTULO VINTE E TRÊS
DYLAN

Antes sequer de eu abrir os olhos, antes mesmo de estar totalmente acordado, pude senti-la ao meu lado, não porque tinha passado a conhecer seu cheiro em qualquer lugar ou porque estávamos bem grudados um no outro exatamente na mesma posição em que tínhamos dormido, mas porque era ela que estava nos meus braços.

Sem saber que horas eram, abri os olhos e enxerguei a escuridão. Franzindo o cenho, me mexi apenas um ou dois centímetros e tentei pegar meu celular debaixo do travesseiro sem acordar Zoe.

— Dylan?

Sua voz ainda estava rouca, ainda sonolenta.

— Shhh, estou aqui. Volte a dormir — sussurrei no seu pescoço, então, finalmente, consegui pegar meu celular debaixo da cabeça dela.

A luz do celular nos iluminou, e tive que piscar para ver a hora na tela.

— Que horas são? — Zoe perguntou ao proteger seus olhos semiabertos com as costas da mão.

Desliguei o celular e o guardei de volta debaixo do travesseiro.

Zoe se mexeu e virou a cabeça a fim de olhar para mim. Mal conseguia identificar seus traços no escuro, mas conseguia ver que seus olhos estavam abertos e me encarando.

Passei a parte de trás dos meus dedos na sua bochecha.

— São só quatro e meia.

— Então nós dormimos, o quê, só pouco mais de duas horas?

— Algo assim. — Deixei meus dedos descerem por seu pescoço e tentei ser gentil conforme fazia uma rápida varredura.

— Pareceu mais — ela sussurrou com a voz baixa.

— Ainda dói? — sussurrei de volta, com a raiva envolvendo minha voz. Ela engoliu em seco e senti o movimento sob o meu toque.

— Está tudo bem.

Eu poderia ter matado aquele desgraçado doente por colocar as mãos nela. Se ela não tivesse me impedido, não tivesse se enterrado nos meus braços, não sei se eu teria parado. Me sentindo impotente, aquela queimação profunda no meu peito — a mesma que sentira na biblioteca quando o vira segurar Zoe contra as prateleiras — começou a me consumir de novo, aquele choque intenso inicial, aquele ódio repentino.

— Dylan? O que houve?

Após três manobras, ela estava me encarando. Primeiro, ela não parecia saber o que fazer com as mãos, mas depois colocou a mão direita no meu peito.

— Ei, para onde você foi?

Cobri a mão dela com a minha e baixei a testa na dela.

— Acho que não vou conseguir voltar a dormir. Como já estou acordado, vou me exercitar. Volte a dormir. Precisa de mais algumas horas.

Me mexi para sair, mas tive que parar na metade do caminho quando ela falou.

— Também não consigo voltar a dormir.

— Zoe...

— Posso voltar para minha cama, se não estiver conseguindo dormir porque estou aqui.

Franzindo o cenho, me deitei de novo na cama.

— De onde tirou isso?

— Por que vai levantar?

— Não vou conseguir dormir, Zoe. Ainda estou bravo. Você pode voltar...

— A dormir. Já ouvi. Está bravo comigo?

— Por que estaria bravo com você?

— Se não está, por que estou sendo punida?

Relaxei e dei risada.

— Você me quer aqui tanto assim?

— Sim.

Não tinha pensado que ela responderia, então, quando o fez, me pegou desprevenido.

— Eu... certo. Certo, então você me pegou.

— Ok. Que bom. Se vamos ficar miseráveis, podemos muito bem fazer isso juntos.

— Esse é o único motivo?

Ela tirou a mão de debaixo das cobertas e deu um soquinho no meu ombro, depois outro. Em silêncio, aguardei uma resposta.

— Não — ela respondeu com um suspiro. — Dylan, eu...

Coloquei o braço entre nós e entrelacei nossos dedos. Erguendo o queixo, ela olhou para mim.

— Sinto uma... coisa por você — ela revelou baixinho, soltando a respiração como se estivesse aliviada de dizer isso em voz alta. Será que ela pensava que estivera escondendo isso de mim esse tempo todo? Será que pensava que eu não sabia, que eu não sentia a mesma... coisa?

Após colocar nossas mãos no seu quadril, me inclinei para baixo para poder falar no seu ouvido.

— Também sinto uma coisa por você, Flash.

Ela gemeu e tentou soltar minha mão, mas a segurei mais forte.

— Não estou brincando, Dylan. Sinto mesmo uma coisa grande por você.

— Grande quanto? — perguntei, tendo dificuldade em conter o sorriso na minha voz. Houve outro puxão na minha mão, então, desta vez, eu a soltei.

— Estou tentando te contar o quanto eu...

Com a mão livre, segurei seu queixo entre o polegar e o indicador e inclinei sua cabeça para cima para ela poder olhar nos meus olhos. Não havia muita luz para ela identificar minha expressão, mas eu estava torcendo que ouvir na minha voz ajudaria.

— Foi depois da segunda vez que te vi, da vez em que tentou fugir de mim e bateu naquele prédio. Lembra disso?

— Eu não estava *tentando* fugir real... aliás, era apenas uma maquete. Não foi como se tivesse batido em um prédio de verd...

— Procurei você — sussurrei, interrompendo-a. — Para ser sincero, não perguntei por aí a fim de tentar encontrá-la, não saberia por onde começar a fazer isso, mas estava torcendo para vê-la de novo. Então, acho que sem nem perceber o que estava fazendo, estava procurando você. Me lembro de uma vez em que uma garota virou a esquina, segurando os livros no peito exatamente como você estava quando me viu da segunda vez. Seu rosto estava virado, então não conseguia vê-la o suficiente para te reconhecer, porém ela tinha a mesma cor de cabelo... — coloquei o cabelo de Zoe atrás da orelha — a mesma pele branca. Ela me fez parar de andar, Zoe, porque pensei *Lá está ela. Lá está ela de novo.* Então ela se virou e não era você. Me lembro de me sentir tão decepcionado. Aconteceu algumas vezes, não nessa extensão, mas pensava ter te visto e nunca era você.

Ela respirou fundo e esperou mais.

— Agora... agora eu não conseguiria, de jeito nenhum, não reconhecer você. Agora você está em todo lugar, sempre na minha mente. Fecho os olhos e posso ver você, bem ali. — Meu foco baixou conforme passei o polegar no seu lábio inferior e seus lábios se abriram. — Agora, nunca conseguiria confundir você com outra pessoa. Seu sorrisinho tímido, seu sorrisão alegre, a forma dos seus olhos... só penso em você, Zoe. Quando acordo, mal posso esperar para me exercitar porque sei que você acordará apenas alguns minutos depois de mim. Vou ouvir seus passos, você vai entrar na cozinha ainda sonolenta e muito linda, então você fica me secando inocentemente enquanto finge que está tomando café da manhã.

Ela resmungou e eu dei risada.

— Não pegue pesado comigo — ela murmurou com uma voz séria, mas a risada silenciosa que veio depois a dedurou. — E eu não estava secando você. Só estava...

— Não me importo como chama isso. Eu gosto. Gosto de ter seus olhos em mim. Adoro ainda mais quando você me olha nos olhos e me dá seu maior sorriso. Toda vez que vejo você sorrindo para mim assim, como depois do jogo em Tucson, parece que está me entregando o mundo. Mesmo no escuro, consigo sentir seu...

Antes de eu conseguir terminar minha frase, ela ergueu a cabeça e seus lábios encontraram os meus. Sem estar preparado para isso, não consegui aliviar o beijo, e nossos dentes bateram. Imediatamente, ela afastou a cabeça para trás. Eu sabia que ela estava corando; não precisava de nenhuma luz para saber disso. Ela cobriu a boca com a mão.

— Desculpe. Eu só...

Desta vez, não esperei para ouvir o resto. Até onde eu sabia, embora tivesse durado apenas um segundo, aquele breve beijo foi o melhor da minha vida.

Colocando sua mão para baixo, segurei sua nuca e avancei para mais. Não queria perder nem mais um segundo com essa garota. Foda-se tudo. Foda-se todo mundo. Nada disso importava. Ela moldou seus lábios aos meus sem um segundo de hesitação. Meu corpo se aproximou mais e o dela fez o mesmo até estarmos grudados um no outro. Inclinei a cabeça e fui mais fundo, minha língua provando cada centímetro. Ela gemeu contra mim e senti seu punho puxando minha camiseta. Nossas bocas se moveram em perfeita sintonia enquanto puxávamos e empurrávamos um ao outro para mais.

Quando tivemos que respirar, Zoe gemeu meu nome.

— Dylan.

Apenas essa única palavra vinda dos seus lábios adicionou combustível ao fogo dentro de mim, e soltei sua nuca para deslizar a mão até sua cintura para poder puxá-la ainda mais para perto, embora não houvesse sequer mais um centímetro de espaço vazio nos separando. Ela não se opôs, apenas se arqueou para mim e me beijou de novo. Nossas respirações estavam superficiais, ela choramingou na minha boca e envolveu meu pescoço com seus braços.

Com dificuldade, parei de beijá-la e sussurrei contra os seus lábios.

— É demais?

— Não — ela disse sem fôlego. — Não é suficiente.

Com um gemido que veio do fundo do meu peito, mordi seu lábio inferior e empurrei a língua de volta para dentro. Coloquei o braço esquerdo debaixo dela e a puxei para cima de mim conforme deitei de costas na cama minúscula. Ela deu um gritinho na minha boca, mas não parou de me beijar. Apenas colocou as mãos em cada lado do meu rosto, jogou a perna por cima da minha coxa e continuou. Puxei seu cabelo para um lado e movi as mãos dos seus ombros para seus braços, depois até sua cintura. Puxei sua camiseta para cima somente o suficiente para poder sentir sua pele sob minhas mãos. Ela estremeceu quando segurei sua cintura o mais firme que conseguiria sem machucá-la.

Com nossa respiração ainda descontrolada, abri os olhos quando ela sussurrou meu nome e tocou meu rosto com a mão.

— Sim — eu disse, rouco, então ergui a cabeça apenas o suficiente para poder tomar seus lábios. Um ou dois segundos foram tempo suficiente para respirar. Ela me beijou de volta, tão intensamente quanto eu, tão faminta quanto sua língua se enroscando com a minha.

— Espere — ela murmurou, seus lábios se movendo contra os meus quando tivemos que nos separar para respirar. — Só um segundo.

Resmunguei, mas parei como ela pediu. Me concentrei nos seus lábios e no seu pescoço.

Uma das suas pernas tinha caído entre as minhas quando eu a puxara para cima de mim, mas ela se endireitou um pouco, tirando sua pele macia dos meus lábios, e montou em mim, sentando-se bem em cima do meu pau.

— Merda — gemi, segurando seus quadris. — Talvez não tenha sido uma boa ideia, Flash.

Uma das suas mãos estava apoiada na minha barriga para se

equilibrar quando ela tirou o cabelo do rosto com a outra.

— O que foi?

Puxei um pouco seus quadris para a frente, para ela não ficar *bem* em cima do meu pau já-duro-pra-cacete, e grunhi quando a deslizada bruta foi melhor do que qualquer coisa que eu já tinha sentido.

— Isso — repeti, grunhindo, torcendo para que ela soubesse o que eu queria dizer. Agora suas duas mãos estavam na minha barriga e ela ainda estava sem fôlego, exatamente como eu.

Ela recuou os quadris de volta para onde estavam e mordeu o lábio.

— Engraçado, para mim, pareceu a ideia mais incrível do mundo.

— É?

— Sim.

Me sentei e a segurei com um braço antes de ela cair para trás. Arrastando nossos corpos para cima na cama, encostei na cabeceira baixa. Minha cabeça bateu na parede conforme ela se arrumou no meu colo até estar confortável.

Colocando minha mão de volta debaixo da sua camiseta por trás, segurei sua nuca o mais gentil possível e a puxei para baixo, para minha boca. Ela veio rapidamente e gemeu ainda mais alto quando a beijei e mexeu um pouco a bunda incansavelmente contra o meu pau. Nem conseguia me lembrar da última vez em que ficara roçando assim, que dirá de uma vez em que gostei tanto.

Abri o sutiã dela e coloquei minhas duas mãos nas suas costas, deixando o tecido simplesmente cair conforme curvava meus dedos no seu ombro, então a acariciava de novo.

Após um roçar firme, soltei um grunhido e bati a cabeça na parede com um barulho alto conforme arranquei os lábios dos dela.

— Porra, Zoe...

Lentamente, meus olhos se abriram quando senti sua respiração nos meus lábios. Engoli em seco e lambi meus lábios, esperando para ver o que ela faria. A pior parte foi que ela não estava mais se movimentando em mim.

— Dylan — ela sussurrou antes de beijar meus lábios duas vezes. Deixei que ela ditasse o ritmo, o que não durou mais do que alguns segundos. — Meu coração bate diferente por você. De alguma forma, parece diferente. Sei que, provavelmente, isso não faz sentido, mas... bate mais alto, mais forte quando te vejo. — Passei as mãos por sua cintura e a segurei firme. Ela apoiou a bochecha na minha têmpora e rebolou. — E sinto que... como vou conseguir mantê-lo no lugar? Como vou conseguir me acostumar a ver esse sorriso nos seus lábios? Destrói meu cérebro. *Você* destrói meu cérebro às vezes... ele derrete totalmente. Mesmo naquela primeira vez no banheiro... apesar de ter sido apenas nervos e estar horrorizada, então talvez não possamos contar essa... mas, da segunda vez, quando te vi andando na minha direção, simplesmente fiquei paralisada. Como alguém poderia desviar o olhar...

Não a deixei terminar de falar; não conseguia. Em segundos, eu a colocara de costas na cama e estava acima dela. Não importava o quanto estava escuro; podia imaginar sua expressão. Ela estava marcada na minha mente. Aqueles olhos grandes, aquele rubor nas bochechas — eu conseguia enxergar tudo.

Sem querer perder nem mais um segundo, eu a beijei de novo, apenas pausando quando senti suas mãos puxando minha camiseta. Com uma mão bem ao lado da sua cabeça, usei a outra para alcançar atrás, acima da minha cabeça, e retirar a peça. Quando olhei para baixo, ela estava com dificuldade com a própria camiseta.

— Deixe que eu faço — murmurei e a ajudei a tirar, com o sutiã e tudo.

Não conseguia vê-la com clareza e isso me frustrava demais, mas pensei que não conseguiria me desenroscar dela por tempo suficiente para acender a luz. Ajustei meus quadris entre suas pernas bem abertas, meus lábios contra os seus já inchados quando coloquei a mão na sua barriga e a deslizei para cima, até estar segurando seu seio. Era mais do que uma mão cheia, e eu mal podia esperar para provar o gosto dele — literalmente.

Comecei a fodê-la com o resto das nossas roupas ainda e, a cada gemido, cada pausa da sua respiração me levava a um nível em que eu sabia que nenhum de nós estaria satisfeito com apenas o que estávamos fazendo. Gemi baixinho acima dos seus gemidos. Era tão bom finalmente poder tocá-la desse jeito, senti-la desse jeito. Quando fui um pouco bruto com seus seios e comecei a virar seu mamilo entre meus dedos enquanto chupava o outro o mais forte que conseguia, ela arfou e segurou minha cabeça.

Pressionei mais meu pau contra ela conforme me mexia com movimentos deliberadamente para a frente. Cada rebolada dos nossos quadris a erguia um pouco mais na cama.

— Isso é tão bom — ela arfou quando eu estava ocupado beijando seu pescoço e seguindo para seus seios de novo. Um dos seus pés estava na cama e ela estava se empurrando para cima ao mesmo tempo das minhas investidas, conforme arqueava para trás.

— É? Você vai me fazer gozar na calça — gemi, me sentindo embriagado por ela. — Não me lembro da última vez que fiz isso.

Eu ainda estava de calça além da cueca, já que tinha dormido assim que caíra na cama, e ela só estava com a parte de baixo do pijama fino. Ela conseguia sentir cada centímetro de mim se arrastando na sua boceta. Só no caso de ela precisar de mais, soltei seu seio pela primeira vez desde que a tinha deixado seminua e coloquei a mão debaixo da sua bunda, dentro do seu pijama e da sua calcinha, puxando-a com mais firmeza contra mim e meu pau.

— Nossa — ela gemeu, envolvendo uma das pernas em mim.

Sua cabeça estava jogada para trás, e a vi sem fôlego conforme construía seu orgasmo bem diante dos meus olhos. Acelerei.

— Dylan — ela gritou em segundos. — Dylan, estou muito perto.

Meu nome nos seus lábios me arrastou para a beirada do clímax.

— Vamos, linda — murmurei na sua garganta ao dar beijinhos na sua pele quente.

Suas pernas se abriram mais debaixo de mim e apertei com mais força sua bunda.

— Me diga do que precisa, Zoe.

— Só de você. Só quero você.

— Eu sei, Flash. Eu sei. Me diga do que precisa para eu poder fazer você gozar.

Respirando sua essência doce frutada, lambi uma trilha no seu pescoço sobre seus ferimentos e chupei sua pele, garantindo que não era onde iria machucá-la. Ela gemeu, o som baixo e rouco.

— Não. Não. Pare — ela disse de repente, me surpreendendo pra caralho.

— O quê? — Atordoado, me endireitei, me afastando alguns centímetros dela. Parei de me mexer contra ela, mas não tive força suficiente para nos separar por completo. — O que aconteceu? O que houve?

Quando vi, suas mãos estavam no cós do seu pijama e ela estava tentando tirá-lo.

Recuando um pouco, perguntei:

— O que está fazendo?

— Quero gozar quando estiver dentro de mim, Dylan, e acho que talvez realmente morra se você não estiver dentro de mim nos próximos minutos. Não, não estou sendo nada dramática, então vai... tire a calça, fique nu.

A última coisa que eu esperava fazer naquele instante era dar risada, mas fiz exatamente isso.

Zoe conseguiu tirar metade da sua calça do pijama, mas estava com dificuldade de separar as pernas, porque eu ainda estava acima dela. Ajudei-a a tirar o resto e precisei me estabilizar por um ou dois segundos. Passei a mão até em cima nas suas coxas, então desci para seu tornozelo. Adorava as pernas dela. Tinha passado semanas observando aquelas pernas lisas e imaginando-as envolvidas em mim enquanto eu a fodia e ela me implorava por mais.

— Acho que não consegue fazer o que quero que faça com essa calça, Dylan — ela murmurou, quando simplesmente fiquei de joelhos como um idiota e movimentei as mãos por toda ela. Peguei a mão que ela estava usando para apertar os lençóis.

— Só um minuto — murmurei, então coloquei suas pernas em volta da minha cintura e me acomodei entre suas pernas nuas, meu pau pressionando bem acima do seu clitóris. Só queria sentir seu calor. — Então me deixe nu.

— Merda — ela murmurou, suas mãos se movendo sobre o meu peito e se curvando nos meus ombros. Então elas passearam mais para baixo enquanto eu me inclinava sobre ela, beijando e sugando seus lábios abertos. Suas pernas caíram da minha cintura.

Ergui os quadris o suficiente para ela poder abaixar minha calça sem dificuldade, então olhei para baixo entre nós para ver a cabeça do meu pau aparecer. Se ela encostasse em mim, sentiria que eu já estava soltando o pré-gozo. Ela se empurrou um pouco para cima e baixou minha calça mais uns centímetros, libertando todo o meu pau, que balançou entre nós, a cabeça encostando na sua barriga.

— Agora que você tirou, o que está planejando fazer? — perguntei com a voz grave. Apoiei os antebraços em cada lado do seu rosto e olhei para ela. Só conseguia imaginá-la mordendo o lábio e parecendo incerta.

Em vez de ouvir palavras, senti seus dedos envolverem meu pau duro e inchado, nada incerto sobre seu toque. Me mexi na sua mão e senti seu polegar esfregar a umidade para baixo e em volta de mim. Meu coração martelava no peito e abaixei mais minha mão, deslizei-a até embaixo, arrastando-a em cada centímetro até sentir sua umidade nos meus dedos, e era isso para mim. Já era.

— Camisinha — eu disse, minha mente trabalhando apenas o suficiente para me lembrar de que precisávamos de camisinhas... muitas delas. — Camisinhas. Não tenho camisinhas, Zoe.

Sua mão parou de se mover em mim, mas ela não a retirou.

— O quê?

Bati a mão na cama e baixei o rosto no seu pescoço. Lambi e mordi seu lóbulo da orelha antes de falar porque não consegui me conter.

— Não tenho camisinhas.

— Eu tenho! — ela meio que gritou, então sua mão não estava mais segurando o meu pau. — Eu tenho. Uma... tenho uma.

Ela deslizou de debaixo de mim, hesitou, então pegou o travesseiro e abraçou seu corpo nu perfeito nele antes de se levantar e sair correndo do meu quarto. Segundos mais tarde, ela voltou e se sentou na beirada da cama, meus dedos coçando para encostar nela, puxá-la, abraçá-la.

— O que é isso? — consegui perguntar ao gesticular para o travesseiro, meu pau dolorosamente duro e ainda mais dolorosamente pronto.

Estendi a mão e ela a pegou sem hesitar. Com a outra mão, peguei o travesseiro e o joguei de volta na cama.

— Dylan...

— Já está bem escuro aqui. Não se esconda de mim, Zoe. Não mais. — Dei um leve puxão nela, que subiu no meu colo.

— Aqui — ela disse, me entregando a camisinha depois de se sentar nas minhas coxas. — Só tenho esta. — Ela pausou. — Jared deu para mim, só caso acontecesse algo.

— No caso de acontecer o quê?

Ela deu de ombros.

— Só no caso de você e eu... Foi uma brincadeira.

— Fodermos. É tímida demais para dizer foder?

— Só no caso de você e eu transarmos.

— Foder soa melhor para mim.

— Certo, foder, então.

Dei risada e a beijei. Seus braços, lentamente, envolveram meu pescoço conforme ela se derreteu contra mim.

— Quero ver você colocá-la — ela pediu contra os meus lábios.

— O que você quiser, é só me dizer que é seu.

Ela colocou o lábio inferior entre os dentes e inclinou a cabeça para me observar conforme eu colocava no meu pau o mais humanamente rápido possível.

Perdi a paciência em algum momento durante o processo, então a tirei do meu colo e a coloquei de volta na cama com um balanço logo antes de subir nela.

— Preciso muito de você, Zoe. Não consigo mais olhar para você e não saber como é me enterrar em você.

Ela puxou minha cabeça para baixo e tomou meus lábios. Mantendo nossos peitos separados, estiquei o braço entre nós e senti a umidade entre suas pernas.

— Merda, Zoe — chiei, apoiando a testa na dela. — Você já está toda pronta para mim, não está?

— Estava tentando te dizer...

Enfiei dois dedos e ela enrijeceu debaixo de mim, as pernas tensas, seus dedos apertando a pele dos meus braços. Ela estava encharcada. Após algumas investidas superficiais, tirei os dedos e espalhei sua umidade no seu clitóris, acariciando e massageando. Seus quadris estavam inquietos debaixo de mim, exigentes, suas mãos ainda na minha pele, seu toque abrasador.

Me inclinei para baixo e sussurrei no seu ouvido.

— Preciso tanto de você, Zoe.

— Por favor... Dylan, por favor.

Fiz o que ela pediu e segurei na base do meu pau para poder, lentamente, deslizá-lo para dentro até ela me tomar por completo. Demorou alguns segundos e uns grunhidos e umas arfadas sensuais dela conforme arqueou debaixo de mim, mas eu estava totalmente dentro e nada nunca tinha sido tão apertado, tão certo, tão inteiramente... meu.

Queria fodê-la até a luz da manhã entrar no quarto e queria poder memorizar cada curva da sua pele. Me sentindo meio tonto, tirei até ter apenas a cabeça dentro dela, então entrei totalmente de novo. Me apoiei nos antebraços e, enfim, comecei a fodê-la com um ritmo lento.

Um pequeno gemido deslizou dos seus lábios e me abaixei para capturá-lo com a boca. Queria todos os seus gemidos, todos os seus suspiros e arfadas. Queria tudo dela.

— Vou pegar tudo de você — sussurrei contra sua pele. Era justo avisá-la.

— Que bom — ela respondeu. Suas mãos seguraram meu rosto, e pude senti-la me encarando diretamente nos olhos conforme me mexia dentro dela com investidas duras e superficiais. — Ótimo, aliás. — Outro grunhido após uma investida particularmente bruta. — Contanto que você me dê tudo de si mesmo.

— Você já tem tudo de mim, linda.

Após isso, tudo ficou perdido em uma confusão. *Eu* fiquei perdido nela. Segurei uma das suas pernas e a puxei para cima em volta da minha cintura a fim de que pudesse ir ainda mais fundo. Quando meus movimentos aceleraram, também o fizeram os barulhos baixos que ela estava emitindo. Ela agarrou meus bíceps, esmagando, puxando e xingando quando fui especialmente fundo e rápido. Então estava arqueando, seus seios empinados, me oferecendo com muita doçura, e eu a estava provando.

Grunhindo.

Sem fôlego.

Perdido.

— Você está me deixando louco — arfei, meu coração batendo igual a um louco no meu peito, tendo dificuldade em nos acompanhar. O som da nossa pele se encontrando a cada investida era o melhor som que eu ouviria na vida.

— Você parece tão grande dentro de mim — Zoe arfou, trazendo minha atenção dos seus seios para seus lábios inchados.

Diminuí a velocidade das investidas e a beijei preguiçosamente, chupando sua língua, tirando o pau dela o mais lento possível, então colocando tudo de volta.

— É demais?

Mordendo o lábio, ela balançou a cabeça.

— Está bom?

— Quero gozar. — Foi sua resposta quando seus dedos apertaram mais meus braços. — Quero gozar em você — ela repetiu, sua voz rouca e sem fôlego. Beijei seus lábios.

— Me diga. Diga em voz alta. Quero ouvir. Está bom?

Ela colocou a mão na minha bochecha antes de me dar uma resposta.

— Está incrível. Parece que vou explodir. — Uma arfada. Um gemido. — Você é incrível, eu adoro, mas quero gozar. Não... acontece toda vez para mim, mas está muito perto, posso sentir. Quero que *você* me faça gozar. Por favor, me faça gozar em você.

Com um desafio desse, o que mais eu poderia fazer?

Fiquei de joelhos, arrastei suas pernas sobre minhas coxas e a puxei ainda mais para perto com minhas mãos nos seus quadris, então comecei a fodê-la como se não houvesse amanhã. Ela se empurrava para baixo em mim, suas mãos seguraram a cabeceira, e pude senti-la, lentamente, se apertando em volta de mim, suas pernas me esmagando, seus choramingos mais altos.

— Zoe — chiei. — Zoe, é bom pra caralho ter você em volta do meu pau, me apertando assim. Olhe para você, toda pronta para se soltar e gozar em mim.

Então seu orgasmo assumiu e ela tentou puxar as pernas mais em volta de mim, mas as segurei abertas e continuei investindo até ela ir diretamente e arfar, quase silenciosamente, então ela gozou com a boca aberta, o corpo arqueado e sem fôlego.

Observando sua expressão, observando seus seios se movimentarem com a força das minhas investidas, eu sabia que não conseguiria mais segurar. Estava tão fundo nela, e ela estava tão apertada que eu não sabia se conseguiria parar.

O sangue cantarolou nas minhas veias e minha espinha formigou.

Zoe terminou de gozar e encontrou seu fôlego conforme meu nome saía dos seus lábios de novo. Ela esticou o braço e passou as mãos no meu peito e barriga, me fazendo arrepiar. Eu não sabia por quanto mais tempo conseguiria me movimentar dentro dela, mas estava chegando perto de enlouquecer.

— Não consigo — me forcei a falar. Ela estava me queimando de dentro para fora e eu não fazia ideia de por que estava tentando tanto continuar em vez de me soltar.

— Não goze — ela sussurrou, me puxando para baixo contra sua pele. Nós dois estávamos cobertos de suor, e sentir seus seios pressionados em mim, seu coração batendo forte, seu cheiro, sua falta de ar... nada disso estava ajudando.

A cabeceira estava batendo na parede a cada investida, e estávamos gemendo a todo segundo. Eu a senti se apertar em volta de mim de novo e ela gritou, gozando de novo, rebolando, seus braços à minha volta, me abraçando. Ela escondeu o rosto no meu pescoço e ficou incrivelmente apertada e molhada em volta de mim.

— Olhe para mim — gemi com urgência. — Zoe, olhe para mim.

Sem fôlego, ela jogou a cabeça para trás no travesseiro e nossos olhos se encontraram no escuro. Com um gemido, tomei seus lábios e me enterrei até o fim, de novo e de novo. Beijei-a o mais intenso que conseguia, nossas cabeças se mexendo e inclinando, e gozei dentro dela apressadamente como nunca tinha feito. Gozei, mas foi diferente, como se tivesse sido arrancado de algum lugar bem dentro de mim, como se o que tínhamos feito naquela cama minúscula fosse algo muito mais do que simplesmente transar, mais como um exorcismo.

Quando consegui enxergar e ouvir de novo, me vi ainda me movendo dentro dela delicada e lentamente, me enterrando o mais fundo que conseguia ir. Nunca tirei os lábios dos dela. Continuei beijando-a até não podermos mais. Minhas mãos nunca pararam de acariciar sua pele, memorizando. Eu poderia tê-la beijado assim por horas, por dias, por anos. Quando pareceu que eu morreria se continuasse me movendo, caí metade nela e tentei recuperar meu fôlego.

— Porra. Acho que você me matou — murmurei no travesseiro. — Vamos fazer de novo.

Ela deu risada, o som suave me dando calafrios.

Tirei e me afastei dela para me livrar da camisinha. Quando voltei, ela estava se envolvendo com os lençóis, escondendo-se de novo.

Entrando debaixo das cobertas, coloquei a mão atrás da sua cintura e a puxei contra o meu peito conforme meu pau ficava semiduro entre nós.

— Não se esconda de mim — eu disse baixinho. — Por favor.

— Não vou — ela sussurrou de volta.

Tirei seu cabelo bagunçado do rosto e a encarei por um instante.

— Zoe, isso foi a melhor coisa que já aconteceu comigo. — Dei um beijo nos seus lábios inchados e, quando ela os abriu, entrei para um mais demorado sem hesitar. Quando paramos, ela suspirou e pressionou a testa no meu ombro, logo abaixo do meu queixo. Continuei. — Parece que estava esperando isso acontecer minha vida toda, esperando você acontecer.

Acariciei suas costas, para cima e para baixo, para cima e para baixo, até ela olhar de volta para mim.

— Foi intenso. Eu nunca tinha feito isso. A... coisa de gozar duas vezes, quero dizer. Acho que eu estava molhada demais. Será que é normal?

— Acho que é o nosso normal. Foi demais? — Franzi o cenho para ela. — Te machuquei ou algo assim? Seu pescoço?

Ela balançou a cabeça.

— Não. Não, não foi isso. Só nunca me senti assim, tão... louca. Só queria você mais e mais fundo, apesar de sentir que você já estava inteiro dentro... sabe?

— É, sei o que quer dizer. Tentei ir com calma, mas não deu certo. — Beijei sua testa e fechei os olhos. — É melhor dormirmos um pouco, Flash. Amanhã será outro dia difícil para você.

Ela suspirou e se aconchegou mais perto.

— Posso dormir com você?

— Experimente tentar se afastar de mim.

Ela pareceu se acomodar depois disso e ficamos em silêncio.

Eu estava quase dormindo com ela nos meus braços quando ela falou baixinho.

— Dylan.

De repente, fiquei bem acordado. No entanto, baseado no seu tom, *aquela* conversa não era uma que eu estava preparado para ter ali, não quando ainda conseguia senti-la apertando e pulsando em volta do meu pau.

— Agora não — eu disse rapidamente.

— Acho que nós...

— Não, não esta noite, não depois de eu ter acabado de transar com você. Vamos conversar amanhã ou depois. Então vamos nos mudar o mais rápido possível.

— Mudar? Do que está fal...

Apertei-a e ela parou. Olhei para baixo e vi seu olhar confuso.

— Não podemos ficar aqui, no apartamento dele. Eu não vou ficar.

Seu cenho franzido só aumentou até a compreensão atingi-la e ela começou a balançar a cabeça.

— Não, Dylan. Quero dizer, sim, mas...

Beijei seus lábios, interrompendo-a, porque não consegui me conter.

— Não esta noite. Por favor.

— Mas você precisa saber. Há coisas...

— Vou saber de tudo amanhã ou depois. Só me dê mais um dia, ok? Apenas nós, você e eu, ninguém mais. Nada mais entre nós.

Ela encarou meus olhos por mais alguns segundos, então expirou e assentiu.

Mais segundos se passaram e eu não consegui dormir. Pigarreei.

— Aliás, você me beijou. Perdeu a aposta que tinha tanta certeza de que nunca perderia.

Ela ergueu rapidamente a cabeça, batendo no meu queixo.

— Não beijei! Você que me beijou!

— Acho que não. Você que começou.

— Não. Não conta. Você me beijou primeiro.

Eu estava com o maior sorriso no rosto quando, finalmente, dormi depois de discutir com ela sobre quem tinha perdido a aposta. No fim, eu a tinha pegado, em cada sentido da palavra — só que eu não fazia ideia de que nada disso importaria no dia seguinte, não depois da forma como ela partiu meu coração.

CAPÍTULO VINTE E QUATRO
ZOE

Ele estava brincando com meus dedos; acho que foi isso que me acordou inicialmente, isso e ouvir a voz dele murmurar meu nome contra a minha pele. Foi apenas um pouco mais do que um sussurro que, de repente, incentivou meu coração a bater rápido. Era cedo demais para ficar animada só porque ouvi a voz sonolenta e sensual de alguém.

Abri os olhos com um sorriso brega espalhado no rosto. Um olhar para aquela cama e você teria que apostar dinheiro que não era possível que duas pessoas — principalmente uma delas sendo do tamanho de Dylan — caberiam ali, mas coubemos. Coubemos perfeitamente. Claro que o pé dele e metade do braço que estavam sob a minha cabeça estavam para fora da cama, minhas pernas estavam enroladas nas dele e meus joelhos estavam pendurados para o lado também, mas quem se importava? Como eu disse, coubemos perfeitamente.

— Bom dia — ele murmurou, e olhei para trás a fim de encontrar seus olhos azul-escuros. Ele me abriu um sorriso preguiçoso, um que eu não pude não retribuir.

— Bom dia.

— Dormiu bem?

Ainda sorrindo, assenti, e seu sorriso ficou maior. Pude sentir o calor percorrendo minhas bochechas. Meus olhos baixaram para os seus lábios e vi o sorriso se transformar no que eu mais amava nele, quando ele sorria com os olhos tanto quanto sorria com os lábios. Era carismático, genuíno e sensual. Parece brega, eu sei, mas era verdade que basicamente tirava o seu — certo, talvez não tirasse o *seu*... melhor não... mas tirava o meu fôlego.

Vuuush.

Sumiu, simples assim.

— Não se mexa — eu disse com pressa, então tirei as cobertas, dei um gritinho e tive dificuldade em me cobrir de novo.

— O que está havendo? — Dylan perguntou, olhando para mim com divertimento dançando nos seus olhos.

Puxei as cobertas mais para cima.

— Eu... só... deixe-me pegar o travesseiro. — Não lhe dei uma chance de sequer protestar ou tirá-lo antes de eu conseguir pegá-lo. Puxei-o de debaixo dele e sua cabeça quicou no colchão. Pedindo desculpa, abracei-o no meu peito e, com cuidado, saí da cama. Ele segurou minha mão antes que eu pudesse ficar ereta.

— Aonde você vai?

— Já vou voltar. Só quero pegar uma coisa.

Ele me soltou e saí de costas do quarto, torcendo para tudo estar coberto.

Quando peguei o que precisava da minha bolsa, voltei apressada. Ele ainda estava deitado, usando o braço atrás da cabeça como travesseiro. Analisei os músculos, o peito, a pele lisa, a protuberância debaixo das cobertas — só de pensar no pau dele me deixou toda quente por dentro. Você deveria tê-lo visto; ele parecia tão relaxado, tão gostoso, tão... outras palavras em que eu não conseguiria pensar devido à forma como ele transformava meu cérebro em um mingau completo, mas acredite em mim, ele estava perfeito.

Ainda agarrando o travesseiro ao meu corpo com uma mão, segurando minha câmera com a outra, voltei a me deitar ao seu lado e, enfim, soltei o travesseiro quando estava de volta debaixo das cobertas.

— Não pode ainda estar tímida, Zoe — ele disse, apoiando-se no cotovelo e olhando nos meus olhos com o cenho um pouco franzido. — Não depois de ontem à noite.

— Não desaparece assim, simplesmente. Me dê um tempo, está claro agora. — Bufei. — Mas esqueça isso. Estava morrendo de vontade de tirar uma foto sua e...

— Você tirou fotos minhas no jogo.

— Não, não essas... assim. — Coloquei a mão no seu peito. — Quero guardar isto.

— Colecionando memórias, batidas de coração — ele murmurou, lembrando o que eu dissera para ele na primeira noite dele no apartamento. Sorrindo, ele colocou uma mecha de cabelo atrás da minha orelha. — De nós dois?

Mais do que empolgada, mordi o lábio e assenti, ansiosa.

Ele abriu os braços e eu mergulhei, delirantemente feliz em estar ali.

— Seu braço deve estar acabado agora. Deveria tê-lo tirado debaixo de mim depois que dormi.

— Tudo bem — ele disse distraidamente conforme me puxou mais para perto.

Após mexer na velocidade até estar tudo certo, expirei e ergui minha Sony A7R II acima de nós para que coubéssemos na foto. A tela que virava não funcionou, então seria um tiro no escuro, mas eu queria qualquer coisa naquele instante.

Sorrindo como louca, olhei para Dylan, e ele sorriu.

— Pronto? — perguntei, sem dar a mínima de estar parecendo uma maluca.

Ele deu risada e me beijou na bochecha.

Isso era ouro. Tirei a foto antes de sequer ele ter a chance de recuar. Zonza, virei a câmera para ver como tinha ficado — *perfeita*. Realmente parecia meio doida com aquele sorriso, e meus olhos estavam fechados, minha cabeça inclinada na direção da cabeça dele, mas estava perfeita. O lado dele da foto estava perfeito, e eu parecia feliz como nunca. Se você tivesse visto a foto, poderia ter pensado que eu era uma perdedora completa, mas *eu* não achava isso. Quando Dylan deu risada ao meu lado, soube que ele também não pensava isso.

— Tão linda — ele disse, e um calafrio delicioso percorreu meu corpo.

Capturar aquele momento único teria sido suficiente para mim. Eu estava planejando deixar a câmera de lado, mas Dylan me impediu.

— Mais.

— Posso?

— Sim. Tire quantas quiser — ele falou, me dando permissão.

Provavelmente, tirei uma dúzia exatamente da mesma foto da gente, mas não dava a mínima. Todas elas consistiam em Dylan me beijando enquanto eu estava deitada no seu ombro, Dylan me beijando enquanto sua mão cobria minha bochecha, eu rindo conforme ele se inclinava para baixo e beijava meu pescoço, eu olhando para Dylan com olhos brilhantes conforme ele sorria para mim, a câmera totalmente esquecida. Então Dylan a tirou da minha mão, que já estava tremendo por segurá-la por tanto tempo, e, depois de ficar meio desajeitada, ele começou a próxima sequência das mesmas fotos: ele beijando o canto dos meus lábios quando, finalmente, olhei para a câmera, ele alcançando meus lábios e, enfim, me beijando quando virei o corpo para encará-lo, eu com os olhos fechados enquanto ele sussurrava no meu ouvido. Então houve uma foto do seu braço envolvendo meu pescoço, uma do seu tronco definido e minha cintura conforme ele se torcia na cama.

Então houve apenas o silêncio, e ele e eu.

Esticando-se acima de mim, ele colocou a câmera no chão de carpete e olhou para baixo, para mim. Em algum momento da nossa mini sessão improvisada, as cobertas tinham revelado a parte superior do meu corpo para ele, que pôde ver tudo que não tinha conseguido ver antes.

Meu coração parou quando nos encaramos. A expressão de Dylan suavizou conforme ele me analisou.

— Oi, Flash.

Eu sorri.

— Oi, amigão.

Ele baixou a cabeça e deu risada.

— Verdade, somos amigões. Você é a melhor amiga que eu já tive.

— Igualmente.

Seus dedos se moveram sobre os meus ferimentos, seus olhos os seguiram, e eu engoli em seco.

— Essas marcas acabam comigo.

Eu não conseguia falar.

Olhando um pouco mais para mim, uma das suas mãos acariciou minha cintura, depois desceu para minha coxa. Quando ele a ergueu e colocou meu pé firmemente na cama, precisei de toda a minha força para não me arrepiar no corpo todo. Simples assim, eu estava encharcada por ele. Ele baixou os quadris em mim e me lembrei de como ele colocara a cueca de volta quando se levantou para cuidar da camisinha. Ainda assim, o tecido nos separando não significava nada; eu conseguia sentir muito bem cada centímetro da sua ereção e, em mais alguns segundos, ele conseguiria sentir o quanto eu estava intensamente molhada por ele.

Segurei seus braços, fechei os olhos e soltei um gemido involuntário quando ele empurrou para a frente e a cabeça do seu pau, pressionando com força meu clitóris.

Então senti seus lábios dançando na minha bochecha, na minha orelha, no meu pescoço, lambendo, chupando gentilmente, beijando.

Cegamente, estiquei o braço entre nós, empurrei a cueca dele alguns centímetros para baixo e estremeci quando seu pau quente e pesado deitou na minha barriga.

Me sentindo meio louca, gemi e virei a cabeça para poder beijá-lo. Ele respondeu meu gemido com seu próprio quando minha mão o envolveu e puxou forte. Engoli seus grunhidos e o massageei com mais força. Uma gota de pré-gozo caiu na minha barriga, me fazendo arfar e arrepiar, calafrios passeando por todo o meu corpo. Então outra gota, depois outra. Renovei meu ataque à sua boca ao segurar seu pescoço com a mão livre e puxá-lo para mim. Ele virou a cabeça e foi mais fundo, sua língua acariciando a minha, tomando e dando, mordendo e lambendo, acariciando e beijando.

Então senti seu polegar e o dedo indicador no meu queixo e ele se empurrou de mim, nossos lábios fazendo um som estalado alto.

— Por favor, me diga que Jared te deu mais — ele rosnou, o som e o tom me derretendo ainda mais na cama.

Meus olhos se abriram apenas pela metade e consegui murmurar baixo:

— O quê?

— Camisinhas?

Forcei meus olhos a abrirem um pouco mais e meu coração afundou.

— Oh, não.

Ele gemeu e rolou para o lado, seu pau deslizando da minha mão.

— Desculpe — murmurei, me apoiando no cotovelo e olhando-o conforme ele passava a mão pelo rosto algumas vezes.

— Então é melhor eu sair desta cama... Inferno, provavelmente do apartamento, enquanto estiver assim.

Eu sorri.

— Por quê?

Ele me olhou de forma frustrada, sua expressão tão sombria e dura quanto seus olhos. Perdi meu sorriso bem rapidamente e pigarreei. Sem falar mais nada, me ajoelhei, um pouco sem fôlego e meio incerta, me acomodei ao lado das suas pernas e engoli em seco. Não ia pedir permissão, e ele não ia me impedir. Podia sentir seus olhos queimando a minha pele. Será que não era legal estar tão fascinada por um pau? Porque, aparentemente, eu não conseguia parar de olhar o dele. O pau grosso, a cabeça rosada escura... a forma como ele se deitava na sua barriga dura, aquela veia grossa na parte de baixo... a ansiedade do quanto seria bom prová-lo... tudo isso me ocorreu de uma vez e não consegui mais esperar.

Dei uma olhada para Dylan e o vi engolir em seco, vi sua garganta se mover e como sua mandíbula estava tensa.

Me estiquei para segurá-lo, mas ele me impediu antes que eu pudesse e entrelaçou nossos dedos.

— Use a outra — ele disse, aquela voz grave, excitada, se apressando sobre mim e me causando arrepios por toda a pele.

Lambi os lábios com ansiedade.

— Certo.

Eu o queria na minha boca, provavelmente, um pouco mais do que ele sequer queria. Não era profissional em boquetes em si, mas achava que também não era a pior. Balançando a cabeça para me livrar de todas as dúvidas idiotas, segurei sua base grossa com a mão esquerda e baixei a boca sobre a cabeça grande, virando minha língua em volta dele.

Os quadris de Dylan subiram e ele apertou minha mão com a dele.

— Desculpe.

Lentamente, subi e desci a mão por seu comprimento, esfregando o polegar por seu pau, usando sua umidade que escorria para facilitar. Ele tentou ficar deitado o mais parado possível.

— Porra — ele chiou, sua cabeça afundando no travesseiro quando o coloquei na boca de novo. — Zoe, acho que nunca mais vou deixar você sair desta cama.

E ele não deixou, até ter que pegar seu celular quando começou a tocar repetidamente. Um dos seus colegas de time, Benji, estava ligando para se certificar de que ele iria treinar.

Depois disso, foi uma correria louca. Eu não fazia ideia de quando tínhamos acordado, porém, depois de tê-lo feito gozar por toda a sua barriga e minhas mãos, ele retribuiu, então ganhei um bônus. Quando seu amigo ligou e estourou nossa pequena bolha particular, me senti culpada por estar tão feliz quando minha amiga estava passando por um pesadelo.

Quinze minutos depois da ligação, nós dois tínhamos tomado banho, estávamos vestidos e prontos para sair.

— Vai me ligar quando estiver vindo para casa?

— Vou.

— Vai faltar às aulas?

— Sim, tanto eu quanto Jared.

— Vai me ligar se precisar de qualquer coisa?

— Vou.

— Me envie mensagem para avisar como ela está quando chegar lá.

Assenti rapidamente e desviei o olhar.

Ele segurou meu queixo.

— O que houve?

Dei de ombros para ele. Como iria explicar sobre Mark e Chris? Como sequer começava uma conversa assim?

Então... é o seguinte, sei que você detesta mentirosos porque me contou isso na sua primeira noite aqui, mas estive mentindo para você esse tempo todo. Ei, pelo menos foi uma mentira boa, certo? Nunca tive namorado, não desde que você se mudou, e acontece que seu melhor amigo é meu irmão há muito tempo perdido, mas não vamos contar nada a ele porque é assim que Mark quer. A conversa foi boa. Tchau.

Exatamente como arrancar um band-aid.

Para minha vergonha, meus olhos queimaram com lágrimas não derramadas e me virei para chegar à porta antes de ele conseguir vê-las.

— Nada. Você vai se atrasar. Vamos. — Puxei sua mão para tirá-lo do apartamento e tranquei a porta.

— Zoe, espere.

Ele colocou a mão no meu braço, mas eu já estava me movendo.

A porta da srta. Hilda se abriu antes que pudéssemos sair. Jurava que a mulher passava metade do seu dia — provavelmente ainda mais — com a orelha pressionada na porta, esperando suas vítimas.

— Onde vocês dois estavam? Precisei de vocês ontem e bati muito na sua porta. Estavam dando uma festa lá? Acredito ter dito à senhorita que não gostaria disso quando veio morar aqui, srta. Clarke.

Se eu tivesse que fazer uma lista de afazeres para o dia, lidar com a srta. Hilda não seria nem a última coisa dessa lista. Bem consciente da presença alta e forte de Dylan atrás de mim, inclinei a cabeça e respirei fundo.

— A senhorita ouviu música ou algo assim, srta. Hilda?

— Não, mas poderia ter jurado que ouvi...

— Não demos uma festa e não estamos planejando dar uma festa no futuro próximo. Adoraria ajudá-la com o que quer que a senhorita precisa, mas, no momento, estou atrasada para a aula e Dylan precisa treinar, então, desculpa, mas vai ter que encontrar outra pessoa para verificar suas cortinas. Tenha um bom dia, srta. Hilda.

Enquanto ela estava me encarando com a testa ainda mais franzida e a boca aberta, comecei a descer as escadas. Um segundo depois, os passos de Dylan me seguiram.

Quando saí, inclinei a cabeça para ver o céu azul brilhante e me senti um pouco melhor com o vento no rosto.

— O que está acontecendo? — Dylan perguntou atrás de mim. Então seus braços estavam em volta da minha cintura, me puxando para trás no seu peito, seus lábios dando o beijo mais leve no meu pescoço.

Isso foi ainda melhor do que o vento, e relaxei mais.

— Nada — respondi, então inclinei a cabeça para o lado, descaradamente pedindo mais. Ele não me fez esperar. Segurando meu queixo, me deu um beijo demorado e molhado, espantando cada pensamento ruim. — Nada — repeti sem fôlego quando nós paramos. Olhei para seus olhos atordoantes e acreditei que tudo ficaria bem.

— Ela está dormindo? — perguntei quando Jared voltou para a sala.

Ele se sentou no sofá, bufando, e segurou a cabeça.

— Sim, finalmente.

Me virei para poder olhar para ele, mas parei rapidamente com uma mãozinha puxando meu cabelo.

— Zoe, não, não, não. Está estragando tudo. Não pode se mexer, bobinha. Agora vou ter que começar de novo. — Ouvi um suspiro fofo atrás de mim, cheio de irritação falsa.

— Desculpe, srta. Bluebird — eu disse pausadamente, usando o novo apelido que ela tinha me implorado para usar assim que pisei no apartamento. A irmãzinha de Jared, Becky, era a menininha mais fofa e esperta, exatamente como o irmão. — Tenho que pagar a mais agora que vai começar de novo?

Seus dedos pararam de se mexer no meu cabelo.

— Eu vou receber?

— Bem, você é minha cabeleireira, então acho que deveria pagar, não acha? Quero dizer, você está trabalhando há quanto tempo agora? Meia hora?

— Sim. É, você me paga, certo?

— Certo, eu pago, mas precisa me deixar bonita, ok?

— Estou tentando. Quanto vai pagar?

— Ai — gesticulei para Jared, mas ele nem estava prestando atenção na gente. — Quanto você quer?

Ela se virou para Jared.

— Jar, vou ser paga hoje. Quanto dinheiro eu quero?

Abri um sorriso sem dentes e consegui conter minha careta. Becky sempre chamava seu irmão mais velho de Jar ou Jer.

Após um longo processo de negociação, concordamos em três dólares porque ela me imaginou com três tranças como seu cavalo de brinquedo tinha e ficaria lindo, porque ela era a melhor em fazer trança — era o que Jar dissera —, e ela iria comprar todos os chocolates do mundo com o dinheiro.

Deixando Becky continuar brincando com meu cabelo, olhei para a cabeça inclinada de Jared.

— Os pais dela vêm amanhã. Será bom para ela vê-los — eu disse baixinho.

Agitado, ele esfregou o pescoço e se levantou de repente. Nos três anos em que o conhecia, nunca o vira tão bravo como estava naquele dia. Ele não conseguia se sentar em um lugar por mais tempo do que alguns minutos.

— Porra! Eu poderia matá-lo! Deveríamos ter falado alguma coisa antes, deveríamos...

Abruptamente, bracinhos gordinhos envolveram meu pescoço e Becky escondeu o rosto no meu cabelo. Me estiquei para acariciar seu braço, confortando-a.

— Jared, sente-se — chiei para ele. — Oh, está tudo bem, Becky. Ele só está bravo.

Ouvindo meu tom, seus olhos saltaram para mim, então baixaram conforme ele, finalmente, se lembrou de que sua irmã estava na sala e se sentou.

— Desculpe, princesa — ele murmurou, beijando sua bochecha e convencendo-a de sair do seu esconderijo no meu cabelo. — Você não vai me dedurar por falar palavrão, vai? — Mais alguns beijos depois, Becky estava rindo e tudo ia bem no seu mundo de novo.

Coloquei a mão no joelho dele até ele parar de mexê-lo e ficar quieto.

— Ela sabia que não gostávamos dele, Jared — comecei baixinho. — Não foi nossa culpa, e também não foi culpa de Kayla. Ela o amava. Só há uma pessoa responsável aqui, e ele vai ter o que merece.

— Acha que os pais dele não vão tirar — ele lançou um olhar rápido para a irmã — aquele i-m-b-e-c-i-l mais rápido do que conseguimos falar o nome dele?

— Não será tão fácil.

Ele se levantou e começou a andar de um lado a outro de novo.

— Ele também machucou você, car... pelo amor de Deus! Por que ela não me ligou? Por que você não me ligou, aliás? Se eu estivesse na biblioteca com vocês duas...

— Certo, agora vai me dar bronca. Por favor, sente-se. — Depois do olhar que ele me deu, mudei de ideia. — Ou não se sente, certo, mas fique quieto — resmunguei. — Ela estava parecendo um fantasma o dia todo e, justamente quando, enfim, fecha os olhos por mais do que dez minutos, você vai acordá-la de novo.

— Converse comigo sobre outra coisa, então. Vou enlouquecer se não puder esmagar a cara dele em uma polpa.

— Hulk. Esmagar! — Becky se intrometeu. — O que é polpa?

— Acabou meu cabelo, srta. Bluebird? Posso ver?

— Vou pegar um espelho para você ver. Fique sentada aqui. Certo, Zoe? Fique sentada e espere, tá bom?

Assenti conforme a ajudei a sair do sofá.

— Sentar e esperar... entendi.

Antes de ela poder sair correndo, Jared a fez parar com uma mão no seu braço.

— KayKay está dormindo no meu quarto e a porta está aberta, então faça silêncio ao procurar o espelho, certo?

— KayKay está doente?

— Não, querida. Só está com um pouco de dor de cabeça, então precisa dormir. Ela vai ficar bem. Depois que terminar de mostrar o novo cabelo para Zoe, você vai direto para a cama. Já passou bastante da hora de você dormir.

— Certo, Jar. Primeiro o cabelo, depois a cama. — Satisfeita com suas respostas, ela correu para seu quarto.

— É melhor eu ir também. Já passou das nove e preciso voltar. — Assim que Beck não conseguia mais ouvir, desabafei porque não conseguia mais segurar. — Também, só no caso de você querer saber, dormi com Dylan e, mesmo que não quisesse saber, agora você sabe. Na cama dele, com ele, ontem à noite... bom, foi mais para de manhã, mas vamos dizer que foi ontem à noite... depois um pouco de...

— Espere, espere, espere... espere um pouco — ele se apressou. Estava com a mão erguida, os olhos piscando rapidamente. — Você fez o quê?

— Dormi com...

— Esclareça, por favor. Dormiu com ele na mesma cama ou dormiu com ele, querendo dizer que fodeu até ele perder os neurônios? Qual dos dois?

— Bom... — Puxei as pernas para cima e as abracei no meu peito, lábios já curvados em um sorriso. — Se estivermos falando em foder os neurônios, provavelmente foram os meus que foram fodidos.

Ainda com aquela expressão surpresa, ele se sentou no sofá e ficou ao meu lado.

— Acho que isso significa que não posso mais tentar seduzi-lo.

Caí na gargalhada e precisei colocar a mão na boca para ficar quieta. Então me recuperei e meu sorriso desapareceu.

— Me sinto muito mal por estar tão feliz quando Kayla está passando por isso. Não planejei que fosse...

— Zoe, se fosse depender de você, provavelmente, esperaria dez anos para tomar uma atitude. Já sei que não houve planejamento envolvido.

— Ele foi tão bom comigo ontem, Jared. Assim que entrei no apartamento, simplesmente desmoronei e ele me ajudou a recolher meus caquinhos. Então... — Eu amava muito Jared, e ele era um dos meus melhores amigos, porém, por algum motivo, não queria compartilhar cada detalhe do que havia acontecido depois de chegarmos em casa. A forma como ele me segurou, a forma como me abraçou no chuveiro, a forma como nos encaixamos perfeitamente... tudo era particular, como se fosse apenas nosso, meu e de Dylan.

— Então aconteceu — Jared finalizou por mim.

— Algo assim.

— Agora faz mais sentido.

— Como assim?

Antes de ele conseguir responder, Becky veio correndo, com um espelho pequeno cor-de-rosa conforme sussurrava/gritava para nós.

— Encontrei! Zoe, encontrei!

— Oh, que espelho bonito, srta. Bluebird. Agora, vamos ver o que você fez com meu cabelo.

Depois de ela exigir que eu a colocasse para dormir, verifiquei meu cabelo com mais atenção no espelho do banheiro e tive que passar uns minutos abaixando tudo.

Quando estava passando pelo quarto de Jared, Kayla chamou meu nome.

— Está tudo bem? Pensei que estivesse dormindo. — Entrei e me acomodei na beirada da cama conforme ela se sentou.

— Ouvi Becky conversando com vocês. Você ainda está aqui?

— Sim, quis só ficar mais um pouco. — Depois de um longo silêncio, perguntei: — Como você está? — Estive preocupada em não fazer as perguntas certas o dia todo.

— Estou bem. — Ela suspirou. — Estou melhor, vamos dizer assim. Pode ir embora, Zoe. Está tarde. Não precisa ficar por aqui.

— Não se preocupe comigo. Vou embora quando eu tiver que ir.

Ela suspirou, mas assentiu.

— Minha mãe e meu pai virão amanhã. — Agora foi minha vez de assentir. — Não sei se vou voltar para cá em janeiro, Zoe. Nem sei se consigo suportar as provas finais.

Queria protestar, queria dizer que era a ideia mais idiota que já tinha ouvido, mas não o fiz. Queria uma chance de passar dez minutos sozinha em uma sala com Keith, mas sabia que não tiraria o sofrimento pelo qual minha amiga estava passando.

Mantendo os olhos focados no lençol cinza-escuro, disse baixo.

— Quero implorar para você voltar, KayKay, mas sei que não posso.

— Só acho que não quero... na verdade, acho que não *consigo* é uma resposta melhor. Eu acho isso, e meus pais acham que...

— Eu entendo, e quero que faça tudo que vá curá-la e fazê-la feliz de novo. Acha que vai ficar no Texas, então?

— Não sei.

Dei uma olhada rápida para ela e olhei para baixo, para os meus dedos brincando com a beirada dos lençóis.

— Mas a família de Keith mora bem perto da sua, certo?

Ela balançou a cabeça.

— Eles se mudaram quando viemos estudar aqui. Estão em Seattle agora, então ele não vai para o Texas.

Ficamos em silêncio.

— Talvez você e Jared possam vir me visitar durante as férias de verão.

Sequei uma lágrima que estava escorrendo por minha bochecha.

— Sim, acho que seria ótimo. Nunca estive no Texas. — Mordi meu lábio e hesitei por um segundo. — Se houver um julgamento e Keith...

— Não quero falar dele, Zoe.

— Ok. Desculpe. — Ela estava apertando o lençol, então coloquei minha mão sobre a dela. — Desculpe.

Quando Kayla não falou, olhei para cima e vi que ela também estava chorando.

— Simplesmente parece que não consigo evitar, sabe? — ela disse baixinho, seu lábio inferior tremendo levemente conforme secava as lágrimas quase tão rápido quanto caíam. — Vem e vai. Em um segundo, estou bem, e no outro estou com vontade de vomitar. — Ela ergueu os olhos para mim, depois olhou para o meu pescoço, onde meus machucados estavam visíveis, mesmo através da base que eu tinha aplicado. — E você também se machucou por minha causa...

Toquei meu pescoço com a ponta dos dedos.

— O quê? Isso? Não estou nem um pouco machucada, Kayla. Só estou brava por não ter tido a chance de eu mesma machucá-lo, então nem pense nisso.

Até então, seu método preferido de lidar com tudo tinha sido evitar toda conversa relacionada a Keith. Não iríamos insistir, de qualquer forma, e ter Becky por perto dava uma aliviada. Nós dávamos risada das suas palhaçadas, e quase pareceu um dia qualquer normal para três amigos próximos.

— Vou sentir falta da minha melhor amiga — eu disse. — Já contou para Jared?

— Vou conversar com ele.

Foi então que a cabeça de Jared apareceu na porta aberta.

— Alguém falou meu nome? Pensei que estivesse dormindo, sua mentirosinha. — Ele deu a volta na cama e se sentou à minha frente. — Zoe, seu celular está enlouquecido na sua bolsa. Talvez seja melhor atender.

Franzindo o cenho, me levantei. Tinha me esquecido totalmente do meu celular depois de enviar uma mensagem a Dylan com um texto rápido para dizer a ele que Kayla estava bem. Eu tinha visto ligações perdidas e notificações depois de ler a mensagem de Dylan quando acordei no meio da noite, mas havia ignorado tudo. A primeira coisa que fiz depois que Dylan e eu nos separamos em frente ao nosso prédio foi olhar tudo que Mark tinha enviado. Após eu ter enviado uma mensagem para ele para dizer que iria contar tudo a Dylan, ele havia me ligado infinitas vezes, deixara oito mensagens de voz e enviara algumas mensagens de texto. Eu tinha apagado todas elas sem nem ouvir uma palavra. Embora, no fim, tenha lido as mensagens dele, nenhuma delas dizia nada que eu queria ouvir, então também as apaguei. Eu estava cansada de servir de capacho para ele, e já tinha passado da hora.

Deixei Kayla e Jared sozinhos e fui pegar meu celular. Estava tocando e torci para ser Dylan, mas, infelizmente, não era. Com relutância, atendi.

— Sim.

Após alguns segundos de silêncio, Mark falou.

— Onde você está?

Não, *eu estava preocupado com você*. Não, *fiquei sabendo o que aconteceu na biblioteca*. Não, *você está bem, Zoe?* Não, *há alguma coisa que eu possa fazer?* Não, nada.

No entanto, nada disso importava porque já tinha conversado com meu pai. Ele já tinha feito as perguntas que um pai deveria fazer. Esse homem não era nada para mim, e era minha culpa por pensar que as coisas poderiam ser diferentes.

— Estou com meus amigos — respondi friamente.

— Você contou para ele? Dylan?

— Ainda não, mas vou.

Eu ia contar naquela noite, assim que decidisse como falar isso. Naquele instante, percebi que não tinha medo de contar a ele sobre Mark e Chris. Eram apenas palavras, e teria sido bem fácil sentar com ele e explicar desde o início. O que eu temia era como ele iria reagir. Será que ficaria bravo comigo por deixar que ele pensasse que havia alguma coisa acontecendo entre mim e meu pai biológico? Será que o que quer que estivesse acontecendo entre nós terminaria antes mesmo de começar? Era isso que eu temia: perdê-lo. Deus sabia que eu teria ficado brava com ele se me deixasse pensar o pior dele.

— Onde você está? — ele perguntou de novo, e vi que estava bravo. — Vou te buscar. Precisamos conversar.

— Estou ocupada agora.

— Zoe — ele trovejou pelo telefone. — Vai me contar onde é que está e vamos conversar.

A raiva fervilhou dentro de mim. Eu estava bem perto de odiá-lo, não que realmente o amasse antes, mas pelo menos não o detestara. Estivera curiosa, e quisera uma chance de conhecê-lo. Da primeira vez que nos vimos, contei a ele como eu estava empolgada para conhecer Chris, como sempre quis ter um irmão ou uma irmã. Delicadamente, ele me disse que era cedo demais para contar a Chris, falando que aproveitaríamos o tempo para nos conhecermos antes de contar a ele porque ele ainda estava chocado. Mark disse que estava tentando proteger a família dele, e entendia isso. Oh, não era a melhor sensação do mundo saber que ele estava tentando protegê-los de *mim*, mas pelo menos o entendia. Quanto aos três anos seguintes que se passaram, eu tinha demorado para perceber que Mark não estava interessado em contar nada a Chris, pelo menos não a verdade toda, e essa compreensão tinha vindo três anos depois.

Então, era hora de eu dizer a ele tudo que mantivera contido por tanto tempo. Iríamos ter que conversar, e desta vez eu que iria falar. Provavelmente, seria a última vez que o veria, e não tinha nenhum problema com isso. Dei a ele o endereço de Jared, e ele me falou que chegaria em quinze minutos.

Depois de conversar com Jared e Kayla por mais dez minutos, jurei a eles que voltaria no dia seguinte para conhecer os pais dela, então saí para aguardar o Mark. Quando contei aos meus amigos que iria conversar com ele, Jared me olhou alarmado, mas não tirei nenhuma conclusão disso.

E deveria. Deveria ter ficado tão alarmada quando ele ficou porque não sabia naquele momento, mas naquele exato segundo, Dylan estava me esperando do outro lado da rua do prédio do qual eu tinha acabado de sair.

Meu celular apitou com uma nova mensagem e li conforme andava para a calçada.

Dylan: Senti sua falta.

Quando ouvi um carro, olhei para cima da tela e vi o SUV preto de Mark vindo na minha direção. Sem enviar uma resposta, guardei o celular no bolso de trás e, nervosa, esperei que ele parasse bem à minha frente.

Conforme sentei no banco do passageiro, sem meu conhecimento, Dylan deu alguns passos à frente e encarou o carro em choque. Eu não sabia que ele estava esperando do outro lado da rua para poder voltar ao apartamento comigo. Eu não sabia que ele queria me fazer uma surpresa.

CAPÍTULO VINTE E CINCO
ZOE

Mark destrancou a porta do apartamento e gesticulou para eu entrar primeiro. Hesitei.

— Vá, Zoe — ele disse entre dentes cerrados.

Desde que Dylan tinha se mudado, Mark nunca tinha vindo ao apartamento. Ele havia me convidado para me encontrar em algum lugar fora do campus umas cinco vezes — longe de olhares —, mas, com mais frequência, tinha me dado bolo. Em meses, eu o vira um total de três vezes, talvez quatro. Nas mais recentes ocasiões, ele mal tinha me olhado no rosto. O cara que agiu como se estivesse interessado em me conhecer tinha desaparecido em algum momento entre meus segundo e terceiro anos, e eu era uma idiota.

Entrei e fiquei em pânico por um instante conforme me perguntava onde Dylan estava.

Mark não perdeu tempo em passar por mim e ir para a sala. Sua postura estava rígida, e os nós das suas mãos estavam brancos.

— Me diga do que se trata tudo isso — ele exigiu quando eu estava bem perto.

— O quê?

— Não me faça repetir, Zoe. De onde veio essa coisa sobre contar tudo a Dylan?

Ele não poderia ser tão cego, poderia?

— Gosto dele — eu disse devagar. — Somos mais do que somente amigos. — Só de dizer isso em voz alta fazia meu estômago se contrair da melhor forma possível. Se não estivesse encarando a expressão brava de Mark, tenho certeza de que eu teria sorrido.

— Você não pode ser tão burra assim.

Engoli o gosto amargo na minha boca e escolhi não responder.

— Ele é amigo do Chris, Zoe. Vai contar tudo a ele.

— Não vai, mas por que isso importa? Vamos contar a ele depois do último jogo, de qualquer forma. — Ele me olhou cheio de ódio, e tentei manter a expressão neutra. — Nós vamos contar a ele, certo?

Com movimentos irregulares, ele passou a mão pelo cabelo e murmurou algo baixinho ao olhar pela janela.

Dei um passo para trás e a parte de trás dos meus calcanhares encostou no sofá, então me sentei.

— Mesmo depois do último jogo, você não vai me deixar contar a ele, vai? Nunca vai contar que ele tem uma irmã.

Lá no fundo, eu sempre soube. Se não, era bem burra, e realmente não queria acreditar que era tão burra. A qualquer momento, eu poderia ter ido até Chris e começado uma conversa, mas não o fiz porque, em parte, tinha medo de como ele reagiria. Não o conhecia, não queria lidar com a rejeição, então deixei Mark protelar. Além disso, acho que, secretamente, queria dar a Mark o benefício da dúvida, queria que ele quisesse fazer parte da minha vida. Ele era meu pai biológico, afinal de contas, e amar o que vinha de você era instintivo, não era? Considerando a expressão de Mark, eu duvidava que esse fosse o nosso caso.

— Por que sequer me deixou vir para cá? Para Los Angeles? Não me quer perto de Chris. Não quer me conhecer. No meu primeiro ano, a forma que você foi comigo... era tudo mentira? Estava só fingindo e mentindo para me manter em silêncio?

Ele se virou para me encarar e baixou os cantos da boca com os dedos.

— Não é tão simples. Há coisas que você não sabe.

— Que coisas? — perguntei. Frustrada, bati a mão na almofada do sofá. — Me conte, então. Estou tão cansada desse vai e vem entre nós. Não estamos chegando a lugar algum. De que coisas eu não sei? Minha mãe disse que você me queria aqui. Disse que você queria me conhecer, que estava empolgado. Contou a você que eu queria conhecer Chris, esse é o motivo todo... *ele* é o motivo pelo qual eu quis vir. Não vim para cá por impulso. Poderia ter ligado para Chris e resolvido tudo, mas você disse que queria me ver, me conhecer. O que não estou enxergando aqui?

— A porra da sua mãe mentiu para você, tá certo? É isso que não está enxergando. Ela não fez nada além de mentir para todo mundo na vida dela. Mesmo no túmulo, ela ainda está ferrando comigo.

Olhei para ele em choque. Seu cabelo grisalho era grosso, sem sinais de afinar, e me lembrava de ser muito tola por perceber isso quando o conheci. Quando ele encontrou meu olhar atordoado, encarei-o de volta com meus próprios olhos verdes misturados com caramelo. Que piada cruel. Antes sequer de eu pensar direito para dar uma resposta, ele continuou.

— Ela te disse que estávamos apaixonados?

Sim, mas não respondi. Ele não parecia precisar da minha participação na conversa. Nunca parecia.

Balançou a cabeça e continuou partindo meu coração, com desgosto estampado em todo o rosto.

— Nós fodemos — ele soltou, abrindo os braços, exasperado. — Fodemos escondido da minha esposa, a melhor amiga dela. Foi isso que fizemos, Zoe. Não houve paixão, apenas sexo burro e descuidado porque eu estava com problemas com minha esposa, porque não podíamos ter filhos, porque... Não foi nada mais do que um erro. Depois que a convenci a dar Chris, ela quis voltar a como éramos e eu não. Foi isso. Menti para ela para poder ficar com meu filho. É aí que a história acaba. Você foi só mais um erro. Só aconteceu uma ou duas vezes depois de Chris, então ela engravidou de novo.

Meu cenho franziu mais, e me levantei.

— Não, você está enganado. Você não sabia sobre mim. Ela não te contou que estava grávida.

Ele me olhou demoradamente e balançou a cabeça.

— Eu sabia sobre você. Paguei a ela para interromper a gravidez. Ela pegou o dinheiro, me disse que tinha feito, então se mudou para Nova York.

Estávamos perto demais, então dei alguns passos para trás e coloquei o sofá entre nós. Se eu pudesse, teria simplesmente ido para longe de L.A. sem nem olhar para trás.

— O que eu não sabia era que ela realmente mentiu para mim e manteve a gravidez... o que eu só soube quando ela me ligou para contar sobre seus problemas de saúde. Me implorou para ir vê-la. Quando percebeu que eu não faria isso, me contou sobre você. Talvez pensasse que isso me faria mudar de ideia, ou talvez pensasse outra coisa. Não faço a mínima ideia do que ela estava pensando ao mentir para mim sobre interromper a gravidez.

Parecia que tinha alguém sentado no meu peito, esmagando-o. Minha mãe e eu tínhamos um monte de problemas, e houvera bastante raiva no fim por causa das coisas que ela escondera de mim, porém eu tinha feito as pazes com tudo. Tinha aceitado. Era a vida dela, afinal de contas, e eu não podia voltar no tempo e torcer para ela não se tornar uma traidora pela segunda vez. Não podia fazê-la reconsiderar entregar Chris. Não podia contar a ela que Mark era mentiroso e que ela seria burra em acreditar em qualquer palavra que saía da boca dele. Mesmo naquela primeira noite que ela conversara comigo no seu leito de morte para me contar sobre meu "pai verdadeiro", não tinha me sentido tão impotente quanto me sentia ali parada diante de Mark.

— Por que me pediu para vir aqui?

— Ela queria que você ficasse comigo.

— Já tenho um pai, o marido dela. Ela não...

— Você não entendeu, não é? Sua mãe só estava tentando chamar minha atenção, me ameaçando, dizendo que ligaria para Emily e Chris, e ela já tinha te contado tudo. Você teria vindo para cá para encontrar Chris com ou sem mim. Pelo menos, assim, eu conseguia proteger meu filho. Pelo menos, assim, ele pode se concentrar no futuro dele, e não nessa situação sem sentido.

Depois disso, eu estava cansada dele. Cada conversa dolorosa e forçada que tivemos desde que coloquei os pés em L.A. fez mais sentido. Eu estava triste? Sim, mas só porque fora burra o suficiente em acreditar que ele estava interessado em me conhecer quando, na verdade, não queria nada comigo.

Percebi que estava me segurando, me abraçando. Soltando minhas mãos nas laterais do corpo, endireitei as costas e assenti.

— Agora que entendi tudo, acho que quero que você vá embora.

— Este apartamento é meu.

— E você pode tê-lo inteiro. Vou sair na primeira hora da manhã.

— Vai voltar para Phoenix?

Ele podia desejar isso o dia todo em todos os dias, mas eu não ia mais fazer uma única coisa para facilitar a vida dele.

Soltei uma risada forçada, mas saiu mais como uma tosse.

— Tenho certeza de que você adoraria, mas não. Tenho mais um ano e meio na faculdade, e não vou a lugar nenhum até lá. Mas não se preocupe, não vai mais me ver. Nenhum de nós quer ver o outro, então, pelo menos, temos isso em comum. Deveria ser um alívio para você.

— Tudo bem — ele disse, olhando para os pés com o cenho franzido e assentindo para si mesmo. — Pode ir embora de L.A. depois de se graduar.

— Vou embora quando eu quiser ir. Não preciso da sua permissão para fazer nada... não mais.

— Certo, faça que porra você quiser. Só fique longe da minha família.

Eu não sentia nada, absolutamente nada por esse homem, e perceber isso foi impressionante. Estava cansada de ouvi-lo e, *isso*, definitivamente, era bom, como um peso que tinha sido tirado dos meus ombros. Ele não poderia mais dizer nada, nem com quem eu saía, nem com quem eu conversava... nada.

Escolhi ficar quieta. Mark não gostou disso e começou a vir na minha direção.

— Você não vai contar nada a Dylan.

— Desculpe, mas não é assim que vai ser para mim. Dylan não é da sua família — eu disse com a voz controlada. Por dentro, estava fervendo de raiva conforme meu punho se cerrava.

— Não estou brincando, Zoe. Você não vai contar nada ao melhor amigo do meu filho.

— Não vou mais mentir para ele. Não somos apenas amigos.

— Quem você pensa que é? Há poucos meses, ele estava brigando com os colegas de time por causa de outra garota. Você acha que significa alguma coisa? Ele é um atleta com um futuro promissor à frente... vai encontrar outra pessoa em menos de uma semana.

— Não. Ele acha que estou dormindo com você e, por sua causa, não pude nem corrigi-lo. Se você acha que pode me impedir de...

Antes de as palavras saírem da minha boca, ele estava bem na minha frente e houve um barulho alto na sala, então um pinicar intenso no meu rosto. Ecoou nos meus ouvidos e minha bochecha queimou com uma dor que nunca tinha sentido. Encarei meus pés em choque e toquei minha pele com os dedos quando a dor pareceu irradiar em pulsos. Antes que pudesse pensar, antes de sequer saber como reagir, os dedos de Mark estavam segurando meu queixo, e ele estava me obrigando a olhá-lo. Minha mão caiu e, finalmente, olhei nos seus olhos familiares. A única diferença era que os meus estavam cheios de lágrimas enquanto os dele estavam transbordando de raiva.

— Não trouxe você aqui para que pudesse foder com o time de futebol. Você é exatamente como sua mãe, não é? Só uma vadia indo atrás de jogadores de futebol. — Ele não estava mais gritando, mas seu rosto e sua garganta estavam vermelhos, e pude sentir seu cuspe no meu rosto conforme ele chiou para mim. — Foi isso que sua mãe fez antes de ir para a minha cama. Deus sabe quantos dos meus colegas de time se divertiram com ela, e a maçã não cai muito longe da árvore, não é, Zoe? — Com o coração batendo na garganta, fiquei quieta, mas tentei fugir da sua mão. Seus dedos só apertaram mais. — Envolve minha família, então sou eu que decido, não você... nunca se esqueça disso. Você não vai contar nada a ninguém. Não me importo com o que Dylan pensa do nosso relacionamento.

Não me importo se ele pensa que estou dormindo com uma garota na qual ele pensa estar interessado. Mantenha sua boca fechada e fique longe. Se pensa que pode ir pelas minhas costas e ainda falar com Dylan, pense de novo. Se falar uma palavra para ele, vou fazer o que tiver que fazer para me certificar de que ele não tenha um futuro jogando futebol, a começar pelo último jogo do time. Se vir você em qualquer lugar com ele, ele está fora do jogo desta semana e, com todos os recrutadores observando-os...

Antes de ele poder terminar sua ameaça, a porta do apartamento se abriu e eu sabia que Dylan tinha entrado. Por um instante, entrei em pânico e tentei de novo tirar meu rosto da mão de Mark, mas não havia por quê. Eu estava presa até Mark decidir me soltar depois de segundos que senti parecerem durar anos. Virei a cabeça. Dylan parecia muito calmo, apenas me encarando com seus olhos azuis como se não estivesse surpreso, como se não estivesse magoado.

Simplesmente fiquei ali, meus olhos presos no seu olhar. De repente, o pinicar na minha bochecha tinha sumido e a dor que sentia no peito tomou tudo.

— Acho que é hora de você encontrar outro lugar para ficar, Dylan — Mark disse, e fui para trás, percebendo como estávamos perto um do outro.

Um calafrio me percorreu e fui para longe de Mark, discretamente esfregando o local no meu queixo onde ele tinha encostado em mim. Com o estômago em nós, olhei nos olhos de Dylan até não poder mais. Será que ele entenderia que eu precisava dele? Que eu queria que ele segurasse minha mão, entrelaçasse nossos dedos e me levasse embora? Não. No instante em que parei de olhar, ele falou.

— É mesmo, Zoe? — Dylan perguntou, e meus olhos voaram para os dele de novo.

— Dylan... — Mark começou.

Ele ergueu a voz e falou por cima de Mark.

— Quero ouvir dela.

Minha respiração ficou presa na garganta e não consegui falar uma única palavra. Mark poderia estar com uma arma na minha cabeça, ainda assim, eu não conseguiria dizer *Sim, Dylan, acho que deveria ir embora.*

Com Mark na sala, eu não podia dar a versão longa de explicação a ele também, não quando sabia que uma palavra errada custaria o futuro de Dylan, no qual ele estava trabalhando a vida toda. Não sabia se Mark estava sendo verdadeiro com sua ameaça, mas não poderia arriscar, não com uma coisa tão importante.

Estava tão perdida em pensamentos, pensando em tudo, tentando encontrar uma solução, uma resposta, que só olhei para cima quando ouvi a porta do apartamento se fechar gentilmente.

Aquele clique silencioso quebrou alguma coisa em mim e eu não conseguia colocar ar suficiente nos pulmões. Não havia ar suficiente no mundo, não depois que ele foi embora, não quando eu estava no mesmo lugar que Mark. Percebendo que eu estava à beira de um ataque de pânico, apertei meu peito na esperança de diminuir a dor do meu coração e tentei ignorar o fato de que eu estava me sentindo zonza, quente e fria, tudo ao mesmo tempo.

Após alguns minutos de sofrimento e de eu ter que me controlar para saber que conseguia me mexer, engoli tudo que queria dizer para Mark e fui para o meu quarto no fundo do apartamento.

— Aonde você vai? — Mark perguntou.

Só continuei andando.

— Estou falando com você, Zoe! — Mark gritou, erguendo a voz pela primeira vez, fazendo-me encolher, ainda assim, me afastei sem olhar para trás.

Minha primeira parada foi no banheiro, e foi quando tive um vislumbre de mim mesma no espelho. Meu rosto estava corado, meus olhos, grandes e sem vida. Minha bochecha esquerda estava um tom mais escuro de vermelho do que a direita, o pinicar tinha voltado com vingança, e houve uma dor bônus acompanhando-a. Imaginei se Dylan teria ficado se tivesse visto a vermelhidão da minha pele. Inclinei a cabeça para cima e percebi que meu pescoço também não estava bonito com todos os ferimentos.

Mas nada disso importava. Nada do que eu estava vendo doía mais do que o meu coração.

Respirei fundo e me obriguei a desviar o olhar. Com um prendedor de cabelo, fiz um rabo de cavalo e comecei a pegar tudo. Então fui para o quarto e fiz pilhas organizadas das minhas roupas na cama. Arrastando as malas para fora, guardei tudo que eu tinha. Demorei quinze minutos.

Arrastando as malas pelo corredor, parei ao lado da porta e tirei as chaves do bolso da jaqueta. Encontrei as duas que não pertenciam a mim e as puxei do chaveiro roxo. Olhei para cima e vi que Mark estava sentado no sofá, de costas para mim, com os ombros para a frente enquanto segurava a cabeça com as mãos.

Meu pai tinha se sentado assim três anos e meio atrás quando eu havia ficado sabendo que ele não era meu pai verdadeiro. Ele ficara chateado porque pensou que eu ficaria brava com ele por mentir todos aqueles anos, mas como eu poderia? Como poderia ficar brava com alguém que me amou todos os dias da minha existência apesar de eu não ter seu sangue? Ver Mark desse jeito... aquela imagem dele me incomodou. O que ele tinha perdido?

Nada.

Ou eu andava mais para dentro do apartamento e colocava as chaves no balcão da cozinha ou simplesmente as jogava e ia embora. Escolhi a segunda opção e só as joguei no chão de madeira. Nem o som alto dos objetos de metal o fez se encolher ou olhar para cima.

Saí sem dizer uma única palavra, e ele não fez nada para me impedir. Acho que, enfim, ele estava livre.

Ainda chocada, fiquei parada diante da porta do apartamento e tentei pensar. Era bem tarde, mas poderia chamar um Uber e ir para a casa de Jared, ou poderia... Era idiotice minha hesitar... para onde mais eu iria?

Após pegar a alça de uma das malas, ia pegar a outra quando a srta. Hilda abriu sua porta. Ela era o último ser humano da Terra com quem eu queria conversar. Bem... vamos dizer que ela era a segunda, logo depois de Mark. Ignorei-a totalmente e comecei a me mexer. Primeiro, ela não falou nada, mas o silêncio não durou muito. Nunca durava quando se tratava dela.

— Aonde você vai, srta. Clarke?

— Srta. Hilda, isto não é...

— Eu ouvi tudo.

— Que bom para a senhorita. Tenha uma boa vida.

Eu estava prestes a passar por ela para chegar às escadas, mas ela entrou na minha frente. Antes de eu conseguir desviar, surpreendentemente, ela segurou forte no meu queixo e começou a analisar minha bochecha.

Quando me soltei para trás, ela pigarreou e me soltou.

— Você poderia ter me contado que não era amante dele, sabe?

Apertei os lábios, e minha mão se apertou nas malas.

— Se puder sair...

— Oh, pare. Entre. Não vou perder o sono por sua causa, imaginando onde você está.

— Por favor! — ergui a voz. — Saia do meu caminho.

Seus olhos se estreitaram para mim e ela se endireitou.

— Você quer que ele venha aqui? Acho que não. É meia-noite. Aonde você vai?

— Srta. Hilda...

— Oh, pelo amor de Deus, só me chame de Hilda.

Desesperada e basicamente já passada do meu limite pelo tanto de porcaria que conseguia absorver em uma noite, tentei de novo.

— Acabei de sair de lá, como pode ver. Vou para a casa do meu amigo. Se pudesse simplesmente...

— Não vai fazer nada disso. — Apesar dos meus protestos, ela puxou uma das minhas malas da minha mão e entrou no seu apartamento.

— Srta. Hilda! O que está fazendo?

Ela voltou e pegou a outra.

— Sei que não sou a vizinha mais fácil de ter, mas, se pensa que vou deixar você sair desse jeito, está enganada, srta. Clarke. Agora, ou você continua aí parada e espera aquele monstro sair e ver você ou entra e se recompõe.

Beliscando meu nariz, respirei fundo e expirei. Quando olhei para cima, eu a vi parada na porta, me esperando.

— Só esta noite.

Ela revirou os olhos.

— Com certeza não estou te convidando para morar comigo.

Resmungando, entrei. O único motivo para aceitar a proposta dela era porque não queria incomodar Kayla com meu drama ao chegar lá no meio da noite.

A srta. Hilda fechou a porta quando entrei.

— Vou fazer um chá e pegar umas ervilhas congeladas para acalmar essa sua bochecha. Então podemos nos sentar, ter uma boa conversa e você pode me contar o que está planejando fazer agora que está sem casa. Não consegui ouvir tudo, então você vai precisar me contar algumas coisas. — Minha expressão deve ter dito tudo porque ela acenou para mim e foi na direção da cozinha. — Oh, não se preocupe, ouvi a maior parte, só tenho algumas perguntas. Enquanto estou na cozinha, por que não para de ficar parada ao lado da porta como uma vassoura estragada e verifica as cortinas para mim?

O dia seguinte poderia chegar bem rápido, porque já tinha pensado no que ia fazer.

CAPÍTULO VINTE E SEIS
ZOE

As provas finais passaram em um borrão. Acho que eu não estaria exagerando se te dissesse que foi o pior momento da minha vida. A srta. Hilda era xereta e autoritária como sempre, mas tinha aberto sua casa para mim, e fui grata por isso. O fato de eu ter ficado no seu apartamento por mais dois dias pode ter tido a ver com esperar deitada por Dylan para que pudesse flagrá-lo quando ele voltasse para pegar suas coisas, mas nunca tive essa chance porque ele não apareceu. Depois disso, mudei minhas coisas para a casa de Jared. Quando Kayla se mudou para um hotel com seus pais, um colchão de ar vagou e tinha meu nome nele. Era temporário, só até conseguir encontrar um novo apartamento e, talvez, pessoas com quem morar junto.

Kayla decidiu ficar para as provas finais, e seus pais nunca a deixaram sair da sua vista. Foi difícil me despedir dela, e não tenho vergonha de admitir que nós três fizemos uma choradeira grande, mas saber que nos veríamos assim que possível ajudou a amenizar a dor. Escolhi não contar a Kayla o que tinha acontecido com Mark, mas Jared sabia de tudo. Eu estava uma bagunça total, e ele foi minha rocha durante tudo. Mas o que mais doía era saber que era tudo minha culpa. Se tivesse contado a Dylan desde o início, ou pelo menos no instante em que soube que queria que ele fosse meu, poderia ter evitado a dor de cabeça pela qual eu tinha passado.

No entanto, dizem que nada que valha a pena na vida vem fácil, e Dylan Reed, com certeza, não ia facilitar para mim.

Era o último dia das provas finais e eu estava uma pilha de nervos conforme ficava parada perto do Challenger preto. Na última vez que verifiquei a hora no meu celular, eram oito da noite, e me recusava a verificar de novo, já que sabia que tinham se passado apenas um ou dois minutos.

Eu estava andando de um lado a outro pelo comprimento do carro quando o vi chegando. Fechei os olhos e respirei fundo, meu coração acelerando um quilômetro por minuto, e estava apenas a segundos de vomitar minhas tripas — não era a primeira impressão que eu queria passar. Pigarreei para me preparar e estralei os dedos.

É isso.

Era o momento que eu esperara por anos, e tudo que eu parecia conseguir sentir era medo.

Christopher Wilson diminuiu o passo quando me viu e parou ao lado do seu carro para me dar uma rápida olhada. Não conseguia ver seus olhos por causa do boné que ele estava usando, mas eu tinha praticamente certeza de que ele não ficou feliz em me ver esperando-o.

Após me olhar demoradamente, ele balançou a cabeça, abriu a porta do carro e jogou sua mochila lá dentro. Fiquei paralisada, esperando que ele dissesse as primeiras palavras para que eu soubesse como proceder, mas ele não o fez. Ele entrou no carro e estava prestes a bater a porta quando congelei e a segurei.

— Preciso conversar com você — eu disse, meu coração ainda martelando de forma selvagem no meu peito.

Ele olhou para mim, então vi seus olhos — os olhos da minha mãe.

— Acho que não é comigo que você deveria conversar. — Ele olhou, especificamente, para minha mão, que estava segurando sua porta aberta. — Agora, se puder se afastar, eu gostaria de ir embora.

Seu carro estava estacionado logo do lado de fora do campus. Eu o tinha perseguido um pouco e havia demorado alguns dias para descobrir onde ele geralmente estacionava; não havia como eu passar por tudo isso de novo. Esse era o dia em que eu ia contar tudo a ele. Sem mais demora.

Eu não fazia ideia do que Dylan tinha contado a Chris, mas parecia que ele sabia o suficiente para estar bravo.

— Não — rebati, encontrando minha voz.

— O que disse?

— Isto não tem nada a ver com Dylan. Eu quero conversar com você.

— Juro por Deus, se está vindo atrás de mim logo dep...

— Não — soltei. — Deus, não. Só dez minutos... Preciso falar com você por dez minutos, só isso. Juro que não vou te incomodar de novo, mas não vou embora até você conversar comigo.

Era verdade; eu não estava planejando incomodá-lo depois de dizer o que precisava. Se ele não quisesse nada comigo, tudo bem. Não ia obrigá-lo a ter um relacionamento comigo, mas eu tinha cansado de esperar a verdade vir à tona.

Após um convite indiferente, me sentei no banco do passageiro e tive uma carona dolorosamente silenciosa até uma lanchonete a alguns minutos do campus. Presumi que ele não queria que ninguém nos visse juntos e, quando me dissera para falar o que quer que eu precisava, eu tinha me recusado a fazê-lo no carro.

Me sentei e esperei que ele se acomodasse à minha frente.

Ele tirou seu boné e o colocou na mesa, bagunçando o cabelo.

— Estou ouvindo.

Lambi os lábios e me inclinei para a frente. Minhas mãos estavam tremendo no colo sob a mesa, mas pensei que parecia bem zen por fora — pelo menos era o que eu esperava.

— Isso não vai soar bem, mas vou tentar...

— Olá, sou Moira. Em que posso servi-las, crianças?

Fechei os olhos, obrigando meu coração a diminuir o ritmo e não estragar tudo.

— Vou tomar um café, por favor — Chris disse.

A expressão sorridente de Moira se virou para mim, e o sorriso caloroso se transformou em preocupação.

— Está se sentindo bem, querida?

Consegui assentir e tive que pigarrear para falar.

— Pode me trazer água, por favor?

— Claro. Já voltarei com os pedidos. Me avisem se quiserem mais alguma coisa.

Quando Moira se afastou, olhei para Chris de novo. Ele estava me observando, me julgando com os olhos.

Após anos de espera, deveria estar pronta para a conversa, mas ainda havia uma grande parte de mim que tinha medo da rejeição, e então havia o resto de mim que estava cansado de tudo.

Enfiei a mão na minha bolsa e tirei o envelope. Endireitando os ombros, eu o coloquei na mesa e o alisei com as mãos.

— Aqui está. Café para você e água para você. — Moira colocou uma caneca grande diante de Chris e um copo gigante de água gelada diante de mim. — Me avise se quiser um chá com mel, ok? E talvez uma fatia de torta para acompanhar? Faz maravilhas para mim quando estou me sentindo mal.

Dei a ela um sorriso genuíno e ela nos deixou sozinhos.

— Não posso te ajudar com Dylan. Não faço ideia do que fez para ele, mas não vou me...

— Isto não se trata de Dylan. Falei para você. — Alisei o envelope de novo e seus olhos baixaram para me observar fazê-lo.

— Então não faço ideia do que você quer conversar comigo, e não posso realmente dizer que me sinto confortável em sent...

Foda-se. Resolvi simplesmente falar.

— Você não vai acreditar em mim, então pensei que trazer isto ajudaria. — Empurrei o envelope na direção dele e uni as mãos sobre a mesa quando ele o pegou.

— O que é isso?

— Abra.

Eu o vi ler a única folha de papel com a respiração suspensa. A cada segundo que passava, seu cenho franzia cada vez mais. Quando ele terminou, empurrou sua caneca de café, colocou os cotovelos na mesa e se inclinou na minha direção, lendo repetidamente.

— Isto é algum tipo de piada?

Antes de eu poder responder, ele começou a ler de novo, só que desta vez estava lendo em voz alta.

— O suposto pai, Mark Wilson, não está excluído como pai da criança, Zoe Clarke. Baseado em resultados obtidos em testes genéticos... a probabilidade da paternidade é de 99,9999%.

Ele olhou para mim.

— Ele quis se certificar de que eu era dele, então fizemos o teste há três anos.

Suas sobrancelhas se ergueram até a raiz do cabelo.

— Você... fez isso há três anos?

Engoli em seco.

— Sim.

Ele lambeu o lábio inferior e se recostou, com o resultado do teste ainda agarrado na mão. Ele leu de novo, de novo e de novo, e aguardei com paciência. Dei um gole na água e a coloquei de volta na mesa, me preparando para contar o resto a ele. O que mais me surpreendeu foi que eu não sentia mais que o mundo estava prestes a acabar. Também não me sentia leve e feliz nem nada perto disso. Claro que precisava muito fazer xixi, mas isso sempre acontecia quando ficava bastante nervosa com alguma coisa. Estava simplesmente aliviada que isso estava acontecendo e ele, enfim, sabia, pelo menos, cinquenta por cento. O resto seria mais difícil de ouvir e de aceitar, mas eu não estava com medo de contar a ele.

Quando ele, finalmente, olhou para mim, eu estava pronta para explicar o resto.

— Isto... — Ele balançou o papel na sua mão. — Três anos?

Assenti.

Ele jogou o papel na mesa e se levantou.

— Chris, eu... — comecei, surpresa por ele estar indo embora. Me levantei, tropeçando, mas ele ergueu uma mão para me fazer parar.

— Me dê um minuto. — Lentamente, ele se afastou da mesa, de mim. — Não vá embora. Vou voltar.

Assenti.

— Não vou. Tenho mais coisa a dizer.

Sem falar mais nada, ele saiu da lanchonete.

Tentando me acalmar, pacientemente, dobrei e guardei o documento de volta no envelope, então o coloquei na bolsa.

Moira me olhou e deu uma piscadinha. Deus sabe lá o que ela pensou que estivesse acontecendo.

Verifiquei meu celular. Me recostei e ouvi a família sentada atrás de mim por alguns minutos. Estavam falando sobre qual filme iriam assistir naquele fim de semana, a menininha tentava convencer seu irmão a escolher o que ela queria e o pai e a mãe estavam influenciando. Eles pareciam felizes.

O sininho da porta da lanchonete soou e chamou minha atenção. Um segundo depois, Chris se sentou diante de mim de novo. Seu rosto parecia levemente corado e seus olhos estavam arregalados e atordoados, embora talvez fosse por causa do vento. Não perguntei aonde ele tinha ido, mas...

— Não ligou para Mark, ligou?

Ele inclinou a cabeça conforme tentava me interpretar.

— Não.

— Ok. Obrigada. — Me recostei um pouco e peguei minha água.

— Você falou que tinha mais coisa a dizer. Me conte — ele exigiu.

Coloquei o copo de volta na mesa e lambi os lábios.

— Não sei por onde devo começar.

— Você é minha meia-irmã... comece daí.

— Na verdade... — Me encolhi. — Na verdade, não sou.

Pelos minutos seguintes, contei a ele tudo — tudo mesmo — que tinha sido contado para mim, tudo que tinha acontecido depois de eu chegar em Los Angeles. No segundo em que comecei, não consegui mais conter nada. Ele ouviu sem fazer uma única pergunta.

Chris estava massageando a têmpora com os dedos da mão esquerda enquanto a outra segurava na beirada da mesa com os nós dos dedos brancos. Quando terminei, permaneci quieta e o vi tentar processar tudo. Ele pegou a caneca e bebeu metade do café morno de uma vez só.

Alguns minutos de silêncio total se passaram quando ele, finalmente, falou.

— Por que está me contando isto agora? Por que eu sequer acreditaria em você?

— Por que acreditaria em mim? — Dei de ombros e parei de brincar com o saleiro que pegara em algum momento. — Não foi assim que imaginei que aconteceria, acredite em mim, e não fui eu que quis esperar. Vim para cá há três anos e estava pronta para te contar naquela época. Seu pai...

— Não quer dizer *nosso* pai? — A voz dele foi dura, e esperava que não pretendesse que suas palavras machucassem.

Balancei a cabeça.

— Na verdade, não. Claro que ele é no papel, mas é só isso. Ele nunca será meu pai. Não quer nada comigo, e não tenho problema com isso. Já tenho um pai, e ele é mais do que suficiente.

— Como assim ele não quer você?

— Ele não quer ter um relacionamento comigo. Depois de tudo que passamos... depois de tudo pelo *eu* passei, não, obrigada. Não quero um relacionamento com ele. — Parei e olhei para cima. — Ele não foi o principal motivo pelo qual eu quis vir aqui em primeiro lugar, então não importa muito.

— Mas vocês dois têm conversado esse tempo todo. Ele estava passando tempo com você.

— Sim, mas, na verdade, não...

— Minha mãe sabe? Ela sabe sobre você? Sobre tudo depois da adoção? — Sua voz se ergueu conforme ele se endireitou mais.

— Não, não sobre mim. Não quero dizer nada de ruim sobre sua mãe, porém, pelo que posso ver, eles estavam, basicamente, tendo um caso na frente dela. Não faço ideia do que estava se passando pela cabeça dela, mas, pelo que ela... pelo que minha mãe me contou, eles pararam de se falar após ela saber do caso, no entanto, ela concordou totalmente em adotar você. Talvez ela já soubesse sobre isso e, quando veio a gravidez, ela agarrou a ideia porque não podia ter filhos? De verdade, não faço ideia, mas o que sei é que Mark contou à minha mãe que, em certo momento, eles ficariam juntos, disse que abandonaria a esposa e criariam você juntos.

Ergui meus ombros tensos, dando de ombros, e olhei para fora.

Após uma breve pausa, continuei.

— Parece tão idiota quando se diz em voz alta, não é? Depois de adotar você, por que ele voltaria para ela? Vi, em primeira mão, o quanto ele pode ser convincente, então entendo até certo ponto, mas, ao mesmo tempo, não entendo. Minha mãe disse que ele falou para ela que não seria bom para a carreira dele se ele tivesse um escândalo pessoal desse, mas acho que ela não estava me contando tudo. Ainda não entendo como ela pôde dar você desse jeito. — Me encolhi e desviei os olhos. — Desculpe, prefiro não entrar em mais detalhes porque não foi muito divertido de ouvir isso da primeira vez. Minha mãe me contou que o casamento deles era apenas para o público... Acho que sua mãe é filha do antigo técnico dele. — Bufei e me recostei. — Ela era muito apaixonada por ele, e tinha certeza de que ele estava apaixonado por ela; acho que acreditava em tudo que ele dizia. Não me entenda mal, não estou colocando toda a culpa nele. Detesto o fato de eles estarem traindo sua mãe e de ter sido assim que eu fui concebida.

— E você? Como você aconteceu? Quantos anos você tem?

— Vinte e um. Você é só um ano mais velho — respondi com um sorriso discreto e patético. — Eu fui o erro, sabe... O erro de Mark, pelo menos. Mark queria que minha mãe fizesse um aborto, deu a ela o dinheiro para fazê-lo, mas acho que foi quando ela percebeu que ele nunca abandonaria a esposa. Sem fazer o aborto, ela se mudou. — Soltei uma risada sem graça e ergui as mãos. — Obviamente, já que estou aqui. Ela se casou com meu pai, mas acho que sempre se agarrou à esperança de que Mark voltaria para ela. Não tivemos o melhor relacionamento do mundo, então acho que sou só um grande *foda-se* para Mark, se é que faz sentido.

Ficamos em silêncio por alguns segundos.

— Pensei que Mark não soubesse sobre mim... foi o que ele disse no início, e foi o que minha mãe disse. Mas ele sabia, e acabei de saber da parte do aborto. Acho que ele não sabia que minha mãe não tinha se livrado de mim.

Quando o silêncio ficou mais desconfortável e Chris só ficava olhando para fora com sua mandíbula tensa, olhei para minhas mãos e engoli em seco antes de falar de novo.

— Me sinto tão egoísta agora. — Olhei para cima e vi seus olhos em mim, então desviei o olhar. — Como eu disse, não foi assim que eu queria te contar.

— Qual era o plano?

— O plano? Acho que nunca teve um plano. No primeiro ano que vim, ele me disse que queria um tempo sozinho comigo, me conhecer antes de nos apresentar. Também estava preocupado em como a esposa, sua mãe, iria reagir... a mim, a você sabendo de tudo. Pensei que era uma boa ideia, saber mais sobre você e ele antes, sabe... que isso acontecesse, mas então um ano se passou e ele quis mais tempo porque era importante você se concentrar na sua carreira de futebol, e concordei porque não sabia como faria isso sem ele. Então este ano era seu último e era ainda mais importante você focar no futebol, mas aí, na semana passada, tudo meio que foi para o inferno e eu só queria acabar com isso.

Pausei para respirar.

— Entendo totalmente se não quiser... na verdade, não vou entender se não quiser nada comigo, mas não vou implorar a você para ter uma relação comigo. Minha mãe morreu, e fiquei muito brava com ela porque isso foi logo depois de ter sabido que meu pai não era meu pai biológico. Tudo que tenho é meu pai. Nem ele nem minha mãe tinham outro familiar próximo, então somos só nós dois. Pensei que poderia ter mais. Pensei que adoraria ter um irmão, conhecer você.

Chris suspirou demorada e sofridamente e alisou o cabelo para trás com as mãos. Sua mandíbula ainda estava tensa e seu rosto parecia duro, como se ele mal estivesse se contendo. A conversa em si não tinha sido tão estranha como eu pensara que seria, mas nossa reação um ao outro foi. Quando nossos olhos se encontravam, um de nós desviava o olhar. Eu não sabia o que mais dizer ou o que ele gostaria de ouvir.

— Isto é coisa demais pra caralho.

— Desculpe — eu disse, sinceramente.

— Não é culpa sua — ele retrucou, me surpreendendo. Balançou a cabeça como se estivesse tentando acordar de um pesadelo. — Ele que deveria ter me contado, e não agora. A época para me contar foi quando ele soube sobre você, e minha mãe... ela não vai lidar bem com isto. Desculpe, mas não acho que seja a melhor ideia contar a ela que sei de tudo e, definitivamente, não é uma boa ideia informá-la de que meu pai continuou dormindo com sua... ah... sua mãe. Ela tem os problemas dela, e isso seria demais.

— Não é minha decisão e, de verdade, eu só queria conhecer você. Só queria te contar que eu existia. Não vim aqui bagunçar sua família. — Dei um sorriso tímido e puxei minhas mãos para o colo. — Só queria te conhecer, só isso.

Ele pigarreou e desviou o olhar. Meu estômago embrulhou. Talvez ele não fosse querer nada comigo também. Eu sabia que havia essa possibilidade, mas, depois da semana infernal, não tivera muito tempo para pensar nisso, para pensar no que significaria se ele nunca mais quisesse me ver.

— Aquele apartamento a que fui, é do papai, não é?

Lambendo os lábios, assenti.

Devagar, suas sobrancelhas se uniram.

— Dylan? Porra, Dylan sabe sobre tudo isto? Ele estava morando lá... como ele...

— Não sabe, não. Seu pai deu as chaves do apartamento a Dylan só porque pensou que eu iria me mudar para morar com minha amiga, mas isso não aconteceu e ele não soube. Então Dylan chegou e... não importa. Ele não fazia ideia e ainda não sabe. Pensa que estou dormindo com Mark, e Mark nem me deixa contar... nem pude... — De repente, minha voz falhou e eu não consegui continuar.

Dylan, pensei. *Dylan, Dylan, Dylan...*

Desde que ele saíra do apartamento, algo pesado havia se instalado no meu peito, como uma azia, mas pior, porque nenhuma quantidade de vinagre de maçã, suco de limão ou bicarbonato de sódio consertaria isso. Meu coração estava partido, e eu estava muito brava, brava pra caramba — comigo mesma, com Mark, com minha mãe... com tudo e qualquer coisa.

Então, quando Chris pediu mais informações, contei a ele tudo que acontecera nas últimas semanas, como tinha discutido com Mark quanto a contar para Dylan, então tudo que ocorrera no apartamento naquela noite, como Dylan havia ido embora pensando que estava certo nas suas desconfianças.

Não fiquei surpresa quando lágrimas começaram a escorrer por minhas bochechas conforme contei as histórias. Senti que todo o meu coração estava cheio de lágrimas, e me senti solitária. Sem ele, me sentia solitária. Não o via de manhã. Não podia vê-lo malhar (nem tão) secretamente. Não o via à noite. Não podia vê-lo fazendo um projeto, focando toda a sua atenção no trabalho. Ele trabalhava duro, e ficava sensual ao fazê-lo. Não via seu sorriso, o jeito que me olhava, o jeito que sorria para *mim*, só para mim. Não via seu rosto naquele primeiro instante quando ele entrava após um longo dia de treino e me via sentada no chão, editando fotos, não o via como ele parecia feliz em me encontrar ali. Não ouvia sua voz nem comia pizza com ele nem assistia a um filme nem dormia nele, com ele.

Sequei as lágrimas, meu rosto corando quando a garçonete me entregou mais guardanapos para me limpar e perguntou se poderia ajudar com alguma coisa. Chris agradeceu a ela por mim, então pediu café para si e chá para mim.

Quando eu não estava mais me debulhando em lágrimas, me desculpei com Chris.

— Ele te bateu? — ele perguntou, seu tom neutro.

Segurei a caneca quente e agi o mais indiferente possível.

— Tudo bem. — Não contei a ele que meu pai e minha mãe nunca tinham me batido.

Duas horas se passaram, e eu estava drenada — drenada de palavras e lágrimas, de energia e emoções.

— Vou ser sincero com você, Zoe... Não faço a menor ideia de como vou lidar com tudo isto.

— Posso pedir só uma coisa?

— Claro.

— Você tem mais um jogo, em 26 de dezembro, certo?

— Sim, o Cactus Bowl.

— Pode não contar a Mark ou não deixar que ele saiba disso até depois do jogo? Não quero que ele desconte no Dylan. Queria te contar porque estava cansada de esperar, e não é como se ele fosse fazer alguma coisa para estragar seu futuro, mesmo se... quando souber disso. Nem sei se ele *pode* fazer alguma coisa para estragar algo para Dylan, mas só não quero ser o motivo de...

— Não posso te prometer isso.

Encontrei seus olhos e assenti. Era compreensível, mas não pensava que ele fosse jogar seu amigo para os leões.

O silêncio depois disso se alongou por minutos e nós dois ficamos ali sentados, sem falar um com o outro, apenas bebendo chá e café de vez em quando. Quando o celular dele começou a tocar no bolso, ele o tirou e me olhou rapidamente antes de atender.

— Pai.

Enrijeci.

— Sim. Estarei lá.

Simples assim, a conversa deles acabou.

— Preciso ir — ele explicou.

— Tudo bem. Obrigada por me ouvir. Não sei o que estou sentindo agora, mas espero que não pense o pior de mim. Só não conseguia mais esperar e, assim que puder... depois do jogo, claro... quero conversar com Dylan e explicar as coisas. Ele me bloqueou, então não consigo falar com ele, mas vou conversar com ele de algum jeito. Pensei que você precisasse saber antes dele.

Depois disso, tínhamos chegado, oficialmente, à terra da bizarrice. Ele insistiu em pagar a conta, então se ofereceu para me deixar onde eu precisasse ir. Falei que não era necessário, então ficamos parados em frente ao seu carro. Nenhum de nós sabia o que viria em seguida.

— Posso te dar meu número — ofereci, um pouco hesitante. — Não precisa me ligar nem nada se não quiser, mas, se acabar querendo conversar de novo... sobre outras coisas... ou qualquer coisa...

— Sim, claro.

Sua reação não parecia promissora, mas eu aceitaria o que podia. Afinal, já sabia que não seríamos melhores amigos logo de início ou, talvez, nunca, na verdade.

Após ele entrar no carro e sair, fiquei parada na esquina e liguei para Jared.

— Conversou com ele? Como foi? — Foi a primeira coisa que saiu da sua boca quando ele atendeu.

— Sim, e não sei. Pelo menos, ele ouviu. Conversamos por umas horas e agora é ele que sabe.

— Como se sente? Finalmente aconteceu, Zoe. Não consigo acreditar que conversou com seu irmão.

Parecia que estava faltando alguma coisa, mas não contei isso a Jared. Presumi que sentiria que algo estava faltando por mais tempo. Em vez disso, falei que me sentia revigorada, e estava feliz, independente do que acontecesse em seguida, o que era verdade até certo ponto.

— Vai voltar para cá agora? Minha mãe fez espaguete e guardei um pouco para você. Ela vai trabalhar no plantão da noite no hospital de novo e Becky já está dormindo, então podemos conversar a noite toda, se você quiser.

Meus olhos se encheram de lágrimas e funguei no celular.

— Obrigada por me deixar ficar esta última semana, Jared. Nem sei como agradecer sua mãe, e só...

— Oh, imagine, querida, não me diga que está chorando. Você já nos agradeceu milhares de vezes. Becky te ama, e você tem sido babá e brinca com ela, então, acredite, é minha mãe que está grata por ter você aqui. Seu irmão mais velho e mau destruiu minha melhor amiga? Se sim, vou acabar com ele amanhã. É só dizer ... embora não vá encostar no rosto dele porque vocês têm um DNA excelente.

Meus lábios se esticaram em um sorriso e foi estranho, como se eu não tivesse dado risada ou sorrido em dias.

— Não estou chorando, só estou meio emotiva. Acho que vou voltar andando para me recompor... um pouco de ar fresco deve ajudar. Me sinto um pouco estranha depois de, finalmente, contar tudo a ele, e acho que vou comprar uma pizza no caminho, se não tiver problema para você. Desculpe, mas a comida da sua mãe...

Jared deu risada, e o som fez meus lábios se curvarem ainda mais para cima.

— Compre duas — ele pediu. — Estou morrendo de fome.

— Pode deixar.

Comecei a andar com o celular grudado na orelha.

— Estou pensando que devemos nos embebedar e comemorar esta noite. O que acha?

— Comemorar o quê?

— Sobrevivemos às provas finais... do que mais você precisa como desculpa para ficar bêbada? Além disso, conversou com seu irmão, e eu diria que também é um bom motivo. Vamos nos embebedar e falar sobre garotos.

— Meu passatempo preferido — murmurei. — Mas posso falar sobre os seus garotos. Vai ser divertido.

— Vamos falar sobre Dylan.

Suspirei e coloquei a mão livre no bolso da jaqueta. Não estava frio, porém, toda vez que pensava em Dylan, um pequeno arrepio subia pelo meu corpo e meu coração dava uma pontada extra.

— Gosto mesmo de falar sobre Dylan — admiti.

— Sei que gosta. Vamos conversar sobre como ele está bem e que amigos elegantes ele tem que você é obrigada a me apresentar assim que vocês dois se beijarem e se pegarem, então...

Não faço ideia do quanto a caminhada de volta durou, mas o fiz com a voz do meu melhor amigo no ouvido, e finalmente estava respirando com mais facilidade.

A sensação só durou algumas horas, até eu me deitar na cama improvisada no quarto de Jared e sonhar com Dylan.

CAPÍTULO VINTE E SETE
ZOE

1º de janeiro

Chris: Conversou com Dylan?

Zoe: Não, ele me bloqueou. Por quê? Ele falou alguma coisa? Você falou alguma coisa?

Tinha passado pouco mais de duas semanas desde que eu contara a verdade a Chris e, apesar de não se poder dizer que ele estava me tratando como sua irmã há muito tempo perdida, ele também não tinha me ignorado completamente.

Só havíamos conversado duas vezes depois do dia da lanchonete, porém ainda era alguma coisa. Da primeira vez que ele me ligou, foi só para me avisar que tinha conversado com Mark, mas não com sua mãe; não achava que ele estivesse planejando contar algum dia. Agradeci o aviso. Já tinha me precavido e bloqueado Mark enquanto ficava com a srta. Hilda, mas era bom saber o que estava havendo. Tinha sido uma conversa de três minutos — sim, eu verificara —, nada demorado, mas não me impediu de sorrir como uma tola por uma hora após ele desligar.

Da segunda vez foi quando eu enviara a ele uma mensagem curta de *Feliz Ano-Novo*. Ele respondeu me perguntando o que eu estava fazendo, e acabamos trocando algumas mensagens. Não foi nada profundo, mas fiquei feliz. Ele não parecia falar muito em geral, pelo menos isso era o que eu tinha sentido nele quando foi ao apartamento com JP, então não fiquei surpresa quando, de repente, ele não se transformou em uma matraca comigo. Eu falava o suficiente por nós dois, de qualquer forma. Até consegui tirar um rosto sorridente dele, o que foi o ponto alto do meu dia. Patético, certo?

Eu culpava Dylan.

Certo, tá bom, não de verdade, mas estava com saudade dele como se não o visse há anos quando, na verdade, só fazia algumas semanas, e era mais fácil culpá-lo por tudo, já que foi ele que saíra do apartamento em vez de tentar me levar junto. O plano fora do meu pai passar o Ano-Novo em L.A., mas surgiu uma coisa e ele não conseguiu vir; isso também era culpa de Dylan. Então houve a hora em que não consegui comprar pizza na minha pizzaria preferida porque o forno deles não estava funcionando. Que tipo de pizzaria tem um forno com defeito? Tudo culpa de Dylan. Acho que você consegue enxergar um padrão aqui. Tudo que eu sabia sobre ele era que, logo depois do Cactus Bowl, ele tinha ido para casa em San Francisco passar as férias curtas com a família.

Chris: Está uma boa noite para sair. Talvez você queira beber em algum lugar.

Li a mensagem uma vez. Então uma segunda vez, mais devagar. Ele estava me chamando para sair?

— Leia isto. — Entreguei meu celular para Jared, que estava trabalhando em um rascunho na mesa de centro. — Ele está me chamando para sair, certo? Não estou iludida nem nada?

Jared me olhou divertido e me devolveu o celular.

— Não. Isso é um convite mesmo. Responda.

— Você também vai?

Ele voltou sua atenção ao rascunho.

— Claro. Se não se importar de eu dar em cima do seu irmão, conte comigo.

Quando ele me olhou esperançoso, eu sorri.

— É, talvez não desta vez.

Ele deu risada e jogou uma das suas canetas em mim.

— Sua bloqueadora de pau.

Um pouco empolgada e bastante nervosa, respondi.

Eu: Eu adoraria. Onde você quer ir?

Chris: Ãh... não comigo. Acho que você deveria ir sozinha.

Primeiro, não entendi, e me senti horrível, mas, depois de ler algumas vezes, meu coração começou a bater mais rápido e pulei do sofá, fazendo meu laptop quase encontrar seu fim.

— O que está havendo? O que foi? — Jared perguntou quando saltitei no lugar como uma louca, uma mão na boca, a outra segurando o celular no peito.

— Acho que Dylan está de volta — gritei o mais baixo possível, para não acordar Becky. — Chris acabou de me dizer que eu deveria sair para beber sozinha. Acho que Dylan está no bar. Ele voltou!

Com dificuldade de conter os saltitos, deixei Jared me levar para seu quarto.

— Mas você já não foi ao bar para procurá-lo?

— Fui, mas talvez ele tenha voltado agora.

— Pensei que estivesse brava com ele.

— Estou. Estou muito brava com ele.

— Por que ainda está saltitando?

— Porque mal posso esperar para bater nele.

Jared colocou as mãos nos meus ombros e me fez parar. Com exceção do meu rosto corado e do sorriso que eu estava abrindo, devia parecer bem normal.

— Você está bem? — ele indagou.

Inspirei fundo e expirei.

— Sim. O que vou vestir?

— Tem certeza de que está bem? Ainda está tentando saltitar. Pare.

Ele apertou mais forte meus ombros.

— Estou empolgada, me deixe saltitar um pouco... e agora tenho que fazer xixi. Escolha algo para eu vestir, ok? Preciso sair o mais rápido possível, porque não sei se ele está trabalhando ou só está lá com Chris. Preciso chegar antes que ele vá embora. — Parei na porta e olhei para trás. — Ele voltou, Jared.

O rosto do meu melhor amigo relaxou e ele sorriu de volta para mim.

— Eu sei, querida. Vá fazer xixi, então pode ir bater nele.

Estava parada na rua do outro lado de Jimmy's e tentava conter tudo que eu estava sentindo. Empolgação, pavor, pânico, felicidade, esperança, raiva — o que você disser, eu estava sentindo. Após abraçar Jared e jurar que o manteria atualizado no caso de ele precisar ou não vir me ajudar a pegar meus cacos, eu tinha saído, e quanto mais perto meu Uber chegava do bar, mais fortes e mais altas ficavam as batidas do meu coração.

Então, escolhi ficar ali parada como uma esquisitona para me dar alguns minutos a fim de me recompor. Quando estava atravessando a rua, um casal saiu tropeçando do bar, com a cabeça baixa conforme sussurravam, de mãos dadas. Por um breve segundo, meu estômago embrulhou e congelei no meio da rua, porque poderia ter jurado que estava vendo Dylan com outra garota — mas depois ela sorriu para o cara, que recuou o suficiente para eu conseguir ver que, na verdade, ele não se parecia em nada com Dylan.

Um carro buzinou e atravessei a rua correndo.

Antes de empurrar a porta pesada, fechei os olhos e inalei ar fresco. Com um último incentivo mental, entrei.

Você não acreditaria em como eu conseguia ouvir alto e claro meu coração batendo nos meus ouvidos, como eu não conseguia ouvir nada além do meu próprio surto. O bar estava cheio como sempre; não importava nada que fosse segunda-feira. Um cara trombou em mim conforme estava indo para a saída, então me obriguei a dar alguns passos para dentro e olhar em volta para ver se conseguia encontrar Dylan ou Chris.

Eu estava vestindo uma das minhas camisetas preferidas, jeans preto, botas pretas e uma jaqueta fina por cima, só porque Jared tinha me obrigado. Eu estava queimando com o estresse.

Então o vi e, de repente, não sabia como respirar, o que fazer comigo mesma... não sabia de nada. Engoli em seco e dei um passo em direção ao bar onde ele estava conversando com uma bartender. Ele inclinou a cabeça, os lábios se alongando em um sorriso discreto, e ele parecia maior do que tudo para mim.

Juro que meu coração parou por um segundo — talvez alguns — conforme me aproximei dele. Não faço ideia de como consegui colocar um pé à frente do outro, porém poderia ser porque eu estava flutuando. Todos os banquinhos do bar estavam ocupados, então aguardei... e aguardei, pacientemente, sem tirar os olhos dele. Se ele apenas olhasse para cima e um pouco para a esquerda, me veria ali parada, mas não o fez, e isso facilitou para que eu o observasse enquanto ele servia bebidas.

Quando uma garota desceu de um dos banquinhos, meio longe de Dylan, corri até ele antes de outra pessoa conseguir se sentar. Me sentei, coloquei as mãos no balcão do bar, então as abaixei. Endireitei os ombros, sentei mais ereta e apertei as mãos na barriga para acalmar o frio que estava fazendo lá dentro.

Tudo estava difuso ao meu redor. Eu só conseguia me concentrar em Dylan, e poderia ter ocorrido um terremoto enorme naquele instante, que, mesmo assim, eu ainda não teria tirado os olhos dele. Meu coração tinha sentido falta de bater assim, por ele, apenas por ele.

— Posso te servir alguma coisa?

Pulando no meu assento, tentei muito focar na bartender que tinha falado comigo. Me lembrava de vê-la da última vez que estive lá, mas não conseguia me lembrar do seu nome. Será que eu sabia o nome dela? Franzindo um pouco o cenho, me inclinei para a frente.

— Ãh, sim. Obrigada — sussurrei. — Cerveja. O que tiver na torneira, por favor.

— Vou precisar ver um documento.

Coloquei a mão no bolso de trás e o entreguei a ela. Quando olhei na direção de Dylan, fui flagrada no seu olhar, e parei de respirar.

Afinal, o quanto o ar era necessário? Bem superestimado, se quer saber minha opinião.

Vi sua mandíbula enrijecer, e sua boca formou uma linha fina. Não conseguíamos desviar o olhar um do outro. Ele parecia bravo, talvez com razão, e eu não sabia o que ele via quando olhava para mim. Pensei que estivesse pronta para entrar e gritar com ele, mas, na realidade, eu não estava nada preparada para vê-lo.

Meus sentimentos estavam em guerra. Eu sentira tanta falta dele — *tanta* —, ainda assim, não podia fazer nada em relação a isso... não até conversarmos, até ele me dar uma chance de falar, embora eu não fosse deixar à escolha dele.

Então Dylan começou a vir na minha direção e eu já estava sem fôlego.

No instante em que ele chegou onde eu estava sentada, esticou-se para pegar a cerveja que a bartender já tinha colocado diante de mim, bem ao lado do meu documento. Eu nem tinha percebido. Imaginando o que ele estava prestes a fazer por seus passos bravos e mandíbula tensa, peguei a cerveja antes dele, derramando um pouco.

Podia sentir minhas pernas tremendo quando ele colocou as mãos no balcão e se inclinou para a frente. Tive um momento de hesitação do que fazer — me inclinar para a frente, abraçar seu pescoço e segurar para sempre como um macaco, torcendo para ele achar isso fofo, ou me afastar da raiva que eu conseguia enxergar queimando nos seus olhos? Me inclinei para trás, segurando a caneca de cerveja de forma protetora no peito.

— Saia.

Uma palavra. Ele me disse uma palavra, e senti a mágoa profunda no meu peito. Só consegui balançar a cabeça de um lado a outro.

— Zoe, saia.

Detestava o quanto meu nome soava duro vindo dos seus lábios, mas encontrei minha voz mesmo assim.

— Não.

Nada poderia me fazer sair daquele bar sem conversar com ele.

Ele me deu uma olhada demorada e sombria, e prendi a respiração. Então se inclinou para trás e se endireitou, afastando-se sem falar mais nada como se eu não valesse a pena nem mais um segundo do seu tempo.

Passei dez minutos bebericando e mexendo na cerveja, dez minutos, e ele nem me deu uma única abertura para dizer qualquer coisa, ficando o mais longe possível.

— Dylan! — a bartender gritou, e me encolhi. Os olhos dele se moveram por mim como se eu não existisse. — Preciso fazer meu intervalo... me cobre?

Ele assentiu para ela, então falou com o outro cara que estava servindo as cervejas da torneira. Alguns segundos depois, o cara estava cobrindo os clientes de onde eu estava sentada, porque Dylan não queria ficar perto de mim.

Começando a ficar mais brava a cada segundo que passava, bebi o resto da cerveja ao som de Drake e pedi outra para meu novo barman.

Só que, em vez de me entregar uma nova, ele colocou um shot de tequila, uma fatia de limão e um saleiro diante de mim.

— Por conta da casa — ele disse com um sorriso.

CAPÍTULO VINTE E OITO
DYLAN

Vi Brian colocar um shot na frente de Zoe e precisei me conter para me impedir de ir lá e quebrar o nariz dele. Zoe pegou o shot e sorriu para Brian antes de engolir a bebida de uma vez. Enrugando o rosto, ela pegou o limão e o chupou.

Desviei o olhar dela — porque essa era minha única opção viável — e vi a reação de Brian. O desgraçado estava sorrindo para ela, inclinando-se, falando, falando e falando.

Zoe não parecia reagir a ele, mas isso não impediu Brian de flertar. Por um segundo, pensei em ir lá e falar para Brian que ela gostava de homens mais velhos, mas resolvi ignorá-los. Machucava — machucava *fisicamente* olhar para ela, e isso me irritava ainda mais. Ficara muito bravo no instante em que ouvi sua voz pedindo uma bebida, depois, ainda mais bravo quando vi seu rosto quando seus olhos encontraram os meus.

Alguns minutos se passaram — ou talvez apenas segundos — e precisei olhar de novo. Desta vez, Brian estava colocando outra cerveja diante dela, ignorando um cliente que estava esperando para fazer o pedido.

Colocando duas garrafas de cerveja na bandeja que aguardava para ser preenchida com outras, fui na direção deles. Se ela tivesse flertado com ele... se tivesse sorrido para ele, dado risada com ele, falado com ele, olhado para ele — feito *qualquer coisa*, acho que não teria me sentido tão bravo quanto estava me sentindo. Acho que teria sentido alívio, mais do que qualquer coisa.

— Pode voltar aos seus pedidos, Brian — exigi, meu tom beirando um homicida e, em vez de esperar para ver o que ele ia fazer, ajudei a servir os clientes. Brian ficou em silêncio, e os olhos de Zoe seguiram cada movimento meu.

— Posso cobrir Lindy, cara — Brian insistiu, não tão sabiamente.

Brian havia começado como o novo barman há apenas duas semanas, então era para ele fazer o que eu dizia. Se não fizesse, eu ia obrigá-lo.

— Volte para seu lugar. Cuide dos pedidos. — Quando parecia que ele estava prestes a protestar de novo, dei um pequeno passo na direção dele, meu temperamento flamejante. Estávamos parados bem diante de Zoe, e me inclinei para a frente para apenas ele conseguir me ouvir. — Não é legal você brincar por aqui, Brian, e fique longe dela, porra. Volte para seu trabalho ou saia daqui, caralho. — Me inclinei para trás. — Você me entendeu?

Suas sobrancelhas se ergueram até a raiz do cabelo e ele levantou as mãos em rendição, afastando-se.

Ignorando Zoe, servi uísque para um cliente e peguei duas cervejas para outro. Embora eu não quisesse, ainda conseguia vê-la de canto de olho, e como ela estava bebendo rápido sua cerveja.

De repente, não consegui mais suportar tê-la por perto. Não conseguia me afastar do seu perfume, aquele cheiro doce de frutas vermelhas. Não conseguia desviar o olhar e não me lembrar do quanto era bom sentir sua pele macia, tê-la debaixo de mim, o quanto ela reagia ao meu toque, como seus olhos brilharam quando corri para o seu lado depois do jogo de Tucson, como era bom quando ela olhava nos meus olhos por mais do que breves segundos... sua calcinha azul, seu cabelo molhado, seus olhos feridos... seus braços em volta de mim, me segurando... como ela ficava empolgada quando vai comer pizza, como chamava a maldita de *círculo do amor*... seu sorriso tímido pra caralho, seus orgasmos...

Tudo isso passava como um filme na minha cabeça.

A raiva queimava minhas entranhas.

— Chega para você — eu disse, parando diante dela. — Quero que saia.

Olhei diretamente nos olhos dela, que retornou meu olhar sem se encolher. Não sabia se já estava bêbada ou não, não conseguia identificar qual era o seu jogo.

— Não vou a lugar nenhum, não sem falar com você.

— O que te deu a ideia de que temos algo para conversar? Se quiser que eu chame o técnico para te buscar, me avise.

Seus olhos brilharam com um sentimento que não pude identificar, e ela se sentou mais ereta.

— Se quiser que eu saia, vai precisar me arrastar para fora daqui.

Entrelacei meus dedos no balcão do bar e a observei.

— Não me provoque. Não tenho nada a dizer para você.

Ela estreitou os olhos e se inclinou para a frente.

— Então só me escute.

Ergui uma sobrancelha.

— Também não estou interessado nisso, amigona.

Desta vez, seus olhos brilharam com raiva e, por algum motivo zoado, me deixou animado. As batidas do meu coração aceleraram e segurei na beirada do balcão de madeira para não pegar suas mãos e beijar seus lábios.

— Não vou sair deste lugar até você me dar cinco minutos, e vai me dar, pelo menos, isso, *amigão* — ela reagiu.

— Fique à vontade. — Saí andando.

Um minuto depois, Lindy voltou do seu intervalo e assumiu.

Passaram-se dez minutos.

Depois quinze.

Então trinta.

A cada segundo que ela continuava sentada naquele maldito banquinho, eu me aproximava cada vez mais de me descontrolar na frente de todo mundo. Quando chegou a um ponto em que eu não conseguia mais aguentar, rasguei o pano que estava segurando e o joguei longe. Saindo de detrás do balcão, fui até ela. Quando cheguei, ela já estava de pé, esperando.

— Não vou embora, Dylan.

— Vai, sim. Vou ouvir o que quer que você precise dizer só para que possa sair da minha frente.

Segurando seu braço logo acima do cotovelo, puxei-a para atrás do bar.

— Vou fazer dez minutos — gritei para Lindy conforme abri uma porta que nos levou para a pequena cozinha, então a levei para fora, no beco mal iluminado.

A porta de metal bateu quando saímos, e soltei Zoe como se sua pele estivesse queimando a minha, então fiquei meio longe dela.

— Comece para eu acabar logo com isso.

Ela ficou em silêncio, então olhei para ela. Seus olhos pareciam estar se enchendo de lágrimas. Tentei ignorar o que eu estava sentindo e fiquei parado.

— Estou tão brava com você — ela disse, enfim, baixinho.

— O que disse?

— Estou brava pra caramba com você! — ela repetiu, sua voz clara e forte.

— É? — Cruzei os braços à frente do peito. — Por quê? Porque não continuei jogando o joguinho fodido que você estava fazendo? Porque flagrei você com ele e interrompi vocês dois? Como ouso, certo?

Seus olhos se estreitaram conforme ela se inclinou na minha direção.

— Estou brava com você porque me bloqueou! Estou brava com você porque nunca nem me deixou falar. — Então ela se endireitou e não estava mais se inclinando. — Pensei que fosse sua amiga, Dylan. Se não fosse mais nada, pensei que fosse, no mínimo, isso.

Bufei e dei risada.

— Minha amiga? Estava pensando no seu amigo quando entrou no carro dele e saiu com ele? Ou logo antes de eu flagrar vocês dois?

— Do que está falando? — Ela franziu o cenho. — Que carro?

— Nem tente mentir para mim, Zoe. Se está aqui para me dizer que ele foi ao apartamento sozinho e que eu entendi tudo errado, poupe seu ar. Eu estava te esperando na frente do apartamento de Jared. Estava bem ali quando você ignorou minha mensagem e entrou no carro dele.

Ela lambeu os lábios, me encarou por um instante, então disse:

— Vai se sentir um idiota completo e nem sabe disso.

— Duvido. Se tiver terminado, preciso voltar para dentro.

Ela balançou a cabeça e mordeu o lábio inferior, chamando a atenção do meu olhar para sua boca. Colocou o braço para trás e tirou algo do bolso de trás. Desdobrando uma folha de papel, ela se aproximou de mim.

Três passos — só precisou disso.

— Aqui. — Ela colocou o papel no meu peito, e o vi flutuar até o chão.

Quando olhei para cima, ela parecia insegura. Seu peito estava subindo e descendo com rapidez. Alguém bateu uma porta no prédio ao nosso lado e o som ressoou no beco, fazendo com que ela pulasse de susto.

— Pegue-o — Zoe exigiu, mas não me mexi. Seus ombros caíram e a luta pareceu ter se esvaído dela. — Leia, Dylan.

Alguns segundos se passaram e tive que ficar parado quando vi seus olhos começarem a se encher de lágrimas.

— Você é um idiota, Dylan Reed! — ela gritou, e só conseguia ouvir o chiado na sua respiração. Só conseguia ver aquela expressão de coração partido no seu rosto.

Ela se virou para sair, e me abaixei para pegar o papel que parecia já ter visto dias melhores. Eu o desdobrei duas vezes e o alisei. A cada palavra que lia, meu coração acelerava. No segundo em que entendi o que estava olhando, resmunguei, soltei o papel no chão de novo e fui atrás de Zoe.

Nem tinha percebido ou ouvido a porta dos fundos se abrir e fechar, mas eu era o único parado ali no beco. Puxei a porta para abri-la e a alcancei conforme ela estava passando pela cozinha. Suas mãos estavam em punhos cerrados nas laterais do corpo enquanto ela ia para a porta que a levaria para o bar e para longe de mim. Ignorei todo mundo na cozinha — que era um total de três pessoas —, segurei seu ombro e a virei.

Eu estava respirando com dificuldade como se tivesse acabado de correr noventa jardas para um touchdown. Quando meu olhar encontrou o dela cheio de lágrimas, quase tive medo de falar. Ela parecia tão esperançosa, tão triste e tão linda.

— Zoe — sussurrei.

Então as lágrimas começaram a descer mais rápido e não consegui mais não encostar nela. Não consegui não abraçá-la e não consegui não segurá-la. Me inclinei o suficiente para envolver meus braços debaixo dos dela e abraçá-la. Quando seus braços envolveram meu pescoço e ela descansou a cabeça no meu ombro, seus soluços ficaram mais altos. Coloquei os braços bem abaixo da sua bunda, peguei-a no colo e ela envolveu as pernas em mim. Seu abraço no meu pescoço se apertou e ela enfiou o rosto no meu pescoço, ainda chorando.

Ignorando os olhares, voltei o beco e a coloquei contra a porta assim que se fechou.

Não conseguia sentir meus braços pela força com que a estava segurando e não fazia a menor ideia de como minhas pernas continuavam firmes, mas não tinha do que reclamar.

Quando ela ergueu seu rosto do meu pescoço e segurou meu rosto entre as mãos, apenas a encarei, atordoado.

— É verdade? — perguntei, precisando ouvir dos seus lábios e não apenas ver em uma folha de papel.

Ela assentiu.

— Me deixe ouvir você dizer.

— Ele é meu pai biológico. — Ela engoliu em seco e vi sua garganta se mover, ainda tendo dificuldade em acreditar que ela estava dizendo a verdade.

— Este tempo todo... você me deixou pensar...

Ela inclinou minha cabeça e olhei nos seus olhos. Ela ainda tinha lágrimas nos seus.

— Eu ia te contar, Dylan, juro para você. Era por isso que ele estava lá, por isso que me buscou na casa de Jared... para conversar comigo.

Falei para ele que ia te contar sobre ele logo antes de entrar na biblioteca naquele dia, então tudo aquilo aconteceu e apenas protelei. Mas eu ia te contar. Juro para você que ia. Posso te mostrar minha mensagem para ele. Posso te contar tudo.

Olhei para baixo, para seus lábios trêmulos, e não consegui mais me segurar.

Você precisa de água para viver, só consegue sobreviver sem ela de três a cinco dias, e fazia muito mais tempo que eu a tinha bebido, que a tinha provado. Mal estava sobrevivendo.

Nossos lábios se encontraram e ela soltou um choramingo baixo no segundo em que minha língua tocou a dela. Foi o beijo mais bagunçado da minha vida, ainda assim, talvez um dos melhores. Nossos dentes bateram, nossas línguas se enrolaram, mesmo assim, eu não conseguia ter o suficiente dela. Soltei suas pernas e me empurrei com mais firmeza contra seu corpo, esmagando-a entre mim e a porta.

Com as mãos livres, segurei seu rosto e inclinei sua cabeça para o lado para poder obter mais, e ela me deu tudo — absolutamente tudo. Colocando os braços entre os meus, ela os envolveu no meu pescoço de novo e me deixou guiar.

Quando paramos, nós dois estávamos respirando com dificuldade, como se tivéssemos terminado uma maratona, e eu não faria de outro jeito. Esta garota... ela tirava meu fôlego.

Apoiando a testa na dela, lambi meus lábios. Estávamos tão perto um do outro que também provei os dela.

— Fiquei com saudade — ela sussurrou. — Fiquei com tanta saudade de você que não faz ideia.

— Acho que faço — eu disse tão baixo quanto ela. O mundo inteiro tinha desaparecido, e éramos apenas nós. — Você é só minha, então? — perguntei, só para ter outra confirmação.

Ela colocou a cabeça um pouco para trás a fim de olhar nos meus olhos.

— Você é meu melhor amigo... de quem mais eu seria?

Beijei-a de novo, mais devagar desta vez, saboreando em vez de devorando. Mesmo assim, pensava que não teria o suficiente dela.

— Estou tão brava com você — ela sussurrou entre meus beijos. — Ainda tão brava.

— Por quê? — Encostei o nariz no dela e ela inclinou a cabeça para me beijar, lambendo meus lábios quando terminou. Coloquei uma das mãos debaixo da sua bunda, puxando-a um pouco mais para baixo. Quando ela sentiu o quanto eu estava duro e pronto, fechou os olhos, mordeu o lábio e gemeu, tentando mexer seu corpo contra o meu. Eu a fiz parar e beijei seu pescoço, lambendo e sugando conforme mexia meus quadris.

— Como pôde simplesmente ir embora daquele jeito? — ela perguntou, arfando, quando conseguiu encontrar as palavras.

Parei de me mexer contra ela e meu abraço se apertou de novo. Meu olhar absorveu seu rosto corado e encontrou seus olhos brilhantes.

— Como pôde não ir atrás de mim? — indaguei com a voz falhada.

— Sou uma idiota. Qual é a sua desculpa?

Eu sorri e deixei minha testa cair no seu ombro.

— Você me chamou de idiota algumas vezes esta noite, então acho que sou sua outra metade, simplesmente tão idiota quanto, senão mais.

— Então somos perfeitos um para o outro, hein?

— *Somos* melhores amigos, não somos?

Seu sorriso me pegou de surpresa, e me vi perdido em outro beijo até a porta atrás de nós ser aberta e eu ter que carregar seu peso para protegê-la.

A cabeça de Lindy apareceu na abertura e ela se encolheu quando nos viu.

— Desculpe interromper, Dylan, mas eu realmente gostaria da sua ajuda lá. Brian não é muito a melhor ajuda no momento, então se...

Pigarreei.

— Sim. Só me dê mais um minuto, ok? Já vou.

Ela assentiu e deu um sorrisinho.

— Sim, claro.

Quando éramos só nós de novo, lentamente, deixei os pés de Zoe tocarem o chão e ela tentou arrumar sua roupa. Quando olhou para cima, expirei e segurei seu rosto para dar um beijo nos seus lábios rosados e inchados. Ela sorriu para mim e meu peito ficou pesado.

— Ainda precisamos conversar, Zoe. Preciso saber de tudo.

Ela perdeu um pouco do seu sorriso, mas assentiu.

— Onde você está morando?

Deu de ombros rapidamente.

— Estou ficando com Jared agora. Vou precisar encontrar um lugar ou um colega de quarto depois de o semestre começar.

— Estou ficando com Benji. Ele se mudou para morar com outro cara e estou dormindo no sofá deles. Você não vai voltar para a casa do seu amigo esta noite — declarei.

Ainda sorrindo bastante, ela balançou a cabeça.

— Não vou.

— E vai esperar até eu terminar aqui. Vai ficar sentada bem na minha frente até lá.

— Vou. Não vou me mexer... Nem vou olhar para o lado.

CAPÍTULO VINTE E NOVE
ZOE

Após os clientes terem saído, depois todo mundo da cozinha, garçonetes e bartenders, ficamos apenas Dylan e eu no bar. Parecia tão grande sem ninguém, tão quieto, as mesas vazias com as cadeiras de cabeça para baixo. Dylan já tinha apagado as luzes, exceto as pequenas decorativas que pairavam acima do espelho atrás das bebidas alcoólicas. Achei romântico. Ainda estava sentada exatamente no mesmo lugar em que Dylan tinha me colocado, no mesmo banquinho, e estava bem acordada. A única vez que tinha desviado o olhar dele por mais do que alguns segundos foi quando enviei mensagem para Jared a fim de avisá-lo de que eu não ia voltar e que estava tudo bem de novo.

Olhei para cima quando senti Dylan descendo as escadas que me dissera que levavam ao escritório do chefe. Minha respiração parou na garganta e meu coração balançou. Ele era o cara mais bonito do mundo, pelo menos aos meus olhos, e tenho praticamente certeza de que você concordaria comigo se o visse. Seus olhos nunca vacilaram e eu nunca desviei o olhar. Ele estava usando calça preta e uma simples camiseta cinza-escura de manga comprida, que tinha a logo do bar na parte direita do peito. Ele estava incrível, pronto para ser devorado. Basicamente, sua aparência e seu gosto eram melhores do que pizza. Também se parecia com alguém que nunca pensei que seria meu. Era o tipo de cara que você poderia engravidar só de olhar por muito tempo para ele. Quando foi para o meu lado, me pegou no colo como se eu não pesasse nada e me colocou sentada no bar. Imediatamente, apoiei as mãos para me estabilizar, então ele abriu minhas pernas e se acomodou entre elas no meu banquinho vazio. Suas mãos subiram e desceram por minhas coxas, causando calafrios e arrepios.

Tendo dificuldade de me conter, me inclinei, coloquei as mãos nos seus ombros e o beijei, só um selinho gentil que ele facilmente transformou em algo mais, me deixando sem ar.

Quando ele se afastou, apenas o encarei com o maior sorriso no rosto. Era como vê-lo pela primeira vez e me apaixonar novamente. Ele era o sonho, aquele com quem você sempre quis ficar, a outra metade da sua alma, se acredita nesse tipo de coisa. Eu estava disposta a apostar que Dylan Reed atenderia todos os itens de toda mulher que tivesse uma lista de desejos e, mesmo assim, lá estava ele, parado diante de mim, com um sorriso torto.

— O que foi? Por que está me olhando assim? — ele perguntou, suas mãos se movendo de novo, mais insistentes desta vez.

Dei risada.

— Olhando como?

Ele só ficou me encarando nos olhos, e me derreti ainda mais a cada segundo que passava.

— Ninguém nunca me olhou assim, sabe? — admiti, tendo um pouco de dificuldade de fixar seu olhar.

Ele se aproximou — braços apoiados nas minhas coxas, mãos na minha cintura — e meus olhos se fecharam sozinhos.

— Assim como? — Senti seu beijo no canto dos meus lábios, então na minha bochecha.

— Assim... desse jeito — repeti tolamente em um sussurro contra seus lábios.

Ele sorriu, então deu um beijo suave bem ao lado da minha orelha.

— Pode ser um pouco mais específica?

— Não.

Senti sua risada profundamente nos meus ossos mais do que meramente a ouvi.

— Certo.

Então ele me beijou. Nossos lábios se moldaram um ao outro, delicadamente, nada mais do que um sussurro na noite, até ele falar.

— Então deveria ficar comigo. Ninguém mais consegue olhar para você do jeito que eu olho.

— Não foi isso que eu disse, foi? — protestei com um sorrisinho, e abri os olhos e o vi olhando para mim. Meu coração disparou. — Tão arrogante — sussurrei.

Seu polegar passou por meu lábio, mas ele não desviou o olhar do meu.

— Fique comigo, Flash. Sou um bom partido.

Sorri, meu coração pulando por todo lugar.

— Sabe de uma coisa? Acho que vou ficar.

Seu sorriso aumentou, e me senti extremamente feliz.

Com as mãos ainda na minha cintura, ele se endireitou. Segurei seu rosto e apoiei a testa na dele.

— Estou feliz de novo — eu disse do nada.

— Ficou triste sem mim?

Pensei que fosse só uma pergunta retórica, não pensei que ele esperasse que eu desse uma resposta sincera porque ele ia me beijar de novo, mas me afastei antes de ele me alcançar.

— *Fiquei* triste, Dylan. Não conseguia dormir, não conseguia falar com você. Então, quando consegui, depois do último jogo, não conseguia te encontrar. Você me bloqueou — eu o acusei. — Não que possa culpar você, mas acho que vou, mesmo assim. Senti sua falta. Senti sua falta como nunca havia sentido de ninguém na vida. — Coloquei a mão no coração e tentei aliviar a dor. — Sinto uma dor, bem aqui, e toda manhã que acordei nessas últimas duas semanas, tinha um momento, naquele primeiro segundo depois de abrir os olhos, em que pensava: *Levante-se, Zoe, levante-se e veja Dylan. Levante-se e vá para a cama dele. Levante-se e tome café da manhã com ele... ele está te esperando na cozinha.* Então percebia que não podia fazer nada disso.

Dylan olhou para mim, absorvendo minhas palavras, decidindo como responder, ou ambos. Me perguntei se tinha revelado muito meus sentimentos, não que me importasse se o tivesse feito.

— Senti sua falta mais do que tinha direito de sentir, e isso me corroía — ele disse antes de o silêncio se tornar bizarro. — Eu estava tão bravo comigo mesmo porque nem conseguia te odiar. Sabe como foi difícil, para mim, trabalhar com ele, sabendo que ele estava com você, e eu não? O quanto ainda é difícil? Você pensava em mim no instante em que acordava, e eu não pensava em nada além de você desde então. Detestava que tivesse feito isso comigo, que tivesse mentido para mim daquele jeito. Quando te vi entrar no carro dele, não acreditei, sabe? Eu tinha certeza de que você explicaria, mas, quando fui para casa e vi vocês dois... tão perto, e ele tocando você...

— Posso te contar tudo agora?

— Sim, tem que contar e, por favor, não deixe nada de fora.

— Não vou — jurei e, sabendo que tudo ficaria bem depois, que ele ainda estaria diante de mim, contei tudo. Comecei bem do início, daquele primeiro momento em que minha mãe me contou sobre Mark e Chris, e finalizei com como tinha conversado com Chris apenas dias depois de ele ter me visto discutindo com Mark. — Queria te encontrar no dia seguinte, até te liguei, mas você já tinha me bloqueado. Quanto mais eu pensava nisso, mais temia que ele fizesse algo para te prejudicar no campo. A ameaça era real, e não faço ideia se ele teria o poder de fazê-lo. Eu não ia desistir de você, mas achava que correr para você logo depois que saí também não era a melhor ideia. Me dei tempo, até o jogo, sabendo que contaria a você depois do Cactus Bowl... isso era certeza.

No tempo que demorei para contar tudo, ficamos exatamente na mesma posição: ele entre minhas pernas, me tocando, constantemente me tocando. Quando tinha dificuldade de falar alguma coisa, ele apertava minha cintura, me lembrando de que estava ali, bem ali comigo. Em certo ponto, suas mãos deslizaram sob minha camiseta e ficamos pele com pele. Ele me distraiu infinitas vezes, mas me incentivava a continuar porque estava absorvendo cada palavra que eu dizia.

Seu rosto estava inclinado para baixo conforme me ouvia, com o foco nas suas mãos, desenhando círculos preguiçosos na minha pele debaixo da camiseta, como se não conseguisse se conter.

— Por isso que eu não quero que você vá falar com ele e nem contar nada disso a ele, Dylan.

Ele olhou para mim.

— Não pode me pedir para fazer isso, Zoe.

— Acabei de pedir. Por isso vim aqui... Não podia não te contar, mas não quero que toda a espera seja por nada.

— Não vou ficar longe de você até o dia do recrutamento, Flash. Pode tirar isso da sua cabeça agora mesmo. Agora que sei de tudo, nada que disser pode me manter afastado de você.

Sorrindo, me inclinei para baixo, dei um beijo nos seus lábios e me afastei.

— Não estava planejando fazer nada remotamente próximo disso, mesmo com a chance de você não me querer mais.

Então foi ele que se inclinou para a frente e capturou meus lábios, sua língua fazendo coisas que me deixaram maravilhada. Quando se afastou, seus olhos estavam claros.

— O que você quer, então?

— Vi o quanto você trabalhou duro para chegar onde está... Só de morar com você por alguns meses foi o suficiente para eu enxergar isso. Não vou ser o motivo de ter sequer a possibilidade de...

— O que está pedindo de mim?

— Só não deixe óbvio que você sabe, só isso.

Ele segurou minha cintura e meu corpo pulou.

— Não posso deixar que durma em outro lugar, Flash. Não posso ficar mais um dia sem acordar com você envolvida em mim. Vamos encontrar um apartamento pequeno e morar juntos. Sei que só tenho uns meses até o recrutamento e, depois disso...

Sem nem tentar conter meu sorriso, pode ser que tenha gritado minha resposta um pouco mais alto do que estava pretendendo.

— Sim. Sim. Sim! — Do jeito que eu estava agindo, teriam pensado que ele tinha me pedido em casamento.

Foi a preocupação no seu rosto que desapareceu primeiro — como se ele realmente pensasse que eu ia deixar passar a chance de acordar com ele por quanto tempo fosse —, então ele riu comigo.

Eu não conseguia parar de tocá-lo, não conseguia parar de olhar nos seus olhos.

— Certo, não surte, mas estou caidinha por você, Dylan Reed... Totalmente em queda livre. Provavelmente, pousarei em breve.

Seu sorriso ficou brincalhão e ele se endireitou.

— Vai pousar onde?

Empurrei seu ombro conforme suas mãos começaram a subir mais por debaixo da minha camiseta, me deixando superconsciente do quanto estávamos perto, de como eu era afetada por seu toque.

— Você sabe o que eu quis dizer. — Pela primeira em um tempo, evitei seus olhos. — E também quero que caia de amores por mim. Quero tanto... mas *tanto*, Dylan. Quero ser alguém importante para você, quero ser o tipo de pessoa que você é para mim, alguém que você não consegue viver sem. E, certo, talvez eu seja meio estranha... isso é um grande talvez... mas quero que você... goste do fato de eu ser estranha, e que queira...

— Isso é fácil, Flash. Você é minha melhor amiga, como falei para você que seria, e já amo sua esquisitice. Nunca vou esquecer de ver aqueles M&M's arrumados perfeitamente na cozinha, e o amor que você tem por pizza? É outro nível de esquisitice.

Resmunguei e enfiei o rosto no seu pescoço.

— Todo mundo ama pizza... isso não é estranho.

— Mas não tanto quanto você.

Lentamente, Dylan arrastou as mãos de volta para baixo, e cada centímetro da minha pele zumbiu com consciência. Então suas mãos estavam segurando meu rosto, e ele estava me afastando do seu pescoço para olhar nos seus olhos.

— Vou pegar você quando pousar, Flash. Só não demore muito, porque eu já estou lá, impacientemente esperando você.

Pisquei.

— Não pode brincar com algo assim, Dylan.

— Quem disse que estou brincando? Você aconteceu em um segundo, Zoe. Eu nem tive chance.

Isso significava o que eu pensava que significava? Então seus lábios estavam nos meus e eu o estava beijando como se nossas vidas dependessem disso, e todos os pensamentos evaporaram da minha mente. Suas mãos soltaram meu rosto conforme envolvi meus braços no seu pescoço para me aproximar e soltei um gritinho surpresa quando ele me colocou no seu colo.

— Merda — xinguei, esticando o braço para trás a fim de segurar a beirada do balcão do bar. — Dylan, sou pesada. Você não consegue...

— Consigo fazer o que eu quiser com você agora.

Ele pensava que isso era uma ameaça?

Suas sobrancelhas se uniram.

— Espere... Chris? Ele nunca falou nada para mim.

Apertei os lábios e balancei a cabeça.

— Só conversamos duas vezes desde que contei a ele, mas ele me enviou mensagem para me avisar que você estava aqui, então, talvez... — Dei de ombros discretamente. — Talvez conversemos mais. Ele que sabe.

— Então estou transando com a irmã do meu melhor amigo, hein? Gostei.

Ele sorriu, e eu sorri de volta.

— Não acho que esteja acontecendo a parte de transar, mas se você diz...

As palavras sumiram da minha boca conforme nos beijamos de novo e fui carregada... para longe... para algum lugar.

Quando uma porta se abriu e fechou, minhas costas bateram em uma parede, com nossos lábios ainda conectados, e abri meus olhos para ver onde estávamos. Poderíamos ter conversado por horas e eu nem teria percebido. Aparentemente, ele só me carregara para cima pelas escadas que eu vira mais cedo; estávamos na sala de Jimmy. Registrei a mesa cor de mogno praticamente vazia, um cofre pequeno vintage, um armário alto de arquivos e um sofá. Não era nem um pouco grande, mas parecia bem confortável, e eu estava mais do que feliz em passar a noite nele com Dylan. Já que era tão pequeno, significava que eu iria ficar ainda mais em cima dele.

Quando Dylan mordiscou meus lábios, perdi todo o foco de novo e lá estávamos apenas nós. Quando ele me carregou para longe da parede, não me levou ao sofá, como eu esperava que fizesse. Não, ele me levou para a mesa e me sentou nela.

Antes de eu conseguir abrir a boca ou sequer recuperar o fôlego, ele estava tirando minha camiseta. Por um instante bem breve, quis me esconder dele, mas, em vez disso, peguei a bainha da sua camiseta e a tirei. Dando aos meus seios — que estavam escondidos no meu sutiã azul-claro preferido — uma rápida olhada, ele gemeu e abriu minhas pernas, posicionando-se entre elas. Ele colocou suas mãos na mesa nos dois lados do meu quadril, me prendendo, e baixou o rosto para me beijar. Precisei me inclinar para trás e me segurar nele a fim de responder ao seu beijo descontrolado. Ele só parou quando minhas costas tocaram a superfície de madeira.

— Nem tive a chance de aprender o que excita você — ele murmurou logo antes de chupar e morder delicadamente a pele do meu pescoço.

— Acho que você não precisa aprender nada — disse apressadamente, minha voz saindo toda irregular. — Está praticamente me matando, então diria que está funcionando, e só de você olhar para mim já parece que me excita, então...

Ele deu risada, e o som vibrou na minha pele.

— Está me dizendo que está molhada para mim?

Suas mãos seguraram minha cintura e me deslizaram para baixo em um rápido movimento. Arfei e dei risada, segurando nos seus ombros. Então, senti seu pau duro e grosso contra a costura do meu jeans e enlouqueci totalmente. Mordendo seu pescoço, soltei o gemido mais devasso. Rebolei e me empurrei para baixo o máximo que pude, conforme seus dedos se apertaram na minha cintura para me manter parada. Soltando seus ombros, me estiquei entre nós e tentei abrir o zíper da calça jeans dele. Quando não consegui, me afastei do beijo e bati a cabeça bem forte na mesa.

— Merda. Merda. Merda.

Ele teve a audácia de dar risada.

— Vai com calma, linda — ele sussurrou, uma das suas mãos gentilmente segurando meu cabelo e esfregando para tirar a dor. — Você me quer?

Eu não poderia querê-lo *mais*, e *realmente* achava que não conseguia falar naquele instante, então simplesmente assenti. Encaramos os olhos um do outro, e o que quer que ele tenha visto no meu rosto o fez balançar a cabeça e sorrir para mim. Suas bochechas pareciam coradas, seus lábios, inchados — por minha causa. Ele respirou fundo conforme prendi a respiração. Seus olhos já azul-escuros estavam mais escuros, como o céu noturno, e eu não conseguia me lembrar de ver nada tão perfeito.

— Queria poder capturar este momento — sussurrei. — Você... só me olhando desse jeito.

— Você vai ter todo o tempo do mundo para fazer o que quiser comigo, Zoe. Acredite em mim.

Quando lambi os lábios, suas mãos finalmente baixaram e ele começou a tirar suas calças. Fiz a mesma coisa, rebolando e tentando me livrar delas o mais rápido possível. Derrubei algumas pastas da mesa, mas nenhum de nós pareceu se importar.

— Deixe que eu tiro — Dylan disse, e ele tirou minhas calças em um segundo, minha calcinha deslizando junto com elas.

Pensei que não conseguisse esperar mais, então me sentei e o beijei de novo. Ele me ajudou se inclinando e envolvendo seus braços em mim. Pensei que ele estivesse se sentindo exatamente igual a mim, como se não conseguisse chegar perto o suficiente.

Espremi minha mão entre nossos corpos e segurei seu pau. Quando uma mão não era suficiente, usei a outra também. Ele afastou seus lábios e cochichou na minha orelha quando esfreguei o polegar pela cabeça inchada.

— Quero provar você — gemi, minha voz baixa.

— Me mata dizer isso, mas agora não.

Senti seus dedos entre minhas pernas, me abrindo, entrando, e nem conseguia me lembrar do que estávamos falando.

Em certo ponto, ele deve ter aberto meu sutiã porque, quando me incentivou a deitar de novo, não havia nada além da superfície gelada de madeira contra minha pele. Estremeci e o vi tirar a peça solta de mim. Quando a boca dele se fechou em um mamilo, primeiro lambendo e depois sugando, eu não sabia o que fazer com minhas mãos, então apenas as ergui acima da cabeça e segurei na beirada da mesa, arqueando as costas e oferecendo mais. Ele deu o mesmo tratamento ao outro, me fazendo me contorcer e arfar debaixo dele.

Então ele estava bem ali, empurrando seu pau para dentro de mim, endireitando-se e observando onde nos conectávamos com uma reverência que eu não sabia explicar. Com meus ouvidos apitando, o sangue correndo por minhas veias, abri a boca para arfar, mas fui tão sobrecarregada por seu tamanho e por tê-lo de novo que não saiu nada. Um milésimo de segundo depois, outra arfada, então gemi, sentindo-o se mexer devagar dentro de mim, me alongando bastante.

— Você não faz ideia do quanto senti sua falta, Flash. Fiquei com saudade de estar dentro de você. Sentindo você mexendo no meu pau. Fodendo você.

Meu corpo estremeceu, e eu sorri.

Então ele parou, e tive que forçar meus olhos a se abrirem.

— O q-quê? Não, não pare.

Ainda na metade do caminho, ele baixou a testa bem no meio do meu peito, sua respiração quente na minha pele fria me fazendo estremecer debaixo dele.

— Camisinha... Esqueci a camisinha.

— Merda. Pegue uma, por favor.

Uma das suas mãos se moveu por minha coxa, acariciando, me puxando mais para a loucura.

— Não tenho uma, Flash. Droga, não tenho nenhuma comigo. — Seus quadris se moveram como se ele não conseguisse se conter, entrando em mim, indo mais fundo, e nós dois gememos.

— Você sabe que está falhando nesta coisa de faculdade, certo? Qual universitário não carrega camisinhas por aí?

— Espertinha — ele murmurou com um sorriso na voz, então nós dois gememos.

Estava na ponta da minha língua dizer *Não me importo, só me foda*, mas ele falou primeiro.

— Não fiquei com ninguém mais além de você — ele murmurou, sua língua encontrando meu mamilo e o envolvendo. — Nunca fiquei com ninguém sem camisinha, e juro que estou limpo.

O alívio me lavou e o puxei para os meus lábios.

— Eu tomo pílula — sussurrei contra seus lábios abertos, logo antes de respirar fundo e beijá-lo. Ele se moveu apenas um centímetro, fazendo meu corpo se mexer de prazer. — Por favor, me foda, Dylan. — Arfei, ofeguei. — Por favor. — Não me importava de implorar... nem um pouco.

Ainda bem que foi só disso que precisou. Lentamente, ele entrou os últimos poucos centímetros, engolindo meus gemidos com sua boca.

— É isso... só mais um pouco.

Quando tentei aliviar sua grossura rebolando contra ele, ele se endireitou e segurou minha cintura, me observando com muita intensidade. Abri mais as pernas, colocando meus pés em cima da beirada da mesa. Encontrando meus olhos, ele tirou quase tudo depois voltou de uma vez, me fazendo me curvar.

Colocou sua mão na minha barriga e acariciou loucamente meu corpo, até em cima na minha garganta e depois para baixo de novo. Jogando a cabeça para trás, tudo que pude fazer foi sentir seu preenchimento e tentar não enlouquecer cedo demais.

Eu estava bem molhada, mas demorou alguns minutos para me acostumar a ele. Quando o olhei, meus olhos mal se abriram, e o vi se observando entrar e sair delicadamente de mim. Escolhi observar seus músculos abdominais, o jeito que contraíam e soltavam. Observei a forma como seus ombros fortes se flexionavam com suas investidas, a forma como seus braços ficavam tensos, como ele parecia fascinado, perdido, mas, ainda, focado.

Quando ele ergueu seu olhar e me viu observando-o, seu ritmo acelerou. Pegando minha mão, ele me puxou rápido para seu peito e deslizou sua língua na minha boca. Abri mais as pernas e as envolvi na sua cintura, desejando e precisando de mais.

— Também estou limpa — sussurrei sem fôlego, quando ele me deixou respirar por um segundo. Minha cabeça estava toda bagunçada. Será que era tarde demais para dizer isso?

— Que bom — ele murmurou, e ouvir sua voz fez alguma coisa comigo. Ele moveu as mãos debaixo da minha bunda e, de alguma forma, conseguiu me abrir mais ainda, manipulando meu corpo de formas para as quais eu não estava preparada. Minha bunda doía com seu aperto, mas não me importava com a dor; só abastecia o que estava por vir. De repente, tudo desapareceu e eu só conseguia ouvir o avanço e o rugido nos meus ouvidos. Cada nervo do meu corpo gritava, e estava irresistível demais.

— Dylan — gemi, meio que choramingando. — Dylan, bem aí... Mais rápido, isso. Por favor.

— Bem aqui? — ele perguntou, me fodendo com mais força. — Vai gozar no meu pau? Quer que eu vá mais forte?

Eu estava a segundos da morte doce, e só queria mais. Minha resposta foi uma arfada e arquear minha coluna.

— É, isso aí, linda. Vou foder sua boceta doce todos os dias até meu último suspiro, Zoe — ele murmurou antes de morder meu pescoço e chupar minha pele, e só precisei disso para ser levada por um orgasmo intenso. Ele continuou me fodendo, suas coxas batendo nas minhas pernas abertas com o barulho mais alto conforme meu mundo virava de cabeça para baixo nos seus braços.

Minha respiração falhou conforme ele pressionou dois dedos bem no meu clitóris.

— Vamos, Zoe. Deixe-me ter tudo. — Os dedos dos meus pés se curvaram, meus olhos se reviraram e congelei totalmente. Cada músculo do meu corpo ficou tenso conforme o prazer me percorreu. Não sei quantos segundos fiquei sem respirar, porém, quando acabou, eu queria respirar bem rápido. Apertei seus bíceps duros e firmes e gemi o mais alto que consegui quando ele, de alguma forma, aprofundou suas investidas.

— Merda, Zoe — ele murmurou e, antes de eu me preparar para isso, ele tirou, empurrou minha barriga com uma mão e gozou em mim em jatos densos. Fiquei fascinada pelo jeito como sua mão se movimentava no seu pau. Ele segurava mais apertado do que eu ousaria apertar, e derramou até a última gota. Senti uma linha molhada descer pela lateral da minha cintura, me fazendo cócegas.

Meu corpo pulou em resposta e joguei a cabeça para trás, fechando os olhos.

— Pode me levar... Morri.

Ouvi uma risada cansada, então senti mãos subindo por minhas coxas.

— Você deveria ver o jeito que está neste momento. — Suas palavras saíram como pouco mais de um sussurro, e cada uma era um carinho na minha pele nua.

Fechei os olhos e me alonguei.

— Vamos fazer isso de novo — eu disse com um sorriso bobo no rosto. — Não tenho força para abrir os olhos, mas, com certeza, consigo fazer de novo.

Desta vez, ele riu mais alto, e isso me fez estremecer por completo.

Dylan me limpou, depois me beijou por um minuto inteiro. Eu estava nas nuvens. Me ajudou a me vestir, então o observei colocar as próprias roupas. Conseguimos o impossível e nos deitamos no sofá juntos. Era pior do que sua cama estreita no apartamento, ainda assim, não poderia ter sido mais perfeito para mim.

— Mal posso esperar para te foder em uma cama normal. — Sua voz estava toda sensual e lenta, e não tenho vergonha de admitir que não teria negado outra rodada, mas ele parecia tão sonolento, tão cansado.

Eu o beijei, só um selinho delicado, e seus olhos fechados se abriram para encontrar os meus.

— Não quero sentir sua falta desse jeito de novo. Você tira sarro de mim por falar isso, mas você é meu amigão, meu melhor amigo. Não quero que vá embora, independente de qualquer coisa.

— Não vou a lugar nenhum, linda. Somos só nós de hoje em diante.

— Só nós. — Expirei, as palavras me dando vida, então hesitei. Não era a hora, mas... — Mas você não estará aqui no ano que vem, e se...

— Nem termine essa frase, Zoe. Vamos resolver tudo quanto a hora chegar, mas acredite em mim quando digo que não tenho intenção de deixar você ir. Só me deixe dormir com você nos meus braços e vamos dar um passo de cada vez amanhã, certo?

Me aconcheguei mais e fechei os olhos, inspirando seu cheiro.

Bem quando eu estava prestes a dormir, quase lá, sua voz me trouxe de volta à sala.

— Vou me odiar por sequer perguntar isto, mas qual é o seu número?

Abri meus olhos pela metade, minhas sobrancelhas se unindo em confusão.

— O quê? Que número?

— Com quantos caras já dormiu?

— Dylan... — gemi. — Acho que não é...

— Me diga.

Suspirei.

— Três.

— Três — ele repetiu, seu corpo ficando tenso à minha volta.

— Não são tantos e, definitivamente, não quero ouvir se...

Seu corpo ficou ainda mais tenso atrás de mim.

— Não são tantos? — ele perguntou, incrédulo. Seus dedos pulsavam em volta do meu pulso. — São três. — Eu o senti apoiar a testa na parte de trás da minha cabeça. — Queria poder ter sido seu primeiro. Sei que, provavelmente, pareço um homem das cavernas dizendo isso, mas só de imaginar você perto de outro homem faz meu sangue ferver nas veias. Não suporto imaginar você na cama de outro, deitada exatamente assim. — Ele me puxou mais para perto. — Só comigo a partir de agora... Vou ser o único a tocar você, beijar você, abraçar você e foder você.

— Não vai ouvir reclamações da minha parte nisso — respondi após alguns segundos se passarem e seu corpo relaxar gradativamente.

Naquela noite, dormi melhor do que todas as noites em que fiquei triste, e tinha quase certeza de que Dylan também.

CAPÍTULO TRINTA
DYLAN

Alguns meses depois...

Chegou o grande dia — o dia do recrutamento. Eu tinha acordado antes do nascer do sol no quarto de hotel em que estávamos ficando em Arlington, Texas, onde seria o recrutamento. Meu pai, minha mãe, Amelia, Mason, meu agente — todo mundo estava lá para me apoiar. Bem, todos exceto uma pessoa. A única que estava faltando tinha pousado há apenas quinze minutos, e eu estava inquieto e impaciente aguardando-a no aeroporto.

Como ela ainda não tinha saído, fui para uma loja comprar uma garrafa de água. Eu não sabia se era minha empolgação porque estava prestes a ver Zoe ou por causa do grande dia — provavelmente uma mistura dos dois — e, embora soasse ridículo sentir tanta saudade dela, já que há apenas alguns dias a deixara em Los Angeles no pequeno apartamento de merda que dividíamos com outro aluno, eu já aceitara que tudo era diferente com ela.

Eu nunca fui ciumento, não na extensão em que era com Zoe e, por mais que às vezes a intensidade dos meus sentimentos por ela me assustasse pra caramba, eu não escolheria outro jeito. Se significasse que me sentiria um Neandertal tentando mantê-la afastada de toda pessoa que tinha um pau entre as pernas, eu faria as pazes com isso. Até onde eu sabia, ela também não tinha nenhuma reclamação, o que pode ter algo a ver com o fato de que eu a beijava infinitamente toda vez que ela estava prestes a reclamar, mas nunca teremos certeza.

Enquanto esperava na fila para pagar minha água, alguém me cutucou no ombro. Me virei e lá estava ela, sorrindo, brilhando, saltitando, cobrindo a boca com as mãos.

Meus lábios se alongaram em um sorriso.

— De onde você veio?

Em vez de responder, ela deu um gritinho e envolveu os braços em mim. Dando risada, retornei seu abraço e a segurei mais forte. Após um longo instante, ela olhou para mim e sorriu.

— Fiquei com saudade.

— É?

— Você não faz ideia.

Percebendo o quanto ela estava feliz, me senti um pouco mais centrado.

— Onde você estava? Eu estava enlouquecendo sem você — admiti no seu ouvido, então a beijei até ter que parar e pagar quando chegou minha vez na fila.

Segurando sua pequena mala, dei a mão para ela, e saímos do aeroporto, conversando o caminho inteiro. Conforme esperávamos nosso Uber chegar, ela recostou em mim e envolvi os braços logo abaixo dos seus seios, apoiando o queixo no topo da sua cabeça.

— Acho que estou começando a surtar, e veja... — Ela ergueu as mãos. — Minhas mãos estão começando a suar.

— Por que está surtando de novo?

— Estou prestes a conhecer seus pais, Dylan, e seu irmão e sua irmã. E se eles não gostarem de mim? E se não gostarem do que estou vestindo? E se pensarem que não tenho direito de estar aqui? Quero estar lá com você, mas, se for ser estranho para eles, talvez devesse esperar no hotel com seus irmãos. Mas também não quero fazer isso...

Apertei-a e suspirei.

— Zoe, você não vai sair do meu lado nem por um minuto, e meus pais vão te adorar... Já adoram por tudo que contei. Amelia é ainda mais tímida do que você, então provavelmente ficará quieta, mas ela é doce. Você vai amá-la.

Ela resmungou um pouco baixinho, porém não protestou depois disso.

Só porque pensei que deveria distraí-la, empurrei meus quadris à frente para ela poder sentir o quanto eu estava duro por ela, então dei um beijo logo abaixo da sua orelha.

Seu corpo ficou rígido e suas mãos seguraram meus antebraços com mais força.

— Não é justo — ela sussurrou, apoiando a cabeça no meu ombro.

Lambi os lábios e dei outro beijo no seu pescoço.

— O quê?

Ela rebolou e gemeu. Estávamos parecendo coelhos há meses.

— Senti sua falta — sussurrei.

— Sequer temos tempo para isso? — ela sussurrou de volta.

Suspirei e me afastei.

— Acho que não, não até depois desta noite.

— Nem sequer cinco minutos?

Mordi delicadamente seu lóbulo da orelha e absorvi a forma como seu corpo estremeceu.

— Você é adorável. Isso é algo que você consegue cuidar em apenas cinco minutos?

Ela me deu um tapinha no braço.

— *Você* é adorável.

Dei risada, finalmente me sentindo completo depois de dias sem vê-la.

— Por que você faz parecer que é um insulto? Claro que sou adorável.

Nosso carro chegou e demos as mãos durante todo o caminho de volta ao hotel, onde minha família estava nos aguardando. Tínhamos nos tornado um daqueles casais detestáveis que todo mundo odiava porque tinham que tocar um no outro toda hora. Eu amava.

— Está com medo? — Zoe perguntou quando estávamos a quinze

minutos do hotel. — Por causa de hoje à noite.

— Com medo, não, mas estou empolgado. Quero que isso acabe logo para sabermos para onde nós vamos nos mudar. — Tentei agir casualmente e comecei a brincar com seus dedos. Ainda não havíamos tido essa conversa. Para mim, não era necessário... Eu a queria comigo, independente de qualquer coisa... Mas eu não sabia o que ela achava disso. Sabia que ela queria se mudar para Nova York por causa do seu trabalho com fotografia, e um dos times que tinha desejado falar comigo e meu agente eram os Giants, junto com muitos outros times que não ficavam perto do nordeste, porém não queria contar nada para ela até ter certeza. Infelizmente, nada era certeza quando se tratava da NFL. Você poderia se sentir bem consigo mesmo, confiante de que seria escolhido na primeira rodada, talvez até nos dez primeiros, então, do nada, acabar ficando para a terceira rodada, *se* fosse escolhido.

Eu não fazia ideia de onde acabaria ou quanto tempo teria que esperar.

— Nós, hein?

Enrijeci no meu assento e parei de brincar com sua mão. Ela continuou de onde eu tinha parado, conectando e desconectando nossas mãos.

— Flash? — solicitei quando mais nada saiu dos seus lábios.

— Humm?

— Você não respondeu.

— Desculpe, você perguntou alguma coisa?

De repente, o carro estava parando diante do hotel e tínhamos que sair. Coloquei sua mala de mão no chão e aguardei. Ela também saiu e ficou diante de mim.

— Zoe...

— O quê?

Inclinei a cabeça para o lado e esperei.

— O que foi? Você nunca me perguntou. Ficamos tão ocupados tentando encontrar um lugar para morar, depois houve os treinos. Como vou saber se você me quer junto ou não? Além disso, tenho mais um ano, talvez você...

Soltei a alça da sua mala de mão e segurei seu rosto. Ela ainda estava tentando falar quando deslizei minha língua na sua boca e a beijei demoradamente bem ali diante de estranhos entrando e saindo do hotel.

— Sempre quero você comigo... Não sabe disso ainda? Faz meses. — Gemi contra seus lábios, minha respiração já pesada, meu coração acelerado. — Sempre quis você, Zoe Clarke.

— Eu não tinha certeza.

Apoiei a testa na dela e deixei seus braços serpentearem em volta dos meus ombros.

— Vou para onde você estiver, provavelmente no dia em que me formar, Dylan Reed. Você é o melhor colega de casa que já tive, e não vou deixar você ir com facilidade.

Soltei a respiração que nem percebi que estava prendendo e puxei seu corpo contra mim.

Alguém pigarreou bem alto, mas nenhum de nós se importou o suficiente para nos afastarmos.

Então ouvi a voz da minha mãe.

— Dylan, gostaria de conhecer sua namorada, por favor. Pare de maltratar o rosto dela.

Antes da minha mãe sequer terminar a frase, Zoe tinha me empurrado com uma força inesperada e seu rosto já estava mudando para aquele tom lindo de rosa que eu amava tanto. Ela lambeu os lábios e, quando isso não foi suficiente, ela os secou com as costas da mão algumas vezes, seu rosto corando ainda mais.

— Sra. Reed, é um prazer enorme conhecê-la.

Minha mãe olhou para o meu rosto sorridente e balançou a cabeça. Então foi para a frente de Zoe e a puxou para seus braços.

— Só Lauren. Estava morrendo de vontade de conhecer você. Estou tão feliz que conseguiu tirar uns dias de folga para nos conhecer aqui.

Quando minha mãe a soltou, ela ainda estava corada, mas, em vez da sua expressão envergonhada, ela estava sorrindo um pouco.

— E olhe para você — minha mãe elogiou, segurando o rosto de Zoe. — Nossa, você é linda. Veja os olhos dela, Dylan. Ela é linda.

Zoe me deu um olhar impotente e riu, esticando a mão para segurar a dela.

— Eu sei, mãe. Por isso que vou ficar com ela... Para eu ter algo bonito para olhar pelo resto da vida. O que está fazendo aqui fora? O resto da gangue ainda está no restaurante?

Enfim, ela soltou Zoe e se virou para mim. Puxando meu rosto para baixo, ela beijou minha bochecha.

— Não consegui esperar sentada, e admito — ela deu uma piscadinha rápida para Zoe — que queria ver Zoe antes de todo mundo. Agora ela está aqui e tudo está muito perfeito. Estou tão orgulhosa de você, Dylan. Estamos tão animados.

— Lauren Reed, se você começar a chorar de novo, Deus me ajude... — resmunguei.

— Não vou chorar, ainda não. Oh, certo. Talvez um pouco de choro. — Rapidamente, ela secou as lágrimas. — Venha, vamos levar Zoe para dentro para ela poder conhecer todo mundo antes de você desaparecer naquelas entrevistas.

Com uma das minhas mãos sofrendo um aperto mortal de Zoe, segurei a alça da mala dela com a mão livre e levei minhas duas mulheres preferidas para dentro.

As luzes do estádio, as conversas sussurradas, os câmeras andando ao redor das mesas — todas as pessoas à nossa volta estavam começando a me empolgar. Senti a mão de Zoe na minha perna, me fazendo parar de me balançar contra a mesa.

O show estava prestes a começar em menos de dez minutos.

— Você está bem? — ela perguntou, inclinando-se na minha direção, seus olhos preocupados.

Peguei sua mão debaixo da mesa e a segurei.

— Está tudo certo.

Ela não pareceu acreditar em mim, mas seu toque me acalmou o suficiente.

Meus pais estavam conversando com meu agente quando senti uma mão segurar meu ombro.

— E aí, cara? — Chris me cumprimentou com um sorriso enorme quando me virei no assento para olhar para trás.

Me levantei e nos abraçamos rapidamente.

— Te liguei a caminho daqui, não sabia se você ia conseguir chegar.

Ele suspirou e brincou com sua gravata.

— Só meio atrasado, apenas isso.

Quando Zoe arrastou sua cadeira para trás e se juntou a nós, Chris se inclinou e beijou sua bochecha.

Ela estava sorrindo para ele.

— Oi, Zoe.

— Oi. Te mandei mensagem mais cedo desejando sorte, não sabia se iria conseguir conversar com você aqui.

— Liguei para você, mas acho que não dá para ouvir nada com o barulho daqui.

Zoe ficou em pé ao meu lado conforme olhava em volta, sem dúvida tentando ver se Mark estava por ali.

— Ele não veio — Chris comentou antes de eu poder dizer qualquer coisa.

Zoe franziu mais o cenho.

— Este é o dia mais importante da sua vida, como ele pôd...

Chris se virou para mim.

— Você não contou a ela?

— Não deu tempo — respondi, evitando o olhar curioso de Zoe conforme acariciava suas costas distraidamente.

A interação deles era, no mínimo, estranha, nem um pouco perto de uma relação normal de irmãos, mas eu sabia que Chris queria isso... talvez não tanto quanto Zoe, pelo menos ainda não, porém eu sabia que ele estava tentando chegar lá.

Um câmera começou a nos filmar, e Zoe chegou mais perto de mim.

— Me contou o quê?

Conforme Chris começou a contar a ela como ele, basicamente, forçou a barra com Mark para ele pedir demissão do time, os dedos de Zoe apertavam cada vez mais meu antebraço.

— Era isso ou eu ia contar à minha mãe que sabia sobre a adoção. No seu próprio jeito esquisito e doentio, ele gosta dela... eu acho. — Chris deve ter visto a expressão de Zoe, porque balançou a cabeça e lhe contou o resto da história. — Não é só sobre você, Zoe. Ele estava mexendo com alunas. Ia se meter em encrenca em algum momento.

Não estávamos lhe contando toda a história, mas eu já tinha falado com Chris e ele me jurara que não iria lhe contar como eu tinha quebrado o nariz do seu pai logo depois de ele não ser mais nosso técnico oficial. Sabe, Zoe tinha se esquecido de me contar o que aconteceu no apartamento logo antes de eu chegar naquela noite. Eu soube disso só porque Chris tinha feito um comentário aleatório, pensando que ela já tivesse me contado.

Deslizei meu braço pela cintura de Zoe e a puxei para o meu lado assim que anunciaram que o evento ia começar.

Após prometer nos encontrarmos assim que a noite acabasse, tivemos que nos despedir para que Chris pudesse voltar para a mesa em que o tinham colocado.

— Será uma longa noite — Zoe murmurou ao meu lado, mexendo as mãos no colo.

— Como se sente? — perguntei no seu ouvido.

Ela olhou para mim.

— Em relação a quê?

— Seu pai.

— Ele não é meu pai — ela respondeu automaticamente. — Não sinto nada. — Deu de ombros. — Não me importo com nada, e ele é a última pessoa de quem quero falar esta noite. — Esticou-se para tocar minha bochecha. — Esta noite trata-se apenas de você. — Seu sorriso aumentou. — Você conseguiu, Dylan. Todos aqueles turnos no bar, todas aquelas manhãs de exercício físico, as quais eu aproveitava imensamente, muito obrigada, estudando pra caramba para se formar cedo... *todo* o seu trabalho árduo, e olhe onde você está. Estou tão orgulhosa de você.

Virando minha cabeça, dei um beijo na mão dela.

— Ainda não, Flash. Ainda não sabemos de nada. Não faço ideia de para onde vamos.

— Ah, calma lá. Li algumas das previsões... Alguém vai pegar você na primeira rodada. Seu histórico para a NFL foi lendário.

Dei risada.

— É? O que você sabe sobre isso?

— Nada, mas sei que qualquer time que pegar você terá uma temporada e tanto no ano que vem.

Dei mais risada e chamei a atenção dos meus pais. Me aconcheguei no seu pescoço.

— Você me faz rir, Flash.

Ela me empurrou para trás.

— Pode continuar tirando sarro de mim, amigão. Prevejo que você estará entre os cinco melhores.

Meus olhos se arregalaram. Coloquei uma mecha de cabelo atrás da sua orelha e meu sorriso suavizou.

— Cinco melhores, hein?

O comissário estava no palco, e todos os jogadores sentados ao nosso redor estavam em silêncio.

— Bem-vindos ao recrutamento da NFL!

A noite começou quando ele colocou o Cleveland Browns no relógio e o jogo da espera iniciou. A mesa que estávamos dividindo com outro jogador e sua família ficou bem mais silenciosa depois disso, e meu pai trocou de lugar com meu agente, Scott, para se sentar ao meu lado. Minha mãe estava ao lado de Zoe, e elas estavam sussurrando discretamente.

Os minutos se passaram e, para a primeira escolha, o Cleveland Browns selecionou um *quarterback* de Oklahoma.

— Para a segunda escolha, agora são os New York Giants que estão no relógio.

Fechei meus olhos e passei as mãos na cabeça. Eu estava muito pronto para descobrir o que meu futuro reservava.

Zoe tocou meu braço e eu olhei para ela.

— Vai ser ótimo. Você já conseguiu — ela sussurrou, nossas cabeças inclinadas para baixo, lado a lado.

Oito minutos se passaram.

— Você não faz ideia de qual time escolherá você? — meu pai perguntou.

— Não, pai. Se eu não for escolhido... se começar a baixar demais, minhas chances vão só diminuindo.

Ele deu dois tapas nas minhas costas e balançou a cabeça. Dava para ver como ele estava nervoso e inquieto, mas estava dando seu máximo para não demonstrar. Vimos o comissário voltar para o palco, e toda a conversação parou.

— Para a segunda escolha do recrutamento 2018 da NFL, os New York Giants selecionam Dylan Reed, *wide receiver*...

Demorei um ou dois segundos para processar o que estava ouvindo, o que estava vendo na tela. Meu pai, minha mãe e Zoe estavam em pé, mas eu não conseguia ouvir nada porque o sangue estava correndo nos meus ouvidos.

Cobri minha cabeça com as mãos e me levantei devagar.

Meus pais estavam chorando, mas eu ainda estava em choque. Meu pai foi o primeiro a me puxar para um abraço. Todos estavam batendo palmas ao nosso redor, e senti o peito do meu pai subir e descer rapidamente com lágrimas silenciosas. Ele se inclinou para trás e olhou para mim, suas mãos segurando meu rosto. Gentilmente, ele deu dois tapinhas na minha bochecha, depois me soltou. Minha mãe estava bem ao lado dele, seus olhos brilhantes, arregalados e lindos como sempre.

— Olhe para você — ela disse, sua voz falhando, mas ainda forte e orgulhosa. — Olhe para o meu lindo menino.

Quando ela me soltou, eu me virei.

Ela estava parada bem ali, me esperando, e foi quando sorri. Foi quando o som começou a voltar para mim, e ela ainda estava bem ali, lágrimas escorrendo por suas bochechas. Fui até ela porque não conseguia olhar para ela e não tocá-la, não abraçá-la. Inclinando-me, abracei-a pela cintura, e ela ficou na ponta dos pés para me abraçar também. Pude sentir seu coração acelerado, seu pulso batendo selvagemente. Então começamos a rir, meus olhos embaçados com lágrimas não derramadas.

Quando me disseram que eu precisava ir para o palco, Zoe se inclinou para trás e sorriu.

— Vá, vá, vá.

Tudo que veio em seguida aconteceu em câmera lenta, ainda assim, tive dificuldade de acompanhar. Chris me parou no caminho e me abraçou. Eu ainda estava surpreso... exaltado, chocado, honrado, modesto. Então cheguei no palco e pude me ver na telona conforme os fãs gritavam. Peguei meu novo uniforme com meu nome gravado e sorri para os fotógrafos. Eu tinha conseguido.

Eu tinha conseguido, caralho.

Tinha tudo que sempre quis e mais.

Assim que saí do palco, meu celular tocou, e ouvi meu novo técnico me dar as boas-vindas ao time. Não me lembro de tudo que ele falou, mas lembro de repetir bastante as mesmas coisas: "Sim, senhor", "Não vou decepcioná-lo", "Agradeço, senhor".

Com certeza, era surreal, mas também era agridoce. Assim que desliguei com meu novo técnico, JP me ligou. Ele ainda não tinha voltado a ser como antes e os treinadores achavam que ele não tinha mais um futuro como jogador, mas ele havia aceitado tudo melhor do que eu teria, se estivesse no seu lugar. Mesmo assim, planejava dar meu máximo para ajudá-lo de qualquer maneira que eu pudesse. Sempre seríamos um time.

Quando voltei para a mesa, encontrei Chris e Zoe em pé juntos, sorrindo e conversando. Assim que voltei, abracei de novo minha mãe e meu pai, e os ouvi conversarem, ainda tão sem fala quanto estivera na ligação com meu técnico. Mal podia esperar para voltar ao hotel e ver a cara de Mason e Amelia quando ouvissem que eu tinha sido a segunda escolha, em geral. Mason iria ficar doido.

Então ficamos apenas Zoe e eu, apoiando nossas testas uma na outra e somente respirando conforme segurava seu rosto. Tentei secar as lágrimas dela com meus polegares, mas não conseguia acompanhar.

— Nós conseguimos.

Ela colocou as mãos no meu peito.

— *Você* conseguiu, Dylan. Isso foi tudo você, e você é incrível.

— Não. Estes últimos meses... você tem sido maravilhosa, e é Nova York, linda! É onde você queria morar.

— Vou morar com você em qualquer lugar, Dylan. Vou para onde você for.

— Venha comigo. — Segurando sua mão, arrastei-a atrás de mim, evitando as câmeras e ainda mais pessoas. Sem fôlego, ela correu para me acompanhar. Se eu conseguisse ter contido minhas mãos por um tempinho, teria ouvido que Chris tinha sido escolhido pelo Chicago Bears.

Parei quando chegamos aos banheiros e a puxei comigo, trancando a porta imediatamente.

Respirei fundo antes de me virar e encará-la. Ela estava encostada na pia, seu sorriso lindo suave e convidativo.

— Posso te dar tudo que você quer agora. Sei que não podíamos fazer muita coisa até agora, mas, Flash, acredite em mim, você vai...

— Cale a boca. Só quero você, Dylan. Nada mais importa. Vamos resolver tudo juntos, certo? — Engoli em seco. — Apesar de ter que dizer que mal posso esperar para ver você usando mais ternos a partir de agora. Está tão lindo.

— Você gostou? Gosta de mim assim, Zoe?

Fui até ela antes que pudesse responder e segurei sua cintura para erguê-la. Ela travou os braços em volta do meu pescoço e escondeu seu rosto no meu pescoço, puxando-me para mais perto. Apoiei a cabeça na sua têmpora, apenas respirando, apenas nós dois, longe de tudo e de todo o barulho.

— Eu amo você. Amei você por muito tempo, nem sei mais quando começou — ela disse baixinho, com muito sentimento na voz.

Recuei e olhei nos seus olhos lacrimejantes.

— Você não sabe? Da primeira vez que me viu, você estava sorrindo para o meu pau.

Ela bufou, depois gemeu para esconder.

— Não me apaixonei por seu pau, Dylan.

— Acho que se apaixonou, sim, mas vamos considerar sua versão. É um conjunto de coisas, de qualquer forma. — Comecei a arrastar seu vestido para cima por suas coxas e ela me deixou. Rebolando, ela até me deixou tirar sua calcinha. Abrindo suas pernas, puxei-a na minha direção até estarmos perfeitamente alinhados e eu poder sentir seu calor contra minha calça. Nem me importava se ela me molhasse. Ela se aproximou mais, seus braços já me puxando para si. — Você mal conseguia desviar o olhar — murmurei na sua boca, sua respiração já se misturando à minha.

Ela me deu um beijo fogoso, sua língua deslizando entre meus lábios e exigindo que eu lhe desse o que ela queria. Beijei-a e a deixei tirar o zíper devagar com seus dedos sorrateiros.

— Você acredita em amor à primeira vista?

— Na verdade, não — ela arfou.

— Eu também não acreditava, mas então por que meus olhos só procuravam você em uma multidão quando eu nem sequer sabia seu nome? Por que minha pulsação acelerava quando via alguém que pensava ser você?

Gemendo, seus olhos se fecharam e ela brincou com meu pau, me fazendo chiar.

— Me quer dentro de você?

Ela assentiu.

— Sempre.

Segurei meu pau e abri seus *lábios* antes de entrar lentamente. Ela estava molhada com tesão, apertada e pronta para mim, como sempre. Minhas respirações estavam difíceis quando entreguei a ela todo o meu comprimento, e suas pernas tremiam ao meu redor.

— Será sempre assim? — ela perguntou, seus olhos já desfocados, seu corpo inquieto.

— Sempre.

— Te amo tanto — ela sussurrou. — Não sei o que fazer com tudo isso.

— Também te amo, Flash. No campo e fora dele, você é o meu amor. Ninguém nunca se comparou, e nunca irá se comparar. Sempre será você.

EPÍLOGO
Seis anos depois

— Oh — Zoe arfou conforme seu corpo ficou tenso por um segundo rápido, então relaxou contra o meu peito. Envolvi meus braços na sua cintura antes de ela conseguir se afastar de mim. — É você. Não ouvi você chegar.

— Estava esperando outra pessoa?

Encarei-a conforme sua cabeça caiu para trás no meu peito e ela olhou para mim.

— Não.

— Boa resposta. — Me inclinei para baixo e dei um beijo rápido na sua testa.

Quando nossos olhos se encontraram, ela sorriu para mim, e meus braços, involuntariamente, se apertaram em volta dela. Anos se passaram desde que ela tinha me dito que me amava pela primeira vez, e eu ainda não conseguia me cansar de ver nos seus olhos o quanto ela me amava sem ela ter que dizer.

— Nem vem com esse sorriso para mim — falei, meu coração se aquecendo só de ver aquela expressão doce no seu rosto.

— O quê? Por quê?

— Ainda não me esqueci de John, Flash. Você ainda não me compensou por isso.

Ela bufou e seu sorriso aumentou mais. Eu amava, amava mesmo, ver seu rosto se iluminar, ver seus olhos brilharem quando ela olhava para mim com um amor tão sincero e infinito.

— Ele me deu o número da esposa dele. Você estava lá, bem ao meu lado.

— É, e graças a Deus que estava. Nunca vi você sorrir tanto para alguém que não seja eu ou o seu pai.

— Oh, fique quieto. — Seus braços começaram a percorrer meus antebraços, acariciando, seduzindo sem ela nem notar o que estava fazendo. — Eu só estava tentando ser gentil.

— Você não precisa ser gentil com meus colegas de time. Seja gentil com seu marido.

— Sempre sou gentil com meu marido, e aquele colega de time só me deu o número da esposa para podermos conversar sobre uma pequena sessão de fotos fofa que vou fazer quando o bebê deles nascer.

Marido — toda vez que a palavra saía da sua boca, meu peito estufava, e não podia me sentir mais orgulhoso. Ela era minha, minha Flash, e eu era o desgraçado mais sortudo vivendo na Terra.

Inclinando-se, rocei o nariz no seu pescoço e inspirei seu cheiro.

— Ainda não muda o fato de você ter sorrido daquele jeito para ele. Admita... sei que você olhou a bunda dele.

— Está me zoando? Já viu a sua bunda naquela calça apertada? Quero dizer, claro que já, mas... Sabe o que quero dizer? É bem difícil desviar os olhos quando alguém anda *bem* na sua frente. Não sabia mais para onde olhar.

Parei e ergui a cabeça do seu pescoço.

— Isso não é nada engraçado, Zoe.

Ela deu risada. Seu corpo balançou nos meus braços conforme ela se virou e puxou minha cabeça para baixo para um beijo rápido.

— Então não me faça perguntas engraçadas. Agora vá para lá para eu poder terminar de cozinhar, e não abra a geladeira... Não pode ver os bolos.

Não havia como ela conseguir se livrar de mim com tanta facilidade. Em vez de sair, empurrei-a de costas contra a ilha da cozinha e a prendi entre meus braços.

— Gosto de onde estou.

Tentei dar outro beijo, mas ela se arqueou para longe de mim.

— Todo mundo vai chegar logo e ainda não tem nada pronto.

— Relaxe. Está tudo pronto. Mal consigo andar na sala com todas as bexigas — murmurei contra sua garganta.

— Como foi sua musculação?

Estávamos fora de temporada, mas isso não significava que eu não estava treinando. Eu estava trabalhando todos os dias para ficar no topo e ser o melhor que podia. Após Nova York, tínhamos nos mudado uma vez, mas estava há três anos com o novo time e estava feliz com a mudança. Estaria feliz contanto que jogasse, e essa era a verdade. Estávamos felizes.

Ignorei a pergunta de Zoe e chupei a pele do seu pescoço para deixá-la louca.

— Dylan — ela gemeu, seu tom deixando bem claro o quanto estava próxima de ceder a mim, mas, de qualquer forma, ela sempre cedia a mim.

Roubei mais um beijo, este mais demorado e indecente conforme eu provava cada centímetro da sua boca e tirava seu fôlego. Quando eu lhe dava uma folga, ela já estava na ponta dos pés se esticando por mais.

Com seus olhos ainda fechados, ela engoliu em seco e lambeu os lábios. Enfiei as mãos debaixo da sua camisa de seda e acariciei suas costas, sorrindo quando senti arrepios tomarem sua pele.

— Você comprou a Nutella? — ela murmurou.

Enterrei o rosto no seu pescoço e passei os dentes na sua pele.

— As quatro.

— E comprou o Reese's? E M&M's?

Deixei minhas mãos passearem até em cima nas suas costas e não consegui conter meu sorriso quando ela estremeceu e tentou grudar sua parte inferior do corpo na minha. Dei a ela o que nós dois precisávamos desesperadamente — sempre — e a coloquei em cima do balcão, subi mais sua saia nas suas coxas e puxei suas pernas em volta de mim até poder sentir o calor irradiando do seu centro através da minha calça.

— Comprei tudo. Temos tempo suficiente?

— Eles...

Antes da minha linda esposa poder responder, ouvimos passos apressados na nossa direção, então minha linda menininha apareceu no canto. Seus olhos se arregalaram quando ela me viu e seus pezinhos aceleraram.

— Papai! — ela gritou, de braços abertos, pronta para eu pegá-la. — Abraços!

Zoe tirou suas pernas das minhas costas e dei um passo para trás dela. A monstrinha focando em mim era a única coisa que poderia me distrair da minha esposa.

Me abaixei e peguei minha bebezinha, Sophia, nos braços.

— Ooof — gemi quando ela se jogou em mim e abraçou meu pescoço.

— Papai — ela sussurrou conforme enterrou o rosto no meu ombro, e meu coração simplesmente derreteu. Me endireitei e vi Zoe nos observando com um sorriso. Eu não me cansava delas, nunca me cansaria, nem quando morresse. Me inclinando na direção dela, dei a Zoe um beijinho nos lábios conforme ela fechou as pernas e se concentrou em nossa filha.

— Senti muito sua falta — ela sussurrou quando terminou de me abraçar e olhou para o meu rosto.

— Eu sei, também senti muito sua falta.

— Só faz algumas horas — Zoe disse, interrompendo nossa comemoração de sempre conforme pulou do balcão. Eu teria que esperar até todo mundo ir dormir para dar *toda* a minha atenção a ela.

Mãozinhas viraram minha cabeça, e olhei no rostinho feliz da minha filha, seus olhos azuis exatamente como os meus.

— Mamãe está com ciúme — ela sussurrou alto, e Zoe bufou.

— Eu sei, ela sempre fica com ciúme da gente.

Sophia assentiu rapidamente, então abriu um sorriso.

— Você parece feliz, papai. É por causa do meu aniversário?

— Também é meu aniversário, sabe? — respondi. Enquanto minha bebê era uma miniversão de Zoe com todas as suas manias e olhares, ela tinha nascido no dia do meu aniversário... o melhor presente que Zoe poderia me dar.

— Parabéns, papai. Mas você está feliz por causa do meu aniversário, certo?

Dei risada.

— Sim, acho que é por isso que estou feliz.

— Viu? Te falei. Você comprou meu Riri's?

— Comprei seu Reese's, sim.

— Minha Nutella?

— Também comprei.

— Me mostre.

Ela era a coisinha mais mandona da casa, e a amava por isso.

— Vamos ver. — Dei uma piscadinha para Zoe conforme ela ficava de pés descalços próximo ao fogão e mexia o molho à bolonhesa da lasanha que estava preparando. Ela balançou a cabeça, mas eu sabia o quando gostava de me ver com Sophia. O casamento não tinha matado nossa vida amorosa ou sexual... não mesmo. Ainda não conseguíamos não colocar a mão um no outro, e torcia para ficar assim até estarmos com rugas e velhos.

Coloquei Sophia no balcão e lhe mostrei tudo que tinha comprado, um por um. Dizer que tanto minha filha quanto minha esposa tinham um paladar doce seria um eufemismo.

— Bom, bom. Você fez bem, papai. Agora coloque todos no armário para eu poder vê-los todos os dias.

Joguei a cabeça para trás e dei risada. Ela era a coisinha mais engraçada, repetia tudo que ouvia dos adultos ao seu redor e, assim como sua mamãe, adorava olhar para as posses que ganhava.

— Cadê seu avô, Soph? — Zoe perguntou, e ela voltou sua atenção para a mãe.

— Lá fora.

— É? O que ele está fazendo lá fora?

Ela ergueu seu ombrinho até ele encostar na orelha.

— Não sei.

— Sophia...

— Minha bola preferida sumiu e ele está me ajudando a procurar.

Meu peito balançou com uma risada silenciosa.

— Você a escondeu, Soph?

Ela virou seus olhos grandes e inocentes para mim e deu de ombros de novo.

— Não sei.

Gentilmente, coloquei-a no chão e ajustei seu vestido branco cheio de babados de aniversariante.

— Venha, vamos encontrar o vovô Ron... todo mundo vai chegar em breve.

— Para o meu aniversário, certo?

— Sim, todo mundo virá para ver você. Agora vá chamá-lo.

Feliz com tudo que estava ouvindo, ela saiu gritando pelo vovô da cozinha depois de dar um rápido abraço na perna de Zoe e falar "Te amo, mamãe".

— Vovô, todo mundo está chegando! Vamos ter bolos e eu vou ganhar presentes!

Voltei para Zoe e ela deu um gritinho quando minhas mãos subiram na direção dos seus seios. Ela deu um tapa nos meus braços e forçou minhas mãos para fora da sua camisa.

— Meu pai vai entrar, o que está fazendo?

— Você não estava preocupada com seu pai há um minuto.

— É, porque eu sabia que eles estavam lá fora. Agora Sophia vai trazê-lo mais rápido do que você consegue me beijar.

Ignorando seus protestos, abracei-a e apoiei o queixo na sua cabeça.

— Poderíamos ter pedido pizza... Por que está cozinhando tanta comida?

— Não diga pizza. Quero tanto uma. Todo mundo vai ficar para o fim de semana, então vamos pedir amanhã, e seu pai ama minha lasanha.

— E você o ama.

— Bem... sim...

Dei um beijo na sua bochecha. Ela amava minha família, e eles a amavam também. Minha mãe tinha ficado a favor dela em mais do que algumas ocasiões, e eu não poderia estar mais orgulhoso dos meus pais com a forma como a receberam na família.

— Eles pousaram? Ligaram para você? Amelia me enviou mensagem antes de embarcarem, mas não vi meu celular desde então.

— Pousaram. Acabei de falar com eles antes de entrar. Estão esperando JP e a esposa, depois virão para cá juntos. — Me estiquei para a frente e roubei um pedaço de queijo antes de ela conseguir me impedir. — Provavelmente, JP vai pousar a qualquer instante.

— Ele está feliz agora? — Zoe perguntou antes de desligar o fogo.

— Sim, está feliz com o trabalho de assistente-técnico na sua antiga escola de Ensino Médio, e temos mais ideias. Ficará tudo bem. — Meu melhor amigo tinha sofrido com a consequência do seu ferimento, mas nunca tinha desistido de nada na vida. Uma reviravolta na carreira não iria mudar isso. *Só um caminho diferente agora*, ele dissera. *Só um sonho diferente.* — Quando Chris vem?

— Deve chegar a qualquer minuto, e Kayla deve chegar não muito depois dele.

— Que bom. — Aconcheguei-me no seu pescoço. — Está feliz de morar só a uma hora da sua amiga? Ela está melhor, certo?

Ela inclinou a cabeça para o lado a fim de me dar mais acesso e colocou a colher de pau no balcão.

— Está — ela murmurou. — Ela não está namorando sério, não depois daquele Tyron, mas, pelo menos, está namorando. Dylan, meu pai vai entrar a qualquer minuto... Dylan! Não faça isso.

— Posso ouvi-los, e Soph está perguntando a ele que presentes ela vai ganhar dele. — Dei risada e, gentilmente, mordi o pescoço de Zoe conforme ela se derreteu em mim. — Só no caso de você não saber, estamos criando uma monstra. Não quero que ela cresça. Este tamanho é perfeito.

— Só está percebendo isso agora? Hummm, que bom. Jared não vai conseguir vir, aliás. Está ocupado com o trabalho, mas ele disse que vai te ligar mais tarde.

Assenti e continuei dando beijinhos na pele dela.

A campainha tocou e nós dois congelamos. Um segundo mais tarde, ouvimos Sophia gritar conforme corria pela casa para atender à porta.

— O tio Chrissy chegou!

Zoe deu risada.

— *Chrissy...* Ele vai chamar sua atenção por causa disso, sabe? — ela murmurou conforme nós nos soltamos com relutância.

Suspirei e gritei para minha filha.

— Você não pode atender à porta, Soph! Me espere.

— Vai logo, papai. Vai logo, vai logo, vai logo!

Vi Ronald entrar na cozinha com um sorriso no rosto e deixei Zoe com ele para poder ir abrir a porta para o meu melhor amigo, o tio Chrissy de Sophia.

A relação de Zoe e Chris tinha, definitivamente, evoluído. Eles estavam muito mais próximos do que estiveram há seis anos, durante aqueles primeiros meses depois de ele ficar sabendo de tudo, mas tinha demorado bastante para chegar onde estavam. Ainda havia momentos em que podia vê-los se contendo, mas Zoe estava feliz que conseguia vê-lo com tanta frequência, já que estávamos jogando no mesmo time e estávamos, praticamente, imbatíveis.

E Sophia... bem, Chris era seu humano preferido no mundo e, basicamente, tínhamos certeza de que seus sentimentos eram recíprocos, e provavelmente era por isso que ele vinha para nossa casa jantar três ou quatro vezes na semana.

Conforme andei pelo corredor que exibia as fotos lindas da minha esposa talentosa e fui até a porta da frente, Sophia ficou conversando com seu tio preferido através da porta.

— Estava com saudade, tio Chrissy. Onde você estava? Trouxe meus presentes? Hoje é meu aniversário.

Dando risada, abri a porta e Sophia se jogou em Chris, gritando alegremente quando ele a pegou no colo.

— Quem é esta garota linda? — Chris perguntou, e minha filha sorriu para o meu melhor amigo.

— Sou eu, bobinho.

Chris a encheu de beijos e a risada dela ecoou pela casa, assim como continuou pelo resto do dia.

Eram onze da noite e meus pais tinham ido dormir quando encontrei Zoe sentada em nossa cama.

— Onde você se escondeu? — indaguei quando abri mais a porta e entrei.

Ela olhou para mim por cima do ombro e sorriu.

— Vou descer em um minuto. Cadê a Sophia?

Sorri.

— Dormindo no colo de Chris. — Me sentei ao seu lado e segurei sua mão. — Está tudo bem? Chris falou alguma coisa sobre...?

— O quê? Não, não. Eles não se falam há anos, se é isso que está perguntando. Até onde sei, ele só fala com a mãe, e estão divorciados, embora... Não quero falar sobre ele. Não precisa mais me perguntar.

— Certo, Flash, como quiser. Só está cansada, então? Mal se sentou hoje.

Ela suspirou e apoiou o ombro no meu, os olhos em nossas mãos.

— É um cansaço bom. Foi o melhor dia. — Ela olhou para mim e nossos olhos se encontraram conforme ela sussurrou. — Parabéns, Dylan. Não pense que me esqueci de você. Vou te dar seu presente depois que todo mundo for dormir.

— Obrigado, Flash. — Meus lábios sorridentes tocaram os dela e nos afastamos rápido demais para o meu gosto. — O que está fazendo aqui?

— Vim pegar meu laptop. Ia mostrar a Kayla a sessão de fotos que fiz para aquele casal que mencionei no jantar. E as outras duas que decidi enviar para a galeria de Nova York. Só me sentei por um minuto.

— Você está bem?

Ela tocou minha bochecha e sorriu.

— Sim.

— Está feliz, Zoe?

Ela deu risada.

— É seu aniversário... Eu que deveria estar te perguntando isso.

Apenas continuei com meu questionário.

— Faço você feliz? Nossa vida faz você feliz?

Ela uniu as sobrancelhas e, então, estava montando no meu colo, segurando meu rosto.

— De onde está vindo isso?

— Só quero ter certeza.

Suas mãos foram para os meus ombros e ela se ajeitou mais confortavelmente em cima de mim, ganhando um grunhido e um gemido meu.

— Nunca pensei que poderia ser tão feliz — ela sussurrou.

— Te dou tudo que você quer?

— Sim, seu idiota, e muito mais. Teria sido feliz com apenas você...

Eu a interrompi.

— Delirantemente feliz.

— Isso, delirantemente feliz, mas olhe para tudo que me deu. Amo tanto nossa família. Amo *tanto* você, Dylan Reed. Estou tão feliz que invadi aquele banheiro e vi seu pau glorioso.

— Glorioso, sim... Boa escolha de palavra. — Demos risada juntos conforme acariciei suas costas. — E sua familiazinha também te ama, principalmente eu. *Eu* te amo mais, linda. Sou seu maior fã. No entanto, você perdeu nosso café da manhã hoje, então, claramente, fiquei preocupado. Mal consegui fazer minhas flexões sem seus olhos em mim. Não torne isso um hábito, minha pervertidinha.

Meu pau já estava endurecendo debaixo dela e, com o sorriso que ela me deu, perdi a batalha.

— Eu estava arrumando nossa filha.

— E esse é o único motivo para não ter vindo te pegar para você ficar me encarando.

Abraçando meu pescoço, ela apoiou a testa na minha, nossos lábios quase se tocando.

— Sou esquisita demais para você? Você sempre tira sarro das minhas manias.

— Manias? Oh, é assim que vamos chamá-las agora?

Segurei sua bunda e a coloquei um pouco para a frente, depois puxei um pouco para trás. Graças à sua saia curta, ela podia me sentir inteiro. Seus olhos fecharam e ela mordeu o lábio inferior.

— Estou preso com você, então... Acho que vou fazer valer? — Fiz careta e ela deu risada.

Desde o primeiro dia em que a vi, ela nunca se vira como perfeita, mas tudo bem. Eu não estava planejando ir a lugar nenhum; estaria junto dela para lhe mostrar, todos os dias, pelo resto da nossa vida.

É difícil explicar o que te seduz em uma pessoa, o que tem nela que a torna tão especial para você lhe dar seu coração. Acredito que se trate de quem vocês são juntos, de como são juntos. É simples o que sinto por ela — simples, e a coisa mais poderosa do mundo.

Nos escolhemos, e iríamos continuar nos escolhendo por muito tempo depois dos nossos últimos suspiros nesta Terra.

Zoe Clarke era minha para sempre, o amor da minha vida, e eu era o dela.

FIM

AGRADECIMENTOS

Há tanta coisa que envolve escrever um livro e, com este aqui, houve algumas pessoas que nunca conseguirei agradecer o suficiente porque, sem o apoio e a ajuda delas, acho que eu não conseguiria tê-lo terminado.

Erin... Você esteve ao meu lado desde o início e acho que estará em cada uma das minhas notas de agradecimento. Não sei como se sente quanto a isso, mas eu não sinto muito. Você é minha rocha. É, realmente, uma amiga incrível para mim e tenho muita sorte de ter você. Ouve meus discursos sem fim e ainda me ajuda quando fico travada. Não consigo imaginar fazer isto sem você. Obrigada por não se livrar de mim. Obrigada por segurar minha mão quando estou com dificuldade. Está pronta para fazer tudo isso novamente com o novo livro? Espero muito que sim, porque acho que nunca conseguirei fazer isto sem você.

Beth e Shelly. Meu esquadrão Delta Beta. Vocês duas... primeiro de tudo, obrigada por estarem ao meu lado quando não havia mais ninguém por perto. Este livro não seria o que é sem vocês duas. Precisa de uma vila para escrever um livro novo, e vocês são moradoras de toda a minha vila. Também estão meio que presas a mim, para ser sincera, então tem isso. Provavelmente, nunca vou encontrar as palavras certas que vão expressar o quanto sou grata por terem decidido que era uma boa ideia serem minhas amigas, então não vou tentar estragar isso. Sei, com certeza, que não estaria escrevendo isto agora se não tivesse sua ajuda para aperfeiçoar a história de amor de Dylan e Zoe. E também não foi só porque vocês eram minhas únicas leitoras-beta (apesar dos seus comentários ao longo do livro me darem vida), é o apoio diário que me dão, os encorajamentos, a amizade, as mensagens de voz, os sorrisos... Sou muito sortuda por ter vocês duas. Incrivelmente sortuda. Obrigada por estarem ao meu lado quando mais precisei.

Um obrigada enorme a você, Caitlin Nelson. Você torna meus livros agradáveis de ler e, de alguma forma, ainda melhores. Não sei o que teria feito se você não tivesse me salvado do meu longo hiato. Muito obrigada por ser a melhor editora.

Ellie McLove, obrigada por me encaixar no último minuto. Você é maravilhosa.

Nina, obrigada por tudo que fez. Espero que este seja apenas o começo para nós. Juro não esconder todos os *teasers*.

E aos meus leitores... vocês ainda se lembram de mim? Senti tanta saudade de vocês. Se não sabem, passei por uns problemas de saúde, e foi por isso que não consegui lançar nenhum romance novo em quase dois anos. E, por mais que Dylan e Zoe tenham me feito companhia durante essa época difícil, uma coisa que me deixava triste era que vocês fossem se esquecer de mim. Espero que não tenham se esquecido. Espero que este livro tenha sido bom para vocês. Espero que Dylan tenha feito valer a espera. Para mim, valeu. Espero que vocês estejam com um sorriso no rosto neste momento.

Blogueiros. Vocês são INCRÍVEIS. Muito obrigada por todo o amor que têm demonstrado pela capa de Dylan e Zoe. Espero muito que tenham gostado da história deles e que também estejam com um sorriso no rosto neste instante. Espero que Dylan e Zoe não tenham sido uma decepção. Agradeço por tudo que estão fazendo por mim e por meu livro.

SOBRE A AUTORA

Escrever se tornou meu mundo e não consigo me imaginar fazendo outra coisa que não dando vida a novos personagens e novas histórias. Sabe como algumas coisas simplesmente fazem seu coração explodir de felicidade? Um livro muito bom, um animalzinho, abraçar alguém de quem está com uma saudade louca? É isso que escrever faz comigo. E espero que ler meus livros deixe você com essa mesma sensação de felicidade.

Tudo que você sempre quis saber sobre mim e meus livros está no meu site. Adoraria ver você lá!

www.ellamaise.com

Entre em nosso site e viaje no nosso mundo literário.
Lá você vai encontrar todos os nossos
títulos, autores, lançamentos e novidades.
Acesse www.editoracharme.com.br

Você pode adquirir os nossos livros na loja virtual:
loja.editoracharme.com.br

Além do site, você pode nos encontrar em nossas redes sociais.

   https://www.facebook.com/editoracharme

   https://twitter.com/editoracharme

   http://instagram.com/editoracharme

   @editoracharme